El delirio de Rembrandt

La misteriosa historia de un cuadro azul

JÖRG KASTNER

El delirio de Rembrandt

La misteriosa historia de un cuadro azul

Traducción:
María José Díez Pérez
Diego Friera Acebal

MAEVA

Título original:
DIE FARBE BLAU

Diseño de cubierta:
OPALWORKS

Imagen de cubierta:
Ilustración digital de © OPALWORKS sobre imagen de Janet Beller/image.com

Este libro ha sido publicado por acuerdo con Ute Körner Literary Agent, S. L., Barcelona
www.uklitag.com

Benito Castro, 6
28028 MADRID
emaeva@maeva.es
www.maeva.es

ISBN: 84-96231-83-6
Depósito legal: M-20.383-2006

Fotomecánica: G-4, S. A.
Impresión y encuadernación: Huertas, S. A.
Impreso en España / Printed in Spain

El delirio de Rembrandt

Novela basada en los apuntes
del pintor y carcelero
Cornelis Bartholomeuszoon Suythof.

Escrita en Amsterdam,
a bordo del velero Tulpenburgh
y en Batavia entre 1670 y 1673.

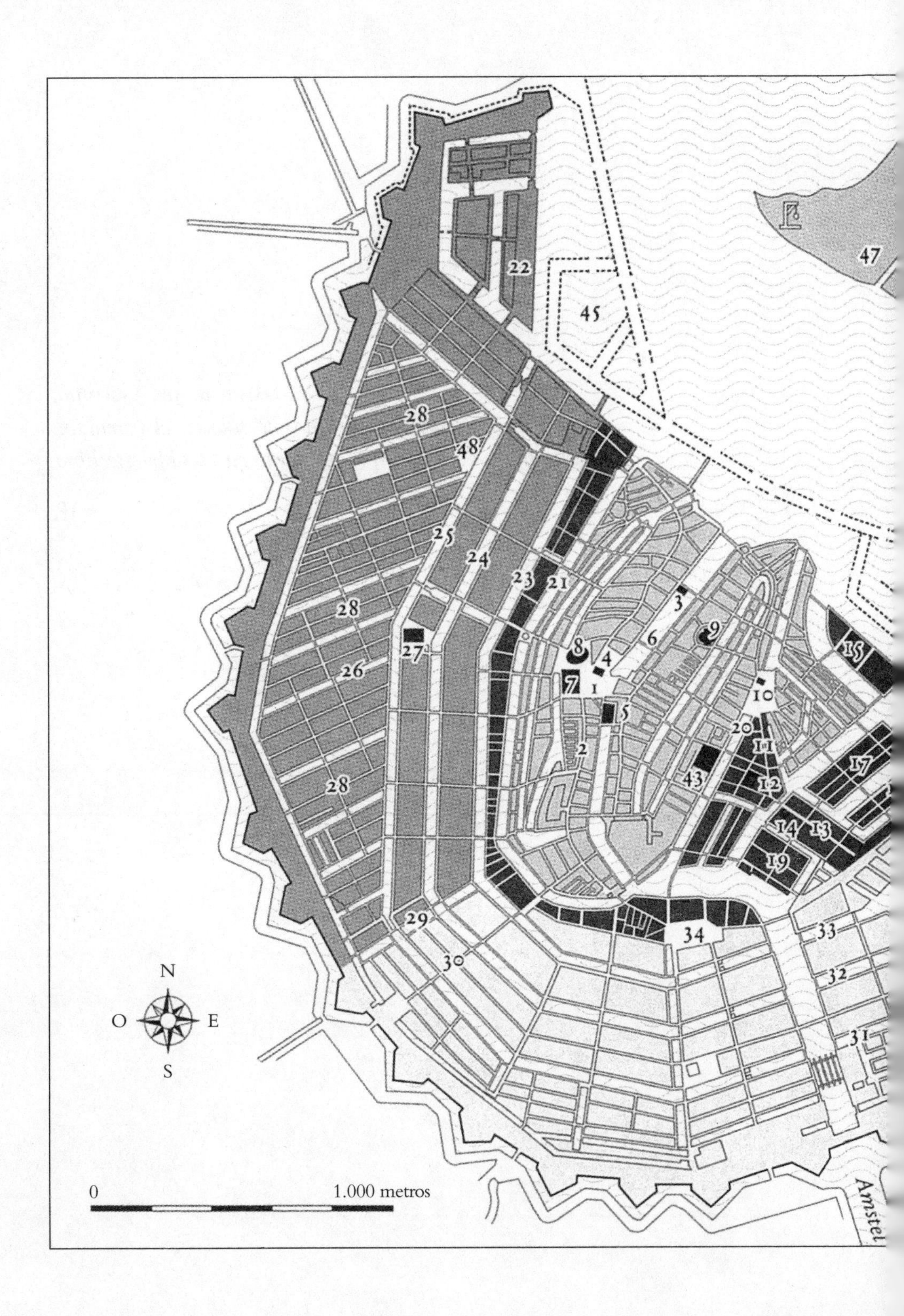

22
45
47
28
48
25
24
23
21
3
9
6
8
4
7
1
5
2
10
20
11
12
43
15
17
14
13
19
28
27
26
28
29
30
34
33
32
31
N
O
E
S
0
1.000 metros
Amstel

A mi mujer, Corinna,
que permaneció a mi lado, no sólo en Amsterdam,
durante todo el tiempo que tardé en escribir este libro.

JK

[1] VOC = Verenidge Oostindische Compagnie, Compañía de las Indias Orientales. *(N. de los T.)*

Prólogo

El corazón traidor

Guillermo estaba angustiado. Era como si le aplastara el pecho una piedra de molino que le cortaba la respiración. Y tenía mucho frío. Era el frío de la muerte, que lo rozó al abandonar el comedor con sus invitados para mostrarles unos tapices de reciente adquisición. No lo hacía movido por la vanidad, sino por el sincero orgullo y la honda satisfacción que sentía ante las obras de arte. En los tiempos que corrían, rebosantes de guerras e intrigas, el espíritu humano precisaba más que nunca el alivio que procuraba la contemplación de un bello lienzo o un mural grandioso.

Mauricio y Justino, hijos de Guillermo, se hallaban a la cabeza de los presentes, que formaban un semicírculo alrededor del estatúder de los Países Bajos. Los hombres de su guardia personal se mantenían apartados: sabían que al príncipe de Orange no le agradaba que se acercaran demasiado a él. Se consideraba un hombre del pueblo –presumía de ello–, siempre presto a escuchar cualquier petición. Por eso no habría sido muy conveniente permitir que un cuerpo de alabarderos lo protegiera.

Justo cuando iba a mostrarles a sus invitados otro tapiz, se armó un alboroto entre la guardia. El capitán al mando del pequeño pelotón interpelaba con malos modos a un hombre que a todas luces trataba de abrirse paso entre los soldados. Guillermo preguntó qué sucedía.

–Este hombre se empeña en hablar con vos, príncipe –repuso el capitán, señalando al extraño–. Parece que no quiere entender que en estos momentos estáis ocupado en otros menesteres.

Guillermo dio dos pasos hacia la guardia y miró de arriba abajo al perturbador. El hombre aún era joven, apenas rebasaría la veintena, y bajo la pesada capa llevaba ropas de hechura francesa. Su aspecto era extremadamente aseado. De su oscura tez se deducía que era extranjero, francés del sur tal vez o italiano. Sin embargo, la aparente calma del forastero era engañosa. Guillermo reparó en un titilar vacilante de los pequeños ojos y vio temblar sus párpados repetidas veces. El hombre parecía estar sometido a una gran presión.

El príncipe de Orange lo miró con amabilidad y se dispuso a preguntarle qué deseaba. Pero antes incluso de que pronunciara la primera sílaba, se quedó helado. Su mirada se detuvo en la mano que sobresalía de la capa del intruso y sostenía algo pesado. Con la luz que entraba por los ventanales, el alargado objeto arrojó un brillo metálico. Cuando Guillermo cayó en la cuenta de que el hombre le estaba apuntando con una pistola, un fogonazo lo cegó y, casi simultáneamente, percibió la detonación.

Sintió un golpe en la mejilla derecha y de inmediato un dolor punzante mientras las llamas lo rodeaban: fuego justo delante de su rostro. El fogonazo surgido de la pistola había prendido la gorguera. Por último salió de su estupor y empezó a sacudirse nerviosamente las llamaradas.

Al mismo tiempo miró al extraño, que estaba algo inclinado hacia delante, con los ojos clavados en la mano que hacía un instante empuñaba la pistola. El arma se había esfumado, y de la mano no quedaban más que unos colgajos de carne sanguinolentos. Sin duda, la carga de pólvora había reventado la pistola... y con ella la mano del autor del atentado.

Dos criados se acercaron presurosos para ayudar a Guillermo a apagar las llamas. El agresor fue rodeado por la guardia de Guillermo. Alabardas y espadas se hundieron en el cuerpo del hombre una y otra vez, incluso cuando cayó al suelo dando un giro grotesco y quedó tendido inmóvil ante los soldados.

El fuego estaba extinto, pero el dolor en el cuello y la boca era insoportable. Guillermo se desplomó sin fuerzas, como si quisiera reunirse en la muerte con su asesino.

Confuso, Guillermo abrió los ojos. Hacía ya tiempo que el alba había expulsado a la noche. Un leve escozor en la mejilla derecha conservaba vivo el recuerdo: ya habían pasado más de dos años desde que, como por arte de magia, saliera con vida del ataque. En cambio, el sicario, un español llamado Juan de Jáuregui, había perecido bajo las espadas y las alabardas de la guardia. Los médicos acudieron en tropel al lecho de Guillermo y se mostraron optimistas, aunque lo cierto es que apenas creían que el estatúder de los Países Bajos, a quien la bala atravesó la mejilla derecha y el paladar, pudiera escapar de las gélidas garras de la muerte. Guillermo se estremecía sólo con recordar las largas semanas que permaneció postrado, sin poder decir ni palabra conforme a las órdenes de los médicos y resolviendo los asuntos de Estado más urgentes con ayuda del lenguaje de las señas y de unas pocas instrucciones redactadas con mano insegura.

Su salud no acabó de restablecerse por completo, cosa que, sin embargo, no logró desalentarlo. Continuó capitaneando la lucha por la independencia de los Países Bajos contra España y, negándose a dejarse intimidar por asesinos taimados, siguió sin rehuir el contacto con todo aquel que quería exponerle algún ruego. Aunque la oferta de Felipe no había cambiado.

El rey de España, Felipe II, había prometido al que matara a Guillermo una recompensa de veinticinco mil coronas de oro, en monedas contantes y sonantes o en tierras. Tras cometer el atentado, si el autor no perteneciera a la nobleza, sería ennoblecido. En opinión de Felipe, el asesinato de Guillermo no era ningún delito: el monarca español había hecho excomulgar al odiado rebelde y lo había declarado proscrito.

Guillermo sonrió al levantarse de la cama y acercarse a la ventana. La oferta del rey español le había demostrado cuán valiosa era su persona. Pero lo más importante era que Felipe le tenía miedo. Como estatúder de los Países Bajos, Guillermo era el comandante en jefe de las siete provincias septentrionales, que formaron la Unión de Utrecht en 1579 y, dos años más tarde, habían proclamado su independencia de España en un acto solemne. Había infligido a los españoles duras derrotas.

Apartó los pesados cortinajes para saludar al nuevo día, pero a mitad de camino se detuvo. Un soplo helado lo rozó y lo hizo estremecer, un soplo similar al frío que ya sintiera dos años antes, aquel día aciago, en Amberes.

Se sacudió la angustia y abrió la ventana. Se hallaba en Delft, no en Amberes, y el aire matutino prometía un cálido día de verano.

No había motivo para albergar pensamientos sombríos, se dijo, y tras un frugal refrigerio se sentó a su mesa, dispuesto a despachar la correspondencia importante. Le gustaba trabajar en el recogimiento que le ofrecía el monasterio de Santa Ágata, que en su día había sido un importante monasterio y ahora albergaba la corte principesca en el ala nororiental.

A media mañana, cuando la estival tibieza ya se había tornado calor canicular, recibió a Rombout Uylenburgh, burgomaestre de Leeuwarden, para tratar con él asuntos políticos y religiosos relativos a Frisia. Sólo los clarines anunciadores del almuerzo interrumpieron su animada conversación. Cuando se dirigían al comedor se les unieron la esposa de Guillermo, Luisa; su hija Ana; y su hermana Catharina, condesa de Schwarzburg.

Unos cuantos peticionarios habían aguardado hasta mediodía para exponer sus ruegos a Guillermo, pero éste no quería hacer esperar a sus invitados, de modo que les dio largas hasta después de comer. Tan sólo le indicó que se aproximara a un joven francés que había sido portador de importantes noticias en más de una ocasión y al cual había respaldado con dinero. Se trataba de François Guyon, que se había convertido al calvinismo y contaba que su padre incluso había sido torturado y asesinado en Dôle por profesar el nuevo credo.

–¿Qué ocurre, Guyon? –preguntó Guillermo–. ¿Me traes nuevas de Francia que no admiten demora?

Guyon, un hombre menudo de unos veinticinco años, se quitó el sombrero de fieltro azul marino, hizo una reverencia y negó con la cabeza.

–No traigo novedades, príncipe Guillermo, pero espero averiguar algo en mi próximo viaje. Y para eso necesito un salvoconducto.

Su voz sonaba particularmente hueca e insegura, como si él mismo tuviera claro que aquél no era el momento adecuado para importunar a Guillermo con esa cuestión.

–Luego, después del almuerzo –contestó éste un tanto desabrido, dándole a entender que lo esperara con los demás.

Guyon se retiró cariacontecido.

Cuando Guillermo entró en el comedor con sus acompañantes, Luisa le dijo en voz baja:

–Ese hombre con el que estabas hablando no me gusta. Su comportamiento es extraño.

A lo que Guillermo repuso sonriente:

–No es un mal hombre. Lo he visto otras veces. Si tramara algo contra mí, habría podido llevarlo a cabo hace tiempo. Sólo se ha conducido con cierta torpeza, probablemente se sintiera intimidado por tan distinguida comitiva.

Sólo se acordó de Guyon una vez concluido el almuerzo, cuando ante el comedor volvieron a acercársele varios peticionarios. El francés se encontraba entre los que esperaban, en una hilera, con aire paciente. Guillermo discutió un asunto militar con un oficial galés y acto seguido se dirigió a un comerciante italiano que afirmaba poseer importante información concerniente al comercio marítimo en el Mediterráneo. Guillermo no quería tratar tal cosa en público, de manera que subió con el italiano a su despacho.

Cuando despidió al comerciante y lo acompañó hasta la puerta, allí aguardaba un canoso oficial inglés, el capitán Williams, quien dobló la rodilla para transmitir su petición a Guillermo. En ese instante apareció François Guyon, y Guillermo tuvo un pensamiento que dejó en segundo plano todo lo demás: «¡Es exactamente igual que en Amberes!».

Guyon empuñaba en la diestra una pesada pistola de dos cañones con la que apuntaba a Guillermo. Una llama y humo de pólvora, la ensordecedora detonación del arma, y Guillermo sintió un fuerte golpe en el estómago. La terrible quemazón que se fue extendiendo en torno a la herida se topó con aquel soplo frío que ya experimentara por la mañana. La muerte sostenía a Guillermo entre sus heladas garras y no estaba dispuesta a dejarlo escapar de nuevo.

Antes aun de que se presentara el médico de cámara, el príncipe de Orange sucumbía a su grave herida.

El asesino fue encarcelado. Su verdadero nombre era Baltasar Gérard, oriundo del condado libre de Borgoña y, en realidad, católico y leal súbdito del rey de España. Se había hecho pasar en Delft por un hugonote refugiado, y se ganó la confianza de Guillermo.

De haber contado con el arma adecuada, quizá hubiese perpetrado su crimen mucho antes, pero la pistola la había adquirido hacía poco, precisamente a un miembro de la guardia personal de Guillermo, a quien contó que necesitaba el arma para protegerse de la chusma que invadía las calles de Delft por la noche.

Baltasar Gérard no llegó a disfrutar de la recompensa que se ofrecía por matar a Guillermo, pero Felipe ennobleció a su padre y lo premió con tierras en Borgoña. El criminal fue condenado a muerte tras sufrir espantoso tormento. La ejecución de la sentencia se llevó a cabo a los cuatro días del asesinato, el 14 de julio de 1584, ante el Consistorio de Delft. Se congregó una gran muchedumbre, y para muchos el luto por Guillermo se solapó con el placer de ver padecer y morir a su asesino.

Para desilusión de los curiosos, Gérard se mostró firme y sereno. Apretó los dientes cuando, en el cadalso erigido ante el Consistorio, la mano que disparó el tiro mortal le fue quemada con un hierro candente hasta que de ella no quedó sino un muñón carbonizado. Sólo cuando las tenazas al rojo se aferraron a distintos puntos de su cuerpo y le arrancaron la carne salieron de su garganta sordos gritos de dolor.

Los sayones comenzaron a descuartizarlo vivo rajándole el cuerpo de abajo arriba. Entonces se rebeló, miró fijamente al gentío con los ojos encendidos de odio y chilló: «¡Malditos seáis todos, calvinistas desalmados! Vosotros, vuestros hijos y los hijos de vuestros hijos. ¡Mi maldición os habrá de perseguir cien años, a vosotros y a todos los que vivan en vuestros Países Bajos, dejados de la mano de Dios!».

Su voz se extinguió con un sonido gutural cuando le abrieron el vientre y le arrancaron el corazón. El «corazón traidor», como fuera llamado en la sentencia, le fue arrojado al rostro tres veces. Finalmente le cortaron la cabeza, dividieron su cuerpo en cuartos y colgaron cada una de las partes en los cuatro bastiones de la ciudad. El pueblo entero siguió todo el proceso con satisfacción, pero una sombra turbó su alegría: tanto en Delft como en el resto de los Países Bajos, aún se hablaría mucho tiempo de la maldición de Baltasar Gérard.

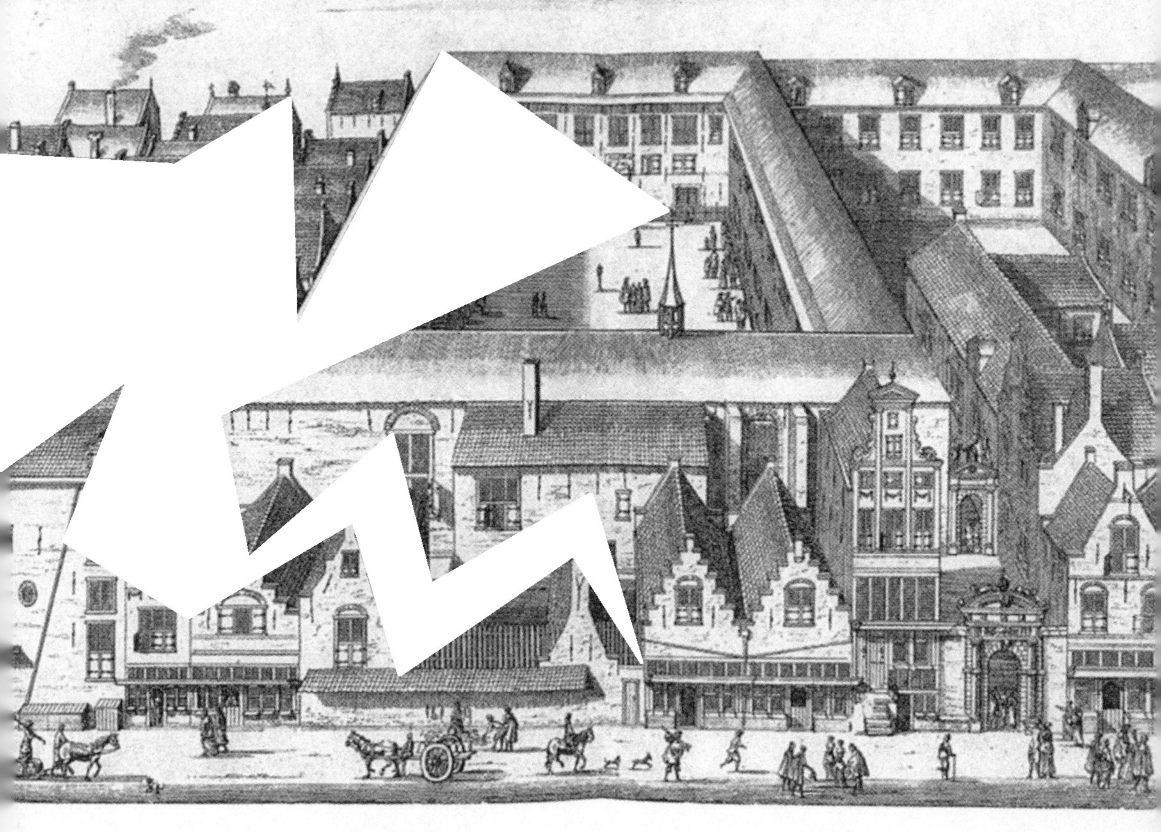
HET RASP-HUYS

Capítulo 1

Muerte en Rasphuis

Amsterdam, 7 de agosto de 1669

–Vamos, Cornelis, clávame la navaja en la barriga.

Ossel Jeuken soltó una risotada y meneó la cabeza, lo cual hizo temblar sus rollizas mejillas. Los ojos bajo las abultadas cejas me hicieron un guiño alentador y parecieron burlarse de mí a un tiempo. Ossel se hallaba a tres o cuatro pasos de mí, con el voluminoso tronco ligeramente inclinado hacia delante y los brazos con las poderosas zarpas extendidos como si fuera a abrazarme.

«O a aplastarme –pensé–, aunque yo no soy precisamente poca cosa.» Pero Ossel me sacaba una cabeza, y sus brazos eran casi tan anchos como mi muslo.

Con todo, se me antojó un atrevimiento que me pidiese que utilizara la navaja española, con su larga hoja curva, para atacarlo. Me consideraba muy diestro con esta arma, que le gané a un marinero inglés jugando a los dados.

–¿Por qué dudas, Cornelis? –gruñó Ossel.

–Tú lo has querido –repliqué yo, y arremetí contra él con un veloz movimiento, al tiempo que mi diestra dirigía la navaja hacia su macizo tórax.

Pero Ossel ya no estaba en la misma posición. Había cambiado de sitio en un instante, con una rapidez y una agilidad impropias de su torpe físico. En lugar de retroceder ante el acero español, avanzó un paso en diagonal y me asió con fuerza. Su mano derecha me rodeaba el cuello, y la izquierda se aferraba a mi brazo derecho con tal firmeza que me hacía daño. Antes de que pudiera reaccionar, Ossel me hizo perder el equilibrio con un raudo giro. Ahora su brazo derecho rodeaba mi espalda, y con la mano izquierda me destrozaba el brazo. Esto último me ocasionó un dolor punzante: la mano me temblaba sin control, y la navaja cayó ruidosamente al sucio suelo. Cuando Ossel aumentó la presión sobre mi espalda, perdí el equilibrio por completo y me desplomé, golpeándome el hombro con fuerza.

Respiré hondo, jadeante, y concebí nuevas esperanzas al ver brillar a mi lado la hoja. Mi mano se lanzó hacia el arma, pero la bota de cuero de Ossel fue más rápida e inmovilizó la navaja.

–Deberías admitir que has perdido –dijo con una sonrisa de oreja a oreja, inclinándose sobre mí–. Un hombre no debería confundir jamás valor con necedad.

Lo miré fijamente desde el suelo como haría un chiquillo con su poderoso padre y suspiré:

–Me doy por vencido. Contigo no hay nada que hacer, maestro Jeuken. Eres tan fuerte como hábil.

–La fuerza me la dio la naturaleza; la habilidad la he adquirido mediante el ejercicio –contestó Ossel, y me tendió la mano para ayudarme a ponerme en pie–. Si te ejercitas con el mismo empeño que yo, también tú dominarás el arte de la lucha.

–Con un maestro como tú, seguro –repuse mientras quitaba unas astillas rojas de la navaja. El brazo me dolía muchísimo, pero procuré que no se me notara. Al fin y al cabo, había sido yo el que había pedido esa clase de práctica.

Ossel sacudió la cabeza.

–Lo cierto es que no soy maestro, pero aprendí a luchar con un maestro verdadero.

–¿Con quién? –inquirí, devolviendo la hoja a su empuñadura, guarnecida de latón y asta de ciervo.

–Con Nicolaes Petter –respondió Ossel como si nada, aunque sabía de sobra la impresión que causaba ese nombre.

–¿Con Nicolaes Petter, el director de la famosa escuela de lucha? –repetí asombrado.

–El fundador de la escuela de lucha –corrigió él–. Ahora la dirige uno de sus alumnos, Robbert Cors.

Me dio la sensación de que mi amigo pronunciaba ese nombre con cierta antipatía.

–Pero no hablemos del pasado –propuso Ossel, y se situó ante mí con las piernas abiertas–. Querías aprender conmigo el arte de la lucha, así que vamos. Acércate otra vez a mí, pero esta vez muy despacio. Te enseñaré los movimientos con los que he rechazado tu ataque. Un poco de fuerza y algo más de cabeza pueden más que tu navajita española, Cornelis.

Asentí y me dispuse a atacar. Inspiré profundamente, aspirando el aroma de la madera recién cortada. Para la práctica de nuestros ejercicios habíamos escogido el gran almacén en el que la dura madera brasileña aguardaba a ser serrada y desbastada –escofinada– por los presos de Rasphuis. Justo cuando iba a abalanzarme sobre mi amigo, se oyó una voz que llamaba:

–¡Ossel! ¡Ossel! ¿Dónde estás?

–Es Arne Peeters –dijo Ossel extrañado, y le gritó a su compañero de trabajo–: ¡En el almacén de madera, Arne!

Se acercaron unos pasos presurosos, la pesada puerta de tablones de madera se abrió de golpe ruidosamente, y Arne Peeters asomó su calva cabeza al tiempo que balbucía sin aliento:

–Ossel, tienes que ir enseguida a la celda de Melchers, deprisa. ¡Ha pasado algo horrible!

–¿Qué es? –quiso saber Ossel mientras echaba mano con parsimonia de su jubón de piel, que había dejado junto a una pila de madera.

–Melchers... ¡ha muerto!

La tranquilidad de Ossel se esfumó en menos de un segundo.

–¿Cómo ha sido? –dijo sin aliento, mientras se ponía a toda prisa el jubón.

–Se ha suicidado. Iba a llevarle la comida y entonces lo vi. La celda está llena de sangre.

Seguimos a Peeters a toda prisa hasta la celda del maestro tintorero Gysbert Melchers. Al cruzar la gran sala de desbastar, los reclusos, que trabajaban de firme, nos lanzaron miradas curiosas, incluso hostiles, sin interrumpir por ello su trabajo. Las astillas volaban por la estancia, olía a sudor y madera, y por encima de todo aquello parecía flotar el olor de la muerte. O al menos eso pensé mientras me dirigía con los otros dos carceleros a la celda del hombre cuyo caso había conmocionado a todo Amsterdam seis días antes.

Gysbert Melchers era uno de los tintoreros más distinguidos de la ciudad y un miembro de su gremio respetado más allá de los confines de Amsterdam. Un hombre que desempeñaba su oficio con eficiencia y olfato comercial y que había alcanzado con él una considerable prosperidad. Nada en su conducta, según declararon posteriormente los testigos, permitía intuir que pudiera cometer semejante atrocidad.

El domingo anterior, por la noche, había asesinado de un modo brutal a su esposa y sus hijos, un muchacho de trece años y dos niñas de once y ocho. Los apuñaló con un cuchillo, los decapitó uno por uno con un hacha y acto seguido arrojó las cabezas a una tina llena de tinte. El crimen no se supo hasta el lunes por la mañana, cuando los oficiales de Melchers fueron a sacar el paño que habían dejado en la tina durante todo el domingo para ponerlo a secar al aire libre. Uno de los hombres, un tal Aert Tefsen, extrajo, junto con los paños, las cabezas de los asesinados. Los alterados oficiales fueron en busca de su maestro y lo encontraron en un rincón apartado de su casa, agazapado en el suelo como un animal acorralado, mirándolos con fijeza. No dijo una sola palabra sensata. A su lado descansaba el hacha, y sus manos, al igual que sus ropas, estaban ensangrentadas. Poco después los oficiales hallaron en el cuarto de estar los cuerpos sanguinolentos de las víctimas. Llevaron a Melchers al Consistorio para someterlo a un interrogatorio, pero sólo empezó a hablar cuando lo torturaron. Confesó su crimen, mas no quiso o no pudo aducir motivo alguno; se limitó a decir una y otra vez que tenía que hacerlo. El miércoles lo encerraron en Rasphuis, donde esperaría hasta que se celebrara el juicio. También allí se mostró muy reservado.

Yo había intentado hablar con él dos veces; fue en vano, y acabé dándome por vencido. El alcaide resolvió que Melchers debía permanecer aislado en su celda. Su extraño ensimismamiento no hacía aconsejable permitir que trabajara en la sala de escofinado. El alcaide temía, con razón, que Melchers pudiera volverse violento de nuevo con la sierra de doce hojas en la mano.

Cuando giramos por el corredor que llevaba a la celda de Melchers, vi ya de lejos que la puerta estaba entreabierta. Delante, Peeters había dejado una austera escudilla con un puré, la comida de Melchers. Ossel abrió por completo la pesada puerta de un empujón y fue el primero en ver la pequeña estancia. Yo me acerqué a él y contemplé la espeluznante estampa. En mis dos años de carcelero en Rasphuis había visto cosas capaces de revolver estómagos más delicados que el mío, pero la visión de Gysbert Melchers le daba cien vueltas a todo lo demás. Respiré hondo y me obligué a reprimir las náuseas.

Nada quedaba del imponente físico que el tintorero tuviera en vida. Muerto tenía un aspecto lamentable. De sus muñecas, por las que habían escapado la sangre y la vida, colgaban pedazos de carne desgarrada. Yacía sobre el costado derecho, como un animal abatido, encogido en la agonía. Tenía los ojos como platos, la boca entreabierta y embadurnada de sangre. También había sangre en los dientes. No pude evitar pensar en una fiera, en los sangrientos colmillos de una bestia.

–¿Cómo ha podido hacer esto? –preguntó Arne Peeters, moviendo su calva cabeza con incredulidad–. ¡Si no tenía ningún arma!

–¿Es que no ves los dientes? –respondió Ossel con una voz inusitadamente bronca. Hasta al encallecido bastonero le afectó la espantosa escena.

–Sí, qué extraño, tanta sangre...

–No es extraño, sino horrible –contradijo Ossel, y se llevó el antebrazo derecho a la boca, como si quisiera morderse la muñeca–. Lo hizo así.

Peeters tragó saliva.

–Que un ser humano sea capaz de esto...

–Un hombre que masacra a su esposa y a sus inocentes hijos podría ser capaz de casi todo –contesté yo, y me pegué a Ossel para entrar en la celda, pues algo en la pared del fondo llamó mi atención: una sombra imprecisa, un gran cuadrado.

–Debía de tenerle mucho miedo a la pena que le sería impuesta para rehuirla de este modo –musitó Peeters.

–Tal vez decidiera llevarla a efecto él mismo –aventuré yo.

–O simplemente se volvió loco –apuntó Ossel, que me puso con fuerza la mano derecha en el hombro y, para mi asombro, me impidió la entrada en la celda–. Arne, haz el favor de avisar al alcaide.

–De acuerdo –accedió éste, marchándose a toda prisa.

Ossel lo siguió con la mirada y, cuando Peeters hubo abandonado el corredor, dijo:

–No es preciso que lo vea. –Y señaló el enorme objeto que descansaba contra la pared.

–¿Qué es? –quise saber.

Ossel entró en la sombría habitación, con cuidado de no pisar el gran charco de sangre que rodeaba el cadáver de Melchers, metió la mano tras el muerto y sacó un lienzo con un marco de madera tallada.

–¿Un cuadro? –dije, sorprendido.

–Sí, un cuadro.

Contemplé el óleo a la luz de las dos lámparas negruzcas que iluminaban el corredor. Mostraba de manera inequívoca al muerto, presumiblemente en el seno familiar. El pintor había plasmado a un Gysbert Melchers satisfecho, sentado a una mesa ricamente puesta. A su lado había una mujer regordeta, mas bella, que le servía algo en una gran copa que despedía un brillo plateado. A la izquierda de la madre, observando a sus padres, un muchacho y dos niñas más pequeñas.

–Melchers y su familia..., sus víctimas –dije en voz queda.

–Muy bien, Cornelis. Hasta hace poco, el cuadro estaba en su salón.

–¿Cómo ha llegado hasta aquí?

Ossel miró al difunto.

–Me pidió que se lo trajera.

–¿*Pidió*? –repetí yo–. Pero Ossel...

–Ya, ya, ya sé que está prohibido traerles nada de casa a los presos, pero el tintorero me lo suplicó encarecidamente. Y además...

–¿Además? –insistí yo cuando mi amigo titubeó.

–Además, ¡diez florines es mucho dinero!

–En efecto. Es extraordinario.

–¿Qué? ¿Que Melchers pagara tanto dinero por tener consigo su propio cuadro? Tal vez quisiera que le sirviese de consuelo. O quizá pretendiera castigarse a sí mismo no perdiendo de vista a los seres de cuya muerte era culpable. Puede que no fuese capaz de soportar por más tiempo la visión del cuadro y por eso se suicidara.

–Puede ser, Ossel, pero lo que encuentro extraordinario es otra cosa. El hombre era muy reservado, sólo abrió la boca cuando lo torturaron. Y, sin embargo, habló contigo.

–Cuando le traje la cena el miércoles, sí. Pero no me dijo por qué había matado a su mujer y a sus hijos. Sólo le importaba ese cuadro. Me imploró que fuera a su casa y le pidiese el cuadro a Aert Tefsen, su oficial. Tefsen me daría el dinero, aseguró. Y así fue. –Al oír unos pasos presurosos, Ossel se estremeció–. Tengo que esconder el cuadro, Cornelis; ahora mismo vuelvo.

Y dobló la esquina y desapareció. Apenas había otro que conociera Rasphuis tan bien como él. Por eso precisamente logró introducir en la celda de Melchers sin ser visto un cuadro que estaba lejos de ser pequeño. Cuando Arne Peeters apareció con Rombertus Blankaart, el alcaide a quien había sido confiada la dirección de Rasphuis, Ossel estaba de nuevo a mi lado.

Blankaart, un hombre bajito y nervudo que siempre parecía un tanto inseguro, se asomó a la celda del tintorero... y se apartó como si le hubiesen atizado un puñetazo invisible.

–No..., no puede ser verdad –balbució, clavando los ojos en el bastonero–. ¿Cómo ha podido ocurrir?

–Es todo un misterio, señor –contestó Ossel.

–Pero ¿cómo voy a explicárselo a los administradores, al burgomaestre y a las autoridades? –dijo Blankaart.

–Es posible que no haya explicación –acudí yo en ayuda de mi amigo–. Es igual de inexplicable que el crimen de Melchers. Probablemente estuviera loco.

–Sí, será eso –se lamentó Blankaart. Parecía aliviado al menos por poder ofrecer alguna clase de explicación.

Yo, por el contrario, me sentía extrañamente abatido. Me asaltó un inquietante presentimiento: me daba en la nariz que no había que pasar por alto sin más ni más la muerte del tintorero, y al mismo tiempo no estaba seguro de querer saber la verdad.

Capítulo 2

El cuadro del difunto

Cuando finalizó nuestro turno, Ossel y yo salimos juntos de Rasphuis. Echamos a andar por Heiligeweg, donde reinaba la actividad habitual de una tarde de verano. Carros traqueteantes cargados hasta los topes, vendedores ofreciendo su mercancía y, con los rayos aún cálidos del sol de agosto, parejas y familias al completo dando un paseo vespertino. En el cielo volaban las gaviotas y unas cuantas garzas reales, como completando la apacible, por qué no, la idílica escena. Nada indicaba que apenas unas horas antes, tras los gruesos muros de la prisión de Amsterdam, un hombre había puesto fin a su vida de un modo terrible. Los muros aún guardaban su espantoso secreto, pero al día siguiente, a lo sumo, todo Amsterdam conocería la historia hasta el más mínimo detalle.

«No, no con todo detalle», pensé al reparar en el voluminoso paquete que Ossel llevaba bajo el brazo: había envuelto el cuadro en una manta de lana gris.

Lo señalé y pregunté:

–¿Vas a devolverlo a casa de Melchers?

–Sí, pero dentro de unos días, cuando todo se haya calmado. No me gustaría meterme en un lío por culpa del cuadro.

–Bien, porque querría verlo otra vez con tranquilidad.

–¿Por qué?

–Llámalo interés profesional, Ossel. Al fin y al cabo, yo también pinto.

–Pero no con demasiado éxito precisamente –repuso él sonriente al tiempo que señalaba Rasphuis con el pulgar, sin volverse–. Si no, no tendrías que ganarte la vida ahí.

–Tú hurga en la herida, anda –contesté yo entre risas–. Lo que pasa es que en este país hay más pintores que carceleros, demasiados pintores tal vez.

Ossel me dio un golpe amistoso en la espalda.

–Anda, vente conmigo a casa, Rubens. No me gustaría tener que descubrir esta obra maestra delante de nadie. Además, todavía me queda una ginebra de aúpa. ¡Después de todo este jaleo, nos merecemos un buen trago!

Tomamos el camino que conducía hasta el barrio de Jordaan. Yo seguía dándole vueltas a lo del cuadro, y le reproché a mi amigo que lo hubiese metido a escondidas en la celda del tintorero.

Ossel torció el gesto, enojado.

–Deja eso de una vez, Cornelis. Empiezas a hablar como el alcaide. No le habrás echado el ojo a su puesto, ¿eh?

–No me importaría tener su salario, pero la idea de pasarme el resto de mi vida en Rasphuis no me hace tanta gracia.

–Tampoco es que esté tan mal –rezongó Ossel–. Después de todo, yo ya llevo más de doce años allí.

–Pero eres bastonero.

–Tardé tiempo en serlo, pero no me quejo. Antes de llegar a Rasphuis, trabajé en esto y aquello, y siempre me ponían de patitas en la calle en cuanto al patrón se le acababa el dinero. En Rasphuis tengo unos ingresos regulares, aunque podrían ser más elevados.

Le dirigí una mirada escrutadora, si bien me abstuve de hacer comentario alguno sobre sus ingresos: tendría más que de sobra de no ser por el aguardiente y el juego. Cuanto más bebía, menos le acompañaba la suerte en el juego, de manera que cada vez tenía menos *stuyver* en el bolsillo. Además, desde hacía poco vivía con una mujer, llamada Gesa o Gese, que no ejercía una buena influencia sobre él. Ossel no hablaba mucho de ella, pero de lo que contaba se podía deducir que también le gustaba más el aguardiente de lo que le convenía. Y encima sufría una tos pertinaz, y Ossel se gastaba mucho dinero en médicos y medicinas.

La casa en la que vivía de alquiler era tan grande como sombría. Nada más adentrarnos en el laberinto de escaleras y angostos pasillos se acabó la tibieza de la tarde de verano. El edificio pertenecía a un fabricante de herramientas, el cual había instalado a sus trabajadores en los peores agujeros. En mi opinión, cada *stuyver* que les descontaba del salario para ello era excesivo. Las viviendas en las que al menos entraba algo de aire y luz las alquilaba a otros, a gente como Ossel, que ganaban lo bastante pero no podían considerarse en modo alguno personas acomodadas. El inmueble apestaba a humedad e inmundicias.

Subimos a duras penas dos empinadas escaleras y entramos en casa de Ossel, a la que hacía meses que yo no acudía: desde que mi amigo vivía con aquella mujer. Me daba la impresión de que Ossel me mantenía alejado de ella deliberadamente: aquella tarde, la mujer tampoco se encontraba allí. Cuando pregunté por ella, me dijo que se había ido por unos días, tenía que ocuparse de una tía suya, enferma de gravedad.

Puso en la mesa dos vasos de loza no muy limpios, que llenó con la ginebra prometida. Entre tanto, yo le quité la manta al cuadro y lo apoyé en un baúl carcomido de forma que recibiera la escasa luz vespertina que se colaba por la diminuta ventana. Ossel me vio entrecerrar los ojos y encendió un quinqué.

–¿Y? –quiso saber después de que me pasara un rato mirando la pintura–. ¿Es un buen cuadro, valioso quizá?

–No estoy seguro –repliqué en voz baja, y me acerqué para echar un vistazo a la firma.

–Qué raro –musité–, esto es muy raro.

–¿Qué? –Ossel le dio un buen trago al licor, eructó ruidosamente, complacido, y se secó la húmeda boca con el dorso de la mano–. Habla de una vez, muchacho.

–Todos los pintores dejan su nombre o al menos su marca en el cuadro. Es cuestión tanto de orgullo como de espíritu comercial. Al fin y al cabo, un pintor depende de los encargos, y para eso la gente ha de saber de quién es la obra que está contemplando. Pero, por más que miro, aquí no veo ninguna firma.

–Tal vez en esta ocasión el pintor no se sintiera orgulloso de su trabajo –opinó Ossel, sentándose en una silla que crujió abrumada por su peso.

–No lo creo. Es un buen cuadro. Mira cómo baña la luz el rostro de los niños, es magistral.

Ossel se inclinó sobre la mesa y clavó la vista en el lienzo, con los ojos abiertos de par en par.

–Bueno, yo lo habría hecho de otra manera.

–¿A qué te refieres?

–La persona más importante del cuadro es el tintorero. A fin de cuentas fue él quien se lo encargó, así que la luz debería darle a él y no a los niños. Ese pintor es un chapucero. No es de extrañar que no haya garabateado su nombre en el cuadro.

Miré indignado a Ossel.

–Tú no tienes ni idea de pintura. Es precisamente esa luz lo que me tiene fascinado. Creo que es muy ingenioso que sean los niños quienes atraigan en primer lugar la mirada del observador. Los niños miran a su padre, y de este modo destaca especialmente la preeminencia del progenitor. Si el cuadro tuviera otros colores, lo atribuiría al maestro Rembrandt.

–¿Rembrandt? –Ossel bebió un trago de ginebra y se rascó el cogote pensativo–. Dicen que ha perdido mucho. ¿Aún vive?

–Pues claro que aún vive. Estos últimos años ha tenido mala suerte. La mayoría de la gente piensa igual que tú y no aprecia su pintura. Pero, si quieres mi opinión, algún día será tan famoso como Rubens, más famoso incluso.

–¡Ni en un millón de años! –rió Ossel–. He oído que a Rembrandt lo aprecian tan poco que hace unos años acabó en la bancarrota. ¿Estoy en lo cierto?

–Tienes razón. No podía conservar por más tiempo la gran casa de la calle Jodenbreestraat y tuvo que vender todos sus bienes. Ahora vive en una casa más modesta, en la Rozengracht.

–Pero ¿aún puede permitirse tener una casa? –resopló Ossel, dejando vagar la vista por aquella habitación pequeña y parcamente amueblada–. Tal vez debiera haberme hecho pintor.

–Vive de alquiler en la Rozengracht. Por lo que sé, de la herencia de su difunta esposa, que él administra en representación de sus hijos.

–En ese caso tendría que haberme casado con una mujer rica y enferma, en lugar de vivir con una pobre y enferma. –Ossel rellenó de nuevo su vaso y me deslizó el mío por la mesa–. Siéntate de una vez conmigo y bebe un trago, Cornelis. O no te quedará nada.

Hice lo que me pedía y comenté:

–Rembrandt tampoco lo tiene fácil. En comparación con la fama de que gozó en su día, ahora sólo va tirando.

–Hablas como si lo conocieras bien.

–Bien, seguro que no, pero coincidimos en una ocasión. Poco antes de que empezara en Rasphuis, le pedí que fuera mi maestro.

–¿Tu maestro? Vaya, vaya. ¿Y qué pasó?

–Al final me echó de su casa y me gritó que no volviera a poner los pies allí jamás.

Esta confidencia produjo en mi amigo tal hilaridad que no fue capaz de contenerse y, sin parar de toser, espurreó la mesa con un trago de licor.

–Suponía que no eras un genio de la pintura, Cornelis, pero si pintas tan mal como para que le salte a la vista hasta a Rembrandt, sería mucho mejor que dejaras los pinceles.

–No tuvo que ver con cómo pinto, sino con su vicio, la bebida. Su hijita me pidió que procurara que su padre no bebiese tanto vino. Cuando una tarde traté de quitarle la jarra de las manos, me echó de casa.

–¡Con razón! Deberías haber permitido que se tomara una jarra de vino.

–Pero si ya se había bebido dos...

–Eso hace que lo tenga en mayor estima –afirmó Ossel al tiempo que agarraba su vaso de ginebra.

Yo me volví al cuadro de nuevo y me fijé en las ropas de la familia del tintorero, que presentaban distintos tonos de un impactante azul. El fondo, la pared del cuarto de estar, también era azul, más oscuro que la ropa y, sin embargo, extrañamente luminoso. Esa luz azul parecía iluminar todo el cuadro, como si fuera a salirse del lienzo para envolver al espectador y cautivarlo por completo.

–Si no fuera por este azul tan impactante, habría jurado que es de Rembrandt.

–¿Por qué? ¿Acaso no le gusta el azul?

–No lo sé. Durante el escaso tiempo que permanecí a su lado, nunca le vi utilizarlo. Sus colores preferidos son el blanco, el negro, el ocre y el rojo tierra.

–Quizá el cuadro sea de uno de sus discípulos –sugirió Ossel.

Me di una palmada en la frente.

–Tienes razón, será eso. Dicen que Rembrandt ya no tiene alumnos, yo fui una excepción. Pero antes, cuando su nombre era tratado con respeto, muchos querían aprender con él.

En el pasillo se oyeron unos pasos vacilantes, seguidos de un arañar en la cerradura. Mi amigo se situó de un salto ante la puerta y la abrió de golpe. También yo me levanté, dispuesto a ayudar a Ossel frente a un posible agresor. El barrio de Jordaan era un foco de gentes venidas a menos y fracasados. Debía su nombre a los hugonotes que habían llegado hasta allí huyendo de Francia: la sucia agua del cercano canal Prinsengracht les recordaba a un río de la que fuera su patria, llamado Jordanne. En una casa como ésa uno debía contar en todo momento con que aparecieran intrusos poco deseables, en el mejor de los casos un borracho despistado, pero también muchachos a los que nada importaba la muerte de un ser humano si con ello se hacían con unos florines o tan siquiera unos cuantos *stuyver*.

–¡Gesa!

Antes de que Ossel pronunciara su nombre, yo ya había adivinado quién era aquella mujer tambaleante que había ante la puerta. La mano que asía la llave temblaba de tal modo que no había sido capaz de dar con el ojo de la cerradura. Ossel tiró de su compañera y cerró la puerta.

Agotada, Gesa se dejó caer en la silla que antes ocupara Ossel y se echó sin más al sediento coleto el vaso de ginebra. Apenas lo hubo tomado, sufrió un ataque de tos que parecía no tener fin. En un primer momento pensé que la ginebra era demasiado fuerte, mas su aliento delataba que no era el primer trago aquella tarde, y las sanguinolentas salpicaduras de la mesa indicaban claramente que la causa de la tos era algo más serio.

–¿Qué se te ha perdido aquí? –le espetó Ossel de malos modos–. ¿Es que no ibas a la Prinsengracht a cuidar a tu tía?

–Bah, esa vieja loca. Se cree que porque un día vaya a heredar unos cuantos florines me puede estar dando órdenes todo el santo día como un capitán a su compañía. Ah, no, ¡a Gesa Timmers, no! «Limpia esto y barre eso y después haz la compra y prepara la comida.» ¡Que se lo ha creído! Y luego va y me critica sólo porque al ir a comprar entro un momento en el *Goldener Anker*[2] a beber un trago. Así que me he largado.

–Tú y el *Goldener Anker*–dijo Ossel en tono de reproche, meneando la cabeza–. Lo mejor sería que te llevaras la cama a ese garito.

–Mira quién habla –rió la mujer–. Si hay alguien que se conoce los antros de esta ciudad, ése eres tú, Ossel.

Me aparté un poco de la mesa para escapar al olor acre que salía de su boca con cada palabra. Debía de haberse bebido por lo menos cuatro o cinco jarras de matarratas. Poco a poco fui entendiendo por qué Ossel la mantenía alejada de sus amigos y sus compañeros de trabajo.

La cabeza de aquella mujer se volvió hacia mí como la de un pájaro en busca de un gusano.

–Y tú qué miras, ¿eh? ¿Quién demonios eres?

–Es mi amigo Cornelis Suythof –aclaró Ossel–. Lo he invitado a tomar un trago.

–Eso del trago es una buena idea. –Gesa acercó el vaso vacío a Ossel–. ¿Te queda algo?

–No para ti, Gesa. Por hoy ya tienes bastante. Mejor ve a acostarte.

–¿Acostarme? –Después de pensárselo, sacudió de tal modo la cabeza que su enmarañado cabello rubio voló de un lado a otro–. Sola, no –barbotó–. Es aburrido. ¿Es que no quieres acompañarme, Ossel? ¿O tu joven amigo? Parece estar en buena forma. Me gustaría saber si está tan duro como parece.

Con una rapidez que, en vista de su ebriedad, me resultó sorprendente, se levantó, dio la vuelta a la mesa y me agarró la entrepierna con seguridad y firmeza. Yo me sobresalté, pero no me atreví a moverme. Gesa me habría asido aún con más fuerza.

–Vaya, no está mal. –Me sonrió–. Y qué rápido te pones duro con mi mano. Todavía eres tan joven... Ossel ya va teniendo una edad, y en la cama está más interesado en dormir que en mí. ¿Qué tal si nos damos un revolcón?

Acercó su cara a la mía y frunció los labios en espera de un beso. Yo me eché automáticamente hacia atrás, todo lo que me permitió mi delicada situación.

---

[2] *Goldener Anker* = Ancla Dorada. *(N. de los T.)*

En otras circunstancias no me habría desagradado besarla. Puede que fuera como mucho cinco o seis años mayor que yo, que rondase la treintena, pues. Ossel, por el contrario, ya hacía tiempo que había cumplido los cuarenta, razón por la cual para mí no sólo era un amigo, sino también como un segundo padre. Sin embargo, Gesa parecía mayor. Su enfermedad y la bebida habían dejado profundos surcos en su rostro, y sus verdes ojos, en su día sin duda bellos y seductores, aparecían rodeados por oscuras ojeras.

Ossel se situó tras ella y la apartó de mí. Sentí dolor en la entrepierna cuando soltó su botín a regañadientes. La mujer perdió el equilibrio y cayó al suelo. Al mismo tiempo sufrió otro acceso de tos, y a los pies de Ossel se formó un pequeño charco de sangre.

–Será mejor que me vaya –dije yo con voz ronca, y me puse en pie y me dirigí a toda prisa a la puerta–. Nos vemos el lunes en Rasphuis, Ossel.

Iba a salir al pasillo cuando Gesa se levantó vacilante, salió en pos de mí y se aferró a mi brazo.

–¡Llévame contigo! –suplicó–. No me dejes con este viejo idiota que no hace más que dar vueltas en la cama y se pasa la noche roncando como si quisiera serrar él solito todo el palo del Brasil de Rasphuis.

–No puede ser –repliqué yo con torpeza, y traté de zafarme sin ocasionarle daño.

–Puedo hacerte muchas cosas buenas, créeme –aseguró ella, asintiendo enérgicamente–. Si quieres, te lo hago con la boca.

Lo cierto es que el ofrecimiento no me resultaba muy tentador, pero tampoco lograba desasirme.

Finalmente, Ossel agarró a la borracha y la arrastró hasta un rincón del oscuro pasillo. Se oyó un chillido asustado, y salieron corriendo unos bultos pequeños y negros: ratas.

Gesa obsequió a Ossel con una retahíla de repugnantes improperios que yo nunca había oído en boca de una mujer. Se abrieron algunas puertas, y los vecinos, curiosos, asomaron la cabeza. Ossel levantó a la mujer, que no paraba de vociferar, y la metió en casa.

Volví a despedirme brevemente y me fui de una vez, aunque con cargo de conciencia, ya que dejaba a mi amigo a solas con las ratas, las toses y los insultos de Gesa y el cuadro del difunto.

CAPÍTULO 3

En la celda oscura (1)

A decir verdad también yo vivía en el barrio que todos llamaban Jordaan, en el que desde luego no moraban los ciudadanos más distinguidos, pero había tenido más suerte con el alojamiento que mi amigo. La viuda Jessen, una señora bondadosa que sentía compasión por los artistas sin recursos, me había cedido una habitación en el último piso de su casa que, en comparación con la vivienda de Ossel, era un palacio y por la que probablemente no pagara más de lo que a él le costaba su ruinoso agujero. Era amplia, gracias a la diligente viuda Jessen siempre estaba limpia, y contaba con dos grandes ventanas que daban al norte. La luz uniforme que entraba debido a su orientación era absolutamente ideal para un pintor.

El domingo, cuando el sol de agosto iluminaba Amsterdam desde un cielo casi sin nubes, quise sacar partido de ello. Justo después de ir a la iglesia, a la que había acompañado a la viuda Jessen, mezclé los colores para retomar un cuadro que había comenzado hacía unos días, una escena portuaria que se desarrollaba en los muelles de la Compañía de las Indias Orientales. Una vez terminado, esperaba poder vendérselo por una buena suma de dinero a un empleado o incluso al director de la Compañía. Aunque en los últimos dos años hubiese pasado más tiempo en Rasphuis que ante el caballete, el deseo de vivir algún día de la pintura no se me borraba de la cabeza.

Las horas pasaban, pero en cuanto sumergí el pincel en el intenso azul para pintar el agua me detuve, ya que en mi mente surgió la visión de un cuadro muy distinto: el de la celda del tintorero.

Empecé a pensar en cuál de los discípulos de Rembrandt podía ser el autor de la obra, pero por mucho que me devané los sesos no llegué a ninguna conclusión: sencillamente no conocía lo bastante a los alumnos del maestro Rembrandt van Rijn. Quizás el cuadro se pareciera a las obras de Rembrandt por pura casualidad, o tal vez alguien que ni siquiera había sido discípulo suyo hubiera copiado su estilo.

Estaba tan absorto dándole vueltas al extraño cuadro que no era capaz de concentrarme debidamente en mi propia obra. Dejé vagar el pincel por la paleta, vacilante, y no di una sola vez con el tono adecuado.

A mediodía decidí no torturarme más y me fui a dar un paseo. Me mezclé con la gente para oír sus conversaciones, muchas de las cuales giraban en torno al crimen de Gysbert Melchers y a su suicidio. De modo que ya circulaba la noticia de lo ocurrido el día anterior en Rasphuis.

A la mañana siguiente, cuando llegué a Rasphuis Ossel no parecía haber entrado aún, cosa que no me extrañó, puesto que los lunes solía retrasarse unos minutos y aparecer con cara de haber dedicado el domingo más a beber que a dormir. Lo que sí me resultó raro fue que los demás me miraran como si de la noche a la mañana me hubiese crecido otra cabeza.

Me dirigí a Arne Peeters y le pregunté:

–¿Qué pasa? ¿Por qué me miráis así, tú y el resto?

Peeters parecía terriblemente turbado y se tiraba del cuello de la camisa como si no pudiera respirar bien.

–No es por ti, Cornelis, sino por Ossel.

–Pues que llegue tarde un lunes no tiene nada de particular.

Peeters me miró como si estuviera desvariando.

–¿Cómo tarde? ¡Pero si está aquí desde hace la tira!

–¿Dónde? Todavía no lo he visto.

Peeters señaló el suelo con la mano derecha.

–Ahí abajo, en la celda oscura.

–¿Y qué está haciendo ahí? ¿Tenía que encerrar a alguien?

Aparte de la temida caseta del agua, la celda oscura era el peor lugar de toda la prisión. Algunos recién llegados debían pasar algún tiempo en ella hasta que el alcaide decidiera adónde irían a parar definitivamente. Por lo demás, metíamos en aquel agujero lúgubre y húmedo a los reclusos que contravenían el reglamento interno para acabar así con su testarudez. Más de uno pasó numerosos días y noches allí, sin ver la luz del sol, sin hablar con nadie, con tan sólo una escudilla de agua y un canto de pan negro al día.

Arne Peeters se me quedó mirando largo rato en silencio y al final dijo atropelladamente:

–Entonces no lo sabes; por todos los santos, así que no lo sabes.

Exhalé un hondo suspiro.

–Arne, dime de una vez qué ha sucedido.

–Ossel se ha pasado media noche en la celda oscura, desde... desde que lo encerraron.

Hay cosas que la razón no entiende, o no quiere entender, aunque uno las haya oído clara e inequívocamente. Eso mismo me sucedió a mí en aquel instante. Clavé los ojos en Peeters, sin comprender nada, y le pregunté:

–¿Qué estás diciendo?

–Dios mío, Cornelis, ¡la mató!

–¿Quién ha matado a quién?

–Ossel a esa mujer. ¿Cómo se llamaba?

–¿Gesa? –dije yo mientras a mi mente acudía el desagradable recuerdo de aquella tarde–. ¿Te refieres a Gesa Timmers?

Peeters asintió vehemente, satisfecho al ver por fin en mí un destello de lucidez.

–A esa misma me refiero. Dicen que vivían juntos, Ossel y esa Gesa. ¿Es cierto?

–Sí, es cierto, pero ¿qué ha ocurrido, Arne?

Éste hizo una mueca que bien podría expresar su preocupación.

–Se desconocen los detalles. A decir verdad, lo único que se sabe es lo que han declarado los vecinos: según ellos Ossel y la tal Gesa se pelearon violentamente; empezaron anteanoche y siguieron durante todo el domingo. Ayer por la noche, unos cuantos, furiosos porque no podían dormir a causa del ruido, irrumpieron en la vivienda. Llegaron demasiado tarde, sólo vieron a Ossel inclinado sobre la difunta Gesa. Le golpeó la cabeza contra la pared como un niño rabioso a un muñeco. Según dicen, la cabeza de la mujer parecía un huevo roto.

Intenté imaginarme la escena, pero era incapaz. Conocía a Ossel desde hacía dos años, y aquel hombre, que se había convertido para mí en un padre y un amigo, no podía haber hecho lo que Peeters describía. Cierto que Ossel despotricaba y daba puñetazos en la mesa, sobre todo cuando había tomado unos aguardientes. Y sin duda era lo bastante fuerte para aplastar como un huevo a un hombre, más aún a una débil mujer. Pero yo habría puesto las manos en el fuego a que era incapaz de hacer algo semejante.

–¿Qué..., qué dijo Ossel? –inquirí, temiéndome en el acto la respuesta.

–Confesó el crimen.

–¿Dijo por qué lo había hecho?

–No, de eso no sé nada. Cuando lo encontraron, dicen que lloraba y balbucía que había matado a Gesa. Desde entonces guarda silencio. Tal vez el tormento le suelte la lengua.

Me mareé y me entraron náuseas. Fui con Peeters al puesto de guardia, me dejé caer en un taburete y bebí agradecido un trago del agua que me trajo en un cazo. El resto me lo eché por la cara. Las arcadas se calmaron, podía pensar de nuevo con claridad. Me vino a la mente el tintorero Gysbert Melchers: el asesinato de su familia era una atrocidad similar a la que se recriminaba a mi amigo Ossel. ¿Qué estaba pasando en Amsterdam? ¿Acaso el calor estival volvía locos a los hombres?

Le entregué a Peeters el cazo y le dije:

–Tengo que verlo, Arne. Tengo que hablar con él.

–Eso es imposible, Cornelis. Sabes que la celda oscura sólo puede abrirse una vez al día para entregar la comida. Para hacer una excepción es preciso obtener permiso explícito del alcaide.

–No puedo esperar tanto. Además, no estoy seguro de que Blankaart me lo concediese.

–Yo tampoco. Lo llamaron esta noche, cuando encerraron a Ossel, y al parecer se enfureció por el hecho de que fuera precisamente su mano derecha el que había cometido el asesinato.

–Entonces será mejor que el alcaide no se entere de que he ido a ver a Ossel.

Suspiré, me levanté y me hice con la llave de la celda oscura, que colgaba de un gancho aparte. La llave era grande y pesada, y las manchas de herrumbre que la salpicaban ponían de manifiesto que no se utilizaba con mucha frecuencia.

Peeters me agarró por el brazo.

–Cuelga esa llave, Cornelis. Nos vas a meter en un lío a todos.

–Eso no es nada en comparación con el lío en que está Ossel.

Lo aparté con brusquedad y abandoné la estancia contando con que me seguiría para retenerme. Pero un rápido vistazo bastó para revelarme que Peeters se había quedado a la puerta del cuarto, mirándome con los ojos entrecerrados. Probablemente sopesaba si había peligro de que descubrieran mi visita a la celda oscura.

Ya al bajar la estrecha escalera sentí el frío húmedo que hacía incluso en verano en el sótano de Rasphuis. Abajo, en el corredor, una única lámpara esparcía, obstinada, su luz. Vacilé en continuar. Todo aquello me parecía una pesadilla de la que esperaba despertar... antes de que lo increíble se tornara realidad.

Al fondo, al final del pasillo, se encontraba la celda oscura, cuya puerta, debido a la insuficiente iluminación, era apenas un borroso rectángulo negro. Me habría gustado desterrar de mis pensamientos la idea de que fuera Ossel, el mismo que encerrara allí abajo a tantos canallas y granujas, el que se hallaba en el lóbrego agujero, pero dar media vuelta y marcharme no era la solución, ni para él ni para mí.

Avancé inseguro, y cuanto más me acercaba a la celda, tanto más debía obligarme a poner un pie delante del otro. Rememoré la tarde en que estuve con Ossel, la mujer borracha y lasciva que no paraba de toser a la que mi amigo había tomado inexplicablemente por compañera. ¿Era la tal Gesa capaz de sacar de quicio a un hombre hasta el punto de que éste olvidara las leyes divinas y humanas –e incluso se olvidara de sí mismo– y cometiera un asesinato? Yo había encontrado a la mujer tan repulsiva que contesté a esa pregunta con un sí terminante. Sin embargo, a la otra pregunta, a la crucial, no quise dar una respuesta afirmativa: ¿era Ossel capaz de perpetrar semejante crimen?

Tras respirar hondo, abrí la puerta de la celda oscura y descorrí el oxidado cerrojo que la afianzaba. Crujiendo, contra su voluntad, la puerta cedió. En un primer momento no vi más que oscuridad. Mis ojos necesitaron un tiempo para distinguir algo con la débil luz que entraba del pasillo. Al principio no era más que un bulto en un rincón, pero luego se perfilaron los contornos de una persona y reconocí el semblante de Ossel.

Pero ¡cuánto habían cambiado los rasgos de mi amigo desde la última vez que nos vimos! Unas profundas arrugas surcaban su rostro: Ossel parecía haber envejecido diez años. Era como si las fuerzas lo hubiesen abandonado. Se hallaba sentado en el frío suelo, desmoronado, y me miró con indiferencia, como si fuese un extraño.

Le hablé tímidamente al principio, con más insistencia después, pero él seguía mudo e inmóvil en su rincón, y su opaca mirada carecía de todo atisbo de reacción. Exactamente como si, junto con su compañera, hubiese acabado con su propia memoria.

El tiempo pasaba mientras yo me esforzaba en vano por llamar la atención de Ossel. Luego oí a mis espaldas unos pasos que retumbaban en el corredor del sótano. Me volví y vi a Arne Peeters acompañado de Rombertus Blankaart, este último con cara de pocos amigos y una mirada fulminante.

–Pero ¿qué os habéis creído, Suythof? ¡Hablando con el preso sin mi consentimiento! –me reprochó antes incluso de llegar a la celda–. Deberíais saber que esto va en contra del reglamento.

–Ossel Jeuken es amigo mío. Quería saber qué le movió a cometer el crimen... en caso de que realmente lo haya cometido.

–De eso no cabe la menor duda. Las declaraciones de sus vecinos fueron inequívocas. Además, los hombres de la ronda, que acudieron a toda prisa, lo hallaron junto a la muerta. Jeuken estaba manchado con su sangre.

–Pero ¿por qué? –inquirí yo desesperado y posiblemente gritando más de lo necesario–. ¿Qué motivo podía tener para matar a su compañera?

El alcaide miró a mi amigo con enojo y desdén a un tiempo.

–Dicen que los dos le daban al aguardiente mucho y bien. De haberlo sabido antes, jamás habría encomendado a Jeuken el cargo de bastonero, un cargo que entraña una gran responsabilidad. Los vecinos hablaron de violentas discusiones. Con la borrachera, quizá Jeuken no supiera lo que hacía. Pero quizá sólo sea un obstinado. En tal caso, el tormento lo hará hablar.

–Dejadme hablar con él, *mijnheer* Blankaart –supliqué–. Si tuviera tiempo, estoy seguro de que Ossel se confiaría a mí.

Blankaart sacudió enérgicamente la cabeza.

–Eso iría en contra del reglamento. He de pediros que abandonéis de inmediato la celda.

Me asaltó una oleada de sentimientos encontrados. En un primer instante estuve tentado de seguir el requerimiento del alcaide, a cuyas órdenes estaba al ser carcelero en Rasphuis, pero después bastó una ojeada a Ossel para que prevaleciera el deseo de ayudar a mi amigo.

–No, me quedo –repuse–. Hasta que Ossel se confíe a mí.

Blankaart volvió la cabeza y dio una voz. Cuando, acto seguido, salieron dos sombras de la escalera, me di cuenta de que el alcaide se encontraba preparado para esa contingencia. Pieter Boors y Herman Brink, los más fuertes entre mis compañeros de trabajo, vinieron hacia mí y me agarraron con firmeza.

El alcaide me dirigió una mirada de reproche.

–Sois poco formal y rebelde, Suythof. No hay sitio en Rasphuis para alguien como vos. Y menos ahora que la muerte del tintorero y la infamia de Jeuken empañan la reputación de nuestro establecimiento. Estáis despedido desde este instante. Recibiréis el salario correspondiente a las semanas pasadas, pero no más. Y no oséis poneros en contacto a escondidas con Jeuken, de lo contrario os haré encerrar también a vos... ¡en la caseta del agua!

Indicó a Brink y Boors que me sacaran de allí, y en ese momento Ossel se movió. Me buscó con la mirada, y yo leí una inmensa tristeza en sus ojos. Abrió la boca y dijo con voz queda y temblorosa:

–El cuadro... fue el cuadro... azul...

–¿De qué está hablando? –inquirió Blankaart.

–No sé –mentí para no meter en más líos a Ossel–. Parece aturdido.

–Muy cierto –se lamentó el alcaide, volviéndose de nuevo a los carceleros–. Lleváoslo.

Me sacaron a rastras de la celda, pasando por delante de Arne Peeters, al cual miré furioso: estaba claro que me había desacreditado ante Blankaart. Tal vez sólo quisiera mantener las manos limpias, mas quizá también pretendiera ganarse al alcaide para hacerse con el puesto, ahora vacante, de bastonero.

Brink y Boors no me soltaron hasta estar en Heiligeweg; ya en la puerta, me echaron a empujones de Rasphuis. Di un tropezón y me caí a los pies de unos niños, que se rieron de mí. Los que fueran mis compañeros prorrumpieron en carcajadas, y a mi ira se unió la vergüenza del desvalido.

Hacía tan sólo una hora, yo era un respetado carcelero de la prisión de Amsterdam y ahora me había quedado sin empleo y, a juzgar por las apariencias, sin amigos. El único ser al que habría podido confiarme sin reserva se hallaba en la celda oscura, a la espera de un final poco halagüeño. Me estremecí al pensar en la cámara de tormento y, peor aún, en el patíbulo. Cualquier otra cosa parecía poco probable cuando la única esperanza de Ossel era un pintor sin recursos llamado Cornelis Suythof.

Capítulo 4

La búsqueda

Abandoné a toda prisa el lugar de mi derrota y tomé el camino que llevaba al barrio de Jordaan. La vergüenza por la humillación sufrida no tardó en desvanecerse, y mi mente volvió a ocuparse de Ossel. Ojalá Rombertus Blankaart me hubiese dejado hablar con él unos minutos. Justo cuando Boors y Brink me apartaron de allí, Ossel pareció derribar el muro invisible que lo rodeaba. ¿Cuáles habían sido sus palabras? «El cuadro... fue el cuadro... azul...»

No abrigaba ninguna duda en cuanto a qué cuadro se refería, pero ¿qué sucedía con el lienzo de Melchers? Tenía que tratarse de algo importante, pues de lo contrario Ossel no lo habría comentado. Resolví volver a observar el cuadro con calma, de manera que, en lugar de irme directamente a casa, me dirigí allí donde se había desarrollado la tragedia de Ossel y Gesa Timmers.

Recorrí estrechas callejuelas y pasé por delante de tugurios más o menos tenebrosos, si bien, dada mi preocupación, apenas prestaba atención a los letreros. No obstante, en una ocasión me detuve, volví la cabeza y vi el destrozado rótulo que colgaba sobre una angosta puerta que acababa de dejar atrás. Distinguí a duras penas que el ancla del letrero en su día había sido dorada, y ello me recordó la pelea entre Ossel y Gesa, cómo él le había reprochado ir demasiado a menudo al *Goldener Anker*.

Así que di media vuelta y entré en la tasca, que, a tan temprana hora, estaba casi vacía. Sólo a una de las mesas del fondo se hallaban sentados dos hombres, vestidos con ropas sencillas, que hablaban a voz en grito de los bajos salarios que percibían los estibadores. El dueño, un calvo barrigudo, me examinó con su único ojo; el otro lo llevaba tapado con un parche de cuero. Al pedir dos cervezas e invitarlo a que me acompañara, la cara se le alegró un tanto. Se llamaba Frans, había servido en la marina de guerra y había perdido el ojo derecho hacía tres años, cuando participó en el enfrentamiento naval de los Cuatro Días contra los ingleses a las órdenes del almirante de Ruyter, un combate que duró los cuatro días con que es conocido. Con cada sorbo de cerveza se volvía más locuaz.

–Pusimos rumbo a la costa inglesa con viento este favorable –relató, y su ojo se iluminó al recordar–. Esos perros ingleses fueron tan tontos como para dividir su flota: sólo cincuenta de sus barcos frente a nuestros noventa. Habrían sido una presa fácil, pero de súbito el viento roló a suroeste, y la visibilidad comenzó a empeorar por momentos. De Ruyter ordenó echar el ancla entre Dunkerque y los Downs, y los malditos ingleses nos sorprendieron atacando a favor del viento. Nuestro barco formaba parte de la escuadra de Cornelis Tromp, que se hallaba en vanguardia. A la orden de Tromp, cortamos amarras y nos dirigimos a la costa francesa. Una bala de cañón impactó a mi lado, y salieron volando astillas por todas partes. Una se me clavó justo en el ojo, pero yo seguí peleando, y al cuarto día les dimos una buena zurra en el culo a los ingleses de una vez por todas.

Aproveché la oportunidad para ganarme su simpatía haciendo un brindis por el almirante de Ruyter. No mencioné que en la batalla naval de los Cuatro Días sufrimos dolorosas pérdidas, ni tampoco que, siete semanas más tarde, los ingleses le hundieron veinte navíos al almirante sin perder ni uno solo de los suyos.

El tabernero habló de una herencia que le había permitido comprar el *Goldener Anker*. Lo felicité por ello, puse por las nubes aquel lugar venido a menos y comenté de pasada que me lo había recomendado una amiga.

–¿Una amiga? ¿Quién?

–Gesa Timmers –respondí yo sin perder de vista su fofo rostro.

–Gesa. –Una oscura sombra nubló su alegre semblante–. ¿Os habéis enterado de lo que le ha ocurrido?

Asentí.

–Sí. No se habla de otra cosa. Pobrecilla.

–Sí, pobrecilla. A ese tal Jeuken deberían cortarlo a pedacitos en vida.

–¿Le teníais afecto a Gesa?

Frans sonrió malicioso.

–Era una muchacha cariñosa, ya sabéis a qué me refiero. No tenía mucho dinero, pero siempre estaba sedienta. Solía pagarme con lo que el Señor le había dado. –Su rostro adoptó una expresión entre lasciva y melancólica.

Reprimí el repentino impulso de atizarle un buen puñetazo y le pregunté:

–¿Sabéis que Gesa y ese Jeuken se enzarzaron en una violenta pelea?

–Sí, dicen que fue entonces cuando la mató a golpes.

–Aseguran que discutieron porque el sábado Gesa estuvo aquí, en el *Goldener Anker*.

–¿Ah, sí? No lo sabía.

–Pero ella estuvo aquí, ¿no?

–Sí, claro.

Me obligué a esbozar una amplia sonrisa.

–¿Y os pagó con sus dones divinos?

–Por desgracia, no. Tenía su dinerito, a saber de dónde lo habría sacado. Tal vez se hubiese vendido a otro antes.

–¿Lo hacía a menudo?

–A veces, cuando andaba mal de dinero.

–¿Sabía eso el hombre con el que vivía?

–¿Jeuken? No lo sé, pero ella no trabajaba para él, de eso estoy seguro. Le gustaba demasiado el aguardiente.

Mientras iba camino de la casa de Ossel me puse a pensar en la información que me había procurado el tabernero. ¿Acaso, en el transcurso de la pelea, Gesa le habló a Ossel de los otros hombres a los que se entregaba y él la mató por celos? Moví con fuerza la cabeza para librarme de tan siniestros pensamientos. Si hasta yo mismo me hacía a la idea de que Ossel era un asesino, ¿quién creería en él entonces? Sencillamente, sabía demasiado poco de Gesa Timmers para sacar nada en claro. Lo que menos entendía era qué había visto Ossel en ella. Con su empleo en Rasphuis habría podido encontrar sin dificultad una mujer mejor.

Delante de la casa que la noche anterior estremeciera la tragedia, unos niños harapientos jugaban con un objeto remendado que, con una gran dosis de buena voluntad, podía tomarse por un balón. Engatusé al mayor con un *stuyver* y le pregunté por el casero. El muchacho se metió la moneda rápidamente en el deshilachado bolsillo del pantalón y me señaló el camino que llevaba a una de las viviendas más luminosas; allí encontré a «la vieja Deken», como dijera el chiquillo. Era una viuda casi desdentada que, según sus propias palabras, se ocupaba de la casa por encargo del propietario. Sin embargo, el abandono del edificio indicaba que sus cuidados no eran nada del otro mundo.

Me ceñí bastante a la verdad y le dije que era amigo de Ossel Jeuken y que éste me había pedido que comprobara que todo seguía en orden en la vivienda. No sé si me creyó, pero, después de que otro *stuyver* cambiara de dueño, me abrió de buena gana la puerta de la casa.

Unos platos rotos y una silla hecha pedazos eran la prueba de la violenta pelea que había tenido lugar. Luego vi la gran mancha roja negruzca en la pared: sangre seca en la cual distinguí, al mirarla de cerca, cabellos pegados.

–Ahí fue donde la mató –aclaró la viuda Deken innecesariamente–. Le golpeó la cabeza contra la pared, una y otra vez, hasta matarla.

–¿Cómo lo sabéis con tanto detalle?

–Bueno..., lo supongo. ¿De qué iba a ser si no la mancha de sangre? Además, cuando la encontraron, la mujer tenía la cabeza destrozada.

Me estremecí con sólo imaginar la escena, así que me apresuré a fijar mi atención en otra cosa: el cuadro. En su día se hallaba exactamente contra la pared que ahora ensuciaba la repugnante mancha roja, pero por mucho que miré en la habitación no fui capaz de encontrarlo. Así pues le pregunté a la anciana.

–¿Un óleo? –Rompió a reír y cabeceó–. No, Jeuken no tenía un cuadro de ésos. En esta casa nadie compra cuadros. Los que viven aquí se contentan con tener bastante dinero para pagar el alquiler y poder reunir algo para comer.

–Lo había tomado prestado –aclaré yo, y señalé la pequeña puerta de la alcoba–. Quizá lo metiera ahí.

La mujer no se opuso a que echara un vistazo en la pequeña estancia, pero tampoco allí encontré el cuadro. Al salir al cuarto de estar, junto a la señora Deken había un hombre delgado que frisaría en la treintena, bien vestido y aseado. Nada más verlo supe que no vivía en aquel inmueble.

Se tomó su tiempo para mirarme de arriba abajo antes de preguntar:

–¿Quién sois? ¿Qué hacéis aquí?

La anciana se me adelantó:

–Es un amigo de Jeuken y está buscando un cuadro. Pero no está. Jeuken no tenía dinero para cuadros.

–¿Un cuadro? –repitió el extraño, sorprendido, sin apartar de mí su mirada escrutadora–. ¿Qué clase de cuadro?

–No sé por qué debo rendiros cuentas –repuse–. Después de todo, ¿quién sois vos?

–Oh, disculpadme, qué descortesía por mi parte. –Risueño, se quitó el sombrero, adornado con un penacho de un color azul radiante, e hizo una reverencia–. Inspector Jeremias Katoen, del juzgado de primera instancia de Amsterdam, encargado de la investigación de este caso.

–¿Y qué hay que investigar? Creía que se sabía lo que ha sucedido.

–Al ser bastonero en Rasphuis, Ossel Jeuken desempeñaba un cargo público, razón por la cual el juez ha estimado necesario esclarecer las circunstancias del homicidio. Y ahora os quedaría muy agradecido si os presentarais vos.

Me quité el sombrero, mugriento, deforme y sencillo, hice asimismo una leve reverencia y pronuncié mi nombre.

–Así que os llamáis Cornelis Suythof y sois amigo de Jeuken. ¿De qué os conocéis?

No tuve más remedio que referirle al inspector a qué me dedicaba en Rasphuis y la expulsión de que había sido objeto aquella misma mañana.

Katoen se acarició la oscura perilla y asintió.

–Si os habéis jugado el puesto por Jeuken, en efecto debéis de ser un buen amigo. ¿Qué pasa con ese cuadro?

No consideré oportuno ocultarle la verdad. ¿Acaso perjudicaría aún más a Ossel con ello? Reo de asesinato, la ridícula acusación de haber introducido un cuadro en la celda de Melchers no le preocuparía mucho.

–¿Y ahora queréis buscar el cuadro para llevárselo a vuestro amigo? –inquirió el inspector con incredulidad.

–No quiero llevárselo, pero me gustaría volver a verlo.

–¿Por qué?

–Porque me atormenta una idea disparatada.

Katoen sonrió nuevamente, y esta vez no parecía divertido, sino alentador.

–Tal vez vuestra idea no sea tan disparatada. ¿Tendríais la bondad de compartirla conmigo, *mijnheer*?

–Supuestamente ese cuadro se hallaba en la casa del tintorero Gysbert Melchers cuando éste mató a su familia. Estaba en su celda cuando se suicidó. Y el sábado Ossel Jeuken se lo llevó consigo. Se encontraba aquí, apoyado en esa pared. Y ayer dicen que Ossel mató a golpes aquí a su compañera. En ambos asesinatos el cuadro andaba cerca, cosa que, a mi entender, supone una extraña casualidad.

Katoen se pasó la mano por el mentón de nuevo.

–Tenéis razón, Suythof. Pero ¿qué concluís vos?

–¿Es posible que el cuadro tenga la culpa de los crímenes? –pregunté. El inspector me miró como si hubiese perdido el juicio, motivo por el cual me apresuré a añadir–: Ya os dije que era una idea disparatada.

–Las víctimas fueron asesinadas por la mano del hombre, no por los personajes de un lienzo –replicó Katoen–. Ahora bien, tampoco hay que desestimar vuestra observación. Quizás el cuadro desempeñe un papel importante, aunque distinto del que vos pensáis. ¿Dónde está ahora?

–Ojalá lo supiera. En cualquier caso, aquí no; he mirado por todas partes.

Katoen le dirigió una severa mirada a la patrona.

–¿Tampoco vos sabéis dónde está el cuadro?

–No, señor –contestó ella deprisa, con la voz ligeramente temblorosa y rehuyendo los ojos del inspector.

–Debéis decirme la verdad, señora, de lo contrario os aguarda una dura pena.

–¿Una pena? ¿Qué clase de pena?

–Si me mentís, yo mismo me encargaré de que seáis azotada públicamente.

–Pero... yo no quería mentiros, *mijnheer*, tenéis que creerme. Azotada, Dios mío, ¿cómo va a sobrevivir a eso una pobre mujer vieja y débil como yo?

–Si me decís la verdad en el acto, el juez no sabrá nada de vuestro delito –propuso Katoen con afabilidad–. ¡Pero no me ocultéis nada!

La viuda Deken juntó las manos como si fuera a rezar.

–Os lo diré todo, señor, ¡todo!

–En ese caso, contadme de una vez lo que sepáis del misterioso cuadro.

–Vino a recogerlo un caballero, hará aproximadamente una hora.

–¿Qué caballero? ¿Cuál es su nombre?

–No lo mencionó, señor inspector. Sólo dijo que venía en busca de un cuadro de casa de Jeuken. El cuadro estaba ahí, contra la pared. El caballero lo envolvió en su capa y se lo llevó. No sé más.

–¿Por qué se lo permitisteis? –censuró Katoen a la mujer.

–Me... me dio tres *stuyver*.

–¿Y no sabéis más de ese hombre? ¿No dijo quién lo enviaba?

–No, no era muy hablador.

–¿Qué aspecto tenía?

–Iba bien vestido, como vos, *mijnheer*, y tenía una barba oscura. Pero tampoco es que me fijara mucho.

No era difícil suponer que los tres *stuyver* que le dio el extraño captaron toda su atención. En efecto, no fue posible sacarle nada más.

–Este asunto del cuadro cada vez aparece más turbio –afirmó Katoen.

–¿Os vais a ocupar de ello? –quise saber.

–En la medida de lo posible. Pero, si no hay más indicios, no sé cómo voy a descubrir el cuadro. Sea como fuere, deberíais dejar de meter las narices en esto, Suythof. Necesito que me digáis cuál es vuestra dirección, por si tengo que haceros más preguntas.

Le proporcioné la información que me pedía y me despedí. Ya en el pasillo oí al inspector decirme a gritos que me fuera a casa y no me rompiera más la cabeza con el caso.

Sin embargo, mis pasos no me llevaron a casa, tal como el inspector me había aconsejado. Quería hacer algo más por Ossel que confiar en las pesquisas del señor Jeremias Katoen. Tal vez no fuera capaz de descubrir dónde se hallaba el misterioso lienzo, pero quizá pudiera enterarme de cuál era su procedencia.

Con dicho objetivo en mente me dirigí hacia la Färbergracht, cuyas sucias aguas centelleaban con la viva luz del sol matutino. Le pregunté a una criada que fregaba las escaleras a la puerta de una gran casa por la mansión del tintorero Melchers. Se encontraba cerca del puente de madera que, junto con otros dos puentes de piedra, unía ambas orillas del canal Färbergracht.

En un lateral de la casa había una puerta cochera abierta, de manera que entré sin más. A pesar del portón abierto, en el patio del tintorero reinaba la calma, cosa que no me sorprendía. Muerto el maestro Melchers, la continuidad del negocio se me antojaba dudosa.

Además era lunes, día que los tintoreros llamaban «lunes azul». El domingo, jornada de descanso, se dejaban en la tina más tiempo que de costumbre los paños que debían teñirse, y el lunes se tendían a secar al aire libre. Dado que el género adquiría su característico color azul mediante el secado, se hablaba del «lunes azul». Normalmente, ese día los oficiales no tenían mucho que hacer, y por eso no era extraño que el Färbergracht estuviese tranquilo.

Doblé la esquina y vi unos grandes armazones de madera con paños colgados. Pese a la ausencia del maestro tintorero, allí parecía haber señales de actividad. Tras avanzar despacio entre los tendederos, llegué hasta otra puerta abierta que desembocaba en una sala espaciosa en la cual distinguí varias cubas de madera de gran tamaño. Al acercarme más, advertí que las tinas estaban llenas de un líquido amarillo. Y oí voces procedentes del fondo de la enorme estancia, de una zona que se hallaba separada por una cortina. Oí risas de hombre, pero también voces más agudas, como de muchacha o de niño.

Aparté la cortina y pude contemplar sin estorbos una curiosa escena. Me recibió un hedor acre, peor aún que el intenso olor del tinte. El aire, cálido y húmedo, rezumaba un vaho de orina reciente. En efecto, tres hombres y varios muchachos rodeaban una cuba de madera con los pantalones bajados y orinaban en ella como si les resultara verdaderamente placentero. Dos grandes damajuanas iban de mano en mano y se encargaban de que el tibio líquido amarillo no se agotara tan aprisa. Yo sabía que los tintoreros recogían orines humanos porque los necesitaban para la producción del tinte, mas nunca antes había presenciado el proceso.

Un hombre alto y robusto me descubrió y me preguntó sin interrumpir su quehacer:

–¿Quién sois vos? ¿Qué hacéis aquí?

–Me llamo Suythof –contesté al tiempo que luchaba por reprimir una violenta náusea–. ¿Alguno de vosotros es el sustituto del maestro Gysbert Melchers?

–Podéis dirigiros a mí para lo que sea. Soy el oficial Aert Tefsen.

–Tefsen –repetí, mientras meditaba un momento–. ¿No sois vos el que encontró las... las cabezas de las víctimas en la tina?

El redondo rostro barbado del oficial tintorero se ensombreció.

–Sí, así es. Pero ¿por qué os interesa ese asunto?

–A ese respecto me gustaría haceros unas preguntas, *mijnheer* Tefsen.

El aludido se subió el sucio pantalón y avanzó hacia mí.

–¿Os envía el juzgado o el Consistorio?

–No, estoy aquí por mi propia iniciativa. Ni siquiera sabía si encontraría a alguien. Observo que seguís trabajando tras la muerte de vuestro maestro.

–Tenemos un nuevo maestro: Antonis ter Kuile. Compró el negocio del maestro Melchers. Hemos vuelto hoy al tajo.

–Ah, por eso hay tanto ajetreo el lunes azul –razoné yo, mirando asqueado la cuba de orines.

–El lunes siempre es un buen día para recoger orina, puesto que los domingos se bebe en abundancia. Pero ¿qué os ha traído hasta aquí?

–Estoy interesado en un cuadro que pertenecía a vuestro patrón. Para él era tan importante que se lo hizo llevar a Rasphuis.

Seguro que os acordáis: vos mismo se lo entregasteis al bastonero de Rasphuis.

El semblante de Tefsen se ensombreció aún más, y una pronunciada arruga apareció en su entrecejo.

–¿Y a vos qué os importa ese cuadro?

–Ha desaparecido, y me gustaría saber por qué.

El oficial dio un rápido paso adelante y me agarró por las solapas de la casaca.

–¡Tal vez queráis hablarme de ese cuadro! ¿Por qué lo buscáis, eh? ¿Quién os envía?

–No me envía nadie. Sólo deseo saber lo que hay detrás de esos horribles asesinatos.

–Y yo deseo saber lo que hay detrás de este maldito fisgoneo.

Me dio un tirón tan fuerte que estuve a punto de perder el equilibrio, y los otros dos hombres me asieron con sus oscuras manazas de tintorero. Sólo entonces se me ocurrió echar mano de la navaja española que llevaba en la casaca, pero era demasiado tarde: ahora, sujeto firmemente por tres hombres, apenas podía moverme.

–¡Habla de una vez! –me ordenó Tefsen–. ¿Qué hay detrás de este fisgoneo?

–Sólo quería ayudar a mi amigo –balbucí.

–¿Tu amigo? ¿Qué amigo?

–Ossel Jeuken, el bastonero de Rasphuis.

–¿El que mató ayer a golpes a su mujer?

–Ese mismo, y por eso estoy aquí. Cuando mató a Gesa, suponiendo que lo hiciera, el cuadro se hallaba en su casa.

–¿Ah, sí? –La mirada de Tefsen reflejaba incomprensión y recelo–. Pero ¿no acabáis de decir que el cuadro ha desaparecido?

–Sí, ahora ha desaparecido.

–Creo que mentís, pero yo os arrancaré la verdad. –Una sonrisa maliciosa afloró a su rostro cuando miró a sus compañeros–. Démosle algo de beber, ¡eso le soltará la lengua!

Me llevaron a rastras hasta la cuba de orines, riendo a carcajada limpia. Por más que me resistiera, dada su clara superioridad numérica estaba completamente a su merced. Me tiraron al suelo y me metieron la cabeza en aquella cuba llena de líquido tibio y apestoso. Cerré los ojos y contuve la respiración, pero al cabo de un tiempo mis pulmones amenazaron con estallar. En mi desesperada pugna por aspirar aire, abrí la boca y tragué aquella secreción nauseabunda.

Unas manos poderosas me levantaron. Tosí, me dieron arcadas y escupí mientras los risueños oficiales me miraban con una sonrisa burlona. Algunos de los muchachos se divirtieron especialmente dirigiendo hacia mí su orina y ensuciándome el cuerpo entero.

–¿Estáis dispuesto a hablar ahora? –quiso saber Tefsen.

–Pero si no he parado de hacerlo –repliqué yo entre violentas arcadas.

–Habláis, pero no decís nada.

–No puedo deciros más de lo que yo mismo sé.

–Sigue igual de terco –afirmó Tefsen, sacudiendo la cabeza–. Deberíamos darle un buen baño.

Intenté zafarme, pero aquellos tres sujetos eran más fuertes. Me arrastraron hasta las tinas grandes y me metieron en una de ellas. La apestosa mezcla de alcohol y orines me cubrió por completo, y yo me puse a nadar como un gatito indefenso al que arrojan al agua para que se ahogue. En cuanto sacaba la cabeza del líquido para respirar, ellos volvían a hundirme. Así una y otra vez, hasta que finalmente me dejaron en paz. Estaba demasiado débil para salir de la tina, de modo que me quedé acurrucado y me limité a sacar la cabeza y el tronco por el borde para escupir lo que había tragado forzosamente.

–Ahora seguro que habla –opinó uno de los oficiales.

–Si no, lo colgamos fuera para que se seque –contestó Tefsen–. Se va a llevar una buena sorpresa.

Las risas generalizadas que siguieron a dicho comentario fueron interrumpidas por una voz cortante:

–A menos que tengáis una buena explicación, la sorpresa os la vais a llevar vosotros. –El hombre se aproximó. Lo primero que vi fue el penacho azul de su sombrero–. Y vos, *mijnheer* Suythof, deberíais haber seguido mi consejo y haberos ido a casa –continuó el inspector Jeremias Katoen–. Dad gracias a que tuve la misma idea que vos.

–Cuánta razón tenéis –contesté furioso mientras él me ayudaba a salir de la tina.

Tefsen fulminó al inspector con una mirada amenazadora.

–No os metáis en nuestros asuntos, señor. Empiezo a estar hasta las narices de que los extraños vengan a husmear aquí.

–Husmearé tanto como me plazca –espetó Katoen con calma, y acto seguido se presentó–. Una réplica más y haré que os azoten esta misma tarde ante el Consistorio.

La amenaza del látigo parecía ser del agrado del inspector, y también en esa ocasión surtió efecto. Los oficiales bajaron la mirada al instante y dejaron de oponer resistencia.

–¿Por qué habéis maltratado así al señor Suythof? –inquirió Katoen.

–Ya es el segundo que viene hoy a fisgar y preguntar por el maldito cuadro –repuso Tefsen–. Queríamos saber de una vez de qué se trata.

–El segundo, qué interesante –musitó el inspector–. ¿Y quién ha sido el primero?

–No dijo su nombre. Preguntó por el cuadro, y le dije que el maestro Melchers se lo había hecho llevar a Rasphuis. Entonces el extraño se marchó deprisa y corriendo.

–Describa a ese hombre –exigió Katoen al oficial.

Su descripción no fue especialmente precisa, pero bien podía encajar con el hombre que había ido a buscar el lienzo a casa de Ossel.

–¿De dónde ha salido el cuadro? –prosiguió Katoen–. ¿Quién lo pintó?

Los oficiales lo desconocían. Tefsen dijo:

–La primera vez que lo vi fue hace nueve o diez días, en el salón del maestro. Pero no le sabría decir cómo llegó hasta allí.

Katoen se dirigió a mí:

–Será mejor que os vayáis a casa a daros un baño, *mijnheer* Suythof. De agua caliente. Y luego acostaos. Vuestro aspecto es peor aún que vuestro olor.

Esta vez seguí su consejo. Antes de llegar a casa de la viuda Jessen solté tres vomitonas.

Capítulo 5

Viernes y trece[3]

Lo primero que hizo la viuda Jessen fue llevarse las manos a la cabeza; seguidamente calentó agua, la vertió en una tina y me ordenó que me desvistiera. Hice lo que me dijo: los sucesos del día habían quebrado mi resistencia. Me sentía un guiñapo, y el agua caliente, que me cubrió en el acto, se me antojó un placer sublime. Las vigorosas manos de la viuda me restregaron con un jabón oloroso, una y otra vez, hasta librarme del hedor que llevaba adherido cual pestilente emanación.

Tras el baño, que en mi recuerdo duró horas, la buena mujer me metió en la cama, y me sumí en un sueño rebosante de angustiosas pesadillas. Me vi frente a Ossel en la maderería de Rasphuis, igual que el sábado; sólo que esta vez él no quería enseñarme el arte de la lucha: tenía las manos manchadas de sangre, y cuando las extendió hacia mí, leí en sus ojos instintos sanguinarios. Di media vuelta y salí corriendo... para ir a caer directamente en manos de los oficiales tintoreros, que derramaron sobre mí un apestoso tinte. Me vi como con los ojos de otro y contemplé cómo me iba volviendo completamente azul. Traté de huir de nuevo, mas me hallaba prisionero. No en un edificio ni en una celda de Rasphuis, sino... ¡en un cuadro! Me había convertido en un personaje de un óleo pintado en tonos azules, y el marco de madera delimitaba mi mundo.

Ése y otros similares fueron los sueños que me atormentaron, llenos de horrores y tan abundantes que apenas podrían tenerse en una noche. Cuando por fin me desperté, sentí un inmenso alivio

[3] Equivalente en los países sajones a nuestro martes y trece. *(N. de los T.)*

por haber escapado de los demonios de la ensoñación. Yacía en la estrecha cama de mi cuarto, con los ojos entrecerrados debido a la claridad que entraba por los dos ventanales. El sol lucía en lo alto de los tejados de Amsterdam; debía de ser cerca de mediodía. Era imposible que sólo hubiese dormido unas pocas horas con todos aquellos sueños que tanto me habían torturado, pero que, por suerte, comenzaban a desvanecerse. De modo que llegué a la conclusión de que me había pasado veinticuatro horas en la cama.

Cuando traté de incorporarme, golpeé con el codo izquierdo una escudilla de agua que se hallaba en la mesita contigua a la cama. La escudilla cayó al suelo y se hizo añicos, con lo que el contenido se esparció por el suelo. Atontado, sacudí la cabeza. De mi frente fue a parar algo a la almohada, un paño humedecido. Entonces apareció la viuda Jessen, probablemente atraída por el ruido de la escudilla, y empezó a fregar el agua con un trapo.

–Lo siento –me disculpé, con lengua torpe y saburrosa–. Al despertar no he pensado en la escudilla. Ni siquiera me acuerdo de haberla dejado ahí.

–No es culpa vuestra, señor Cornelis. Fui yo quien la puso ahí para aplicaros compresas frías cada cierto tiempo, tal como ordenó el médico.

–¿El médico?

–Como no había manera de que mejorarais, llamé al doctor van Bijler. Os administré con una cuchara el remedio que os recetó y os puse las compresas. Sólo entonces bajó la fiebre. Os han tratado realmente mal, señor Cornelis. Deberíais llevar a esa pandilla de tintoreros a los tribunales.

–Un juicio puede salir caro, y en este momento ando escaso de dinero. Ya no trabajo en Rasphuis.

La mujer asintió.

–Lo sé. Vino un recadero de Rasphuis a traeros el salario que no habíais cobrado. Metí el dinero en el cofrecillo de madera en que guardáis los objetos de valor.

Sonaba como si estuviese colmado de riquezas, cuando lo cierto era que el dinero de Rasphuis suponía prácticamente toda mi fortuna.

Miré de nuevo hacia la ventana y pregunté:

–¿He dormido más de veinticuatro horas?

Para mi sorpresa, la viuda rompió a reír.

–Efectivamente, se puede decir que sí, señor Cornelis.

–¿Qué hay de gracioso en ello? –quise saber un tanto irritado.

–La fiebre os ha tenido largo tiempo entre sus garras. El doctor van Bijler dijo que habíais tragado demasiado tinte. –Comenzó a contar con los dedos–. Martes, miércoles, jueves, viernes. Habéis estado durmiendo cuatro noches y cuatro días, ni una hora menos.

Tardé un poco en digerir la información. ¿Me estaba gastando la viuda una broma? Escruté su bondadoso rostro sonrosado y deseché la idea en el acto.

Pese a todo, quise cerciorarme.

–¿De verdad que hoy es viernes?

–Pues claro, viernes trece de agosto. Un día que es mejor pasarlo en la cama.

Las profundas supersticiones que obsesionaban a mi casera con respecto a algunas cosas no acababan de encajar con la devota feligresa que era. En más de una ocasión me había divertido lo mío al verla esquivando un gato negro o evitando pasar por debajo de una escalera. Al parecer era capaz de leer mi rostro como si de un libro abierto se tratase, ya que me lanzó una severa mirada.

–Reíos, reíos, joven señor. Cuando lleguéis a mi edad, también vos sabréis que nos rodean toda clase de fuerzas que no podemos ver con los ojos ni tocar con las manos. El hijo de mi hermana, Dios se apiade del pobre Hendrick, nació en viernes y trece. Murió en su primer cumpleaños, así sin más, sin previo aviso. Y un primo mío celebró su boda un viernes y trece. Estalló una fuerte tormenta y un rayo cayó en pleno convite. Murieron tres personas y otras muchas quedaron maltrechas. Siempre ha sido y será un día aciago, también para vuestro amigo.

El buen humor me abandonó al instante, y me apresuré a preguntar:

–¿Os referís a Ossel Jeuken?

La viuda Jessen asintió.

–¿Qué pasa con él? ¡Hablad, os lo ruego!

–Lo condenaron ayer –repuso con desgana, bajando los ojos–. Le darán garrote delante del Consistorio y le romperán la cabeza, igual que hizo él con la de Gesa Timmers.

Una oleada de calor me recorrió el cuerpo entero.

–¿Se ha demostrado, pues, su culpabilidad? –inquirí con un hilo de voz.

–Nadie dudaba de ella.

Podía ser cierto, pues mis dudas no contaban.

–¿Cuándo se ejecutará la sentencia? –pregunté con temor.

–Hoy, a mediodía.

Me levanté de la cama de un salto y, a pesar de las protestas de la viuda, me puse la ropa, que, gracias a mi eficiente casera, estaba limpia y hasta cuidadosamente doblada. En ella no había ni el más mínimo resto de tinte u orina. Una rápida ojeada en el pequeño espejo redondo situado junto a mi cama me permitió contemplar un rostro que era todo menos presentable. Mis facciones, por lo común lampiñas, se hallaban cubiertas de oscuros cañones, y las mejillas parecían hundidas.

–Estáis demasiado débil para andar por ahí –aseguró la viuda Jessen con la intención de retenerme–. Os vais a resfriar, señor Cornelis. No olvidéis que hoy es viernes y trece.

La dejé lamentándose y bajé las escaleras corriendo tan deprisa como me llevaron las piernas, aún flojas debido a la larga convalecencia. No podía faltar mucho para mediodía, para la ejecución de mi amigo Ossel.

Me detuve en la puerta para inspirar aire. Mi debilitado cuerpo sentía mareos. ¿Tendría razón la viuda? Respiré profunda y regularmente, me erguí, salí a la calle y tomé el camino que llevaba al Consistorio. Pronto me vi abriéndome paso a la fuerza entre una multitud para poder avanzar. Por lo visto, todo el que no estaba ocupado en Amsterdam había acudido a presenciar la ejecución.

En la plaza Dam, una variopinta muchedumbre se apretujaba entre el Consistorio, la Nieuwe Kerk, la Oude Waag y la Bolsa. Ante mí bailoteaban los emplumados sombreros de los caballeros distinguidos, los altos fieltros negros de vendedores y comerciantes, los gorros deformes de los simples operarios, las pamelas de ala ancha de las jóvenes damas y las cofias blancas de un sinfín de criadas. Con la fuerza del desesperado, fui apartando a la gente sin distinción de rango o sexo –lo cual me valió más de una imprecación– hasta llegar al patíbulo, donde ya estaba listo el garrote.

Antes de que lograra situarme delante del todo, unos clarines acallaron al gentío. Siguió luego un redoble de tambor, y una inquietante comitiva se dirigió del Consistorio al cadalso. La abrían y cerraban soldados armados con alabardas, cuyos rostros ceñudos y cuyas relucientes armas se ocupaban de mantener a distancia a los curiosos. Vi el tambor, vi a ilustres representantes de las autoridades, vi a los componentes del escabinado que había condenado a Ossel... y vi a mi amigo.

Con las manos atadas a la espalda, avanzaba hacia el patíbulo con paso cansino entre dos alguaciles. Tenía el otrora ancho semblante tan hundido como el mío; la cabeza contra el pecho, sin fuerza; y la vidriosa mirada perdida. Sin duda, aquel pobre diablo era Ossel, y sin embargo tenía poco en común con el hombretón robusto y luchador al que yo llamaba amigo. Estuve tentado de gritar su nombre para llamarle la atención, mas ¿de qué le habría servido?

Con todo, tenía que haber alguna manera de apoyarlo. Tal vez pudiese convencer a los miembros del jurado y a los ediles de que su caso no estaba tan claro como parecían creer todos salvo yo. Traté de aproximarme más al cortejo, pero no había forma. Al aparecer el condenado, el muro de curiosos se había vuelto tan compacto que me quedé atrapado entre ellos y apenas podía moverme.

Les chillé a los ediles que no podían matar a Ossel, pero el alboroto generalizado que me rodeaba ahogó mis palabras. Llegado el punto en que ya sólo emitía sonidos roncos, dejé de desgañitarme. Había ido allí para ayudar a mi amigo y, sin embargo, no podía hacer otra cosa que presenciar la ejecución del terrible castigo.

Así pues, fui testigo de cómo, una vez leída públicamente la sentencia, lo ataron de espaldas al garrote y el verdugo lo fue estrangulando despacio con una gruesa soga. Nunca olvidaré cómo jadeaba Ossel, cómo se convulsionaban sus miembros en un último arranque de resistencia, cómo se le salían los ojos de las órbitas.

Cuando su cabeza se ladeó blandamente, me sentí aliviado de que terminara su sufrimiento. Por último, cuando el verdugo levantó la pesada hacha para machacar la cabeza de Ossel, cerré los ojos, a pesar de lo cual vi con claridad la repugnante escena.

La multitud se fue dispersando lentamente entre los puestos de los vendedores, a quienes el espectáculo del ajusticiamiento deparó buenas ganancias. Un bardo mediocre recitaba la tonada del bastonero Jeuken, al que los celos convirtieron en asesino, mientras una muchacha, casi una niña, pasaba un sombrero para recoger el dinero del cantor: a sus manos fue a parar más de un *stuyver*. Cuando la chica se detuvo ante mí, me limité a sacudir la cabeza sin decir nada. La pequeña no se dio por satisfecha y me tendió el sombrero desafiante. Justo entonces, a mi lado se adelantó una mano y echó una moneda, con lo cual la niña me dejó por fin en paz.

–Entiendo que no queráis pagar por eso, *mijnheer* Suythof –comentó el inspector Jeremias Katoen–. Aunque el bardo tuviera más talento, no podría alegraros; este día no, y ciertamente no con esa canción.

–No, este día no –me lamenté, y añadí en voz baja–: Es viernes y trece.

–¿Qué queréis decir?

–Nada, nada –musité yo, y tosí ligeramente, ya que la voz amenazaba con fallarme.

–No tenéis buen aspecto, Suythof. Os veo enflaquecido. Habéis estado enfermo, ¿no es cierto?

Asentí.

–Tragué demasiada cantidad de ese tinte infame.

–En tal caso, ahora deberíais beber algo en condiciones y, sobre todo, comer. Ahí enfrente, no muy lejos de la iglesia, conozco una buena casa de comidas. Venid, estáis invitado.

Quería volver a ver el cadalso, mas Katoen me lo impidió.

–Es mejor que recordéis a vuestro amigo tal como era en vida. Una cabeza destrozada no es una buena imagen para la eternidad.

La ejecución también obsequió a la casa de comidas con un lleno absoluto. Sólo a duras penas conseguimos hacernos con un sitio en un banco de madera situado al fondo del angosto local. Katoen pidió cerveza y sopa de pescado, y al poco una muchacha rubia y regordeta nos trajo dos jarras y dos escudillas. El inspector se tomó la sopa con ganas, pero yo tan sólo bebí unos sorbos de cerveza. Aún veía con demasiada claridad la mirada lastimera de mi amigo, tan vergonzosamente agarrotado, como para poder tomar aunque fuera una cucharada de sopa.

–Deberíais hacer un esfuerzo por comer algo –me aconsejó el inspector–. Tenéis aspecto de necesitarlo.

–¿Por qué mostráis tanta preocupación por mí? ¿Acaso os remuerde la conciencia?

Katoen me miró sorprendido.

–¿La conciencia? ¿Por qué decís tal cosa?

–No hicisteis nada por salvar a Ossel Jeuken.

–Ése no era ni mi cometido, ni tampoco mi propósito. Máxime cuando estoy absolutamente convencido de que vuestro amigo cometió el asesinato. El escabinado lo condenó a muerte por ello; recibió el merecido castigo. Si un asesino no pagara su crimen con la vida, más de uno podría envalentonarse. Me miráis con incredulidad, Suythof. ¿Seguís creyendo que Jeuken era inocente?

Rememoré la visita a la celda oscura, la mirada triste y perdida de Ossel. Era algo más que la tristeza de un hombre que se ha convertido en un asesino. Su mirada reflejaba desesperación, incomprensión. Recordé nuevamente sus palabras: «El cuadro... fue el cuadro... azul...».

–Creo que es posible que Ossel matara a su compañera con sus propias manos –admití vacilante.

–¡Ajá! Empezaba a creer que la amistad os había cegado.

–Pero, a pesar de todo, ¿no podría ser inocente?

–¿De qué manera?

–Pensad en un borracho que ya no es dueño de sus actos. En pleno estado de embriaguez podría matar a golpes a una persona a la que jamás haría daño estando sereno. En ese caso es la borrachera lo que le guía, no su voluntad.

–Alto, alto. Deberíais ser abogado, Suythof. De imponerse vuestra argumentación, los criminales lo tendrían fácil en el futuro. No tendrían más que embriagarse a gusto para asesinar con impunidad. ¿De verdad habláis en serio?

–No todos los borrachos obran involuntariamente. Pero no vamos a discutir por eso, tan sólo era un ejemplo. No sé cuánto había bebido Ossel el domingo por la tarde.

–Es posible que no estuviera precisamente sobrio. Él y esa Gesa Timmers le daban con ganas al aguardiente.

–¿No puede existir algo más que, de forma similar a una borrachera, incite a un hombre a hacer cosas que de otro modo nunca haría? –proseguí, imperturbable.

–¿A matar?

–Sí, a matar incluso.

–¿Qué podría ser?

–No puedo por menos de pensar en el lienzo. ¿Por qué lo mencionó Ossel cuando fui a verlo a la celda? Aparte de eso, no dijo nada.

Katoen comenzó a cavilar y finalmente negó con la cabeza.

–Eso no tiene ningún sentido. Un cuadro no puede matar a nadie. Ni siquiera podría embriagar a alguien como lo haría una botella de aguardiente.

–No sois muy amigo de la pintura, ¿no?

–Tengo dos o tres cuadros en casa.

–Pero para vos no significan nada, ¿no es cierto?

–Bueno, las paredes están menos desnudas.

–Muchos piensan como vos, y numerosos pintores realizan sus obras sólo con esa intención. Sin embargo, existe otra clase de cuadros, capaces de embriagar por completo al que los contempla, una embriaguez que viene motivada por la admiración, el arrobamiento, la ensoñación o incluso el temor.

–Pero sin duda eso no lleva a alguien al extremo de olvidarse de todo y quizás incluso a matar a otro ser humano.

–Planteáis una idea interesante y, acto seguido, la negáis de un plumazo, *mijnheer* Katoen. Tal vez debierais ahondar en ella antes de dictar sentencia.

El inspector bebió un sorbo de cerveza y me dirigió una mirada penetrante.

–¿De verdad creéis lo que decís, Suythof? ¿Pensáis que ese misterioso cuadro impulsó a vuestro amigo a cometer el crimen?

–Estaba en casa del tintorero Melchers cuando éste mató a su familia. Estaba en la celda en que Melchers se suicidó. Y estaba en casa de Ossel cuando Gesa Timmers murió.

–Eso ya lo sé, pero ¿dónde se encuentra ahora?

–Esperaba averiguarlo gracias a vos.

–Me temo que vais a llevaros una desilusión: es como si se lo hubiera tragado la tierra.

–¿No habéis dado con el hombre que fue a buscarlo a casa de Jeuken?

–Si tuviese a ese hombre, posiblemente también tendría el cuadro –replicó el inspector irritado.

–Parece que este asunto no os es indiferente. Así pues, concedéis cierta importancia al cuadro.

–Constituye un factor poco claro en esta intriga, y no me gusta. Quizá sea un cuadro muy valioso por algún motivo. Pero quizá no tenga nada que ver con los crímenes.

–Demasiados «quizá» para mi gusto. No podré dormir tranquilo hasta que haya arrojado alguna luz sobre la oscuridad que envuelve a ese cuadro.

–Haced lo que os plazca, Suythof, con tal de que os calme los ánimos. –Katoen apartó la jarra vacía y se levantó–. Por lo que a mí respecta, este caso está zanjado. Tengo pendientes otros asuntos de importancia.

El inspector se despidió, y yo pedí otra jarra de cerveza. La cosa no quedó en la segunda jarra, ni tampoco en la cerveza. Una botella de aguardiente me ayudaría a borrar de la memoria la visión de Ossel en el patíbulo.

Capítulo 6

El arte y el oficio

Un rayo de luz me arrancó de un sueño repleto de aterradoras pesadillas. Ossel moría una y otra vez ante mis ojos e, incluso muerto, me dirigía una mirada acusadora. ¿Y no tenía razón acaso? ¿Acaso no era cómplice de su muerte? ¿Quién tendría que haberlo apoyado sino yo, su mejor y –según parecía últimamente– único amigo? Aunque me sentía cansado, rendido, me alegraba estar despierto. Los sueños se desvanecieron con la luminosa claridad de la mañana, pero la sensación de culpabilidad no me abandonó.

Parpadeé con la luz y me quedé perplejo. Aquéllos no eran los ventanales de la gran habitación de la viuda Jessen, ni la que había era la tenue luz a la que estaba acostumbrado. Mis ojos vagaron por una ventanita casi cuadrada que daba directamente al este. El sol lanzaba contra mí sus cegadores rayos con toda su fuerza, como para impedir cualquier disimulo de mi culpabilidad.

Al volverme, mi brazo izquierdo topó con algo blando y pesado, y alguien profirió un gruñido malhumorado medio en sueños. Vi la carne rosácea instalada cómodamente a mi lado en la angosta cama: unos muslos rotundos, más arriba un vientre levemente abultado y unos pechos lo bastante grandes como para proporcionar leche a todo un regimiento. El rubio cabello ondulado dejaba entrever unos hombros redondeados y un rostro asimismo redondo y rubicundo.

La mujer aún era joven, y sólo después de darle unas cuantas vueltas a la cabeza caí en la cuenta de cómo había acabado en su cama. Se llamaba Elsje y era la camarera de la casa de comidas a la que Jeremias Katoen me había invitado. Me acordé del aguardiente que había bebido después de que él se fuera. Al final no sólo tenía la botella de aguardiente en la mano, sino a Elsje en el regazo.

El resto se perdía en las brumas de mi ebriedad, mas la sábana revuelta y mi desnudez atestiguaban lo sucedido. Ni siquiera sabía si nos había gustado. En lugar de un bello recuerdo de la noche pasada con Elsje, ahora tenía una sensación de culpa aún mayor por haberme liado con la primera que apareció nada más morir mi amigo.

Al ir en busca de los pantalones, que estaban en el suelo, desperté a Elsje. Dio un largo bostezo y se desperezó, desplegando al hacerlo sus descomunales pechos como si quisiera enseñarme sus encantos. Me quedé mirando la rosada carne, pero no con deseo, sino con asco: asco de mí mismo.

–¿Por qué quieres irte tan pronto? –preguntó Elsje, apartándose un mechón de cabello de la cara–. Aún me faltan unas horas para ir a trabajar. Podríamos divertirnos un rato, como anoche. –Una amplia sonrisa confirmó la invitación, y su mano izquierda acarició el velludo triángulo de entre sus muslos.

–Tengo cosas que hacer –le contesté, y tragué saliva mientras me ponía los pantalones–. Además, no tengo ganas de carne tan de mañana.

Según cerraba la puerta tras de mí y bajaba la estrecha escalera, se me vino encima un aluvión de vulgares insultos.

El cuarto de Elsje se encontraba en el mismo inmueble que la fonda. Para dejar el edificio no tuve más remedio que salir a la plaza Dam, donde, a pesar de la temprana hora, algunos vendedores ya instalaban sus puestos. No quería ver el cadalso, pero no pude evitarlo, pues algo me obligó a hacerlo.

Por suerte, el cuerpo sin vida de Ossel ya no estaba afianzado al garrote. Posiblemente se lo hubiesen llevado, como era habitual, al otro lado del río Ij, a Volewijk. Allí había unas altas estacas de las que colgaban a los ajusticiados para dejarlos pudrirse a la vista de todos, a modo de escarmiento. Un tanto aliviado, pero lejos de sentir sosiego, tenía toda la intención de irme a casa.

Sin embargo, mis ojos se posaron en la calle Damrak, con sus numerosas tiendas, y cambié de idea. Llevaba cinco días sin empleo, y mis reservas económicas no tardarían en agotarse: ya era hora de hacer algo. Resuelto a ello, puse rumbo al establecimiento de Emanuel Ochtervelt, quien tiempo atrás había aceptado en depósito cinco de mis cuadros. Hacía dos semanas me había pasado por el comercio de Ochtervelt a preguntar por los lienzos: aún no había vendido ninguno.

Los grandes soportales de la Damrak, donde se sucedían casas de comidas, tabernas y establecimientos de todo tipo, eran los más caros de toda Amsterdam. Si residía allí, a Ochtervelt debían de irle bien los negocios. Cuando aceptó mis cuadros, vi mentalmente un montón de relucientes monedas, y abrigué el audaz sueño de dejar pronto mi empleo en Rasphuis y vivir de la pintura. Pero el destino se encargó de torcer mis planes.

El negocio de libros y cuadros de Ochtervelt se hallaba entre una cervecería y un local de venta de jarrones, ropa y alfombras orientales. Nada más bajar el breve tramo de escaleras que conducía a la entrada, abrió la puerta Yola, la hermosa hija de Ochtervelt, que a la sazón contaba dieciséis años. Me reconoció, me regaló una sonrisa capaz de alegrarle el corazón a un hombre y se interesó por mi salud.

Antes de que pudiera responder, se oyó la voz de su padre desde la parte trasera de la tienda:

–¿Cómo va a estar Cornelis Suythof, hija? De pena. ¿Es que no sabes que el hombre al que dieron el pasaporte ayer ante el Consistorio era su amigo?

–Oh, no lo sabía –musitó Yola, y bajó la cabeza, de forma que lo único que quedó a la vista fueron sus magníficos rizos–. Disculpad mi torpeza, *mijnheer* Suythof.

Yo la obligué a alzar el rostro tomándola del mentón.

–No tenéis de qué avergonzaros, Yola. ¿Por qué habríais de saberlo?

Su padre salió arrastrando los pies, encorvado, y me miró con los ojos entrecerrados, como si no estuviera acostumbrado a la luz del sol.

–Tenéis mal aspecto, Suythof, muy malo. Como si os hubieseis pasado la noche entera bebiendo para ahogar vuestras penas.

–Algo parecido –admití–. Pero hoy es un nuevo día, y la vida continúa. ¿Cómo van los negocios, *mijnheer* Ochtervelt?

Su ya de por sí adusto rostro adoptó una expresión sombría.

–Podrían ir mejor, sí, podrían ir mejor. –Sus apretados labios esbozaron a duras penas una sonrisa amable–. ¿Habéis venido a comprar algo, *mijnheer*? ¿Un libro o el cuadro de otro pintor?

Negué con la cabeza.

–No, sólo quería saber si habéis vendido alguno de mis lienzos.

–Ah, eso. –La sonrisa se esfumó, y en su lugar apareció la melancolía–. Por desgracia, nadie parece estar interesado en vuestros cuadros. ¿No queréis llevároslos con vos, Suythof? La tienda ya está bastante llena, y tengo pocas esperanzas de dar salida a vuestra obra. Tal vez algún otro de mi gremio os pueda ser más útil.

Hice un esfuerzo por ocultar mi decepción. Tenía pensado apelar a la compasión de Ochtervelt y contarle que había perdido el empleo, pero el comerciante no daba la impresión de ser muy compasivo, así que sonreí como pude y repuse con generosidad:

–Confío plenamente en vos, *mijnheer* Ochtervelt. Pronto encontraréis compradores para mis cuadros. Además, ahora dispongo de más tiempo para pintar y en breve os podré traer nuevos trabajos.

Ochtervelt se me quedó mirando horrorizado.

–Si pintáis algo nuevo, Suythof, por el amor de Dios, elegid un motivo que agrade a la gente. Algo normal y corriente, como la navegación.

–¡Pero si en tres de los lienzos que os dejé hay barcos!

El comerciante me agarró del brazo y me llevó a una zona más oscura de la tienda, un rincón apartado donde estaban mis cuadros, en el suelo. No me extrañaba que nadie se hubiera fijado en ellos. Dos mostraban escenas cotidianas de las calles de Amsterdam. Ochtervelt los retiró y levantó los tres restantes.

–¿Qué veis aquí, Suythof?

–Un barco, claro está, un pesquero descargando.

–Ya. ¿Y aquí?

–Un barco de la Compañía de las Indias Orientales en el momento de zarpar del puerto de Amsterdam.

–¿Y en este tercero?

Podría habérselo dicho sin mirarlo, al fin y al cabo lo había pintado yo.

–Una embarcación de recreo en la que unos ciudadanos acomodados van de excursión un domingo por el Ij.

Ochtervelt depositó de nuevo los lienzos en el suelo y me miró desafiante.

–¿Os llama algo la atención al mirar vuestros cuadros?

–Que en todos ellos hay barcos, tal como acabáis de sugerirme.

–¡No! Deberíais reflejar la navegación, no la captura del arenque ni a gente divirtiéndose por el Ij. El velero de las Indias Orientales va por buen camino, pero no deberíais mostrarlo en el puerto patrio.

–¿Dónde si no?

Me agarró de nuevo, esta vez para llevarme a una mesa con diversos montones de libros que había justo a la entrada. Al apoyar la mano derecha en una de las pilas, puso cara de satisfacción.

–Los libros que más vendo, Suythof. Ni dramas de Vondel ni poemas de Huyghens ni prosa histórica de Hooft. ¡Adivinad de qué libros se trata!

–¿Libros sobre navegación?

–Exactamente, ¡y menudos libros! Nada de tratados sobre la captura del arenque ni de excursiones por las costas de Amsterdam. Aquí se narran aventuras en alta mar y en países lejanos: tempestades, naufragios, motines, encuentros con pueblos salvajes. El diario de Bontekoe o el relato de Gerrit de Veer de sus viajes por el norte: eso es lo que la gente quiere leer.

–Soy pintor, no escritor.

–Lo uno no quita lo otro. Tomad por ejemplo a Gerbrand Breero: primero fue pintor y luego tuvo gran éxito como escritor. Y su sentido del color y las formas se reflejaba igualmente en su lenguaje. Pero no es preciso que os metáis a literato. Por lo que a mí respecta, podéis seguir con el pincel y la paleta, pero no pintéis vuestras naves con Amsterdam como telón de fondo, sino en un mar embravecido o en la costa de Batavia.

–Pero yo eso no lo conozco.

–¡Pues id allí! –exclamó; luego pareció quedarse un instante escuchando el eco de sus propias palabras y acto seguido asintió circunspecto–: Sí, es una buena idea. Haceos a la mar, aún sois joven. Saboread la sal de los mares lejanos, dejad que la brisa marina os dé en el rostro, ved mundo. ¿Qué mejor forma de conocer el tema de su obra para un pintor?

–Meditaré acerca de vuestra recomendación –contesté débilmente, sorprendido por el giro que había tomado la conversación. Había entrado en la tienda creyéndome un pintor joven y prometedor: ¿acaso iba a salir de ella un futuro marino?

–Hacedlo, Suythof, pero por el momento no me traigáis más cuadros. Quiero daros algo. Es un regalo. –Tomó un libro del montón más alto y me lo entregó. Aún olía a nuevo, a cola y tinta de imprenta–. Lo terminamos ayer, lo publico yo mismo. Espero tener un gran éxito, como Commelin con los apuntes de Bontekoe. Debería serviros de estímulo.

Abrí el libro y leí el título: *Diario y apuntes del capitán, jefe de expedición y consejero Fredrik Johannsz de Gaal sobre sus viajes a las Indias Orientales al servicio de la Compañía Unida de las Indias Orientales.*

Ni que decir tiene que conocía el nombre del autor, como todo habitante de Amsterdam y más allá de sus confines. De Gaal había pasado de marinero a capitán de un buque de la Compañía de las Indias Orientales. Sus méritos lo habían hecho ascender a jefe de expedición: cada barco de la Compañía contaba con un jefe de expedición a bordo, quien era el auténtico jefe de la expedición mercantil en cuestión y daba órdenes al capitán, incluso en asuntos náuticos. De Gaal había sido uno de los consejeros de la Compañía y terminó por formar parte de «los Diecisiete», el consejo de administración supremo, que se reunía tres veces al año. A sus casi setenta años, se había retirado de los negocios, al menos oficialmente. Ahora su hijo Constantijn se hallaba al frente de la empresa paterna y asimismo era miembro del comité directivo de la Compañía.

Aunque no había conseguido gran cosa, abandoné la tienda de Ochtervelt de bastante buen humor. El libro, encuadernado en piel, era un regalo valioso: si me quedaba sin un *stuyver*, podía venderlo e ir tirando unos días con los beneficios.

Ya en casa, la viuda Jessen me reprochó mi prolongada ausencia. Soporté el sermón, fruto de su maternal celo, y me metí en la cama dócilmente. Mi casera tenía razón, aún no había recuperado las fuerzas: el largo período con fiebre, la muerte de Ossel y el abundante aguardiente reclamaban su tributo. Con todo, estar tan agotado también tuvo su parte buena: me sumí en un sueño profundo y sin pesadillas.

–Lo siento, señor Cornelis, pero aquí hay un caballero que insiste en veros.

La voz de la viuda Jessen me sacó de la duermevela. Su cuerpo rechoncho, que casi llenaba la puerta, fue desplazado por un extraño bien vestido que irrumpió en mi cuarto. ¿No se sentiría ridículo al quitarse el oscuro sombrero y hacer una cortés reverencia ante alguien que estaba en la cama?

Sea como fuere, no se inmutó y dijo:

–Tengo el honor de hablar con Cornelis Suythof, ¿no es cierto? Me llamo Maerten van der Meulen y desearía tratar con vos un asunto importante.

–Van der Meulen –musité yo con la voz ronca del que acaba de despertar–. ¿Van der Meulen, el marchante?

–El mismo –replicó él mientras sus labios, flanqueados por una oscura barba, esbozaban una amable sonrisa–. Acabo de estar con mi colega Ochtervelt y me ha llamado la atención respecto a vos.

Recordaba que la galería de arte de van der Meulen también se hallaba en la Damrak, no muy lejos de la tienda de Ochtervelt.

Concebí esperanzas.

–¿Habéis adquirido uno de mis cuadros, *mijnheer* van der Meulen?

–No, pero vuestra forma de pintar me agrada. Me veo colaborando con vos. –Lanzó a la viuda Jessen una mirada impaciente–. Pero creo que eso es algo que deberíamos hablar en privado.

A los pocos minutos me hallaba sentado en un café enfrente de van der Meulen, que había tenido la amabilidad de invitarme. Dadas las molestias que se estaba tomando conmigo, sentía una gran curiosidad por saber qué tenía pensado proponerme.

–Como ya he mencionado, vuestra forma de pintar me gusta –repitió, retomando así el hilo de la conversación–. Pero necesito otros temas.

–Eso mismo me dijo también Ochtervelt.

–Conociéndolo como lo conozco, seguro que os ha pedido que pintéis barcos en medio de una tormenta.

Sonreí y repuse:

–Sí, y más aún, me ha recomendado que lo mejor sería que me hiciera a la mar.

–Con los años, Ochtervelt cada vez está más raro. Pretender enviar lejos de Amsterdam a un joven pintor con talento y privarnos de su arte durante meses o incluso años... ¡Qué idea más disparatada!

Ese hombre sabía darle coba a uno. Animado por sus cumplidos, le pregunté cuál era su tema predilecto.

–Necesito retratos, maestro Suythof. Yo pondré a vuestra disposición las modelos y os pagaré ocho florines por cada obra terminada.

Era un buen precio. Cierto que los grandes maestros percibían mil o dos mil florines por un óleo, pero en lo tocante a los pintores corrientes y molientes la cosa era bien distinta. Más de un lienzo, aun estando enmarcado, se vendía únicamente por unos veinte florines. Si el marchante, que con toda seguridad pensaba en su beneficio, me ofrecía a mí, un pintor completamente desconocido y –por desgracia– de poca monta, ocho florines sólo por el lienzo, podía darme con un canto en los dientes. Me felicité por haber dejado los cuadros en el establecimiento de Ochtervelt y consideré a van der Meulen un auténtico bienhechor. Mi mala racha parecía haber terminado.

Van der Meulen se inclinó hacia delante.

–No decís nada, amigo Suythof. ¿Acaso nos os parecen suficientes ocho florines?

–Sé de sobra que es un buen precio por los cuadros de un desconocido. Sólo espero que mi trabajo justifique la confianza que habéis depositado en mí.

–Así pues, ¿trato hecho?

–¡Claro! –exclamé yo de todo corazón, apretando la mano que se me tendía.

Mientras van der Meulen estrechaba mi mano, la siniestra desapareció en el pantalón y sacó unas monedas que dejó en la mesa.

–Dos florines como anticipo del primer cuadro, para que no os echéis atrás.

–¡Ni por asomo! –me apresuré a decir al tiempo que tomaba el dinero. Me resultó un tanto sospechoso tener un mecenas que me ofrecía tan considerable adelanto–. ¿Y qué es lo que tanto os gusta de mi pintura exactamente?

–El modo de tratar la luz y las sombras. Me recuerda al maestro Rembrandt. ¿Habéis sido alumno suyo?

–Me habría gustado, pero surgió un imprevisto –contesté evasivamente–. La comparación con Rembrandt me honra, *mijnheer* van der Meulen, pero creía que en los tiempos que corren su estilo no gozaba de mucha estima.

El delgado rostro de van der Meulen adoptó una expresión grave.

–A decir verdad, la gente como vos o como Rembrandt desempeña dos ocupaciones: artista y artesano a la vez. Al pintar, el artista persigue su propia visión, mientras que el artesano cuida de que su trabajo sea satisfactorio para el cliente. Tomad, por ejemplo, el lienzo de Rembrandt sobre la partida de la milicia de Frans Banningh Cocq, que tanto revuelo levantó en su día. No cabe duda de que es una obra de altísimo nivel artístico. No obstante, la reprimenda que el artista recibió por ella estaba justificada. Cada uno de los allí retratados le había pagado una cuantiosa suma por verse inmortalizado en el cuadro. Pero ¿qué hizo Rembrandt? A algunos casi ni se los veía y puso claramente de relieve a una niña y una gallina en detrimento de la mayoría de los tiradores. Los hombres que habían pagado por el cuadro se sintieron defraudados.

–¿Habría tenido que reprimir Rembrandt al artista que lleva dentro?

–Reprimirlo no, pero sí contenerlo. Cuando un pintor acepta un encargo, en primer lugar ha de ceñirse a las expectativas del cliente. De ese modo, el arte se somete al oficio, lo potencia, en lugar de dominarlo. Cuando, por el contrario, el pintor empuña el pincel sin tener que amoldarse a los deseos de un cliente, puede dar rienda suelta a su impulso artístico.

La advertencia venía perfectamente al caso, si bien yo la consideraba innecesaria: no estaba dispuesto a decepcionar a mi protector. Al fin y al cabo le había brindado una nueva perspectiva a mi vida, una vida que se había acercado de forma preocupante a la de un muerto de hambre. Además, siempre había aspirado a plasmar en mis cuadros la naturaleza humana con todos sus matices. Los retratos de los que me había hablado van der Meulen me encaminarían más hacia dicho objetivo que las escenas callejeras de Amsterdam o los barcos azotados por las tormentas.

–No tendréis queja de mí –prometí, metiéndome los dos florines en el bolsillo de la casaca–. ¿Cuándo queréis que empiece?

–Mi joven amigo, lo mejor sería que os llevara hoy mismo a la primera modelo.

A las dos horas llamaban a la puerta de mi habitación y entraba van der Meulen acompañado de la modelo. Era una muchacha joven, más o menos de mi edad, y con un rostro armonioso cuya belleza, casi perfecta, se veía perturbada por una nariz demasiado grande. Por el sombrero de paja, que lucía una cinta azul, asomaban unos rizos pelirrojos. La chica no llevaba una de esas anchas gorgueras que tan en boga estaban entre las damas de buena familia por aquel entonces, si bien del paño y la hechura del vestido no se infería un origen humilde. Una pañoleta azul le cubría los hombros y el pecho.

–Ésta es la señorita Marjon, vuestra modelo –se limitó a decir el marchante, sin dar muestras de ir a comunicarme el apellido de la beldad.

La saludé, y ella respondió con una tímida sonrisa.

–Será mejor que empecemos –propuso van der Meulen, mirando a su acompañante lleno de expectación.

La muchacha asintió y se quitó el sombrero: los rizos rojizos le cayeron por los hombros. Acto seguido se despojó de la pañoleta azul: la blanca piel formaba un hermoso contraste con el color del cabello. Yo suponía que la cosa quedaría ahí, pero Marjon comenzó a desvestirse. Miré a van der Meulen confuso.

–¿Qué hace?

–Marjon se dispone a posar para vos.

–Puede dejarse puesto el vestido. Le sienta estupendamente. No es necesario que se lo cambie.

–No va a cambiarse el vestido, sino a quitárselo.

–¿*Quitárselo*? –repetí con incredulidad–. ¿Para qué?

Van der Meulen frunció el ceño.

–¿En verdad no lo entendéis, Suythof, o es que os hacéis el tonto a propósito? Necesito un retrato de Marjon desnuda.

Mientras nosotros discutíamos, Marjon continuaba desvistiéndose, imperturbable. Cuando se despojó de las enaguas, me quedé mirando con cara de asombro los pequeños y bonitos pechos. Me chocó la enorme diferencia que había con las carnes rosadas, desbordantes de Elsje, la moza de la fonda.

–Os gusta, ¿no es cierto? –inquirió van der Meulen, y yo creí percibir cierta impaciencia.

–Ésa no es la cuestión –contesté yo con rudeza, pues tenía la desagradable impresión de que se estaba mofando de mí.

–Claro que es la cuestión –aseguró el marchante–. Sólo podréis realizar un buen retrato si la modelo es de vuestro agrado.

–Naturalmente que me gusta –admití a regañadientes–. ¿A qué hombre que no esté ciego iba a desagradarle? Pero ello no explica por qué he de pintar a vuestra modelo desnuda.

Van der Meulen me miró con severidad.

–Yo os pago, Suythof, y no estoy obligado a daros cuenta de mis deseos. ¿Ya habéis olvidado lo que os conté antes en el café sobre el arte y el oficio? Creía que me habíais comprendido. En caso contrario, permitidme que os diga con toda franqueza lo que espero de vos: yo os pago un buen dinero y pongo las modelos a vuestra disposición. Vos me entregáis los cuadros tal como os los pido. El resto no es de vuestra incumbencia y, en lo relativo a este punto, no me haréis más preguntas. Si estáis conforme, bien. Si no, devolvedme los dos florines y me buscaré otro pintor.

Era como si unas horas antes hubiese tratado con un hombre completamente distinto. Primero me lisonjeaba sin pudor y ahora me imponía sus condiciones. La simpatía inicial que despertara en mí el marchante se esfumó. Supe que no tenía ante mí a ningún mecenas, sino tan sólo a un hombre que compraba exactamente lo que quería. En este caso había sido yo, pero podría haber sido cualquier otro de los muchos pintores jóvenes de Amsterdam, que, como yo, a veces no sabían de dónde sacarían el dinero para el alquiler y la manutención.

Miré vacilante el cofre de madera en el que había depositado los dos florines de van der Meulen. Devolverle el dinero en ese instante sin duda habría sido bueno para mi autoestima, pero ¿de qué iba a vivir cuando agotara las escasas monedas que me quedaban de mi salario de carcelero en Rasphuis?

El marchante pareció leerme el pensamiento. Su sonrisa de superioridad se ensanchó cuando acepté abatido sus condiciones.

–Muy bien, Suythof. ¿Cuánto creéis que durará la sesión?

–Unas tres horas, lo que nos queda de luz.

–Bien. Volveré dentro de tres horas a buscar a la señorita Marjon.

Tras decir eso nos dejó solos.

Reprimí el mal presentimiento que me había asaltado y traté de centrarme en mi trabajo. El carboncillo se deslizó por el lienzo para captar los contornos de la bella Marjon; era realmente hermosa, y cada vez que mis ojos se detenían más de la cuenta en ella, el interés del hombre amenazaba con desplazar el del pintor.

La muchacha había adoptado la pose que yo le había indicado: indiferente, con el rostro inexpresivo como una máscara. Pero al mirar con más atención creí advertir que dicha indiferencia era, en efecto, únicamente una máscara. Eran sus ojos, los ojos de un ser infeliz. De repente se me ocurrió que tal vez no se hallara allí de buen grado, que tal vez alguna necesidad que yo desconocía la hubiese impulsado a mezclarse con Maerten van der Meulen.

Aunque ignoraba los pormenores, mi descontento hacia el marchante no hacía sino aumentar. Marjon me parecía un ángel que, privado de sus alas, había ido a parar al infierno del mundo de los hombres y había sido atado a él con una cadena invisible.

Posar desnuda estaba mal visto entre las mujeres decentes, por eso a menudo los pintores nos veíamos obligados a contratar los servicios de damas que de todos modos se dejaban comprar por los hombres y que, a cambio de la retribución correspondiente, estaban dispuestas a todo. Pero Marjon no parecía una ramera de tres al cuarto. Sus caras ropas lo desmentían, al igual que su aspecto, su orgulloso porte. Me brindaba su cuerpo desnudo porque debía hacerlo, pero no se me ofrecía. A ella y a mí nos separaba una barrera invisible que no existe entre la ramera y su cliente.

El boceto a carboncillo estaba listo, así que le concedí a Marjon un respiro, durante el cual yo tenía la intención de mezclar la pintura. Acababa de sentarse en mi cama, desnuda, cuando se abrió la puerta y la viuda Jessen dijo:

–Señor Cornelis, sólo quería preguntaros si a vos y a vuestra visita os apetecía un chocolate...

Enmudeció y se quedó mirando con cara de espanto la escena que tenía ante sí. Y si Marjon no hubiese estado sentada en la cama, sino en pie, como antes, la indignación de mi casera no habría sido mucho menor. Era una persona piadosa a carta cabal, estaba mucho más apegada que yo a las estrictas normas del calvinismo. Una mujer desnuda en su casa sin duda le causaba una mala impresión, aunque se tratara de la modelo de un pintor. Era un mentecato por no haberlo pensado antes. Pero van der Meulen me había sorprendido de tal modo que ni siquiera se me vino a las mientes la viuda Jessen.

Avancé hacia ella dispuesto a explicárselo todo, le hablé de mi situación financiera, que me había obligado a aceptar el encargo de van der Meulen, pero fue como predicar en el desierto. Con una severidad desconocida hasta ese momento, espetó:

–En mi casa no consiento estas cosas. Mañana es el día del Señor, pero u os vais de aquí al día siguiente o denuncio vuestros obscenos manejos.

Acto seguido dio media vuelta y salió de la habitación. Yo me quedé mirándola intentando conciliar su conducta con la imagen que tenía de ella hasta entonces. Me había acogido en su casa como a un hijo y me había cuidado y atendido como una madre cuando me hallaba en cama, febril e inconsciente. ¿Por eso precisamente se sentía tan decepcionada? Sea como fuere, toda aquella simpatía que me había granjeado parecía haberse desvanecido. Se había impuesto la estricta parte calvinista de su alma, que condenaba todo vicio y todo libertinaje.

Entre tanto, Marjon se había echado por encima mi colcha. Me miraba insegura, y sus tímidos ojos reflejaban compasión, aunque no sabía si por mí o sólo por ella misma.

–Será mejor que os vayáis –propuse–. Si queréis, os puedo acompañar a casa.

–No es necesario. –Ésas eran las primeras palabras que me dirigía; su voz era clara y dulce y parecía igual de cohibida que su mirada–. Pero ¿qué pasará si el señor van der Meulen no me encuentra aquí?

–Yo le explicaré lo sucedido.

Le di la espalda mientras se vestía, y antes de abandonar la habitación se volvió y me dijo:

–Lo siento.

Capítulo 7

La casa de la Rozengracht

Amsterdam, 15 de agosto de 1669

Cuanto más me aproximaba a mi objetivo, aquella casa situada en el extremo sur de la Rozengracht, más lento se volvía mi caminar y con más fuerza me latía el corazón. Aquella cálida tarde de domingo me había quedado a solas con mi desaliento. A mi alrededor, paseantes risueños recorrían las soleadas calles: muchos de ellos se dirigían al Nuevo Laberinto, concebido por el alemán Lingelbach. Allí no sólo se hallaba aquel laberinto por el cual perderse que le daba el nombre al lugar y del que los enamorados se servían para sus encuentros sin ser estorbados; la gente se veía atraída por toda clase de rarezas, desde fuentes a efigies que se movían mecánicamente, y ese día espléndido resultaba perfecto para semejante diversión. La casa que Rembrandt van Rijn había alquilado tras arruinarse, una vivienda más bien modesta, se encontraba enfrente de dicho parque de atracciones, y yo me pregunté cómo hallaría la calma necesaria para trabajar el viejo maestro con todo aquel ruido, la algazara y el griterío.

Dos muchachas jóvenes abandonaron la sombra que les proporcionaba una elevada tapia y me cerraron el paso. Llevaban sendos lazos en el cabello, y el pecho asomando debido a un corpiño ceñido en exceso. Ninguna pañoleta cubría las carnosas prominencias que me ofrecían con descaro. Un lugar como el laberinto, sin duda resultaba atractivo a las furcias. Como no pude eludir la trampa, me limité a apartar a las dos tiparracas y seguí mi camino a buen paso, perseguido por ciertas imprecaciones que ofendían mi masculinidad y me mandaban al diablo.

No pude por menos de pensar en la joven que el día anterior había llevado a mi casa Maerten van der Meulen. Por unos pocos *stuyver* estaba seguro de que las dos mujeres se habrían mostrado dispuestas a posar como vinieron al mundo, e incluso hacerle algún que otro favor al artista. Y no se habrían sentido secreta y mortalmente avergonzadas, como yo suponía era el caso de Marjon. Me preguntaba cuál sería el precio de aquella beldad, pero eso era algo que sólo ella y van der Meulen sabían.

Me acordé nuevamente de la inesperada aparición de la viuda Jessen en mi cuarto. Después de que Marjon se marchara, fui a hablar con mi casera, mas no fui capaz de hacerle cambiar de idea. Después regresó van der Meulen y, al no encontrar a Marjon conmigo, se inquietó; cuando le hube explicado la situación, se enfureció: si no me buscaba lo antes posible otra casa, aclaró, donde pudiera pintar a sus modelos, daría por finalizada nuestra colaboración antes aun de que hubiese empezado propiamente. En semejante apuro, no se me ocurrió otra cosa que acudir a la Rozengracht para resolver mis problemas.

Pero no me hallaba allí únicamente para encontrar alojamiento; también había otro motivo. La noche anterior, cuando la desesperación ante mi precario destino me impedía conciliar el sueño, me había sentido hondamente mortificado de repente. Lamentaba haber perdido empleo y casa, pero ¿qué le había sucedido a mi amigo Ossel? Él había perdido la vida por un crimen que aún se me antojaba sumamente misterioso. La vergüenza que suscitara mi autocompasión reforzó mi decisión de arrojar alguna luz sobre la oscuridad que rodeaba la muerte de Gesa Timmers. También por eso había ido a la Rozengracht.

Respiré hondo de nuevo, subí la escalera exterior, de sillería, y tiré del cordel que hacía sonar una campanilla de hojalata. Al poco la puerta se abrió un tanto y vi el rostro arrugado de la vieja Rebekka Willems, quien llevaba la casa de Rembrandt junto con Cornelia, la hija del pintor. Los estrechos ojos del ama de llaves me examinaron sin dar muestra alguna de reconocimiento. En su larga carrera, Rembrandt había tenido tantos alumnos que uno que había estado a su lado tan sólo unos días no tenía importancia.

–Desearía hablar con vuestro señor, el maestro Rembrandt van Rijn.

–¿Por qué? –inquirió ella–. ¿Tenéis alguna cuenta por saldar?

–No vengo a buscar dinero, sino a traerlo.

La rendija se ensanchó un tanto.

–¿Qué dinero traéis? ¿Para qué?

–Eso es algo que desearía tratar personalmente con el maestro Rembrandt. ¿Se encuentra en casa?

La mujer me miró dubitativa, como si temiera caer en una trampa.

–No lo sé.

Tras ella se oyó una voz clara y juvenil:

–¿Qué ocurre, Rebekka? ¿Quién está en la puerta?

El ama de llaves se volvió a la interlocutora invisible sin abandonar su puesto de cancerbero.

–Uno que dice traer dinero.

Se acercaron unos pasos y la puerta se abrió debidamente. Ante mí estaba Cornelia: me quedé atónito al comprobar lo mucho que había cambiado desde la última vez que la vi. Por aquel entonces todavía era una niña, y hoy era una mujer joven. Una mujer joven y hermosa, para ser exactos, con unos rizos rubios que enmarcaban un rostro regordete, mas no demasiado redondo. A lo sumo tendría quince años, pero parecía mayor. Como si la vida junto a su padre, algo que con toda seguridad no siempre era fácil, hubiese hecho madurar antes de tiempo a la niña y la hubiera convertido en una mujer.

Sus azules ojos se agrandaron al verme.

–Vuelve a la cocina, Rebekka, yo cuidaré de nuestro visitante –dijo. Después de que el ama de llaves se retirara vacilante, Cornelia preguntó–: Cornelis Sundhoft, ¿no es así? ¿Qué queréis?

–Suythof –corregí–. Me gustaría hablar con vuestro padre.

La chica se rió con ganas.

–¿De verdad, *mijnheer* Suythof? ¿No tuvisteis bastante con cómo os trató la última vez?

–Estaba un poco achispado por el vino –repuse cauteloso–, y tal vez yo me mostrara un tanto irascible.

–Mi padre estaba borracho, y vos se lo dijisteis a la cara porque no quedaba más remedio –precisó ella.

–Quizás hoy se pueda hablar con él. O es que está otra vez...

–No, no está ebrio, aún no. Está pintando. ¿Acaso queréis probar suerte de nuevo como alumno suyo?

–Eso es precisamente lo que deseo.

La muchacha movió la cabeza con escepticismo.

–No será posible.

–¿Tantos discípulos tiene?

–No, no. Desde Arent de Gelder, vos habéis sido el único que ha querido aprender junto a mi padre, pero aquello salió mal, y fue por mi culpa.

–¿Cómo se os ocurre tal cosa?

–¿Acaso no os pedí que apelarais a la conciencia de mi padre por lo de la bebida? ¡Ajá! Pero ahora puedo enmendar mi error: al menos intentaré convencer a mi padre para que hable con vos.

–Quizá no me recuerde, como la vieja Rebekka –opiné yo, y ciertamente así lo esperaba.

Cornelia sonrió con picardía.

–Mi padre tal vez olvide de vez en cuando a un acreedor, pero jamás a un hombre con el que se peleó.

Me condujo hasta el zaguán a través de una galería techada, me pidió que esperara y subió a la última planta, donde Rembrandt tenía el estudio. No tardé mucho en escuchar sus improperios, las desagradables invectivas a voz en grito que tan bien recordaba. Cuando ya me había despedido de mi intención de hacerme un sitio en la calle Rozengracht, volvió Cornelia.

–Mi padre está dispuesto a recibiros –anunció.

–Lo que acabo de oír parecía muy distinto.

–Lo mejor es dejar que grite primero, después está más calmado. Y ése es el momento adecuado para hablar con él. ¡No lo olvidéis!

Prometí tener en consideración su consejo y subí despacio las escaleras. Me detuve delante del estudio y llamé con tiento.

–Adelante, la puerta está abierta –escuché la ronca voz de Rembrandt, en la que percibí cierta impaciencia.

Se hallaba ante el caballete, con una bata gastada y llena de manchas de pintura. Imposible saber de qué color era la prenda en un principio. Su mirada me asustó. Cierto que ya en nuestro primer encuentro dos años antes era un anciano, un hombre al que las preocupaciones y los reveses de fortuna habían envejecido con inusitada rapidez. Pero el rostro que ahora me observaba, con una mezcla de curiosidad e impaciencia, parecía diez años mayor y estaba pálido y enflaquecido. Yo sabía que el pasado septiembre había perdido a su amado hijo Titus, y supuse que ello lo había hundido por completo.

Sus delgados labios esbozaron una sonrisa desdentada.

–Dice mi hija que me traéis dinero. ¿Dónde está?

Me di unos golpecitos en la casaca.

–Aquí dentro.

Alargó una mano nudosa, salpicada de pintura.

–¡Pues dádmelo!

–¿Y cómo sé yo que llegaremos a un acuerdo?

La sonrisa se amplió.

–No habrá tal acuerdo si volvéis a prohibirme el vino.

–Pero vuestra hija me dijo...

–Sí, sí, sí, lo sé –me interrumpió–. Entonces ¿queréis volver a ser alumno mío?

–Con mucho gusto.

–Bien. Pues pagadme cien florines por un año de aprendizaje. Por adelantado.

–La última vez sólo me pedisteis sesenta, y no por adelantado.

Rembrandt asintió.

–Antaño era bondadoso.

–Cien florines es mucho dinero.

–No es nada fuera de lo común para un discípulo. ¡Tened en cuenta que yo no soy un cualquiera!

El viejo me fulminó con la mirada, provocador, casi combativo, y yo me planteé si decirle la verdad sin ambages: Rembrandt ya no estaba en candelero, y los tiempos en que podía librarse de los alumnos habían pasado hacía mucho. No podía exigir cien florines por un año. Pero dado que yo no quería herirlo ni echar a perder la oportunidad de alojarme en su casa, seguí por otro camino.

–Me es imposible reunir cien florines, maestro Rembrandt. Os puedo ofrecer la mitad, pero sólo en pagos semanales. ¿Qué os parece un florín a la semana por adelantado?

Teniendo en cuenta lo vacío de mi bolsa, incluso eso era una promesa osada. Para mantenerla tenía que hacer buenos negocios con Maerten van der Meulen.

–¿Cincuenta y dos florines? –se lamentó el anciano, mesándose los ralos rizos canosos–. No olvidéis que, como alumno mío, recibiréis alojamiento y comida. El alquiler de la casa no es precisamente barato.

–¿A cuánto asciende?

–A unos doscientos cincuenta florines –contestó vacilante.

–¿A cuánto exactamente?

–A doscientos veinticinco –repuso con obstinación.

–En tal caso, mis cincuenta y dos florines son una suma más que considerable.

Entre suspiro y suspiro se dejó caer en un tajuelo.

–Sois un negociador duro, Suythof, en verdad. No sé... –De pronto sus ojos se iluminaron–. Convendría en ello si me hicieseis un regalito.

–¿Como qué?

–Un regalo para mi colección. Os acordáis de mi colección, ¿no?

Claro que la recordaba. La pasión de Rembrandt por el coleccionismo era legendaria, y a lo largo de los años los mercachifles de Amsterdam habían ganado buen dinero a su costa. Coleccionaba cualquier cosa que pudiera servirle de modelo para sus obras: prendas exóticas, animales disecados, bustos, joyas o armas. Como consecuencia de su ruina, no tuvo más remedio que vender la enorme colección para resarcir a sus acreedores con los ingresos obtenidos. Sin embargo, no tardó mucho en abandonarse nuevamente a su pasión.

–¿Y bien? –preguntó, sonriendo ampliamente otra vez–. ¿Es que no me habéis traído un regalo?

Obedeciendo a una idea repentina, me saqué la navaja del bolsillo.

–¿Qué os parece esto? –quise saber–. Una navaja española.

–Mmm, ¡mostrádmela!

Al acercarme a darle la navaja, vi el cuadro en el que estaba trabajando: era un autorretrato desde el cual miraba al observador con su sonrisa desdentada. La sonrisa era un tanto burlona, críptica, similar a la expresión del general que ha perdido una batalla y sin embargo en su interior sabe que ganará la guerra. ¿Qué podía existir en la vida del viejo pintor que le indujera a creer en el triunfo final?

Examinó largo rato la empuñadura, guarnecida de latón y asta de ciervo, antes de abrir la curva hoja.

–La hoja no es nada del otro jueves –refunfuñó–. He visto navajas españolas con la hoja ornada.

–Pues ésta no la tiene –repuse yo algo irritado.

–Justamente. Eso la hace menos valiosa.

Extendí la mano para que me la devolviera.

–Si no os gusta, dádmela.

Antes de que pudiera recuperar el arma, la mano de Rembrandt se aferró con firmeza a la empuñadura, como la garra de un ave de rapiña.

–Me la quedo sólo porque sois vos.

–Bien. En tal caso tengo una condición.

–¿Una *condición*? –Rembrandt repitió la palabra como si fuera la mayor ofensa que jamás hubiese oído.

Lo miré fijamente a los ojos y dije:

–Pongo como condición que, además del trabajo que realice para vos, pueda recibir modelos para que posen para mí por cuenta propia. Ni que decir tiene que yo mismo correré con los gastos del material.

Me dirigió una mirada llena de escepticismo.

–¿Buscáis un maestro o un estudio barato?

–Ambas cosas.

Al callar Rembrandt y mirarme con el ceño fruncido, me preparé para sufrir un acceso de ira y una segunda expulsión. Sin embargo, en su lugar prorrumpió en una sonora carcajada, y unas lágrimas resbalaron por sus mejillas arrugadas y sin rasurar.

–Quizás esta vez nos llevemos mejor –dijo por último–. Puede que incluso nos divirtamos juntos.

Abajo me esperaba Cornelia, que me preguntó:

–¿Cómo ha ido todo? Hacía tiempo que no oía reír a mi padre con tantas ganas.

Le relaté con pocas palabras cómo se había desarrollado la conversación. Cornelia estaba radiante.

–Me alegra que hagáis buenas migas, *mijnheer* Suythof. A mi padre le vendrá estupendamente tener de nuevo un discípulo. Y también estará bien volver a tener un hombre en casa.

–Pero está vuestro padre.

–Es mayor, y las fuerzas le van abandonando poco a poco. Cuando Titus vivía, se encargaba de ciertas cosas de las que ni una mujer ni un anciano se pueden ocupar.

–Me enteré de la muerte de vuestro hermano, pero no sé los pormenores. Era muy joven.

–Aún no había cumplido los veintisiete –repuso Cornelia–. Se casó en febrero del año pasado, y no llegó a ver nacer a su hija Titia. De no existir la pequeña, mi padre se habría dado por vencido. Cada vez que viene a visitarnos mi cuñada Magdalena con Titia, él revive. –Guardó silencio un instante, y un velo de tristeza empañó sus ojos–: La peste se llevó a Titus –prosiguió–. Por desgracia, no pudieron hacer nada por él. El siete de septiembre del pasado año lo enterramos en la Westerkerk. Reposa en una sepultura arrendada, y sus restos aún han de ser exhumados para que descansen en el panteón de los van Loo, la familia de Magdalena. Pero no tenemos prisa. Creo que ello afectaría aún más a mi padre. –Alzó la cabeza y me sonrió–. Pero no hablemos de cosas tan tristes. Hoy hace un día delicioso. ¿Queréis ir por vuestras cosas ahora mismo, *mijnheer* Suythof?

–Llamadme Cornelis, os lo ruego, de lo contrario parecerá que soy terriblemente mayor. Y en lo tocante a mis cosas, lo cierto es que este domingo es demasiado hermoso para desperdiciarlo bregando. Tengo la impresión de que en el Laberinto se encuentra medio Amsterdam. Nunca he estado allí, ¿y vos?

–Una vez, de pequeña, pero entonces todavía vivíamos en la Jodenbreestraat. Desde que nos mudamos aquí, no se ha dado el caso. Además, ya oímos bastante el barullo, la música y las canciones a voz en grito, y a menudo el ruido que producen los borrachos.

–Una cosa es oírlo y otra muy distinta estar en medio –razoné yo, guiñándole un ojo.

–¿Es una invitación, Cornelis?

–Lo es.

Aquel domingo fue ciertamente un día afortunado. Había conseguido entrar como discípulo al servicio de Rembrandt y ahora una alegre Cornelia se dirigía conmigo al laberinto de Lingelbach. Claro que era un poco joven para mí, pero en cuanto me ponía a hablar con ella lo olvidaba. Me resultaba experimentada y elocuente como un adulto y, por más que quisiera, su cuerpo ya no era precisamente el de una niña. En más de una ocasión me descubrí deteniendo la mirada más de lo conveniente en sus femeninas redondeces. Una vez ella lo advirtió, y sus labios se abrieron en una sonrisa de complicidad.

Estuvimos bromeando y riendo mientras deambulábamos entre las fuentes y dejábamos que la refrescante agua nos salpicara. En la casa de las curiosidades nos mofamos de los numerosos objetos expuestos que habrían honrado la colección de Rembrandt: un papagayo verde que recibía a los visitantes con atrevidas parrafadas; la poderosa cabeza disecada de un elefante; unas estatuas que, gracias a un mecanismo oculto, hacían toda clase de contorsiones, posibles e imposibles. Nos perdimos, como no podía ser de otro modo, por el enorme laberinto; cuando por fin logramos salir, dimos buena cuenta de un pedazo de pastel de Deventer con un chocolate frío. A la caída de la tarde nos sentamos en uno de los bancos de madera de la *Taberna de Lingelbach*, y yo pedí una garrafa de dulce aguardiente de cereza.

–¿No estáis siendo demasiado generoso, Cornelis? –preguntó resueltamente Cornelia después de que la tabernera, que iba de un lado a otro presurosa y sorteando mesas a toda velocidad, nos llevara el vino–. Al fin y al cabo, a partir de hoy tendréis que pagar las clases que os dé mi padre.

Me incliné hacia ella y repuse:

–¿Queréis que os cuente una cosa?

–¿Qué?

–Mi manera de negociar sin duda ha impresionado de tal forma a vuestro padre que ha olvidado pedirme el dinero que le adeudo por el aprendizaje de la primera semana.

Cornelia sonrió.

–Os alegráis antes de tiempo, Cornelis: yo soy la responsable de cobrar el dinero.

–¿Vos?

–Pues claro. ¿Es que lo habéis olvidado? Mi padre ya no posee nada desde que, hace once años, se vio obligado a declararse en quiebra. Llegamos a este acuerdo para que sus acreedores no le arrebataran todo lo que ha ganado a duras penas a fuerza de trabajar.

–Pero si vuestro padre trabaja y gana dinero, ¿cómo es que sus acreedores se lo pasan por alto?

–Por aquel entonces se firmó un acuerdo ante notario según el cual él entraría a trabajar en una galería de arte propiedad de mi madre y de Titus. A mi padre se le proporcionaría el alojamiento y la manutención a cambio de su asesoramiento y su trabajo.

–¿Y eso es legal? –pregunté con escepticismo.

–Lo es.

–Y tras la muerte de vuestra madre y vuestro hermano, vos lleváis los negocios, ¿no es así?

–Como quien dice. Heredé la parte de mi madre. Claro está que mi tutor, el pintor Christiaen Dusart, es quien se encarga de las cuestiones importantes, pero el dinero me lo entregaréis a mí; después de todo, somos Rebekka y yo las que llevamos la casa y hacemos la compra.

Extendió la mano derecha en broma, y yo deposité en ella un florín, con los ojos muy abiertos con teatralidad, en fingida indignación. Los dos nos echamos a reír: el pintor Cornelis Suythof, de nuevo libre de preocupaciones, y la joven, de ningún modo, cándida, Cornelia van Rijn.

Pero, ¡cuán engañosa puede ser la sonrisa de la fortuna! Lo sabría esa misma tarde, después de acompañar a casa a Cornelia.

Aún no había anochecido y, sin embargo, en los aledaños de la Rozengracht, donde las casas se hallaban muy cerca unas de otras y los caminos eran estrechos, ya no había mucha claridad. Llevaba el día entero con la extraña sensación de que alguien me observaba, incluso durante las horas que habíamos pasado en el Laberinto. No obstante, en dicho lugar reinaba tamaño ajetreo que habría resultado imposible distinguir a un posible perseguidor entre aquel hervidero de comerciantes, mosqueteros, marineros, niños risueños y mujeres decentes y no tan decentes. Así pues, acabé por considerar mi vaga sospecha un tétrico engendro de mi sobreexcitada imaginación. Pero ahora, cuando recorría esas callejuelas casi desiertas, sentí en el hombro la fría mano invisible que de nuevo me advertía de un peligro desconocido. Luego, también oí los pasos.

Cambié de dirección en dos ocasiones, mas los pasos seguían allí, unas veces más sonoros, otras más ligeros, detrás de mí. Siempre que intentaba descubrir furtivamente a mi perseguidor era en vano: se fundía hábilmente con las amplias sombras que proyectaban las casas. Al pasar por una panadería ante cuya puerta había apiladas varias cajas de gran tamaño, tomé una decisión: me escondí a toda prisa tras un montón de cajas y me oculté cuanto pude. Si de verdad alguien me estaba siguiendo, pasaría por delante de mí de un momento a otro. Al mismo tiempo, quería convencerme de que sólo había oído los pasos de un transeúnte inofensivo: el Laberinto se hallaba a las afueras de Amsterdam, y eran muchos los que, como yo, emprendían el regreso a la ciudad a esa hora.

Volví a escuchar los pasos, un murmullo nervioso. Ya no creía que fuera una casualidad. Cuando empecé a buscar la navaja en la casaca, tenía las manos húmedas. Tardé un rato en caer en la cuenta de que se la había regalado a Rembrandt. Maldije mi generosidad y mi estupidez. Y es que era una estupidez acechar a alguien cuya fuerza desconocía. Pero ya era demasiado tarde: si abandonaba mi escondite, me descubrirían.

Vi a tres hombres que no me gustaron nada: tipos rudos con la barba descuidada, de esos que uno se encontraba en los garitos del puerto o en el barrio de Jordaan. Sobre todo, la clase de hombres que uno no querría encontrarse a solas en un callejón apartado. Yo no era ningún blandengue, desde luego, pero desarmado y contra tres de esa calaña, las perspectivas no eran muy halagüeñas.

Cuando uno de ellos, de anchas espaldas y con una gran cicatriz en la mejilla derecha, empezó a hablar, se desvaneció el último atisbo de esperanza de que no fueran por mí.

–¿Dónde se ha metido? Acabo de mirar en la panadería.

–De aquí no sale ninguna calle –observó el segundo, cuya nariz roja delataba a un bebedor habitual–. Apuesto un barril de aguardiente a que aún sigue aquí, en alguna parte.

–En ese caso deberíamos verlo –razonó el tercero al tiempo que se rascaba perplejo la calva cocorota.

–No si está en alguna de las casas –apuntó el de la nariz roja.

–¿Quién va a dejar entrar en casa a un extraño de noche? –inquirió el calvo.

–Quizá tenga alguna chica aquí o conozca a alguien de la calle –aventuró el borrachín.

El de la cicatriz, que por el modo de actuar parecía el jefe, echó un vistazo a su alrededor en silencio. Y por mucho que me acurruqué, no pude evitar que nuestra mirada acabara cruzándose. Una amplia sonrisa asomó a su rostro deforme.

–Mirad quién se esconde en la panadería. ¡Pero si es nuestro amigo!

Los tres avanzaron lentamente hacia mí y me rodearon. Sus ojos brillaban como los del cazador que ha acorralado a su presa.

Me erguí y busqué en vano un arma. Me di perfecta cuenta de las nulas probabilidades que temía de salir airoso cuando divisé sendas navajas de largas hojas en las manos del calvo y el de la cicatriz. El de la nariz roja extrajo del jubón una porra del tamaño de mi antebrazo.

–¿Qué queréis de mí? –pregunté mientras retrocedía despacio–. ¿Quién os envía?

–No deberías habernos espiado, pinceles –dijo el jefe–. No nos gusta. Si hubieras seguido tu camino, no te habría pasado nada.

En sus rostros se leía con claridad que ya estaban disfrutando con lo que iban a hacerme. Eran de esa clase de tipos que no tienen el menor problema en encontrar un motivo para atacar a alguien más débil, elementos cuya cabeza sólo sirve para que un verdugo la rompa en mil pedazos.

Cuando mi espalda tocó la pared, se terminó el retroceder.

Palpé con las manos la pared con la esperanza de hallar una piedra suelta que pudiera utilizar a modo de arma. Inútilmente.

Me había preparado para lo peor cuando alguien dijo en voz alta:

–Vaya, vaya, pero ¿qué ven mis ojos? Tres hombres armados contra uno desarmado, ¿acaso no es una proporción desigual?

El que lo dijo venía del mismo sitio que mis perseguidores y yo mismo un poco antes y era un hombre alto y robusto. En un primer momento uno lo habría tomado por un amigo de los tres camorristas, pero sólo en un primer momento. Vestía ropas limpias y dignas, llevaba el alto sombrero oscuro de un ciudadano respetable, y la barba que enmarcaba su mentón estaba bien arreglada. Su inesperada aparición me alivió un tanto, si bien, al no ver ningún arma en sus manos, me pregunté si en verdad me sería de ayuda.

El de la cicatriz se encaró con él, perplejo:

–¿A ti qué se te ha perdido aquí? ¡Lárgate! Esto no es asunto tuyo.

–Dejad que sea yo quien decida lo que es o no asunto mío, señor –repuso el extraño, risueño, mientras se acercaba como si tal cosa–. Cuando veo que tres canallas pretenden golpear a un hombre honrado, lo considero asunto mío y muy mío.

–En ese caso no tendremos más remedio que atizar a dos hombres honrados –repuso el de la cicatriz sonriendo–. Al menos deberías tener un arma para meterte en lo que no te llaman.

El desconocido extendió ambas manos, ciertamente grandes y poderosas.

–Me bastan estas dos armas.

–Tú lo has querido –espetó el de la cicatriz, encogiéndose de hombros.

Él y el borrachín fueron hacia el extraño mientras el calvo no me perdía de vista con la enorme navaja.

El extraño, que hasta entonces había estado sumamente tranquilo, avanzó con rapidez, agarró el brazo derecho del de la nariz roja y, al mismo tiempo, le dio con el pie izquierdo en la pantorrilla derecha. El ataque fue literalmente arrollador, y tan sorpresivo que el asaltante dejó caer la porra, perdió el equilibrio y cayó boca arriba en el empedrado. Su cabeza golpeó el suelo sonoramente, y bajo ella no tardó en formarse un charco de sangre. Todo sucedió en un abrir y cerrar de ojos, y desconcertó de tal modo a los compinches del caído que interrumpieron el ataque.

A continuación, mi desconocido salvador se situó con dos ágiles zancadas junto al de la cicatriz y le retorció el brazo derecho. El jefe de los matones aulló de dolor y soltó la navaja. Al grito de dolor siguió otro de rabia: se zafó del desconocido a viva fuerza e hizo ademán de abalanzarse sobre él con los puños cerrados. Pero éste se hizo a un lado hábilmente, asió a su oponente por los hombros y el pescuezo y lo estrelló contra las cajas. El tipo cayó al suelo, y las cajas se precipitaron sobre él.

Yo seguía la actuación de mi salvador maravillado cuando el calvo me atacó con la intención de clavarme la navaja en el pecho. Me dejé caer, e involuntariamente me aferré a sus piernas al hacerlo. De ese modo lo derribé, y antes de que pudiera reaccionar, mi salvador lo inmovilizó con firmeza y lo obligó a soltar la navaja.

Entre tanto, el de la cicatriz había salido de entre las cajas y nos miraba confuso.

Mi salvador se quitó de encima al calvo de un empujón, lanzándolo contra su jefe.

–¡Ahí tenéis a vuestro amigo y largaos de aquí, chusma! –les ordenó–. Si no os vais pitando, os entregamos a la guardia.

No fue preciso repetirlo. Agarraron entre los dos al de la nariz roja, que sangraba copiosamente por la cabeza, y se marcharon. Antes de desaparecer en las sombras de las casas, el jefe se volvió hacia nosotros y nos lanzó una mirada rebosante de odio.

El desconocido recogió el sombrero, que se le había caído de la cabeza, y lo sacudió.

–Hoy en día los atracadores tienen la desfachatez de salir de sus agujeros antes incluso de que haya anochecido. Corren malos tiempos para el ciudadano honrado.

No le dije que no creía que aquellos tres tipos fueran asaltantes habituales. Para entonces ya estaba más que seguro de que llevaban todo el día siguiéndome. El jefe me llamó pinceles, de modo que sabía a ciencia cierta con quién se las iba a ver. Pero ¿cómo explicárselo a mi salvador si yo mismo era incapaz de dar una explicación?

De manera que me limité a darle las gracias por su ayuda y añadí:

–Qué raro que nadie salga a la puerta. Dios sabe que hemos hecho bastante ruido para despertar a media calle.

–No tiene nada de raro, por desgracia es lo normal. La gente tiene miedo de matones y asesinos, y se alegra de que le toque a un extraño en la calle en lugar de a ella. Y con la guardia no se puede contar. Por regla general sólo acude cuando todo ha terminado, y a menudo la toman con los inocentes.

–Esta vez, gracias a vuestra ayuda, todo ha salido bien.

–No siempre habrá alguien cerca que os pueda ayudar, amigo mío. Deberíais aprender a defenderos mejor. ¿Habéis pensado alguna vez en practicar el arte de la lucha? Bien, ahora debo irme. Una dulce muchacha me espera, ya sabéis a qué me refiero. Si algún día os proponéis seriamente aprender a luchar, venid a la Prinzengracht, a la escuela de lucha de Nicolaes Petter y preguntad por mí.

Apenas hubo terminado, echó a andar a buen paso. La muchacha que lo aguardaba tenía que ser realmente dulce. El hecho de que tal vez rondara una edad en la que una dulce muchacha bien podía ser su hija no hacía sino avivar su deseo.

–¡Esperad, deteneos! ¿Cómo os llamáis? –le chillé.

–Soy el director de la escuela y me llamo Robbert Cors.

Capítulo 8

El secreto de las mujeres

La última noche que pasé en casa de la viuda Jessen fue agitada. Estuve pensando en mis perseguidores, en cuáles serían sus intenciones y en quién podía haberles mandado. Ya lo había dicho claramente el jefe: si no los hubiese espiado, no me habrían agredido. De modo que sólo tenían que vigilarme. ¿Por qué?

Al no dar con una respuesta satisfactoria, ocupé mis inquietos pensamientos en el hombre que me había defendido frente a mis atacantes: Robbert Cors. Qué extraña coincidencia que conociera precisamente en aquella callejuela apartada a aquel a quien Ossel mencionara una semana antes. Me propuse aceptar la invitación de Cors e ir a verlo a la escuela de lucha. No sabía si aprendería a luchar, pero de esa manera tal vez pudiera averiguar algo más sobre el pasado de Ossel. Éramos amigos, pero de su vida anterior a Rasphuis no sabía casi nada.

Apenas me hacía a la idea de que sólo hubiesen pasado ocho días desde que practicáramos el arte de la lucha ni de todo lo que había sucedido en tan poco tiempo: me habían despedido en el acto de Rasphuis, tenía que abandonar mi cuarto en casa de la viuda Jessen, me mudaba a la vivienda de Rembrandt en calidad de alumno suyo... y a Ossel lo habían ajusticiado por asesino. Esto último hizo que se me saltaran las lágrimas, y agradecí quedarme dormido de una vez. A la mañana siguiente le alquilé una carretilla a un frutero vecino por tres *stuyver* y llevé mis escasas pertenencias a la Rozengracht. Allí no viviría con tanto lujo como con la viuda Jessen. Ocupé una de las habitaciones de la planta superior, en la que Rembrandt había instalado su nueva colección de rarezas. En fin, no todos los jóvenes pintores prometedores podían presumir de tener la cama entre jarrones orientales, bustos de héroes de la Antigüedad y animales disecados. Por las mañanas, cuando los primeros rayos de sol me acariciaban, un oso peludo me miraba fijamente como burlándose de que su invernal letargo fuera un tanto más prolongado que mi breve descanso.

Los primeros días, Rembrandt me hizo trabajar de firme: en realidad parecía buscar encargos para endosármelos. Quizá fuese su forma de demostrarme quién era el maestro y quién el discípulo. Tuve que componérmelas para sacar el tiempo necesario para terminar las obras que me encomendaba van der Meulen, el marchante.

Éste quedó muy impresionado con el cuadro de Marjon y me llevó otras modelos a la Rozengracht. A todas debía pintarlas completamente desnudas, y todas me causaban una impresión similar a Marjon: se conformaban con un destino irremediable y hacían algo que en verdad consideraban indigno. No volví a ver a ninguna de ellas después de finalizar los cuadros, y ninguna habló conmigo más de lo imprescindible. Cuando acababa la última sesión, era como si la joven que había posado para mí no hubiera existido jamás. La única prueba de su existencia era el retrato, que van der Meulen no tardaba en recoger una vez terminado.

Yo temía que la presencia de tantas muchachas molestara a Cornelia, tal vez incluso la enojara; no fue así. Antes bien, se alegraba de ver a van der Meulen y en más de una ocasión trató de entablar conversación con él, posiblemente con la esperanza de conseguir un buen precio para los lienzos de su padre. Pero él se mostraba reservado, y una vez le oí decirle con toda franqueza a la pobre Cornelia que su clientela no era demasiado entusiasta de la obra de Rembrandt. Me habría gustado abalanzarme sobre él y propinarle un puñetazo en la cara. Sólo una vez, justo cuando concluí el retrato de Marjon, me preguntó Cornelia por la modelo. Cuando le aseguré que era van der Meulen quien escogía a las mujeres y que yo ni siquiera sabía sus apellidos, pareció un tanto sorprendida, pero satisfecha.

Al principio apenas salía de casa a no ser que Rembrandt me enviase a hacer algo. En tales ocasiones aprovechaba para ampliar mis útiles de pintura. Por lo demás, celebraba poder meterme en la cama por la noche. De vez en cuando, vigilado por mi amigo el oso, leía el libro que me había regalado Emanuel Ochtervelt.

No encontré nada de extraordinario en el *Diario y apuntes del capitán, jefe de expedición y consejero Fredrik Johannsz de Gaal sobre sus viajes a las Indias Orientales al servicio de la Compañía Unida de las Indias Orientales*, pero tampoco es que yo hubiese leído muchos relatos de viajes de aventuras, a los que tan aficionado era Ochtervelt, y, por tanto, no podía permitirme opinar al respecto. Al contrario, incluso deseé que tuviese razón y el libro fuera un éxito. Aunque, por decirlo suavemente, no es que me apoyara con lo de mis cuadros, me agradaban él y, sobre todo, su preciosa hija Yola, la de los rizos morenos.

Fredrik de Gaal había realizado cuatro grandes viajes por encargo de la Compañía de las Indias Orientales: dos como capitán y dos como jefe de expedición. Sin embargo, de estos dos últimos, en su diario sólo trataba de forma exhaustiva el primero. El cuarto gran viaje marítimo lo liquidaba con unas cuantas observaciones generales y un puñado de datos y cifras, como si únicamente los hubiese copiado del cuaderno de bitácora. Se me antojaba algo insólito, ya que en la descripción de los otros tres viajes se había esforzado por relatar con todo lujo de detalles hasta la más nimia de las aventuras. Creía recordar que, hacía algún tiempo, un marinero borracho me había contado en un garito del puerto que la última travesía de de Gaal había causado una gran sensación, puesto que sólo una parte de la tripulación regresó sana y salva a Amsterdam. Pero yo no tenía ni la más mínima idea de si en esa historia había algo de cierto o no.

Hasta principios de septiembre no tuve tiempo para poner en práctica mi decisión de ir a ver a Robbert Cors, el profesor de lucha. Rembrandt había salido a resolver un asunto que me era desconocido. Era cada vez más frecuente que desapareciera durante media jornada, y ni siquiera Cornelia estaba informada de dónde se metía. En una ocasión aventuró que tal vez pasara el tiempo llorando la muerte de Titus junto a su tumba.

Ese martes de septiembre salí a primera hora de la tarde; una generosa Cornelia me había dado el resto del día libre. El tiempo ya no era tan veraniego como en agosto, pero, a pesar de las nubes que cubrían el firmamento, no llovía. Fui dando un apacible paseo hasta la Prinzengracht, aunque, al pasar por el barrio de los tintoreros, me invadieron desagradables recuerdos. La escuela de lucha se hallaba en un gran edificio, de lo cual concluí que los negocios del señor Robbert Cors debían de marchar bien.

Un portero me hizo pasar a una espaciosa sala de entrenamiento en la que flotaba un penetrante olor a sudor y lejía. En ella se ejercitaban dos grupos de hombres medio desnudos, cada uno de ellos aleccionado por un profesor. Robbert Cors estaba apoyado con sus anchas espaldas en una pared, supervisando. Era evidente que uno de los grupos estaba compuesto por principiantes: los movimientos de los hombres resultaban torpes, y su profesor se veía obligado a enseñarles una y otra vez las mismas llaves. Los del segundo grupo demostraban mucha mayor habilidad y tumbaban al contrario con unas maniobras tan rápidas que a veces mis ojos apenas podían seguirlas. Contemplaba aquello fascinado mientras imaginaba a un joven Ossel Jeuken practicando la lucha en esa misma sala tiempo atrás.

Cuando finalmente Robbert Cors me vio, se acercó a mí con una mirada inquisitiva.

–¿En qué puedo ayudaros, *mijnheer*? ¿Queréis aprender el arte de la lucha?

–Primero me gustaría echar un vistazo a esto, si es posible. Vos mismo me invitasteis, *mijnheer* Cors.

–¿Yo? –Me escudriñó, pero estaba claro que no recordaba nuestro encuentro.

–El callejón desierto cercano a la Rozengracht –lo orienté yo–. Un domingo de agosto, por la tarde, vos me defendisteis de tres asaltantes que, sin vuestra ayuda, me habrían zurrado más que a una estera.

Su rostro se animó.

–¡Ah, vos!

–El mismo –repuse yo sonriendo, y me presenté–. Aquella vez íbais con tanta prisa que apenas pude daros las gracias, así que he venido a subsanarlo.

–¿Y no queréis aprender a luchar? –insistió Cors, un comerciante nato.

–No sé si puedo permitírmelo. No soy más que un pobre pintor.

Él asintió comprensivo y entonó una cancioncilla infantil:

–«Hoy pinto de amarillo y mañana de rojo, pero siempre pido pan.» ¿De verdad sois tan pobre?

–Tan pobre, no, pero por mucho que quiera no puedo decir que sea un hombre adinerado. Por eso he de renunciar a teneros como maestro, *mijnheer* Cors. No obstante, me gustaría hablar con vos.

–¿De qué?

–De un amigo: Ossel Jeuken.

–¿Ossel? –Un gesto delató a Cors–. ¿Sois amigo de Ossel Jeuken? ¿Dónde está? ¿Cómo le va?

–Por desgracia ha muerto.

Cors me miró atónito, y yo le expliqué a grandes rasgos lo ocurrido.

–Así que el hombre al que agarrotaron delante del Consistorio por asesinar a su querida... era él –musitó–. Naturalmente que he oído hablar de ello, toda Amsterdam hablaba de esa historia, pero desconocía su nombre. De haber sabido que se trataba de Ossel, habría...

–¿Habríais...? –pregunté, lleno de curiosidad.

Cors movió la mano en ademán desdeñoso.

–Bah, nada. No habría podido hacer nada por él. Pobre Ossel. Tantos años. –De pronto parecía muy triste–. La vida cambia a las personas y las relaciones entre ellas, y sabe Dios que no siempre para mejor. ¿No es así?

–Puede que tengáis razón –accedí vacilante, sin saber por dónde iba.

–Por desgracia, la tengo. Pero no deberíamos seguir hablando de eso aquí. Os lo ruego, acompañadme a mi oficina.

Avisó a los dos profesores de que continuaran sin él y me condujo a una habitación iluminada por dos ventanales. En las paredes había grabados de hombres en distintas posturas de lucha.

–Unos bocetos que he encargado para un libro sobre el arte de la lucha –aclaró–. Pero estos grabados en cobre no me gustan, son demasiado imprecisos. Vos decís que sois pintor, *mijnheer* Suythof.

¿Os gustaría probar suerte con este tipo de estampas? Me complacería tener un bosquejo vuestro.

–Tal vez –repliqué yo, omitiendo el hecho de que no entendía mucho de grabados. Le pediría a Rembrandt que me instruyera al respecto y después probablemente pudiera presentarle a Cors un boceto. Mientras pensaba en eso, mis ojos se posaron en un óleo que colgaba de la pared que había frente a las ventanas. Era el retrato de una mujer, y al verlo me quedé sin aliento.

–¿Qué os pasa? –preguntó Cors–. ¿Os encontráis bien?

Señalé el cuadro.

–¡Yo conozco a esa mujer!

–No lo creo. Murió hace dieciséis años. Por aquel entonces vos aún erais un niño.

–Murió de... –balbucí con incredulidad–. ¿De qué?

–La peste le consumió los pulmones.

–¿Quién era?

–Catryn, la hija de Nicolaes Petter. Ella es la razón de que unos buenos amigos se convirtieran en enemigos o, al menos, en dos personas que se evitaban. –Cors sonrió con amargura–. Desde Eva, las mujeres no han sido sino una fuente de desgracias y desavenencias y, sin embargo, sin ellas estamos perdidos. No las comprendemos, pero las necesitamos como el aire que respiramos. Probablemente ése sea su eterno secreto.

–Habláis de Ossel y vos, ¿no es así? ¿Querríais contarme la historia?

–Os la contaré, pero primero sentaos y bebed conmigo una buena cerveza de Delft.

Llenó dos vasos de una jarra de estaño, y ambos tomamos asiento en sendas sillas de alto respaldo. Acto seguido me refirió la historia de dos jóvenes luchadores que perfeccionaban su arte bajo la tutela del maestro Nicolaes Petter y que no tardaron en dominarlo de tal modo que éste los contrató en su escuela de profesores.

–Y de posibles sucesores –añadió Cors–. Porque los dos nos habíamos enamorado de la bella Catryn y la cortejábamos como nunca ha sido cortejada una muchacha bonita en Amsterdam.

–¿Y a quién correspondía ella? –inquirí.

–Todo parecía indicar que Ossel se había ganado su cariño. Corrían rumores de que se estaban llevando a cabo los primeros preparativos para la boda. Yo casi me había dado por vencido en mi empeño cuando, una hermosa tarde de verano, las tornas cambiaron. Ossel había ido a Gouda con el maestro Nicolaes por asuntos de negocios, y Catryn aceptó mi invitación de dar un paseo vespertino por el Laberinto de Lingelbach. –Un extraño arrobamiento afloró a sus ojos–. Esa tarde todo cambió. Caminábamos libres de preocupaciones, alegres, riendo y cantando, y en algún momento supimos que estábamos hechos el uno para el otro. En cuanto volvieron el padre de Catryn y Ossel se lo comunicamos.

Yo me incliné hacia delante con impaciencia.

–¿Y cómo se lo tomó Ossel?

Cors dejó el vaso en una mesita y extendió sus grandes manos en señal de desamparo.

–No se puede describir con palabras. De repente se había convertido en otro hombre. El compañero siempre alegre con el que maquinara más de una trastada era un hombre amargado y taciturno. Al día siguiente nos dejó, aunque el maestro Petter le hizo una buena oferta: le propuso compartir la dirección de la escuela de lucha conmigo, independientemente de con quién se casara Catryn.

–¿Y Ossel lo rechazó?

–Más aún: ni siquiera escuchó la proposición. Lo único que quería era alejarse de este lugar y de la mujer a la que amaba por encima de todo. Creo que no podía soportar estar cerca de Catryn.

–¿No intentasteis reconciliaros con él?

–Más de una vez, pero él siempre se negó a hablar conmigo. A sus ojos yo era un traidor, un ladrón, y no se lo puedo reprochar. Cuando competíamos por el favor de Catryn, los dos habríamos aceptado que ella se decidiera por el otro. Y ciertamente yo me resigné cuando todo apuntaba a que Ossel era el elegido. Pero dado que él y Catryn ya eran novios, nuestro proceder sin duda debió de parecerle un acto de deslealtad. Sin embargo, ¿qué podíamos hacer nosotros? Catryn y yo éramos jóvenes y estábamos enamorados.

Cors tomó su vaso y se lo bebió de golpe. Al tragarlo, su nuez subió y bajó, y un hilo de cerveza le corrió por las comisuras de la boca. Luego depositó en la mesa el vaso, se limpió la boca con el dorso de la mano y clavó la mirada en el óleo. Fue como si sus ojos contemplaran otro mundo o una época ya muy lejana.

También yo me fijé en el cuadro de la joven rubia de impresionantes ojos verdes, sin dar crédito a lo que veía. Pero cuanto más miraba el retrato, más claras tenía las ideas. De pronto desentrañé algo que siempre me había resultado incomprensible en Ossel. Aprendí a entender a mi amigo, aunque fuera demasiado tarde.

–*Mijnheer* Cors –solté al cabo–, vos me habéis dicho hace un instante que yo era demasiado joven para conocer a la mujer del cuadro. Eso es cierto y falso a un tiempo. La compañera de Ossel, la mujer a la que presuntamente mató a golpes...

–¿Sí?

–Se llamaba Gesa Timmers y se parecía extraordinariamente a vuestra Catryn, como si fuesen hermanas gemelas. También ella tenía esos ojos verdes. ¿Tenía vuestra Catryn hermanas o primas?

–No, que yo sepa. Y tampoco hay ningún Timmers en la familia de Catryn.

–Entonces sería una casualidad que Ossel conociera a una mujer tan parecida a su gran amor, al menos exteriormente. Por dentro, la Gesa Timmers que yo conocí era una criatura depravada, enferma y aficionada al aguardiente. Tal vez fuese distinta cuando Ossel la conoció. De todas formas, ahora entiendo por qué se aferraba a una mujerzuela que lo ofendía incluso en presencia de sus amigos. No era ella en sí, sino su imagen lo que lo tenía hechizado, tanto que el resto carecía de importancia. Lo devolvió al pasado y le proporcionó la sensación de ser correspondido por la amada.

–Un mísero consuelo –afirmó Cors.

–No le quedaba otra cosa.

El luchador se puso en pie y se acercó al cuadro. Permaneció un buen rato de espaldas, ante él. Cuando finalmente se volvió, vi lágrimas en los ojos de aquel hombretón.

–Para hacerle justicia a Ossel he de añadir algo más –le oí decir con voz ronca–. Su amargura no fue motivada únicamente por esa supuesta traición de la que yo, y a sus ojos quizá también Catryn, era culpable. Catryn murió a los pocos meses de contraer matrimonio, llevándose a la tumba a nuestro nonato. Después fui a ver de nuevo a Ossel e intenté aclarar las cosas con él, pero fue aún peor que antes. Me echó de su casa y estuvimos a punto de llegar a las manos. ¿Por qué? Me reprochó ser el causante de la muerte de Catryn, de no haberla protegido debidamente de la peste. Entonces no lo comprendí, pero hoy sé que en realidad se atribuía a sí mismo esa culpa. Posiblemente se echara en cara no haber luchado lo bastante por ella. Sin duda creía que a su lado la vida de Catryn habría sido más larga. Una idea insensata y fruto del dolor que, sin embargo, terminó consumiéndolo. –Sacudió la cabeza–. Con todo, lo que me resulta más incomprensible es que asesinara a esa tal Gesa.

–Yo no estoy convencido de su culpabilidad.

–¿A qué os referís? –quiso saber Cors, y se volvió a sentar.

Se había mostrado franco, y yo le había tomado confianza, de modo que le hablé del cuadro que había desaparecido y de mis atormentadoras, aunque inciertas sospechas.

Cors me miró con incredulidad.

–Pero un cuadro no es más que un objeto. No tiene vida, no piensa, no siente, no actúa.

–Conozco a pintores que opinan de forma muy distinta de sus obras –porfié; y añadí–: Por desgracia no puedo justificar mejor mis sospechas, pero, a ser posible, averiguaré lo que pasa con ese cuadro. Tiene que haber un motivo para que se haya esfumado nada más morir Gesa Timmers.

–En ese punto no cabe duda de que estáis en lo cierto. ¿Habéis averiguado algo?

–No. No he tenido mucho tiempo.

Así era. Mi conjetura inicial de que el cuadro azul podía haber salido del taller de Rembrandt o –cosa aún más probable– del estudio de alguno de sus alumnos no se había visto confirmada. Había registrado de arriba abajo las habitaciones de la Rozengracht, mas no había hallado ningún lienzo con un colorido similar al *Cuadro de la muerte*, como yo lo llamaba. Sencillamente, el azul no formaba parte de los colores que utilizaba Rembrandt. No había tenido que ir a comprarle ni una sola vez polvo azul, necesario para preparar pintura de ese color. El único azul de toda la casa era mío, pues lo utilizaba en mis retratos.

–Si os enteráis de algo, hacédmelo saber, *mijnheer* Suythof –pidió Cors–. Os ayudaría con mucho gusto en vuestras pesquisas.

–¿Por qué?

–Tal vez porque quiera saldar una deuda. Hubo un tiempo en que Ossel y yo éramos como hermanos. Debería haberme reconciliado con el Ossel vivo, pero ahora sólo puedo tratar de limpiar la memoria del difunto de la culpa que, según vos suponéis, le ha sido achacada injustamente. –Sus ojos se entrecerraron al dirigirme una mirada escrutadora–. Los tres canallas de la Rozengracht no os atacaron por casualidad, ¿no es cierto? ¿Es posible que os estuvieran siguiendo la pista?

–También yo supongo lo que decís, aunque no lo sé.

–De todas maneras deberíamos prepararos para que la próxima vez que os asalten estéis más a punto. Os iniciaré en el arte de la lucha. Y no oséis ofrecerme un solo *stuyver* a cambio.

Así fue como esa misma tarde, a base de unas cuantas caídas y algunos moratones, aprendí las primeras nociones de lucha. En una ocasión incluso logré aplicar lo aprendido de tal modo que lancé a mi maestro por encima de mi espalda. Fue a parar al suelo de costado y, cuando le pregunté, embargado por la preocupación, si se encontraba bien, replicó risueño que saber caer también formaba parte del aprendizaje, que me lo enseñaría en la clase siguiente. Luego empecé a dudar de si realmente era mi destreza lo que lo había arrojado al suelo o tal vez sólo su bondad.

A pesar de los cardenales, abandoné la escuela de lucha de buen humor: compartir con alguien lo que pensaba sobre la muerte de Ossel me había aliviado un tanto. Por otro lado, había descubierto muchas cosas de mi difunto amigo que me incitaban a la reflexión. Las nubes se habían disipado, y el sol de septiembre lo envolvía todo en una luz agradable. Así pues, me senté en un banco de madera que había a la puerta de una tasca de la Prinsengracht, pedí una jarra de cerveza, tomé prestada una pipa del dueño y di rienda suelta a mis pensamientos mientras contemplaba el bullicio de la calle y el agua del canal.

Las chalanas amarraban ante las casas de los comerciantes, y de los hastiales descendían los ganchos para recoger la mercancía de a bordo o para bajarla hasta allí. Abajo había fardos de paño y cajas y toneles con cuyo contenido estuve fantaseando. Las cajas que llegaban podían contener valiosas especias de la India o corteza de Portugal; y en los barriles habría málaga de España o cerveza de Brabante. En las cajas que partían supuse que había pañería para Inglaterra o tabaco para el Levante turco; en los toneles, burdeos para Suecia o vino del Rin para Rusia. Mientras observaba las chalanas que eran sirgadas hacia el norte, en dirección al puerto, recordé la recomendación de Emanuel Ochtervelt de hacerme a la mar, y de pronto no se me antojó tan peregrina.

Me invadió un anhelo incontenible e imaginé todas las ciudades, los países y las islas extranjeros en los que tocaban puerto barcos neerlandeses: Batavia, en la isla de Java, Malaca y Ceilán, Célebes, Sumatra, Mauricio, Surinam, las islas Molucas o la región de El Cabo, lugares de los que, en parte, no conocía más que el nombre y su ubicación aproximada. Tal vez precisamente por eso tuvieran en mí una resonancia desconocida hasta entonces. Vi a los nativos conversando en una lengua extraña y pensé en animales y plantas que mis ojos aún no habían visto. Ni que decir tiene que viajar a un país lejano entrañaba numerosos peligros: ciclones, fiebres tropicales, piratas y fieras, pero sólo el que arrostraba ese peligro podía descubrir un nuevo mundo y labrarse una nueva vida.

En Amsterdam no había nada que me retuviera ni –tenía que admitirlo– nada que me prometiera un futuro grandioso. Pintores jóvenes y sin recursos se encontraban en todas las esquinas. Tan sólo unos pocos de mis compañeros de gremio conseguían llegar a ser maestros de fama mundial y, aunque llegaran, el éxito tampoco era garantía de fortuna duradera. La suerte de Rembrandt lo demostraba. Probablemente yo estuviera a la altura de la mayoría de los pintores de mi edad y de mi posición, pero ¿acaso era un Rubens o un Frans Hals, un Jan Steen o un Govaert Flinck?

Por primera vez puse en duda que me aguardara un gran futuro como pintor. Quizá porque era la primera vez que reflexionaba en ello seriamente. Me había volcado en la pintura siendo muy joven porque era muy diestro en dicho arte y recibí numerosos elogios por mis primeras obras. Sin embargo, la verdadera vida no se basaba únicamente en los halagos de amigos, parientes y unos profesores que lo conocían a uno desde la infancia.

Ante la isla de Texel se hallaban los grandes barcos mercantes que pronto me llevarían a lugares desconocidos de este mundo. ¿Acaso no debía encaminarme allí en primer lugar, poner los pies en tierra extranjera, antes de saber qué quería hacer con mi vida? De repente, Amsterdam, con sus calles atestadas de casas y sus transitados canales, se me antojaba pequeña y limitada, como si quisiera aplastarme, oprimirme y cerrarme los ojos ante el mundo eternamente.

Esa tarde, íntimamente emocionado, tomé la decisión de dejar Amsterdam y buscar suerte en un lugar cuyo nombre, ignoto y prometedor, fuera sinónimo de aventura y peligro. Pero antes tenía que limpiar el nombre de Ossel.

Satisfecho con una decisión que finalmente le daba una perspectiva a mi vida, estiré las piernas, apoyé la espalda en la pared de la tasca y dejé vagar la mirada de nuevo. Mientras me planteaba quiénes de los que pasaban habrían estado ya en un país extranjero, reparé en una joven que se dirigía con premura hacia las casas de los comerciantes de mi izquierda. Tal vez fueran sus rizos pelirrojos los que me llamaron la atención en un primer momento, o tal vez el sombrero de paja con la cinta azul que reconocí. Me incliné bruscamente hacia delante, me protegí los ojos de un sol que iniciaba el descenso y me quedé mirando a la mujer.

–Una mujer de singular belleza, si queréis saber mi opinión –me dijo una voz chillona–. Muy elegante y seductora a un tiempo. Por desgracia, soy demasiado viejo y demasiado feo para esa monada. Y demasiado pobre.

La observación procedía de un hombre flaco y entrado en años que se encontraba sentado en el banco de al lado ante un vaso vacío y mordisqueaba una pipa corta. El rostro coriáceo, curtido, me hizo suponer que el tipo era un viejo marinero. Las numerosas arrugas minúsculas alrededor de los ojos bien podían ser producto de mirar en exceso al sol, en busca de tierra o de la primera señal de su presencia: una gaviota volando en círculos.

–Henk Rovers –se presentó el anciano–. En todos los mares como en casa, pero sólo en Amsterdam en casa.

–Cornelis Suythof, siempre dentro de los límites de Amsterdam hasta hoy –repliqué yo sin perder de vista a la pelirroja.

–Pero con buen ojo para las bellezas de este mundo –se burló Rovers–. La pequeña van Riebeeck es toda una hermosura, ¿eh?

–¿La conocéis?

El viejo asintió.

–Es la hija del comerciante Melchior van Riebeeck. Se llama Louisa, si no me equivoco. Mirad, precisamente está entrando en casa de van Riebeeck.

En efecto, la mujer a la que yo conocía como Marjon subía los peldaños de entrada de la gran casa del comerciante y desaparecía bajo el voladizo.

–Un placer para la vista y, por desgracia, nada más –se lamentó el marinero–. No quiero ofenderos, Suythof, pero no tenéis pinta de que se os salga el dinero de los bolsillos.

Lo miré sonriendo.

–No se os escapan las verdades de este mundo, Henk Rovers. ¿Cómo es que estáis tan informado de ese van Riebeeck y su hija?

–Me siento aquí casi todos los días, así uno se entera de algunas cosas. Y últimamente se habla mucho de van Riebeeck.

–¿Y qué se dice?

Rovers profirió un desagradable graznido, se tocó el gaznate y miró quejumbroso su vacío vaso.

–No me gusta hablar con la garganta seca.

Pedí otra jarra, me senté a la mesa de Rovers y esperé a que la fría cerveza le suavizara el gaznate.

No tardó en hablarme del comerciante van Riebeeck, al que de un tiempo a esta parte perseguía la mala suerte. Debido a un temporal, un barco del que era partícipe y que transportaba un cargamento desde el cabo de Buena Esperanza se había hundido poco antes de regresar. Un segundo mercante en el que había invertido dinero fue capturado, saqueado e incendiado por los piratas entre Macassar y Mataram. Para compensar la pérdida, van Riebeeck se había dejado llevar por la arriesgada especulación en Bolsa.

–Pero erró en sus cálculos y lo perdió todo –prosiguió Rovers.

–¿Cómo es posible? Su hija acaba de entrar en esa gran casa.

–Bueno, eso es lo más asombroso de toda la historia –dijo Rovers arrastrando las palabras y llenándose el vaso–. Nadie le ha dado un solo *stuyver* al señor Melchior van Riebeeck, ningún banco le ha concedido crédito. Y de pronto, pocos días antes de que se procediera a la venta forzosa de su casa, tenía dinero suficiente para saldar sus deudas.

–Quizá encontrara un banco obsequioso –apunté yo.

Rovers hizo una mueca de desprecio.

–Los bancos sólo meten su dinero donde ya lo hay o donde al menos esperan sacar pingües intereses. En el caso de van Riebeeck no se podría afirmar ninguna de esas dos cosas. En el barrio se rumorea que algún potentado le está echando una mano.

–¿Por qué razón?

–Hacéis preguntas que ni los pájaros de los árboles podrían responder. Sea como fuere, parece que a van Riebeeck le vuelven a ir bien las cosas. De repente lo saludan de nuevo los vecinos, y dicen que su hija se prometerá en breve con Constantijn de Gaal. ¡Si no es el mejor partido al que puede aspirar la hija de un comerciante en Amsterdam, que venga Dios y lo vea! –Rovers se ocupó de que en la jarra no quedara una sola gota de cerveza y, acto seguido, se levantó y se despidió–. Ahora he de ir al puerto, a ver a unos amigos.

Y echó a andar con parsimonia por la Prinsengracht en dirección al puerto, dejando tras de sí a un confuso Cornelis Suythof. ¿La mujer a la que hacía unas semanas había pintado desnuda iba a prometerse con uno de los hombres más ricos de Amsterdam? Sacudí la cabeza, pagué la cuenta y me fui a la casa que, según Rovers, pertenecía al comerciante Melchior van Riebeeck.

Las últimas semanas me había topado con numerosas cosas extrañas y múltiples secretos. Ya era hora de que empezara a arrojar algo de luz sobre la oscuridad. Y me proponía comenzar por la joven a la que yo conocía como Marjon.

Haciendo caso omiso de la aprensión que sentía, subí las escaleras que conducían al voladizo, donde la abundancia de mármol daba buena prueba de la riqueza del propietario, y tiré de la campanilla. Abrió una criada con delantal blanco y cofia asimismo blanca, y le pregunté por Louisa van Riebeeck.

–¿Qué queréis de la señorita? –preguntó la anciana con un tono que no ocultaba sus dudas con respecto a mi persona.

–Me gustaría hablar con ella –le contesté, y le dije mi nombre–. Decidle sin más quién soy.

–Esperad.

Cerró la puerta a cal y canto, mas al cabo de dos o tres minutos regresó acompañada de la pelirroja a la que yo conocía.

Ésta se volvió a la sirvienta y le dijo:

–Está bien, Jule, puedes dejarnos a solas.

La criada me lanzó nuevamente una mirada escéptica y al punto desapareció en la casa.

–¡Así que de verdad sois vos! –exclamé yo, aún sorprendido–. Cuando pasasteis ante mí hace un rato no daba crédito. ¿Cómo debo trataros?

–Lo mejor será que de ninguna manera –repuso ella, y me apartó del saledizo, plantándome delante de la casa–. No deberíais estar aquí. ¡Qué fastidio que me hayáis encontrado!

–No pretendía poneros en un apuro –le aseguré–. Pero siento curiosidad. No entiendo nada de esto.

–Ni tendríais que entenderlo –espetó ella con determinación–. Se os pagó no sólo por pintar, sino también por guardar silencio. Así que ateneos a lo pactado.

Sin decir más, dio media vuelta y entró en la casa. Me sentí como un mentecato. Cuando volví a la calle, vi a una mujer joven con una cesta de la compra colgada del brazo que me miraba con asombro y contrariedad a partes iguales.

–Cornelia, ¿qué hacéis aquí? –inquirí perplejo.

–Como os di el día libre, yo misma he ido a hacer unas compras. No sabía que tuvierais cosas importantes que hacer aquí. Naturalmente, no tenéis que rendirme cuentas, pero que me mintáis es algo que no entiendo.

–¿A qué os referís?

–Cuando, hace algún tiempo, os pregunté por vuestras, mmm, modelos de desnudos, me dijisteis que no sabíais nada de ellas, ni siquiera sus nombres. Entonces, ¿cómo es posible que visitéis a esa mujer en su casa?

–Bueno, ha sido una extraña casualidad... –traté de explicar.

Cornelia desechó la aclaración con un ademán.

–¡No os enredéis en más mentiras aún! Como os he dicho, no tenéis que rendirme cuentas. Buenos días.

Se alejó con la cabeza bien alta, y yo recordé las palabras de Robbert Cors: «No las comprendemos, pero las necesitamos como el aire que respiramos. Probablemente ése sea su eterno secreto».

Capítulo 9

El pintor y su obra

20 de septiembre de 1669

Desde que Cornelia y yo coincidiéramos de forma tan inesperada ante la casa del comerciante Melchior van Riebeeck, nuestra relación se había enfriado considerablemente. Cornelia me evitaba siempre que podía, y cuando teníamos que tratar algo, lo hacía con la mayor brevedad posible. Aquella tarde en el Laberinto en la que nos condujimos con tanta familiaridad parecía enormemente lejana.

A todas luces, Louisa –o Marjon, como yo la seguía llamando para mí– no le había dicho nada a Maerten van der Meulen de nuestro último encuentro. En todo caso, él se comportaba conmigo como siempre. Yo cumplía con mis obligaciones como alumno de Rembrandt y realizaba los encargos de van der Meulen; en mi tiempo libre acudía a la escuela de lucha y Robbert Cors me enseñaba numerosas triquiñuelas de gran utilidad. Después me sentaba ante la taberna a observar la casa del comerciante van Riebeeck, aunque no volví a ver a Louisa. En resumidas cuentas, podría haberme sentido satisfecho con la existencia que llevaba, mas me atormentaba el hecho de que no avanzara en mis diligencias sobre el crimen de Ossel y la desaparición del lienzo.

Lo que no puedo precisar es la razón por la cual comencé a efectuar de memoria una copia del lienzo desaparecido. Tal vez me impulsara el temor de que el paso del tiempo pudiese enturbiar mi recuerdo de tal modo que llegara a borrar por completo la impresión que me produjera el *Cuadro de la muerte*. Tal vez simplemente por desesperación, al no poder descubrir la tela y su secreto. Como no era de extrañar, la copia salió bastante inexacta. Yo no había contemplado el cuadro lo suficiente para acordarme de todos los detalles, cosa que era aplicable especialmente a los rostros. Era capaz de recordar de forma aproximada los rasgos del maestro tintorero Gysbert Melchers, pero los rostros de su esposa y sus hijos eran producto de mi fantasía. Con todo, cuando terminé la obra, la impresión general era sin lugar a dudas la misma del original. Incluso había conseguido plasmar en cierta medida –o eso quise creer– el juego de luz y sombras que me recordara a las obras de mi maestro, Rembrandt. Por el contrario, el color azul de las ropas y el fondo no se correspondía con el del modelo, aunque hice un gran esfuerzo por reproducir el tono. O el desconocido pintor había empleado un polvo azul del que yo no disponía y que los comerciantes del ramo de Amsterdam no me habían podido proporcionar, o bien su azul era una mezcla de otros colores. Intenté dar con el tono del *Cuadro de la muerte* con docenas de combinaciones, pero fue en vano.

No obstante, me encontraba más que satisfecho con mi obra, acabada en absoluto secreto. La dejé en la Rozengracht, cubierta con un paño y vigilada por el oso disecado, cuando, a última hora de la tarde, me encaminé a la Prinzengracht para recibir otra clase de Robbert Cors.

Ese día aprendí a escurrirme de los brazos de un adversario y situarme a su espalda con un veloz movimiento para atacarlo por detrás y poder arrojarlo al suelo con un giro brusco. El maestro de lucha se alegró al ver mis progresos, y yo empecé a preguntarme si no sería mejor luchador que pintor. Tras la práctica, nos acomodamos a la puerta de la cercana tasca ante una jarra de cerveza, y Cors me habló de los tiempos en que Ossel y él eran buenos amigos y tenían la sensación de que el mundo sería suyo sólo con alargar la mano.

Nos despedimos con cordialidad, como de costumbre, y él regresó a su escuela. Justo cuando iba a marcharme, reparé en un hombre que esperaba delante de la casa del comerciante Melchior van Riebeeck y al que conocía de sobra: era Maerten van der Meulen, que iba de un lado a otro con impaciencia hasta que salió la hija del comerciante. Me oculté tras el tronco de un gran tilo y vi que el marchante conducía a Louisa hasta un coche que la aguardaba. No era capaz de explicarme qué significaba todo aquello. ¿Hacía van der Meulen que otros pintores retrataran a la muchacha? Me dije que no. Faltaba poco para la puesta de sol, lo cual significaba que ya no era hora de pintar. Cuando el carruaje se puso en movimiento, eché a correr tras él sin pensármelo mucho.

Las calles de Amsterdam se hallaban muy transitadas, y los puentes que salvaban los canales dificultaban especialmente el avance de los coches, motivo por el cual no me costó gran cosa seguir el carruaje, aun cuando el camino me obligó a recorrer media ciudad. Finalizó en la gran Anthonisbreestraat. Después de que el marchante pagara al cochero, él y Louisa se dirigieron a una de las casas de esparcimiento de las varias que había en la zona. Se trataba de un cabaré: la música, las canciones y las risas se oían desde fuera.

A la puerta había un vigilante, un grandullón de tórax impresionante que examinó de arriba abajo a los recién llegados con mirada escrutadora. Su rostro se alegró al reconocer a quien tenía ante sí. Por desgracia, desde mi escondite tras una alta cuba que había al otro lado de la calle no pude oír lo que hablaban el marchante y el portero; sea como fuere, van der Meulen y su acompañante no entraron al cabaré por la puerta principal, sino que desaparecieron por una callejuela oscura que separaba la casa del edificio contiguo.

Abandoné mi escondrijo y crucé la calle despacio en dirección al cabaré. El portero me miró como antes hiciera con los otros dos. Su rostro basto y el cabello enmarañado bajo el torcido gorro causaban una impresión más bien de descuido. No habría desentonado en modo alguno con los tres matones que me habían rondado un mes antes. Sin embargo, probablemente fuera preciso un personaje tan repulsivo para mantener a raya a los indeseables.

–Ahí dentro hay mucha animación –comenté yo con una sonrisa de complicidad–. ¿Me recomendaríais el local?

–A vos, no –contestó él con un gesto de desagrado–. El cabaré está reservado a otra clase de clientela.

Comprendí perfectamente la alusión.

–¿Acaso creéis que no llevo bastante dinero en el bolsillo para pagarme el vino? Pues os equivocáis. Tengo dinero, tengo incluso algo para vos –añadí, y le puse medio florín delante de las narices.

El tipo me miró la mano con la moneda y acto seguido, con desdén, al rostro.

–Será mejor que vayáis al puerto. Allí hay bastantes tugurios en los que os servirán vino barato. Aquí no sois bienvenido. ¡Largaos!

Eso era hablar claro. Me metí el dinero en el bolsillo y me alejé como un perro apaleado, si bien sólo hasta la siguiente esquina, donde me agaché detrás del arco de un portal y me quedé mirando cómo se iba llenando el cabaré de clientes. Era indudable que se trataba exclusivamente de hombres de aspecto adinerado, comerciantes y altos funcionarios, supuse. Con ojo experto, el portero se había percatado en el acto de que yo no formaba parte de ese círculo. Mas no estaba dispuesto a darme por vencido tan fácilmente, ya que el secreto que envolvía a la bella Louisa me tenía cautivado.

Cuando anocheció, y aprovechando las sombras que proyectaban los edificios, me acerqué subrepticiamente al angosto callejón por el que habían desaparecido Louisa y su acompañante. Antes me había procurado unas piedrecitas que ahora iba arrojando al otro lado de la calle para que dieran contra unas escaleras. El ruido despertó la curiosidad del portero, que cruzó la calle para comprobar qué pasaba: ello me dio bastante tiempo para colarme en la callejuela. Cuando el portero volvió a su sitio cabeceando, las sombras de la calle ya me habían engullido.

Entre los altos edificios, la oscuridad era considerable. Tuve que echar muy atrás la cabeza para distinguir una franja de claridad en el cielo. Apestaba a excrementos, orines y esputos humanos. Avancé con cautela, respirando por la boca, hasta dar con una entrada lateral del cabaré.

¿Habrían entrado por esa puerta el marchante y Louisa? Sólo podía conjeturarlo. La puerta resultó estar cerrada, de manera que continué adelante. El callejón finalizaba ante un alto muro, y no había visto ninguna otra puerta o bifurcación; así pues, van der Meulen y la hija del comerciante tenían que haber accedido al lugar por la puerta lateral, la que había dejado atrás.

Regresé a ella y me saqué de la casaca la navaja que le arrebatara a uno de los tres asaltantes. Desde aquella tarde iba conmigo cada vez que salía de casa. Cierto que, tal como me aseguraba una y otra vez Robbert Cors, estaba haciendo grandes progresos en la lucha, mas la afilada hoja me aportaba seguridad adicional. Yo era todo menos un ladrón avezado, y no albergaba muchas esperanzas de salir airoso cuando me puse manos a la obra con la cerradura. Aunque hubiese visto más de lo que me era posible en tan oscuro callejón, no habría podido hacer otra cosa que hurgar en ella torpemente.

Mi sorpresa fue mayúscula cuando, al poco, la puerta cedió... Mi sorpresa y mi miedo, pues tenía claro que acababa de infringir las leyes, y me imaginé en la picota o –peor aún– en la penitenciaría de Rasphuis, para regocijo de mis antiguos compañeros de trabajo y de los presos a los que custodiaba hacía unas semanas.

Pero ¿de qué servía titubear? Ahora que había abierto la puerta no podía volverme atrás, sobre todo porque el portero me habría visto salir del callejón. De manera que oculté la navaja, entré en el establecimiento y cerré con cuidado la puerta, que chirrió levemente; no podía hacer sino esperar que nadie lo hubiera oído.

En aquel espacio sin ventanas la oscuridad era todavía mayor que fuera, en la callejuela. Al entrar distinguí los contornos de cajas y barriles, por lo que deduje que me hallaba en un almacén. Escuchaba voces y música, pero tan entremezcladas que no entendía nada. Fui avanzando a tientas y contuve una imprecación cuando, pese a todas las precauciones, me golpeé la frente con una viga baja. Aunque iba despacio, me hice bastante daño.

Por último, palpé una puerta y la entreabrí. Tras ella había una habitación, completamente vacía, con una escalera. Lo pude ver porque allí había una ventana que daba a la Anthonisbreestraat. Descubrí otra puerta y pegué la oreja izquierda: me llegaron canciones procedentes de varias gargantas, no eran bonitas, aunque sí enérgicas, una conocida tonada acerca del sufrimiento de un marinero que lleva demasiado tiempo lejos de su hermosa novia. Detrás de aquella puerta debía de encontrarse el salón principal del cabaré; mejor evitarlo, si no quería tener un altercado con el portero.

Decidí subir las escaleras, cuya madera crujía un peldaño sí y otro no. No obstante, las ruidosas canciones ahogaban los crujidos. El último tramo de escalera desembocaba en un largo pasillo que iluminaban varios quinqués. El espacio que quedaba entre las puertas que se abrían a ambos lados se hallaba adornado con cuadros, y cuando finalmente pude contemplarlos, me quedé sin aliento: ¡eran míos!

Al menos una parte de los retratos era mía: todos ellos eran cuadros que yo había realizado para Maerten van der Meulen. También los que eran obra de otra mano plasmaban jóvenes desnudas. En total podía haber una docena. Me quedé mirando perplejo la obscena galería: era poco probable que un pintor hubiese contemplado alguna vez su obra con tamaño desconcierto.

Ni que decir tiene que ya me había preguntado qué hacía van der Meulen con mis cuadros. Dado que me pagaba generosamente, había de tener compradores para los retratos de las muchachas desnudas. Yo había pensado en un pequeño círculo de amantes, pero ahora debía suponer que el único cliente era el dueño del cabaré, a quien yo no conocía. Sin duda, los lienzos debían de estimular a los clientes. La frontera entre cabarés y casas de citas era difusa: al parecer, había ido a parar a una casa de citas para caballeros de la alta sociedad. Abajo la gente conversaba rodeada de música y bailes, y llegado un punto los caballeros subían a divertirse con las jóvenes.

Hasta ahí la cosa estaba clara. Pero ¿por qué mujeres como Louisa, de buena familia, posaban para unos cuadros cuya divulgación las desacreditaba y, en el peor de los casos, podía ocasionar su ingreso en Spinhuis? Spinhuis era el equivalente de Rasphuis: allí era donde se reformaban, mediante el trabajo duro, las mujeres que se habían apartado de la senda de la virtud. Sin duda, lugar nada agradable, y menos aún para una mujer de clase. ¿Y por qué había llevado van der Meulen a Louisa a esa casa? ¿Acaso quería enfrentarla a su vergüenza, induciéndola así a hacer alguna cosa?

Los pasos y las voces de dos hombres me arrancaron de mi infructuosa reflexión. Subían la escalera. Eché a correr por el pasillo hasta llegar a un recodo en el que se alzaba la estatua de mármol de una mujer desnuda de tamaño natural. No, no era una mujer: el arco y el carcaj desvelaban que se trataba de la diosa Diana. Mujer o diosa, la estatua era mi único escondite, y me oculté tras ella lo mejor que pude. Me acurruqué conteniendo la respiración con la esperanza de que, en este caso, fuera infundada la fama de corruptora y diosa de la muerte de que disfrutaba la hija de Júpiter y Latona.

Uno de los dos hombres que venían por el pasillo era Maerten van der Meulen; el otro, con el que charlaba animadamente, me resultaba desconocido. Era delgado, y tan alto que, a pesar de su postura, ligeramente cargada de espaldas, se le veía espigado. Su ropa oscura, con la amplia gorguera blanca, ponía de manifiesto su alta cuna, y el rostro delgado, realmente enjuto, resultaba un tanto ascético.

No causaba en modo alguno la impresión de ser un hombre que busca el placer en una casa de citas, todo lo contrario: así era como yo me imaginaba al fanático religioso que condena categóricamente la concupiscencia. Su pálida tez era fina, casi transparente, como si alguien, haciendo un gran esfuerzo, le hubiese tensado un pergamino en los huesos del rostro. Tenía los ojos hundidos en las cuencas, lo cual reforzaba aún más la sensación de calavera. También su voz resultaba llamativa: ronca y sin embargo estridente. Cuando pasó ante mí, me encogí aún más, aunque temí que su calavera pudiera girarse y verme.

Sin embargo, el extraño no buscaba a un intruso, sino que estaba enzarzado en una conversación con el marchante: hablaban de pintura y colores, y van der Meulen mencionó el nombre de Rembrandt. Por desgracia, no oí lo bastante para poder entender el sentido. Estuve tentado de ir tras ellos, pero eso habría sido demasiado peligroso. Había tenido suerte de que no me descubrieran en mi ridículo escondrijo.

Además, apenas hubieron desaparecido, oí de nuevo pasos y voces en la escalera. En esta ocasión se trataba de un hombre y una mujer que charlaban.

El hombre era extremadamente corpulento, y saltaba a la vista que había bebido vino tinto en abundancia, como indicaban su lengua estropajosa, su caminar vacilante y las enormes manchas rojas de su gorguera. Era el cuestionable paradigma de comerciante adinerado con la panza llena al que la riqueza le asomaba por la boca, la nariz y las orejas.

La mujer que iba a su lado no se encontraba precisamente en la flor de la vida, cosa que sin embargo no le había impedido enjoyarse y emperifollarse con coloridas cintas en el cabello. Llevaba el corsé tan ceñido que los pechos amenazaban con salírsele del pronunciado escote. Pensé en las rameras que, atraídas por los numerosos visitantes del Laberinto de Lingelbach, rondaban la Rozengracht. La mujer con voz metálica que se aproximaba junto al barrigudo bien podía ser la madama de esa casa tan poco decente.

Se detuvieron al inicio del pasillo, y el hombre estuvo observando los retratos con ojos brillantes.

–¿Y todas están disponibles? –preguntó con la voz quebrada por una alegría expectante.

–Si están esta noche en la casa, sí. Vos sois el primer cliente, de manera que podéis elegir con libertad.

–Elegir con libertad –repitió, y fue avanzando por el pasillo con parsimonia, la mirada fija en los lienzos.

Cuando se hallaba a mi altura, trastabilló, y yo temí que se abalanzara contra la estatua de Diana y me privara de mi escondrijo. Mas, en el último instante, mantuvo el equilibrio, se apoyó en la pared con una mano y eructó ruidosamente. Al punto se extendió un acre y nauseabundo olor a vino. El gordo continuó con su visita y finalmente señaló un cuadro de una mujer tan rubia como exuberante: era la tercera modelo que me había proporcionado van der Meulen. Me dijo que se llamaba Claertje, aunque probablemente fuese un nombre falso, igual que en el caso de Marjon.

–Quiero a ésta –dijo, como un niño que hubiera visto un dulce–. ¿Se encuentra hoy aquí?

La alcahueta sonrió.

–Estáis de suerte, *mijnheer*. Permitidme que os felicite por vuestra elección. Venid conmigo.

La mujer lo condujo hasta una habitación que quedaba a mi izquierda; yo permanecí donde estaba, trastornado: mis sombrías sospechas en lo tocante a la finalidad de los lienzos y a por qué van der Meulen había llevado allí a Louisa se veían confirmadas. Casi deseé no haber desentrañado el enigma. Sentí el irrefrenable impulso de seguir al hombre y a la alcahueta y darles una buena paliza, pero estaba claro que era a mí a quien había que propinar unos puñetazos por mi necedad.

La madama salió de la habitación y se echó unas monedas a un gato guarnecido de perlas antes de ir hacia la escalera y desaparecer de mi vista. Mis ojos fueron recorriendo las puertas mientras imaginaba a las mujeres en las estancias que había detrás. Una de ellas era Louisa, de eso no había la menor duda. Me asaltaron el pudor y una rabia sorda.

Corrí a la escalera para abandonar aquel sitio: conmocionado como estaba, apenas fui precavido, pero llegué sin que nadie me viera al oscuro callejón, desde donde salí a la Anthonisbreestraat.

–¡Eh! ¿Quién anda ahí? ¡Hombre, yo a ti te conozco! ¿Aún sigues por aquí?

¡El portero!

No se me pasó por las mientes, estúpido de mí, que me vería en cuanto dejara la callejuela. En otras circunstancias seguro que habría inventado un pretexto con toda serenidad, pero me encontraba tan enfrascado aún en lo que acababa de presenciar que me detuve sin más ni más al final del callejón y me quedé mirando al portero como un pasmarote.

Éste se puso en movimiento y se acercó a mí a paso ligero.

–¡Espera y verás! Te voy a inculcar que por aquí no se merodea impunemente. –Sus amenazadores puños dejaban perfectamente claro a qué se refería con *inculcar.*

Cuando se hallaba a tan sólo uno o dos pasos de mí, desperté de mi ensimismamiento y recordé lo que había aprendido con Robbert Cors. Me agaché, me situé a la espalda del portero, le agarré el brazo con la diestra y le eché un pie hacia atrás con la siniestra. El fortachón perdió el equilibrio, se golpeó con la frente contra la pared y cayó al suelo como un oso abatido.

Sangraba por la frente, pero no parecía muy grave. Se tocó la herida y me miró sorprendido.

«Hora de largarse», me dije, y salí disparado. Bajé corriendo la crepuscular Anthonisbreestraat mientras oía al portero pedir ayuda. Sin volverme una sola vez a ver el cabaré, doblé la siguiente esquina, salí de la Anthonisbreestraat y me fui metiendo por calles pequeñas y callejuelas hasta estar seguro de que cualquier posible perseguidor se habría dado por vencido.

Me detuve, agotado, y eché un vistazo jadeante. La maraña de calles en la que me encontraba me era completamente desconocida. Había varias tabernas, si bien ninguna tan elegante como el cabaré. Me crucé con gente sencilla, con algunos que no iban menos bebidos que el gordo adinerado, y así y todo me resultaron más simpáticos. Tal vez sólo porque al verlos no tenía remordimientos.

De la oscuridad de una puerta cochera surgió una mujer que vino hacia mí.

–¿Estás solito, cariño? Si quieres, te hago compañía.

La voz rasposa pertenecía a una prostituta visiblemente entrada en años. Unas profundas ojeras rodeaban sus ojos, y tenía la boca un tanto desdentada. En su frente llamaba la atención un enorme forúnculo. Había resuelto ofrecer generosamente sus dudosos encantos, de modo que se abrió el vestido, dejando al descubierto unos pechos caídos y tristes.

Di media vuelta asqueado y me metí en la taberna más cercana, donde busqué un sitio libre y pedí un aguardiente fuerte para aplacar mi ira. Y la cosa no quedó en ese único aguardiente.

Cuando volví a la Rozengracht, casi era medianoche. La ronda había iniciado su vigilancia hacía tiempo, y yo puse buen cuidado en no encontrármela, ya que, al igual que cualquier otro ciudadano que se encontrase en la calle a tan tardía hora, estaba obligado a llevar conmigo un farol que no tenía.

Ya en la Rozengracht, a punto estuve de toparme con una patrulla. Por suerte, me previno el farol de uno de los dos vigilantes. Me escondí detrás de un árbol mientras los hombres pasaban muy cerca de mí. Iban hablando de no sé qué jaleo en casa de un pintor. Vi con absoluta claridad la hoja de sus lanzas, que capturaba la luz de la luna. Cornelia me pilló en la misma puerta de casa y, para mi sorpresa, no en camisón, sino completamente vestida. Estaba furiosa.

–¿Dónde os habéis metido toda la noche? –me reprochó.

–¿A vos qué os importa? –le bufé yo por toda respuesta; y al instante advertí que el aguardiente me entorpecía la lengua.

–¡Estáis borracho, Cornelis Suythof! ¿Es que vosotros los hombres no sabéis divertiros de otra forma que embriagándoos con todo aquello que ofusca el entendimiento?

–Claro que sí –contesté yo, de repente proclive a ser mezquino–. Aún es mejor llegar a casa por la noche y que no lo reciba a uno una mujer chillona.

La ira tiñó su rostro de rojo.

–¿Cómo os atrevéis a hablarme así después de desatender de tal modo vuestras obligaciones?

–¿Qué obligaciones? El trabajo que se me encomendó está listo.

–Pero nadie os dio permiso para que permanecieseis tanto tiempo fuera. ¿Acaso no se os ha ocurrido que tal vez se os necesitara aquí?

–¿Quién? ¿Vos?

–¡Mi padre!

A pesar de mi ofuscación, el tono de Cornelia me impresionó. Comprendí que a Rembrandt le pasaba algo.

–¿Acaso no se encuentra bien?

–Podría decirse así. También él se ha embriagado y casi se ahoga. Afortunadamente, una pareja de vigilantes lo oyó caer al canal y...

–¿Al canal? –la interrumpí yo horrorizado, tratando de imaginar lo ocurrido.

Ella asintió, y entonces reparé en su palidez.

–Cayó al canal de la Rozengracht, no muy lejos de casa. Uno de los de la ronda lo sacó en el último momento. Unos segundos más y mi padre se habría ahogado miserablemente.

–Es terrible –me lamenté–. Pero no entiendo que yo tenga la culpa.

–¿Ah, no? Entonces venid conmigo.

La seguí hasta la planta superior, hasta la estancia en la que Rembrandt guardaba una parte de su colección y que a mí me servía de alcoba. Cornelia sostenía una delgada vela en la mano, pero hasta esa débil luz bastó para hacerme retroceder como si hubiese chocado contra una pared invisible. Observé asombrado el panorama de desolación que se me ofrecía: muchas de las curiosidades habían salido volando de las mesas en las que se hallaban, dos o tres bustos y jarrones se habían hecho añicos. El oso disecado yacía asimismo en el suelo, y me recordó al portero del cabaré, con el que acababa de probar mis conocimientos de lucha. Todo aquello parecía obedecer a la furia de un demente.

Mi caballete había corrido la misma suerte, y comprobé horrorizado que el lienzo estaba roto. De mi imitación del *Cuadro de la muerte* no quedaba más que un montón de jirones azules.

–Ese cuadro era vuestro, ¿no es cierto? –inquirió Cornelia.

–*Era*, desde luego. ¿Qué ha sucedido?

–Cuando mi padre llegó a casa por la tarde traía consigo una nueva pieza para su colección, un sombrero turco, según dijo. Subió con su trofeo, y poco después, Rebekka y yo lo oímos hecho una furia. Acudimos de inmediato, naturalmente. Profería gritos y os insultaba por ese cuadro. –Señaló los tristes restos–. Se puso a hacer trizas el lienzo como un energúmeno y luego salió de casa sin que lográsemos hacerle entrar en razón. Sin duda se emborrachó en una taberna y, camino de casa, se cayó al canal.

–¿Me insultaba? ¿Por qué? ¿Qué decía?

–No se entendía gran cosa. Mencionó la deslealtad y la traición y que erais un maldito fisgón. ¿A qué se refería, Cornelis? ¿Qué pasa con ese cuadro?

Sacudí la cabeza.

–No os lo puedo decir, Cornelia, ni yo mismo lo sé a ciencia cierta. Sin embargo, sea cual sea el misterio que encierra, creo que es mejor que no sepáis nada más de lo necesario.

Ella se irguió y me miró desafiante.

–No soporto vuestros secreteos. ¡Por vos, por ese cuadro, mi padre ha estado a punto de morir!

–¿Cómo está ahora? –me interesé.

–Tiene fiebre, pero duerme. El doctor van Zelden le dio unos polvos que le ayudaron a conciliar el sueño.

–¿Van Zelden? ¿Quién es ése?

–Un médico acaudalado de la Kloveniersburgwal que se ocupa de mi padre desde hace unos meses. Sin cobrar, ya que aprecia su obra. También nos ha comprado unos aguafuertes y uno o dos óleos. Le hice llamar y acudió al momento.

Su tonillo de reproche me echaba en cara que yo no había estado cuando tanto necesitaba mi ayuda.

–¿Puedo ver a vuestro padre? –pregunté–. Os lo ruego.

–Sólo si no hacéis ruido y no lo despertáis.

Tras prometérselo, fuimos a la planta baja. Cornelia me condujo a la pequeña habitación en la que solía dormir. Su padre yacía en la estrecha cama, y una preocupada Rebekka lo velaba en una silla. El chupado rostro del viejo pintor parecía sereno, mas sólo era una ilusión, la máscara del sueño. Lo que me había referido Cornelia sobre su arrebato de ira apuntaba a un hombre profundamente desasosegado. Ahora yo sabía que el cuadro desaparecido guardaba relación con él. Sólo quedaba averiguar qué clase de relación.

Dejamos a Rebekka a solas con el durmiente, y yo me senté a la gran mesa del cuarto de estar. Cornelia me trajo de la cocina algo de comer, queso y un trozo de carne fría. También una leche que sabía algo agria, si bien no me importó; aquella noche me había tomado bastantes aguardientes. Comí y oí cómo las campanas de Amsterdam daban la medianoche.

Cornelia estaba sentada enfrente, callada y expectante. Admiré de nuevo su serenidad. Además estaba nerviosa, de lo contrario no me habría colmado de reproches a mi regreso, pero había recobrado deprisa la compostura, más deprisa de lo que lo habría hecho cualquier otra mujer. La luz de la única vela que ardía sobre la mesa confería un brillo rojizo a sus rizos. Poseía el atractivo de una mujer con experiencia que está acostumbrada a capear los temporales de la vida.

Y era una mujer bella, no sólo una chica bonita. Sus grandes ojos, de un azul radiante, podían mirar a un hombre de un modo tan penetrante que le turbara el alma. Se movía con una gracia natural que me hechizaba y me incitaba a seguir sus quehaceres, y sus curvas, muy femeninas pese a su juventud, hacían que contemplarla fuera todo un deleite para la vista. En más de una ocasión habría deseado enterrar mi rostro en sus rubios rizos, respirar hondo su aroma y fundirme con ella.

Me sorprendí intentando imaginar seriamente cómo se sentiría un hombre a su lado, y enseguida me reprendí por fantasear. ¿Acaso no acababa de decidir darle la espalda a Amsterdam lo antes posible y ver mundo? Un pintor sin recursos a punto de emprender un largo viaje difícilmente podía ser el hombre al que Cornelia esperaba.

Ya saciado, aparté el plato, la miré largo tiempo a los ojos y finalmente dije:

–Vuestro padre me llamó fisgón con razón. He venido a vuestra casa para averiguar algo sobre un cuadro concreto. Un cuadro que, según creo, le costó la vida a mi amigo.

Su mirada interrogativa reveló que mis palabras la habían desconcertado, de manera que le conté toda la historia, empezando por el ingreso del tintorero Melchers en Rasphuis y terminando por los extraños descubrimientos que acababa de hacer aquella misma noche en el cabaré de la Anthonisbreestraat.

–Como veis, no se puede decir que me persiga la buena suerte –finalicé con cierta amargura–. Al menos, no cuando se trata de la finalidad de mis obras: unas sirven a un fin pecaminoso, la otra induce a mi maestro a montar en cólera...

–Qué historia más descabellada –se lamentó Cornelia.

–¿A mí me lo decís? Bien, no me enojaré con vos si no me creéis.

–Os creo. –Por primera vez esa noche me sonrió–. No os estimo poseedor de tanta imaginación como para inventar todo eso, Cornelis. –De pronto volvió a recuperar la seriedad–. Vuestro relato plantea numerosas preguntas, pero la que más me inquieta es: ¿qué tiene que ver mi padre con todo esto?

–Por lo pronto, conoce el *Cuadro de la muerte*, de lo contrario esta noche no se habría puesto tan furioso. Hay que tener en cuenta que mi cuadro era una copia no muy afortunada, pintada de memoria y, sin embargo, vuestro padre la reconoció en el acto. Además, yo la había tapado con un paño.

–Es posible que mi padre arrancara el paño por error cuando buscaba un sitio para el sombrero turco. Dicho sea de paso, ¿cuál era el propósito del cuadro, Cornelis?

Me encogí de hombros.

–Tal vez precisamente lo que ha ocurrido. ¿Pensáis que vuestro padre ha podido pintar el original?

–De ningún modo –replicó ella de inmediato–. Mi padre no utiliza el azul. En casa no encontraréis bastante polvo azul para pintar semejante cuadro, a no ser entre vuestras pertenencias.

Me entraron ganas de descargar un puñetazo en la mesa de pura desesperación, pero cambié de opinión al acordarme de Rembrandt, dormido en la habitación contigua.

–Toda esta historia me recuerda el Laberinto de Lingelbach: cuanto más se adentra uno en este asunto, tanto más se enreda y tanto más lejana parece la salida.

–Tened en cuenta que en un laberinto la salida a menudo se halla muy cerca, aunque uno no la vea en un principio.

–La encontraré –prometí.

–¿Vais a referir a las autoridades lo que habéis averiguado?

–¿Qué habría de referir? ¿Que he pintado retratos de mujeres desnudas y los he encontrado en un antro de perdición? ¿Dónde si no habrían podido exhibirlos? Y en lo concerniente a Louisa van Riebeeck, no me dio la impresión de que entrara en el cabaré a la fuerza.

Cornelia me agarró la diestra con ambas manos.

–Prometedme que me ayudaréis con esto, Cornelis. Temo por mi padre. Me parece que se ha metido en algo que nos viene demasiado grande a todos.

–Mientras os sea necesario no os abandonaré ni a vos ni a vuestro padre, si bien me temo que me queda poco tiempo a vuestro lado. Cuando vuestro padre despierte, me echará de la casa sin contemplaciones.

–Dejad que yo me ocupe de eso.

–Con mucho gusto, aunque me desagrada acrecentar vuestros problemas.

Le di las buenas noches y subí a mi habitación. Una vez allí, puse algo de orden, todo lo que me permitió la avanzada hora, y devolví a su sitio a mi mudo amigo con piel de oso. Casi me pareció que me miraba agradecido.

Apenas me había acostado, la puerta crujió suavemente y se abrió. Abrí los ojos sorprendido. Contra la débil luz de la luna que se colaba por la ventana se recortó la silueta de una mujer en camisón.

Cornelia.

Se acercó a mi cama vacilante, con una inesperada timidez en los ojos. Ya no era la mujer adulta que se enfrenta a las múltiples pruebas de la vida, sino la joven Cornelia en busca de consuelo y ayuda. ¿Sólo eso? Me dije que no cuando nuestras miradas se cruzaron.

–¿Soy bienvenida, Cornelis? –preguntó en voz baja.

En lugar de responder, me orillé todo lo que pude en la angosta cama y retiré la manta. Ella se deslizó debajo y se apretó contra mí. Sólo entonces me percaté de que temblaba. La estreché entre mis brazos, le di calor con mi cuerpo y besé sus sensuales labios.

Cuando Cornelia correspondió a mi beso apasionadamente, experimenté una emoción largamente olvidada: esa sensación de dicha absoluta que uno tiene de pequeño, en brazos de su madre, y que se torna más débil e infrecuente cuanto mejor conoce el mundo y a los seres humanos.

Capítulo 10

La historia de Louisa

21 de septiembre de 1669

–Mi padre quiere hablar contigo, Cornelis.

Cuando, a la mañana siguiente, Cornelia me dijo aquello, parecía todo menos contenta.

Yo acababa de sentarme a desayunar en la cocina y le pregunté:

–¿Se encuentra mejor?

–Al menos está lo bastante bien para echarte la bronca. Será mejor que vengas conmigo ahora mismo, de lo contrario es capaz de salir de la cama para ir en tu busca. Y el doctor van Zelden le ha ordenado reposo absoluto durante todo el día.

Dejé en el plato el cuchillo y el jamón justo cuando iba a partirme una gruesa loncha y seguí a Cornelia. En el pasillo, delante de la cocina, la abracé y le di un beso en la frente.

Ella me sonrió, si bien me previno:

–¡Será mejor que no hagas eso en presencia de mi padre! Aún no sabe lo que le ha caído en suerte.

–De acuerdo, mejor que no se altere innecesariamente.

Rembrandt nos miró lleno de expectación desde su lecho de enfermo. De su malhumorada expresión deduje que me iba a caer una buena.

–Puedes irte, Cornelia –dijo lacónico.

Su hija no dio muestras de ir a abandonar la estancia.

–Me gustaría quedarme. Lo que habéis de discutir también me concierne a mí.

–¿Cómo? Suythof es *mi* discípulo.

–Pero yo soy quien lleva los asuntos de esta casa.

–Por mí está bien –rezongó el anciano, y se incorporó como para mirarme de frente–. Cornelis Suythof, saldréis de esta casa hoy mismo. Sabéis de sobra el motivo, así que no es preciso discutirlo, y menos delante de Cornelia.

–Preferiría que lo discutierais delante de mí –lo contradijo Cornelia–. ¿Qué pasa con el cuadro azul, padre? ¿Quién lo ha pintado?

Rembrandt se acarició los grises cañones con aire meditabundo. No parecía agradarle que su hija estuviese al corriente. Más aún, se le veía asustado, aunque intentara ocultarlo.

–El cuadro es de Suythof, ya lo sabes. Se encontraba en su caballete.

–No me trates como a una niña pequeña, padre. El lienzo de Cornelis Suythof era una copia hecha de memoria. Quiero saber de quién es el original. ¿De uno de tus antiguos alumnos? Cornelis afirma que, a pesar de su azul poco común, el cuadro tiene tu sello.

–No conozco ese cuadro del que me hablas.

Yo me acerqué más a su cama y le pregunté:

–Si no conocéis el original, ¿por qué mi copia os puso tan furioso como para destrozarla?

–¡Porque era un cuadro espantoso! Un insulto para los pintores como Dios manda. Y encima de un azul absolutamente horrible. Si pintáis esa clase de cosas, Suythof, es que no tenéis ningún talento. Lo siento, pero no podéis ser mi discípulo.

–De modo que no tengo talento. ¿Y os dais cuenta cuando llevo ya un mes en vuestra casa?

–Antes tampoco es que tuviera mucha fe en vos, pero al menos era posible que hubiera en vos cierto talento desaprovechado, y quería daros la oportunidad de desarrollarlo. –Exhaló un suspiro y movió los ojos un tanto exageradamente–. Ha sido en vano. No hay nada que desarrollar: lo comprendí al ver ayer vuestro extraño cuadro azul.

Aquello era una provocación.

–Con todo, el marchante Maerten van der Meulen tiene bastante fe en mí como para pagarme ocho florines por un cuadro.

–¿Ocho florines? ¿Sólo? –se burló Rembrandt–. Por una buena obra, un pintor de prestigio puede pedir mil, dos mil o incluso más.

–Sí, pero también hay pintores que se declaran en quiebra –espeté en tono igualmente burlón.

Cornelia se estremeció como si hubiese recibido un golpe invisible, y yo me arrepentí de mis palabras. No había pensado que, de ese modo, no sólo hería a su padre, sino también a ella.

–No me voy a enzarzar en una discusión sobre vuestra pintura, Suythof –precisó Rembrandt–. Si pensáis que podéis ganaros el pan retratando a mujeres desnudas, adelante. Sea como fuere, no os necesito.

–Entonces aclaradme una cosa, os lo ruego –solicité, haciendo un esfuerzo por contener mi creciente ira ante tanto desdén–: ¿Por qué me habéis acusado de fisgón?

–¿Eso he hecho? –Negó con la cabeza de tal forma que su largo cabello gris fue de un lado a otro–. No lo recuerdo.

–Ya basta –medió Cornelia–. Deberías descansar, padre. El doctor van Zelden vendrá a verte esta tarde. Si no deseas que Cornelis siga siendo discípulo tuyo, me ayudará a mí en la casa.

–¿Ayudarte? ¿En qué?

–En lo que va surgiendo cada día en una galería de arte: entregar cuadros o llevarlos a enmarcar, comprar y demás asuntos. Antes era Titus quien se ocupaba de la mayor parte.

–Titus, sí... –Rembrandt cerró los ojos y se hundió en la almohada–. Estoy cansado, quiero dormir.

Salimos de la alcoba, y yo me disculpé con Cornelia por haber tratado con tanta dureza a su padre.

–Pero su modo de hablar de mi talento me sacó de quicio. Además, estoy completamente seguro de que sabe algo sobre el *Cuadro de la muerte*.

–También yo, pero ¿cómo voy a llamar mentiroso a mi propio padre?

–No seré yo quien te lo pida, pero sí me gustaría que me pusieras al corriente si observaras algo fuera de lo común. No creas que con ello traicionas a tu padre; al contrario, me temo que corre un gran peligro. El cuadro azul no es portador de buena suerte. Tal vez debiera alegrarme de que haya desaparecido y dejar de escarbar en la historia.

–No puedes dejarlo –aseguró Cornelia–. Hacerlo sería como traicionar a tu amigo Ossel. Sin embargo, has de saber una cosa:

aunque ya no seas alumno de mi padre, sino empleado mío, no podemos pagarte un salario, los negocios no marchan tan bien.

–Jamás aceptaría dinero tuyo, Cornelia.

–Claro está que no tendrás que preocuparte por la manutención y el alojamiento.

–No, pagaré por ello.

Ella me miró con descaro.

–¿Y si no acepto dinero tuyo?

–En ese caso recibirás otra cosa –repliqué, y me incliné para besarla.

En realidad, Cornelia no necesitaba ningún ayudante para realizar las tareas cotidianas, estaba claro. Siempre se las había arreglado perfectamente con todo sola, y así continuaría siendo. A decir verdad, yo tenía que cuidar de su padre, cosa que quería hacer gustosamente por ella. Mi corazón latía más aprisa con sólo pensar en su persona; hasta mi decisión de abandonar Amsterdam y los Países Bajos comenzaba a tambalearse. ¿Era verdaderamente preciso alejarse para empezar una nueva vida? ¿Acaso no era la criatura a la que uno amaba profundamente y que correspondía a ese amor la puerta que se abría a esa nueva vida?

Eso me preguntaba mientras ponía orden en el caos que Rembrandt había causado en la planta superior. Barrí los pedazos y preparé algo de cola para pegarle a mi amigo el oso los pelos que había perdido al caer al suelo. Nada más comenzar a recoger los jirones de mi malparado cuadro, oí voces abajo, entre ellas una de varón, ronca, que no pertenecía a la casa y, sin embargo, me resultaba vagamente conocida.

Llevado por la curiosidad, me dirigí a la escalera, aunque permanecí arriba, observando cómo Cornelia acompañaba hasta la puerta a un hombre flaco y alto. Su voz no era lo único que me sonaba: también me resultaban familiares su postura, un tanto encorvada, y su rostro chupado.

–¿Quién era ése? –quise saber en cuanto Cornelia se despidió de él.

–Antoon van Zelden, el médico que trata a mi padre. Ya te he hablado de él. –Cornelia me miró radiante–. Dice que padre aún debe cuidarse, pero que pronto se encontrará mejor. Y ha dejado una medicina sin pedir un solo *stuyver* a cambio.

–Muy generoso, vuestro doctor van Zelden –repuse yo con desprecio.

Cornelia arrugó la frente.

–¿Qué tienes en su contra?

–Me cuesta hacerme a un hombre que parece la muerte en persona. Eso mismo me sucedió ayer por la noche.

–¿Ayer por la noche? ¿Qué quieres decir?

–Van Zelden es el hombre al que vi hablando con van der Meulen en el cabaré.

¿Era una casualidad que el médico y el marchante hubiesen coincidido en el cabaré? No lo creía; poco a poco había ido perdiendo el hábito de creer en las casualidades. Todo lo que me había sucedido las semanas anteriores estaba relacionado. Era como una red desgarrada cuyos hilos sueltos había que anudar laboriosamente. Hasta el momento yo sólo había sido capaz de unir unos cuantos, y la mayor parte de la red era una maraña aparentemente inextricable. Van Zelden era uno de esos hilos sueltos. Pero una cosa se me antojaba segura: su interés por Rembrandt iba más allá del propio de un simple amante del arte y un médico.

–Estáis distraído, Cornelis. Algo os bulle en el cerebro. Si no os concentráis, no os puedo enseñar nada.

Ésa fue la reprimenda que me endilgó esa misma tarde Robbert Cors tras la novena o décima vez que intentaba esquivar su ataque en vano.

–Disculpad, maestro Cors, pero será mejor que lo dejemos por hoy. Tengo la cabeza en otra parte.

–¿En Ossel Jeuken?

–También. Es difícil de decir. Últimamente han ocurrido algunas cosas extrañas. Aún tengo que aclarar algunas cuestiones.

Cors fue hasta un rincón de la sala, sacó agua de un barrilete con un cazo y bebió un buen trago.

–Cuando lleguéis a alguna conclusión, hacédmelo saber, Cornelis. Mi ofrecimiento de ayudaros en todo lo posible sigue en pie.

Le di las gracias y bebí también un sorbo de agua. Luego me vestí y salí al todavía cálido sol de septiembre. Delante de la tasca había un hombre sentado que me hacía señas. Reconocí al viejo Henk Rovers, a quien, entre tanto, había vuelto a ver dos o tres veces. Yo parecía agradarle, y el anciano siempre se encontraba dispuesto a trabar conversación conmigo. Me uní a él y pedí una jarra de cerveza de Weesp.

–A la beldad pelirroja acaba de traerla a casa su futuro –informó el viejo marinero tras echar el primer trago.

–¿A qué os referís, Henk?

–¿Acaso no recordáis nuestra conversación sobre la hermosa hija del comerciante van Riebeeck?

–Claro, claro.

–Pues hace un momento ha llegado un suntuoso carruaje con el escudo de armas de los de Gaal. Dentro iban el joven de Gaal y Louisa van Riebeeck. El muchacho ha acompañado a su novia a casa y se ha ido. Dicen que el sábado se celebrará una gran fiesta en casa de los de Gaal. Aseguran que el viejo anunciará oficialmente el compromiso de su hijo con la hija de van Riebeeck.

Brindé con él y le dije:

–Estáis al corriente de lo que se cuece en los círculos selectos.

–Círculos selectos, ¡bah! Que tenga uno que oír esto... No son mejores sólo porque tengan más dinero. Cuando se trata de fabricar niños, las hijas de los comerciantes abren las piernas igual que las muchachas del puerto, y hasta Constantijn de Gaal se baja los pantalones.

–Bien cierto, Henk, pero unos pantalones caros, a la última moda francesa.

Rovers soltó una risa estridente mientras yo contemplaba la casa de los van Riebeeck y pensaba un instante. Hasta la fecha, Louisa siempre se había mostrado muy reservada conmigo. ¿Acaso le debía algo a ella sólo porque le había prometido a van der Meulen no hacer preguntas sobre las modelos? Difícilmente; me había visto implicado en dicho asunto sin que se me aclarara de qué trataba en realidad. Más bien opinaba que todos los que me ocultaban algún secreto me debían una explicación.

Extraje del bolsillo de la casaca la libretita y un lapicero y escribí lo siguiente en una hoja en blanco:

«Mi enhorabuena por vuestro inminente compromiso. Antes de que se celebre tan importante acontecimiento, ¿os importaría tratar un asunto con alguien que hasta hace poco ni siquiera sabía vuestro nombre? En caso afirmativo, os estaré aguardando en la Torre de las gaviotas. CS.»

La Torre de las gaviotas era una vieja atalaya situada en la Prinsengracht que, vista desde la casa de los van Riebeeck, se alzaba a medio camino de la Noorderkerk y debía su nombre a las gaviotas que se servían de ella para hacer breves descansos en su infatigable sobrevolar los canales.

Me pregunté si habría redactado el mensaje en un tono impropio y me asaltó la duda: en él subyacía la amenaza velada de que yo impediría el compromiso si Louisa no hablaba conmigo. Pero ¿cómo convencerla si no de que me viera? Resolví no modificar nada, arranqué la hoja de la libreta, la doblé y se la entregué a mi compañero de mesa.

–¿Me haríais el favor de entregarle este mensaje a Louisa van Riebeeck? Pero insistid en dárselo en persona. Y no digáis quién os envía. Decid simplemente que fue un hombre al que no conocéis.

El viejo puso una cara larga y luego más larga todavía.

–No lo decís en serio, Cornelis, ¿no es cierto? Os burláis de mí, ¿no?

–Por todos los barcos holandeses del puerto y en la mar, Henk, lo digo muy en serio.

La expresión de asombro en el curtido semblante se convirtió en una sonrisa de oreja a oreja.

–Hasta ahora os tenía por un marinero de agua dulce que como mucho mueve las posaderas para ir de la cama a la taberna y de la taberna a la cama, pero esto que os proponéis me impresiona lo bastante para decirlo sin rodeos: pretender quitarle la novia al que tal vez sea el joven más rico de la ciudad poco antes del compromiso, por Neptuno que no es moco de pavo. Pero, aunque vuestra osadía os honra, no conducirá a nada.

Que creyera tranquilamente que quería tener una aventura con la bella Louisa. Con fingida ingenuidad le pregunté:

–¿Por qué no?

–Muy sencillo: en comparación con el joven de Gaal, vos sois más pobre que el más pobre de los mendigos.

Esbocé una sonrisa de complicidad.

–Quizá tenga algo que ofrecerle que no tiene el ricachón.

–¡Vaya, vaya! No sois precisamente cobarde, ¿eh? Bueno, Cornelis Suythof, sois un hombre gallardo, alto y con unas espaldas sorprendentemente anchas para un tipo casero. Vuestro rostro lampiño, aún joven y apuesto, y vuestro cabello rizado bien podrían seducir el necio corazoncito de una mujer. Las mujeres hasta se dejaban engañar por un tipo delgaducho como yo cuando era marino. Es probable que Constantijn de Gaal lleve a cuestas unos cuantos añitos más y no sea tan gallardo como vos, pero ninguna mujer es lo bastante necia para cambiarlo a él por vos, pobre diablo.

–No es preciso que sea su prometido ahora mismo.

–Pero la joven dama sí accederá a tener una aventura con vos, ¿no es eso? Arriesguémonos, pues: tres jarras de cerveza a que saldréis de esta empresa como un necio perdedor.

–Acepto la apuesta.

Una hora después me encontraba a la sombra de la Torre de las gaviotas, preparado para pagarle al viejo Rovers tres jarras de cerveza. Por el canal iban los remolcadores con sus yuntas de caballos y bueyes, arrastrando las chalanas hasta las casas de los comerciantes o de vuelta al puerto; unos niños traviesos espantaban a las sosegadas gaviotas, y, como ya era casi tradición, en la torre se citaban los enamorados. La que no acudía era Louisa van Riebeeck. Inquieto, yo iba arriba y abajo a la vera del agua, siempre mirando al sur, donde se hallaba la casa de su padre.

Llevaba un buen rato esperando cuando ante mí se detuvo una criada –la cofia casi ocultándole el rostro, en la mano una cesta grande y pesada– y me dijo:

–Aquí estoy, *mijnheer* Suythof. ¿Por qué no me dejáis en paz?

¡Bajo la blanca cofia se escondía Louisa! Los rojos rizos asomaban por la prenda y enmarcaban su rostro bello, pero ahora muy serio.

–Os felicito –alabé yo–: si no os hubieseis dirigido a mí, no os habría reconocido.

–Porque no esperabais a una sirvienta. Precisamente por eso me he disfrazado así. Nuestra cocinera Beke se sorprendió mucho cuando le pedí prestada su ropa.

–¿No os delatará?

–Le di un florín. Para ella es mucho dinero.

Yo asentí.

–Será mejor que demos un paseo, así podremos hablar mejor. Dadme vuestra cesta.

–No es preciso.

–Insisto –porfié al tiempo que se la quitaba y comprobaba que no pesaba un ápice. Levanté el paño que la cubría: ¡allí no había nada!

–Ya os dije que no era preciso –suspiró Louisa, recuperando la cesta.

–Sois una buena actriz.

–He tenido que aprender a serlo –afirmó con amargura.

Caminábamos al amparo de unos árboles, cerca del canal; mi acompañante mantenía casi todo el tiempo la cabeza gacha para que no la reconocieran bajo la cofia.

–Disculpad que os importune de este modo, Louisa, pero sin vuestra ayuda estoy perdido en esta maraña de secretos. Espero que me respondáis unas preguntas.

–Preguntad y veremos.

–Está bien. Perdonad si mis preguntas os resultan demasiado, mmm, directas, pero es que hay unas cuantas cosas que he de saber. Lo mejor será que empecemos con por qué fuisteis ayer por la noche a la Anthonisbreestraat con el señor van der Meulen.

La muchacha se detuvo, levantó la cabeza y me lanzó una mirada fulminante.

–¡Me estáis espiando!

–Eso no puedo negarlo. A un hombre no se le va tan fácilmente de la cabeza una mujer como vos.

Por vez primera una leve sonrisa afloró a sus labios.

–Buena respuesta, *mijnheer* Suythof. La vuestra es una lengua ágil, y me parece que tampoco tenéis la cabeza tan hueca. ¿Qué más secretos sabéis de mí?

–Que os vais a comprometer con Constantijn de Gaal difícilmente podría ser un secreto.

Su sonrisa se esfumó.

–¿Se trata de eso? ¿Queréis que compre vuestro silencio?

–No, sólo mencioné el compromiso para que vinierais a verme. De otro modo no estaba seguro de que os hubieseis mostrado dispuesta a hacerlo.

–Dudabais con razón. En lo tocante a mi futuro compromiso, debo pediros absoluta discreción. Si llegara a oídos de la familia de Gaal lo que vos sabéis, no habría boda. Y eso sería terrible.

–¿Tanto amáis a vuestro prometido?

–¿Quién ha hablado de amor? No. Sería terrible para mi padre y mi madre, para toda mi familia, ya que sin el dinero de los de Gaal la casa van Riebeeck no llegará al próximo año.

–Estoy informado de los apuros de vuestro padre, pero dicen que un crédito lo ha ayudado a eludir el desastre.

–Los créditos hay que devolverlos, con intereses.

–Ah, por eso necesita vuestro padre el dinero de los de Gaal. ¿Y a vos? ¿Os parece bien que os vendan?

–No es la primera vez –contestó en voz baja, evitando mis ojos.

Ahora se tornaba certeza lo que hasta entonces era mera suposición. Le pregunté vacilante:

–¿Vais al cabaré por vuestro padre? ¿A ganar dinero para él?

Con la mirada aún fija en el suelo, Louisa repuso:

–Forma parte de los intereses. Mi padre obtuvo el crédito con esa condición. Igual que los otros padres, esposos o hermanos cuyas hijas, mujeres y hermanas se...

–... entregan por dinero a otros hombres en el cabaré, como vos –completé yo la frase.

–¿Para qué decirlo? Ya lo sabemos los dos. Si hubiese contraído matrimonio antes con Constantijn de Gaal, mi padre podría haberles pedido prestado el capital que necesitaba a él y a su padre, pero ahora es demasiado tarde.

–¿Quién le dio el dinero a vuestro padre? ¿Un banco?

Louisa negó con la cabeza.

–Los bancos abandonaron a mi padre. Ahora que sus negocios vuelven a ir bien le dan coba. No sé quiénes son, sólo sé que se trata de un grupo de comerciantes que ganan mucho dinero con esta clase de créditos. Con los intereses y con mujeres como yo. –Las últimas palabras las pronunció con evidente desprecio: desprecio hacia sí misma.

–Pero ¿por qué os habéis prestado a ello?

–¿Qué otra cosa podía hacer? ¿Ver a mi familia en la calle? ¿Ver cómo acaba en un asilo mi madre, una enferma que necesita medicamentos y cuidados? ¿Cómo iba a negarme cuando fue mi propio padre quien me pidió que lo hiciera?

Para eso no tenía respuestas, y tampoco era yo quién para juzgarla. Centré la conversación nuevamente en el cabaré e inquirí si el establecimiento les resultaba rentable a los prestamistas.

–¿Por qué si no iban a tenerlo? –razonó Louisa–. Los clientes del cabaré son algunos de los hombres más ricos de Amsterdam: comerciantes y altos cargos del Consistorio. Para ellos debe de ser un verdadero placer encamarse con las esposas y las hijas de sus iguales. Probablemente se sienten juntos después a beber vino y fumar una pipa y despellejar a aquellos a cuyas parientes se acaban de...

Se interrumpió a mitad de frase, y un temblor recorrió su esbelto cuerpo.

La atraje hacia mí, enterró su rostro en mi hombro, y yo le acaricié suavemente la espalda, como consolaría un hermano a su hermana menor. Cualquiera que nos viera pensaría que una criada había aprovechado la salida para hacer los recados para verse a escondidas con su amante. Permanecimos así un buen rato mientras una gaviota curiosa daba vueltas a nuestro alrededor.

Louisa lloraba como si fuera la primera vez en su vida que daba rienda suelta a sus lágrimas. No se lo reproché; al contrario, tenía la sensación de que le hacía bien desahogarse.

Cuando se hubo tranquilizado y se separó de mí lentamente, le dije:

–Nada más lejos de mi intención que atormentaros, Louisa, pero ¿puedo preguntaros algo más? ¿Acaso no temen los caballeros que acuden a vos en el cabaré que los traicionéis? Vos pertenecéis a la alta sociedad, igual que ellos, y podríais reconocerlos fácilmente.

–No hay peligro. En el cabaré estamos obligadas a llevar unas máscaras de terciopelo que ocultan nuestros ojos.

–¿Cuál es el papel de Maerten van der Meulen en todo este asunto? Como ambos sabemos, él encarga los cuadros destinados a abrir el apetito a los clientes, pero, cuando él mismo os lleva a esa casa, es evidente que hay algo más.

–Por lo que yo sé participa en las ganancias del cabaré. No obstante, desconozco si el establecimiento es suyo entero o sólo en parte.

–Una cosa más: ¿os dice algo el nombre de Antoon van Zelden?

–Naturalmente. Es un conocido médico. Un médico caro que sólo pueden permitirse las familias más ricas de Amsterdam. Constantijn mencionó una vez que el doctor van Zelden era el médico de su familia. Me dijo que van Zelden es especialista en el campo de la conservación de órganos y posee una gran colección de órganos humanos y animales. ¿Por qué os interesáis por él?

–Porque ayer por la noche lo vi en el cabaré, con van der Meulen.

–De eso no sé nada. Es posible que van Zelden estuviese allí en calidad de cliente. –Las campanas de la Noorderkerk dieron las cinco, y Louisa se estremeció–. ¿Ya es tan tarde? He de irme, de lo contrario mi ausencia llamará la atención. Espero haberos sido de ayuda, aunque no comprendo por qué queréis saber todo esto.

–Yo mismo necesito tiempo para averiguarlo, pero cuanto más sepa, tanto más claras tendré las cosas.

–No os hagáis ilusiones, *mijnheer* Suythof.

–¿Qué queréis decir?

–Estáis espiando a gente muy poderosa. Si llegaran a descubrir vuestros manejos, os meteríais en un buen lío.

–Gracias por el aviso, Louisa. Creo que tenéis razón. A menos que esté completamente equivocado, esos hombres no se arredran ni ante un asesinato.

–Es una lástima que no nos hayamos conocido en otras circunstancias, Cornelis Suythof.

Me sonrió una vez más, dio media vuelta y echó a andar en dirección sur, inclinada como una sirvienta que llevara una pesada cesta. Me pregunté si esa pose exigía un talento verdaderamente histriónico. Ser vendida por el propio padre era un duro destino. La serenidad con que Louisa lo soportaba y se sacrificaba por el bien de su familia me infundía más que respeto. Sentí admiración por esa mujer, así como un profundo afecto que, sin embargo, me prohibí en el acto; al fin y al cabo, estaba Cornelia.

Concedí a Louisa una gran ventaja antes de emprender yo el camino de vuelta para reunirme ante la tasca con un Henk Rovers que daba chupadas complacido a su pipa.

–Bueno, Suythof, rascaos el bolsillo. La primera de las tres jarras de cerveza la pagaréis aquí y ahora.

–¿Por qué?

–Seguí vuestras instrucciones y entregué vuestro mensaje a la hija del comerciante en persona. Y juro por la tumba de marinero de mi hermano Floris, que cayó por la borda durante una tormenta ante Nueva Amsterdam, que desde entonces la pequeña no ha dejado la casa. Habéis perdido estrepitosamente la apuesta, admitidlo.

–Vuestro hermano se revolverá en su húmeda tumba si lo profanáis tan a la ligera en vuestros juramentos, Henk –contesté risueño–. ¿Pretendéis decirme que no habéis perdido de vista un segundo la casa de los van Riebeeck?

Henk asintió enérgicamente.

–Podríais apostar a que sí, de no haberlo hecho ya.

–¿Y nadie ha abandonado la casa durante ese tiempo?

–¿Nadie? ¿Qué queréis decir? Nosotros estamos hablando de la hija.

–Responded a mi pregunta, os lo ruego.

–Salió una criada con una pesada cesta.

–¿Y acaso no ha vuelto con una pesada cesta?

–Sí. Pero ¿cómo sabéis...?

–¿No os resulta extraño que la cesta fuera pesada tanto a la ida como a la vuelta? Si la criada hubiese llevado algo, la cesta sería ligera a la vuelta. Si, por el contrario, la hubieran mandado a comprar, la cesta tendría que haber estado vacía a la ida.

Rovers se echó el pringoso gorro hacia atrás, se rascó la cabeza y musitó:

–Lo único que he entendido es la palabra cesta. No querréis escabulliros para no pagar vuestra apuesta, ¿no?

–¡Vamos, pensad un momento! Si una cesta pesada en realidad no es una cesta pesada, tal vez una sirvienta tampoco sea una sirvienta.

–Si vos lo decís... –replicó el marinero no muy convencido. Era evidente que le costaba seguirme.

Le di tiempo, y al cabo de un buen rato su boca se abrió.

–Ahora entiendo a dónde queréis llegar. Pero entonces... eso significaría... que...

–Que quien ha perdido la apuesta sois vos y no yo, eso significa. Si os hubieseis fijado un poco más en la supuesta criada, habríais reparado en sus rojos rizos.

El marinero sacudió la cabeza y golpeó la mesa con la mano.

–¡Caramba! No os creía capaz de ello, amigo mío. Y tampoco pensaba que la pequeña van Riebeeck, con el compromiso a la vuelta de la esquina, se... se...

–Se liara con un don nadie. Decidlo sin tapujos, Henk.

–No quería decir eso –gruñó, y se inclinó hacia mí–. ¿Cómo fue? ¡Hablad!

–¿Acaso no dijo Plutarco que saber callar a tiempo era señal de sabiduría y con frecuencia mucho mejor que hablar?

–Ni idea, a ése no lo conozco. Pero ya veo que queréis guardaros los detalles para vos.

–No os aflijáis, Henk; a cambio os perdono vuestras deudas. Más aún, pediré ahora mismo una jarra de cerveza por mi cuenta. ¿Qué decís a eso?

–Que tengo sed.

Mientras nos regalábamos con la cerveza le pregunté a Rovers si, al regreso de Louisa, se había armado algún alboroto.

–No, probablemente su padre no se haya enterado. Pero podéis preguntárselo vos mismo: está saliendo de casa en este momento.

Era la primera vez que veía a Melchior van Riebeeck. Con su perilla cana y el cabello casi blanco que asomaba por el sombrero negro, se me antojó un viejo prematuro. Y era más alto de lo que parecía, ya que caminaba encorvado, como si una pesada carga lo oprimiera, lo cual me recordó al doctor van Zelden.

Cuando su hija me contó la suerte que había corrido, pensé que el viejo era un ogro, un monstruo al que me gustaría agarrar y arrojar al canal. Ahora que lo veía con mis propios ojos, no podía por menos de sentir compasión por él. Vi que despreciaba su modo de obrar y que no había tenido otra elección. Sencillamente, no había sabido salir del apuro de otra forma.

Los verdaderamente culpables eran otros: hombres como Maerten van der Meulen, que se aprovechaban con impudicia de la necesidad de los demás en beneficio propio. Ojalá yo pudiese poner fin a sus fechorías.

CAPÍTULO 11

El color del diablo

22 DE SEPTIEMBRE DE 1669

Rembrandt se había restablecido. Nada más desayunar subió a su estudio para trabajar en uno de sus autorretratos, a los que tanto tiempo dedicaba últimamente. Hasta que se topó con mi cuadro, me permitía participar en su trabajo de buena gana, y me había enseñado numerosos ardides relativos a las mezclas de colores, la distribución de la luz y las sombras y cómo separar del fondo el verdadero motivo. Pero ahora, yo para él no existía. De modo que realicé unas tareas sencillas en casa y acompañé a Cornelia a hacer la compra. Aprovechamos para sentarnos al cálido sol de mediodía en la Rozengracht a contemplar el tráfico del canal. No hablamos mucho, pero ella tenía su mano en la mía y eso me bastaba.

Aquella tarde no tenía previsto entrenar con Robbert Cors, y Maerten van der Meulen hacía días que no me traía modelos. Aún no había decidido qué actitud adoptar cuando volviera a verlo. Empleé mi tiempo libre para ir a la Damrak, donde vi de lejos cómo la hija de Emanuel Ochtervelt cruzaba la calle ante la tienda de su padre. Obedeciendo a un repentino impulso, adquirí un colorido ramillete de flores y se lo di a Yola. Ésta correspondió a mi sonrisa; estaba tan encantadora que no hacía falta ser cartomántico o astrólogo para vaticinarle un yerno al viejo Ochtervelt en un futuro no muy lejano.

–¿Se encuentra vuestro padre en la tienda? –le pregunté.

–Sí, *mijnheer* Suythof. Trabajando, como siempre.

–¿Y de qué humor está?

–De excelente humor: el diario del señor de Gaal se vende muy bien. Mi padre dice que pronto habrá que reimprimir.

–¿Cómo llegó hasta de Gaal? En modo alguno querría ofenderlo, pero por el momento no es que sea un editor muy famoso.

–Mi padre cree que eso va a cambiar. Conoció al señor Fredrik de Gaal a través del joven señor de Gaal, que es cliente nuestro.

–Si vuestro padre está de tan buen humor, le haré una visita –resolví, y entré en el establecimiento, que seguía tan crepuscular como siempre.

Ochtervelt se encontraba de pie ante una mesa y, con la huesuda nariz pegada al papel, efectuaba anotaciones con una pluma. Se hallaba tan enfrascado en su trabajo que no me vio.

–¿Anotáis las ganancias de la última jornada, *mijnheer* Ochtervelt? –pregunté a modo de saludo–. Estáis tan ocupado que ya ni veis a nadie. Tengo entendido que el diario del señor de Gaal se vende estupendamente.

El librero y marchante levantó la mirada aturdido, y sonrió al reconocerme.

–Ah, sois vos, amigo Suythof. Pues sí, mirad cómo ha mermado el montón. Parece que en los mejores hogares de Amsterdam la gente quiere saber cómo fueron los viajes de uno de los ciudadanos más insignes de esta ciudad. ¿Habéis leído el libro?

–De principio a fin.

–¿Y bien? ¿Os ha gustado?

–No conozco muchos relatos de viajes, y ciertamente no pretendo agraviaros, pero en mi opinión vuestro señor de Gaal ha omitido lo más emocionante.

El rostro de Ochtervelt se ensombreció.

–¿Cómo es posible? ¿A qué os referís?

–De los tres viajes que describe con todo lujo de detalles no cuenta nada que no hayamos oído ya en otras travesías a las Indias Orientales: habla de tormentas en alta mar, de marineros rebeldes, de escaramuzas con los nativos...

–¡En todo caso, vos aún no habéis pasado por eso! –me interrumpió un ofendido Ochtervelt.

–¿Es que queréis enviarme de nuevo a la mar? –pregunté socarrón–. No pretendo negar que Fredrik de Gaal haya realizado algo grandioso, pero ¿por qué no escribe apenas nada de su último viaje? He oído que buena parte de la tripulación no regresó de él.

Ochtervelt meneó la cabeza con desaprobación.

–¿No opináis que el señor de Gaal es quien mejor puede juzgar cuáles de sus experiencias merecen la pena ser relatadas y cuáles no? Bueno, bien sé que sois testarudo. Pese a todo, poned a buen recaudo vuestro ejemplar, podría llegar a ser muy valioso. –Sonaba como si lamentase haberme regalado el libro–. ¿Cómo os van los negocios, Suythof? ¿Qué tal con la pintura?

–No tan desesperado como la última vez que nos vimos. Debo daros las gracias por enviarme a vuestro colega van der Meulen. Desde entonces he realizado unos cuantos cuadros para él.

–¿Y qué habéis pintado?

Dirigí una mirada escrutadora a Ochtervelt.

–¿Acaso no lo sabéis?

–¿Os lo preguntaría si así fuera? –repuso.

–Retratos. Él me proporciona las modelos.

–Ajá –fue su lacónica respuesta; la información no pareció impresionarle gran cosa.

–¿Es muy estrecha vuestra relación con el señor van der Meulen? –quise saber.

–No más que la que mantengo con otros de mi gremio. Nos visitamos de vez en cuando y vemos si alguno tiene un cuadro que el otro tal vez pueda vender mejor.

–¿Cuál es su clientela?

–Más o menos la misma que la mía. Tal vez algún que otro comerciante más. Aparte de eso, artesanos, funcionarios y algunos ediles. A todo el mundo le gusta adornar las paredes con cuadros: unos más caros y otros más baratos.

–Muy cierto –me lamenté, y miré hacia el oscuro rincón en el que, tirados por el suelo, suponía mis cinco óleos–. Sin embargo, parece que en Amsterdam hay demasiados pintores.

–Porque saben que aquí encuentran compradores para sus trabajos –replicó. Y luego, con una sonrisa maliciosa añadió–: Sólo si son capaces, claro está.

–Y si eligen los motivos adecuados, ¿no es verdad?

–Naturalmente.

Dejé vagar la mirada por los numerosos cuadros de la tienda de Ochtervelt: lienzos de todos los tamaños, aguafuertes y grabados en cobre, obras enmarcadas y sin enmarcar, bodegones, retratos e incontables marinas.

–¿No sería mejor que cada cual pintara lo que le emociona, lo que le sale del corazón? –pregunté–. ¿No sería eso el verdadero arte?

Ochtervelt negó desdeñoso con la cabeza.

–Así al menos no habría tantos pintores en Amsterdam, puesto que algunos no tardarían en morir de hambre.

–¿Tan seguro estáis de ello? Tal vez los cuadros fueran del agrado de la gente.

–La mayoría de la gente sabe de sobra lo que le gusta, que es lo mismo que cuelga de la pared del vecino. Lo único que desea es que en su casa parezca un poco más ostentosa. Mejor una batalla naval que una flota pesquera dedicada al arenque. Pero eso ya os lo he explicado.

–¿No creéis que subestimáis el gusto de las personas, *mijnheer* Ochtervelt?

–Lo dudo. No olvidéis que ya llevo unos años en este negocio. Cuando pintáis cuadros que reflejan vuestra propia sensibilidad, pero no tienen en cuenta el gusto de la gente, a ésta le resulta extraño. ¿Y qué pensáis que significa eso?

–Significa que la gente se tiene que acostumbrar a los cuadros.

–Cierto. Pero, además, primero tendría que implicarse en los cuadros, esforzarse en comprender su significado. Sólo que nadie compra cuadros para esforzarse. La gente quiere adornar las paredes desnudas, quiere conservar su imagen, la de su familia o la de sus grandes hazañas para los vecinos y la posteridad. Los cuadros sirven para calmar a la gente, para mostrarle un Amsterdam que le ofrece prosperidad y bienestar. O para explicarle, mediante las victorias de nuestra valerosa marina, que su tierra está a salvo de cualquier posible ataque. De ese modo puede reclinarse con toda tranquilidad en el sillón, fumarse una pipa y recuperarse de los esfuerzos de la jornada. No quiere cuadros que puedan intranquilizarla porque presenten algo nuevo. A lo sumo podríais pintar ese tipo de telas para vos mismo, Suythof, mas no intentéis ganar dinero con ellas.

Miré de nuevo la pila de libros de la entrada.

–¿Es ése el motivo por el que Fredrik de Gaal no escribió mucho sobre su último gran viaje? ¿Habría intranquilizado en demasía a la gente?

Ochtervelt levantó las manos como si fuera a mesarse el cabello.

–¿Qué os pasa con el último viaje de de Gaal? Si esa cuestión os quita el sueño, id a preguntárselo a él.

–Tal vez debiera –repliqué–. Pero volvamos con van der Meulen. ¿Podéis decirme si, además del arte, está interesado en otros negocios?

–No hablamos de cómo invertimos nuestro dinero, pero ahora que lo mencionáis, recuerdo una cosa: dicen que, hace aproximadamente un año, metió dinero en una casa de juego o un cabaré. Aunque quizá no fuera más que un rumor. Pero ¿por qué me hacéis tantas preguntas sobre van der Meulen?

–Por pura curiosidad. Al fin y al cabo le debo mi sustento.

–Y dinero es algo que necesitaréis en cantidad ahora que sois discípulo de Rembrandt.

–¿Vos sabéis eso?

–Lo sabe casi todo el que se dedica al negocio de los cuadros en Amsterdam. Lo cierto es que nadie habría pensado que el viejo volvería a tener un alumno. Dicen que se ha vuelto bastante insoportable. Tampoco es que fuera nunca una persona fácil. Para ser sinceros, incluso se cruzan apuestas sobre cuánto aguantaréis en la Rozengracht.

–Todavía sigo allí –contesté, aunque omití el hecho de que ya no era discípulo de Rembrandt–. ¿Tenéis aquí algún trabajo de él?

–En este momento, no. De vez en cuando entra algo, cuando los hogares se desmoronan. Pero por un Rembrandt no pago mucho, en caso de que pretendáis hacer negocios conmigo. Sus obras apenas son rentables.

–No os preocupéis, eso no me interesa. Es la hija de Rembrandt la que se encarga de vender los trabajos de su padre.

Ochtervelt enarcó las cejas.

–¿Ah, sí? ¿Y quién los compra hoy en día?

–Por ejemplo, el doctor van Zelden, del que quizás hayáis oído hablar.

–Lo conozco bien. Casi siempre está presente cuando los de Gaal dan una fiesta.

–¿Vos también?

–Sí, desde que soy el editor de Fredrik de Gaal –se ufanó–. Sin embargo no sabía que a van Zelden le interesara la obra de Rembrandt. Dicen que es un hombre acaudalado, aunque no haga ostentación de riqueza. Tal vez debiera pasarme por la Rozengracht para proponerle un negocio a la hija de Rembrandt. ¿Vos qué opináis, Suythof? ¿Intercederíais en mi favor?

–Así lo haré –prometí, conteniendo la risa al comprobar lo buen comerciante que era–. Y, ya que hablamos de Rembrandt: ¿habéis visto alguna vez un cuadro suyo en el que predomine el color azul?

Ochtervelt reflexionó un instante.

–No. ¿Por qué lo preguntáis?

–Hace poco me topé con un cuadro azul que me recuerda sobremanera las obras del maestro Rembrandt. Tal vez sea de alguno de sus antiguos discípulos.

–Puede ser. Pero, mirándolo bien, no conozco a ninguno que trabaje especialmente con el misterioso color azul.

–¿Misterioso? –repetí, aguzando el oído–. ¿A qué os referís?

–¿Es que no sabéis que al azul se le denomina el color de los dioses? En la historia de la pintura, además del oro, el azul siempre aparece en representación de lo divino. Muchas pinturas religiosas son muy instructivas a este respecto.

–¿Dónde se las encuentra hoy en día? –suspiré yo–. Las imágenes religiosas están estrictamente prohibidas en las iglesias.

–En efecto; una aberración de nuestro calvinismo, no precisamente favorable para la pintura. –Ochtervelt se puso a observar las largas hileras de libros de su establecimiento–. Cuando los pintores aún podían trabajar al servicio de la Iglesia, no había tantos bodegones, vistas de ciudades y barcos pesqueros atrapados en un lienzo.

–Lo sé, ya sé que no os agradan los pesqueros –dije un tanto impaciente–. Pero sigo sin tener claro por qué habéis afirmado que el azul es un color misterioso.

–Porque no sólo es el color de lo divino, y el que más tarde lo sería asimismo de los reyes. Al azul también se lo asocia con lo demoníaco, lo diabólico. Podéis verlo en muchos cuadros antiguos, y en el terreno de la superstición, el azul desempeña un importante papel como color agorero. ¿Nunca os ha llamado la atención que a la peste a menudo se la represente como una bruma azul? Dicen que soñar con ciruelas azules o con la llama azulada de una vela anuncia la pronta llegada de la muerte. No es de extrañar que el azul también sea conocido como el color del diablo y de las tinieblas.

–Pero eso no son más que chismes de viejas.

–Sin duda. Pero cuando se habla mucho de algo, también suele haber algo de verdad. Un pintor debería estar informado de los colores que emplea. Pensad en lo que os acabo de decir, Suythof.

Seguí el consejo de Ochtervelt en cuanto abandoné su tienda y eché a andar en dirección oeste. El cuadro que tan enigmáticamente había desaparecido, a mi entender, tenía poco de divino o de regio. Por el contrario, lo que Ochtervelt acababa de contarme sobre el color del diablo y de las tinieblas me había producido un escalofrío, fuesen chismes de viejas o no. No era preciso que viera cómo me habían asustado sus palabras. Después de todo lo ocurrido, estaba dispuesto a creer que el propio diablo había pintado el cuadro y luego se lo había llevado consigo al infierno.

Las nubes se cernían sobre Amsterdam, y una brisa marina me salpicaba el rostro con finas gotas de lluvia. Bajé la cabeza para protegerme. De ese modo, no me di cuenta hasta que fue demasiado tarde de que iba directo al lugar donde Ossel había sido ajusticiado. El garrote al que lo ataron para ajusticiarlo se alzaba en el cielo gris cual dedo amonestador.

Desde entonces habían pasado muchas cosas, y gracias a Cornelia volvía a ver un futuro ante mí. Mi secreto juramento de limpiar la memoria de Ossel a toda costa era el único lazo que me unía al pasado. Resistí la tentación de romper dicho lazo y despreocuparme del asunto, ya que, en adelante, quería poder mirarme al espejo sin sentir vergüenza.

Me erguí a pesar de la lluvia y pasé con la cabeza bien alta entre el Consistorio y la Nieuwe Kerk, imbuido de la sensación de hacer lo correcto. Aquella tarde de septiembre yo aún creía tener elección, aunque lo cierto era que lo que yo consideraba mi futuro –Cornelia– mantenía un estrecho vínculo con el pasado, como no tardaría en comprobar.

Crucé la Herengracht y la Keizersgracht. El viento soplaba con más fuerza, y una repentina ráfaga a punto estuvo de barrerme del puente. Al agarrarme al pretil, mis ojos repararon en la Westerkerk, donde se hallaba enterrado Titus, el hijo de Rembrandt. Es curioso que hasta entonces no hubiera caído en la cuenta de que el pintor no me había mencionado a su hijo ni una sola vez. Como ya me dijera antaño mi madre: un hombre apenado combate su tristeza hablando de lo que ha perdido, pero un hombre que tiene el corazón roto, ni de eso es capaz.

Aceleré el paso, pues el viento y la lluvia se tornaban cada vez más desapacibles. En un principio tenía la intención de volver a la Rozengracht, mas el tiempo me obligó a refugiarme en la primera tasca que vi. Era la Zum Schwarzen Hund, la misma ante la que solía sentarme con Henk Rovers. Los bancos del exterior estaban desiertos, y la puerta, que casi siempre se mantenía abierta, cerrada. Tuve que tirar con fuerza para que ésta venciese la furia del viento y yo, acompañado de una tromba de agua, pudiera entrar en la taberna. No eran pocos los que ya se habían refugiado del mal tiempo en el Schwarzen Hund. El estruendoso vocerío ahogaba los embates del viento contra la puerta, y una densa humareda de tabaco hizo que me picaran los ojos.

–Cornelis Suythof, venid a sentaros conmigo.

Era la voz de Henk Rovers. Con su inseparable pipa en la comisura de los labios y un vaso casi vacío delante, estaba con más gente en una mesa redonda en el centro de la sala, y daba golpecitos en un tajuelo desocupado que quedaba a su izquierda. Antes de aceptar su invitación, pedí una jarra de cerveza y una pipa. Dado que era imposible librarse del denso humo, estimé que lo mejor sería contribuir a extenderlo.

Rovers miraba las ventanas de enfrente, azotadas por una lluvia cada vez más intensa.

–Bonita tormenta la de hoy, os lo dice un viejo marinero.

El viejo marinero se alegró cuando compartí mi cerveza con él y le di algo del tabaco que me trajo un muchacho pelirrojo junto con la pipa.

–Mi agradecimiento al pintor más generoso de Amsterdam –brindó conmigo, hundiendo el rostro en la cerveza–. ¿Habéis hecho algún progreso con la señorita van Riebeeck?

–No pretendo quitarle la novia a uno de los hombres más ricos de Amsterdam –repliqué sonriente–. Además, a ese respecto tengo otras posibilidades.

Rovers me guiñó un ojo.

–La pequeña de Rembrandt, ¿no?

Me quedé mirándolo sorprendido.

–¿Cómo es que sabéis eso?

–Sólo era una intuición, pero ahora lo sé –repuso Rovers alegremente–. Y en lo tocante a Constantijn de Gaal, no deberíais afligiros tanto: no fue él quien amasó los florines. Sin su padre, hoy tal vez sólo fuese un comerciante más de Amsterdam, y ciertamente no formaría parte del consejo de administración de la Compañía de las Indias Orientales.

–Sí, el viejo de Gaal –musité yo–. Escribió un extraño libro.

–¿Cómo decís? –preguntó Rovers antes de sumergir de nuevo la nariz en el vaso.

–El librero Emanuel Ochtervelt imprimió no hace mucho un diario de viajes del viejo de Gaal y me regaló un ejemplar.

–A mí no me van los libros: cuestan un dineral y no sirven de nada si uno no sabe leer.

–Quizá yo tampoco debiera haberlo leído –contesté risueño–. No acabo de entenderlo: de Gaal relata con todo detalle los tres primeros grandes viajes que realizó para la Compañía de las Indias Orientales, y del cuarto y último apenas escribe nada.

–¿Qué os extraña? En su lugar, también yo habría preferido guardar silencio.

–Pero ¿por qué? ¿Qué sabéis al respecto?

–Corre toda clase de rumores sobre ese viaje, y ninguno bueno. Era un barco majestuoso, el *Nieuw Amsterdam*, un gran mercante que llegó a las Indias Orientales con ciento ochenta tripulantes a bordo. Hace ya veinticinco años que zarpó de Texel para abastecer a la colonia de Bantam de cecina, guisantes y judías y traer a casa la preciada pimienta. Pero el regreso se retrasó tres meses, y cuando el *Nieuw Amsterdam* finalmente apareció en aguas territoriales, se encontraba en un estado lamentable. Era como si hubiese librado una batalla naval, y no volvió a navegar. Además, de los ciento ochenta marineros que salieron de Amsterdam hacía casi dos años, sólo quedaba una tercera parte a bordo.

–¿Qué ocurrió?

–Yo no estaba allí, gracias a Dios. Preguntadle a nuestro amigo Jan Pool, ése de la mesa de al lado. Su hermano fue uno de los que perdieron la vida en el último viaje de Fredrik de Gaal. –Rovers señaló a un hombre rechoncho con la mitad derecha del rostro negra como la piel de un salvaje africano–. No os dejéis intimidar por su aspecto: cuando luchaba contra unos piratas turcos, un barril de pólvora estalló a su lado. El bueno de Pool salió volando, y el color de la cara le cambió para el resto de su vida. Bueno, por suerte no se puso rojo de rabia.

Rovers había referido la historia en voz alta, y todos prorrumpieron en carcajadas. El de la mejilla negra se levantó y se plantó ante el gracioso, con los puños en las caderas.

–¿Quieres que te arranque esa lengua viperina de la boca, Henk Rovers? –amenazó–. No te pondrías ni negro ni rojo, sino blanco.

Rovers lo miró sin miedo.

–Déjalo, Jan, sólo era una broma. A mi amigo Cornelis Suythof le gustaría hablar contigo e invitarte a un cuartillo de cerveza.

Pool me examinó detenidamente.

–Un marinero de agua dulce, ¿no?

–No del todo –precisó un sonriente Rovers–. Ha pintado unos cuantos barcos.

–¡Un pintor! –exclamó Pool, lanzándome una mirada compasiva–. A esos pobres diablos a menudo les va peor incluso que a nosotros. ¿Puede permitirse un cuartillo de cerveza?

Herido en mi amor propio, anuncié con voz firme:

–Y hasta dos.

–Pues no se hable más –asintió Pool, que hizo una señal de aprobación con la cabeza y se sentó al lado de Rovers, a quien guiñó un ojo con disimulo.

Había dejado que me embaucaran dos viejos lobos de mar, pero no estaba enojado. Tomaron la cerveza felices y contentos, y sólo cuando saqué el tema del último viaje del *Nieuw Amsterdam* cesó abruptamente el buen humor de Pool.

–Maldita embarcación –gruñó–. Ojalá hubiese ardido ese barco del diablo antes del último viaje.

–¿Barco del diablo? –repetí yo.

–Ese barco estaba maldito. ¿Cómo si no se explica que la mayor parte de los hombres no volviera, entre ellos mi buen hermano Jaap?

–Pero tampoco es tan extraño que la gente perezca en el mar. Hay multitud de explicaciones: tormentas, enfermedades, combates con indígenas o con piratas...

Pool desechó mi razonamiento.

–Ya, ya; también se barajaron todas esas posibilidades cuando regresó el *Nieuw Amsterdam*. Que el barco había sufrido un fuerte temporal y, separado de su formación, había ido a parar a una isla desconocida; que la tripulación se vio obligada a pasar allí algún tiempo para poner de nuevo a flote el navío; que el agua potable era escasa y, al parecer, los ataques de los nativos se cobraron la vida de numerosos hombres.

–¿Y vos no lo creéis? –quise saber.

–En modo alguno. Me encontraba casualmente en la ciudad cuando atracó el *Nieuw Amsterdam*. Con la intención de saludar a mi hermano, subí a una de las gabarras que se dirigían a Texel para transportar el cargamento. Vi los daños del barco.

–¿Y?

–Esos daños no los había causado únicamente una tempestad, de ningún modo. Había señales de lucha. Creedme, pintor Suythof, sé lo que me digo. –Para corroborar sus palabras señaló la mejilla negra–. De hecho –prosiguió–, nadie quería oír hablar de un combate, pero algunos de los que regresaron sufrían heridas que sólo podían haber recibido en lucha. Cuando lo comenté con algunos miembros de la tripulación del *Nieuw Amsterdam*, mencionaron algo de unos amotinados a los que tuvieron que borrar del mapa. Creo que eso es lo que más se acerca a la maldita verdad.

Le llené el vaso, para entonces ya casi vacío, y le pregunté cuál era la verdad en su opinión.

–¡Ojalá lo supiera! Nunca supe de qué murió realmente mi hermano Jaap. Los hombres que me contaron lo del motín fueron los más sinceros. Nadie a bordo quiso hablar de lo ocurrido. Era como si tuvieran miedo de algo.

Lo que estaba contando el cara negra me sonaba demasiado a batallita de marinero.

–¿Y nadie indagó más? –inquirí con incredulidad.

–La Compañía de las Indias Orientales indemnizó a los parientes de los marineros fallecidos con una elevada suma de dinero, mucho mayor de lo habitual. También Kaat recibió un dineral.

–¿Quién es Kaat?

–La mujer de mi hermano; bueno, su viuda. Jaap dejó esposa y dos hijos, que en aquel entonces eran muy pequeños. Kaat no sólo consiguió una jugosa suma, sino también un marido nuevo.

Me pregunté cuánta cerveza podía haber engullido ya ese día el cara negra, y a todas luces él vio mi escepticismo.

–¿Por qué sonreís así? –refunfuñó–. ¿Acaso creéis que Jan Pool es un mentiroso?

–Pues claro que no sois un mentiroso, pero tal vez exageréis algo, ¿no? Es la primera vez que oigo que la Compañía indemniza a la viuda de un marinero con un nuevo esposo.

Henk Rovers se rascó detrás de la oreja y comentó entre risas:

–Sí que es raro. La Compañía paga a los suyos cuatrocientos florines por la pérdida de un ojo o de la mano izquierda; al menos ochocientos por la pérdida del brazo derecho; y hasta mil doscientos florines por los dos ojos, las dos manos o las dos piernas; casi vale la pena. Pero es la primera vez que oigo hablar de una cláusula según la cual en caso de fallecimiento se sustituye el hombre completo.

–Pues así fue –farfulló Pool–, aunque, por supuesto, eso no estaba en las cláusulas. Bueno, el caso es que el nuevo marido de Kaat era marinero de primera de ese *Nieuw Amsterdam* al que el diablo no se llevó. Se llama Claes Steegh, y en la actualidad ya no se hace a la mar, sino que es uno de los que manejan el dinero de la Compañía. Todo aquello fue de lo más extraño. Muchos de los supervivientes, por no decir que todos, ascendieron deprisa. Ahora, o bien mandan su propio barco o han subido de categoría, ya sea en la Compañía o en alguna de las casas de comercio de Amsterdam. Realmente extraño. Unos van al infierno y los otros hacen fortuna. Podéis creerme o no, pero yo os digo, señor pintor, que el diablo metió su sulfurosa mano en aquello.

Hice una mueca, pues aquel día sin duda me había topado con el demonio demasiadas veces. Por si no bastaba con la charla que había mantenido con Emanuel Ochtervelt sobre el color del diablo, ahora el marinero del rostro negro me soltaba aquel cuento para no dormir.

–Seguís sin creerme –se lamentó Pool–. Pues preguntad a los que vieron arribar a puerto al *Nieuw Amsterdam*. En cualquier tugurio portuario encontraréis a alguno que lo presenció. No tenéis más que preguntar por el barco del diablo y su siniestro cargamento.

–¿Cómo voy a creeros si no hacéis más que sacar nuevas singularidades? Habláis del diablo, del barco del diablo y de su siniestro cargamento. Decid, ¿qué hay de siniestro en una carga de pimienta de las Indias Orientales?

Pool respiró hondo, como si tuviese que hacer un esfuerzo por ser paciente conmigo y con mi incredulidad.

–Pimienta era lo que debía haber traído a casa el *Nieuw Amsterdam*, sí. Al parecer, en el barco también había pimienta cuando levó anclas en Bantam, pero no creo que siguiera a bordo cuando apareció en Texel.

–¿Por qué no? No os andéis con tanto secreto, Jan Pool.

El hasta entonces ceñudo rostro se alegró, y el marinero me miró burlón.

–Para ser alguien que no me cree, bien que queréis saberlo todo de cabo a rabo.

–Tal vez quiera que me convenzáis –le contesté, también sonriente.

–Bueno, es posible que os convenza el detalle de que el flete del *Nieuw Amsterdam* se descargó de noche.

–¿Tan insólito es?

–Mucho. Y más aún cuando el mercante llegó a Texel por la mañana. La Compañía ahuyentó a los curiosos, y las tripulaciones de las gabarras no pudieron empezar a descargar hasta la noche. Y la Compañía sólo permitió que lo hiciera gente elegida por ella, una gente que más tarde fue enviada sin excepción a ultramar. Nadie sabe a ciencia cierta cuál era la carga del barco del diablo.

–Por consiguiente, también podría tratarse de pimienta de las Indias Orientales –concluí yo.

–Podría, en efecto. –Pool me dirigió una mirada cómplice y enarcó las cejas–. Pero entonces, ¿por qué el detalle de hacerlo en mitad de la noche?

Capítulo 12

A medianoche en la Torre de las gaviotas

La tormenta no cesó hasta por la tarde, momento en que me atreví a abandonar el Schwarzen Hund y volver a la Rozengracht. De camino, a punto estuve de llevarme por delante a un viejo carretero, tan ensimismado me hallaba en lo que Henk Rovers y Jan Pool me habían contado sobre el último viaje del *Nieuw Amsterdam*. Aunque los acontecimientos podían cambiar con el paso de los años y con su reiterada narración y verse acrecentados por más de un pormenor exagerado, en el fondo la historia tenía que encerrar algo de cierto. ¿Sería ésa la verdad que Fredrik de Gaal había silenciado en su libro?

Volver a ver a Cornelia, que me recibió con inquietud en el semblante, arrinconó el relato del barco del diablo.

–Has estado mucho tiempo fuera, Cornelis. Tenía miedo de que la tormenta hubiese podido arrojarte a un canal.

–Para evitarlo me refugié en el Schwarzen Hund –aclaré, y le di un beso en la mejilla.

Ella me sonrió con complicidad.

–Y, claro está, para matar el tiempo vaciaste unas cuantas jarras de cerveza con unos amigos.

Me devolvió el beso y me llevó a la cocina, donde me esperaba un sencillo refrigerio a base de pescado y queso. Cornelia y su padre ya habían cenado, pero ella me hizo compañía y me puso al corriente de lo que había hecho durante la jornada.

–Ah, sí, vino un mensajero y me dio esto para ti –anunció de pronto, y sacó una carta de un bolsillo del vestido.

–¿Qué dice? –inquirí.

Cornelia me miró con fingida indignación.

–Yo no leo las cartas ajenas..., al menos, no cuando están selladas.

Cogí la carta y contemplé con curiosidad el desconocido sello oscuro, que mostraba un mercante con las velas hinchadas. En el sobre ponía «C. Suythof» con una letra exquisita, nada más.

–¿Quién la ha traído?

–Un mensajero, un chiquillo.

–¿Y quién lo enviaba?

–El muchacho se marchó tan deprisa que no se lo pude preguntar. Pero supongo que se lo encargó la misma mujer que te escribe la carta.

–¿Cómo sabes que la carta es de una mujer?

Ella señaló la caligrafía.

–Vosotros, los hombres, no escribís con tanta delicadeza. ¿Quieres que te deje solo para leerla tranquilamente?

–Eso es absurdo; sabes que no tengo secretos para ti –rezongué, y rompí el lacre y abrí el sobre.

El mensaje era de una brevedad decepcionante: «Acudid sin falta a medianoche a la Torre de las gaviotas. Tengo algo importarte que comunicaros. L.»

Era una extraña invitación, y en otras circunstancias me habría resultado sospechosa. Sin embargo, no tenía motivo alguno para desconfiar de Louisa, y no dudé ni por un segundo que la carta fuera suya. Tenía que haber ocurrido algo grave para que me hiciese ir a la Torre de las gaviotas a hora tan intempestiva.

–¿Es importante? –preguntó Cornelia.

–Es posible. Sea como fuere, esta noche he de salir de nuevo. Alguien desea verme.

–La autora de la carta, supongo.

Asentí.

–No te enfades conmigo, Cornelia, pero en este momento no puedo contarte más: he prometido guardar silencio.

–Y a eso lo llamas tú no tener secretos –replicó ella con frialdad. Su voz no traslucía reproche, sino algo mucho peor: decepción.

–Por favor, confía en mí –le supliqué.

Terminé la cena, me despedí de Cornelia y fui arriba. Una vez allí, me di cuenta de que la puerta del estudio de Rembrandt se hallaba entreabierta, así que me asomé. Rembrandt seguía, como siempre, ocupado en su autorretrato, observándolo escrutador; se contemplaba en un espejito y se volvía hacia el lienzo, que ya casi estaba listo, para efectuar unos pequeños retoques con un fino pincel. Se encontraba tan sumido en su trabajo que no había que temer ser descubierto.

Me pregunté, por enésima vez, qué sería lo que le incitaba últimamente a volcarse con tamaño empeño en sus autorretratos. ¿Sería su avanzada edad? ¿Sentiría la proximidad de la muerte? En la tela parecía tener más edad que en la realidad y, sin embargo, miraba al observador lleno de brío, casi con combatividad, en los labios aquella críptica sonrisa que yo era incapaz de interpretar. El Rembrandt pintado parecía triunfal, como si quisiera celebrar una gran victoria, más allá de la muerte. Admiré una vez más el extraordinario don del maestro para plasmar al ser humano con realismo. No obstante, la visión del cuadro también me produjo un inexplicable desasosiego.

Me fui a mi habitación, saludé al oso disecado y tomé mi paleta para mezclar los colores. En realidad, ahora que se desvanecía la luz, así y todo siempre opaca, era demasiado tarde para pintar, pero en algo tenía que ocupar el tiempo que quedaba hasta medianoche. Pensé en mi escaso peculio y en el consejo que me diera Emanuel Ochtervelt sobre centrarme en la navegación, y, poco a poco, el cuadro fue cobrando la forma de un mercante rumbo a las Indias Orientales en medio de una tempestad. No pude evitar que mi mente vagara de nuevo al ominoso *Nieuw Amsterdam*.

Una fina lluvia me mojó el rostro cuando, media hora antes de medianoche, dejé la casa. Los demás ya se habían acostado, y la alcoba de Cornelia estaba también a oscuras. Me habría gustado asegurarle de nuevo que mi silencio no iba dirigido contra ella, pero era demasiado tarde.

Cerré la puerta y salí a la encapotada noche. No había luz en casi ninguna ventana, sólo mi farol proyectaba una mancha luminosa amarillenta sobre el humedecido adoquinado. Había oído que el Consistorio de Amsterdam tenía la intención de dotar en breve las calles de la ciudad con faroles; difícilmente podía imaginar una medida más sensata en beneficio de los ciudadanos. Un parecer que se me antojó tanto más acertado cuando, a pesar de la luz, me metí en un charco y, en un abrir y cerrar de ojos, me empapé el pie izquierdo.

Poco después de llegar a la Prinsengracht y dejar atrás la Westerkerk, oí en alguna parte, a lo lejos, los gritos de la ronda. No logré entender lo que decían, pero tenía la conciencia tranquila: con el farol en mano cumplía con mi deber cívico, y la guardia no podía echarme nada en cara.

Entre tanto, la lluvia me golpeaba cada vez con más fuerza, y miré con escepticismo los nubarrones, que se cernían sobre los tejados de Amsterdam y engullían casi por completo la luz de la luna y las estrellas. Afortunadamente, no quedaba mucho. Creí divisar la vaga silueta de la Torre de las gaviotas y aceleré el paso. Impaciente por escuchar lo que Louisa tenía que comunicarme, me dirigí hacia la vieja atalaya.

A esa hora de la noche no había una sola gaviota revoloteando en lo alto, ni una sola pareja de enamorados alrededor; los vecinos de Amsterdam dormían en sus cálidas camas. Tenía la impresión de que, aparte de la ronda, sólo un tal Cornelis Suythof deambulaba bajo la lluvia en busca de... sí, ¿en busca de qué, en realidad? Cuando me preguntaba seriamente qué me cautivaba tanto de Louisa, debía admitir que también tenía que ver con la mujer hermosa, no sólo con la compasión que sentía por la muchacha de la que tanto había abusado su padre. Me apresuré a desechar tales pensamientos, pues, de lo contrario, habría tenido que confesar que la decepción de Cornelia, hacía sólo unas horas, estaba justificada.

Ante mí se recortaba en el oscuro cielo la Torre de las gaviotas, pero no veía a Louisa por ninguna parte. Las campanas de la iglesia dieron las doce. Rodeé la torre y, acto seguido, me pegué cuanto pude a sus decrépitos muros y me dispuse a esperar. Tal vez algo hubiese retenido a Louisa.

Al cabo de tan sólo dos o tres minutos reparé en una figura que se acercaba a la torre con cautela. Como, contrariamente a las ordenanzas, no llevaba farol, de momento sólo podía distinguir la silueta. Mas los contornos se volvían más definidos a cada paso, hasta que pude distinguir que era una mujer vestida de criada, con la cofia tapándole el rostro. Louisa había vuelto a recurrir al disfraz de criada.

Salí de la sombra que proyectaba la torre para acercarme a ella. Iba a saludarla, pero me quedé sin habla: la figura que tenía ante mí resultó ser demasiado alta e imponente como para pertenecer a Louisa van Riebeeck.

–¿Qué pasa, pinceles? ¿Esperabas algo más bello?

La voz se me antojaba familiar, estaba seguro de haberla oído antes.

Cuando el hombre que se hacía pasar por Louisa alzó la cabeza y vi la gran cicatriz de su mejilla derecha, evoqué la desagradable sensación que experimenté aquella tarde de domingo de agosto en que me atacaron los tres matones. Delante de mí, vestido de mujer, se hallaba su jefe. Y, a juzgar por su maliciosa sonrisa, parecía alegrarse sobremanera del reencuentro.

–Esta vez no vas a tener tanta suerte, pintamonas. A esta hora, en este lugar y con este tiempo, nadie te ayudará.

Se deshizo de la cofia y avanzó lentamente hacia mí. El hombre, sin afeitar y vestido de criada, parecía tan grotesco como un mamarracho del Laberinto de Lingelbach, y a pesar de mi desesperada situación no pude por menos de echarme a reír.

–Alégrate mientras puedas –gruñó–. Ya gritarás de dolor cuando te rompa los huesos.

Solté a toda prisa el farol y saqué la navaja que le arrebatara en su día a uno de mis atacantes, pero el de la cicatriz fue más rápido y me golpeó con una pesada porra que pareció surgir de la nada en su mano. Me alcanzó en el antebrazo derecho, y un dolor agudo ascendió hasta el hombro. Aullé como un perro pisoteado, y mi mano, paralizada por unos segundos, dejó caer la navaja.

Cuando el otro levantó la porra con intención de asestar un nuevo golpe, supe que tenía que actuar. Ahora se vería si Robbert Cors había encontrado en mí a un alumno digno. Efectué un giro que me había pasado media tarde practicando en la escuela de lucha y, al mismo tiempo, olvidándome del dolor, lancé mi brazo contra el brazo derecho de mi oponente, con lo cual logré rechazar el ataque. Vi el desconcierto en sus ojos y aproveché la oportunidad para asir la porra con ambas manos y atraerla hacia mí.

Dando un paso veloz, me zafé de mi adversario y alcé la porra para golpear a aquel tipo con su propia arma. Entonces oí un ruido a mis espaldas y sentí un fuerte golpe en la nuca que me tiró al suelo. Según caía me taché de mentecato por no haber contemplado la posibilidad de un segundo asaltante. Al fin y al cabo, el de la cicatriz no estaba solo en nuestro primer encuentro.

Al levantar la vista, descubrí al de la nariz de borrachín inclinado sobre mí, sonriente. Sostenía en la mano una porra similar a la que yo acababa de arrebatarle a su compinche. También reparé entonces en el tercer hombre, el calvo, que me apuntaba con una pistola de cerrojo y cañón muy largo que sujetaba con las dos manos.

A la turbación y el enojo por haber sido tan imprudente se unió un miedo atroz. El de la cicatriz tenía razón: esta vez nadie acudiría en mi ayuda. Me hallaba en poder de aquellos tres hombres cuyas intenciones desconocía. Sólo tenía una cosa clara: lo suyo era algo más que pura venganza por la humillación que sufrieron la primera vez, tal como demostraba todo el tinglado de la carta. Desde luego, no obraban por cuenta propia. Eran peligrosos, aunque no especialmente listos, sin duda no lo bastante para tender semejante trampa.

El de la cicatriz empuñó su porra y me dio una patada en el costado, lo cual me produjo un intenso dolor punzante.

–¿No te defiendes más, pintamonas? Me encantaría aprenderte un poco de respeto.

–Enseñarte –corregí yo.

El otro ladeó la cabeza.

–¿Qué?

–Cuando alguien instruye a otro, se dice enseñar, no aprender. Si lo has entendido, es que has aprendido algo.

El matón tardó algún tiempo en caer en la cuenta de que me estaba burlando de él. Entonces se puso rojo de ira, hasta el punto de que se le notaba incluso en una noche tan oscura como aquélla.

No sabía exactamente por qué lo provocaba. La rabia por mi imprudencia se había tornado obstinación. Quería demostrar a aquellos tipos que no les tenía miedo, aunque la verdad fuera otra bien distinta.

El de la cicatriz soltó un gruñido furibundo y tomó impulso para propinarme otra patada. Yo recordé las lecciones de Robbert Cors, le agarré el pie en el aire y se lo retorcí con todas mis fuerzas. El gruñido se transformó en un berrido que era una mezcla de sorpresa, ira y dolor. Luego, el matón perdió el equilibrio y se desplomó a mi lado.

Cuando me disponía a aprovechar la confusión generalizada para escapar, comprendí, en el último instante, que levantarme allí y en ese momento sería un error. Tardaría demasiado en hacerlo y sería un blanco perfecto para el de la pistola. Así que permanecí en el suelo y comencé a rodar para salir del círculo de luz que proyectaba el farol hasta que me topé con algo duro: el tronco de un árbol. Al ponerme en pie vi venir hacia mí un fogonazo, al cual siguió el correspondiente estruendo: el calvo había disparado la pistola, y la bala me pasó rozando y se incrustó en el árbol.

El terror que me invadió ante la certeza de que me había librado de morir por muy poco me dejó petrificado por unos momentos. El corazón me latía desbocado, y temí vomitar, pero cuando el borrachín se aproximó y alzó la porra dispuesto a golpearme, recuperé el control de mi cuerpo y salí corriendo.

El otro me seguía de cerca, y corrí como nunca en mi vida. No me di cuenta hasta que fue demasiado tarde de que en aquella oscuridad me había desorientado e iba directo al canal Prinsengracht. Si me detenía o cambiaba de dirección, el de la nariz roja me atraparía irremediablemente, de manera que di un salto y aterricé, como era de esperar, en una de las pequeñas chalanas que había amarradas allí.

El topetazo hizo balancear violentamente la embarcación, y empecé a mover los brazos como un loco para mantener el equilibrio. Por unos segundos tuve la impresión de que iba a conseguirlo, pero luego el bote se ladeó y fui a parar de cabeza a las frías aguas del canal.

Tragué agua y, al mismo tiempo, le agradecí a mi padre que me hubiese enseñado a nadar. Ascendí a la superficie con unas brazadas rápidas y constaté que me hallaba pegado a la orilla. La chalana se había sosegado y descansaba en el agua como si nada hubiera ocurrido. Al levantar la vista y reparar en unas gastadas botas, me estremecí. Mi perseguidor también se había lanzado a la chalana y mantenía la porra en alto, dispuesto a utilizarla.

Traté de sumergirme de nuevo, pero el de la nariz roja fue más rápido: la porra se estrelló contra mi cabeza. Lo último que percibí fue la horrible sensación de que la cabeza me había estallado en mil pedazos. Después se hizo la noche a mi alrededor.

Capítulo 13

Una pesadilla nocturna

Atravesé a la carrera un lúgubre bosque en el que había grandes árboles de extrañas formas cuyas torcidas ramas se extendían hacia mí cual tentáculos. Escapé a duras penas de tan voraces brazos. Algunas ramas me fustigaron el rostro, el tronco, las piernas. Tropecé y caí al duro suelo del bosque cuan largo era. Las ramas me agarraron de nuevo y empezaron a tirar de mí como si quisieran despedazarme. Cuando finalmente logré desasirme, me puse en pie tambaleante.

Mi desesperado vistazo en derredor se detuvo en una luz insólita. ¿Sería realmente una luz? Era oscura y estridente a un tiempo: ¡era azul! Entre los sombríos y monstruosos árboles, aquel azul luminoso parecía formar un túnel, la única salida en mi opinión. Me encaminé hacia el resplandor azul, y los árboles, hasta entonces tan hostiles, me dejaron pasar, como si el luminoso color les impusiera respeto. Cuando ya me hallaba inmerso en el túnel azul, demasiado tarde pues, se me ocurrió que el ataque arbóreo tal vez sólo tuviera por objeto empujarme hacia la inquietante luz.

El azul me envolvió, me aprisionó, trató de engullirme. Estaba helado y sudaba a la vez, era como si mi cuerpo fuera a derretirse, mi alma quisiera esfumarse y mi razón estuviese a punto de perderse en aquel azul universal.

Desesperado, me rebelé en un intento por librarme de la luz azul. Pero ¿a dónde podía ir? El bosque había desaparecido. A mi alrededor no había más que azul.

Luego oí una risa muy lejana y, en medio de aquel mar azul, divisé un rostro con una expresión de alegría triunfal. Era un rostro anciano, arrugado y caduco, y los ojos en realidad no me miraban a mí. Miraban (a lo lejos) al mundo entero, burlones. Esa risa se me antojó blasfema, y volví la cara sobrecogido. Por último, la luz azul se fue apagando, dejando tras de sí frío y calor, abandonándome a merced de la oscuridad de la que había salido.

Cuando sentí el frío suelo bajo mi cuerpo, caí en la cuenta de mi error: no era la misma oscuridad. Antes de que sufriera la pesadilla me rodeaba la oscuridad del desvanecimiento. Recordé a los tres atacantes y la porra que me había hecho perder el sentido.

Justo después sentí el dolor martilleante en la cabeza, especialmente intenso en la parte izquierda, donde me golpeó el de la nariz roja. Intenté palpármela para hacerme una idea de la envergadura de la herida, pero no pude: tenía las manos atadas a la espalda con una cuerda y las pantorrillas firmemente sujetas. Yacía como un paquete destinado a ultramar que espera en el puerto hasta ser embarcado, sobre el frío pavimento de una habitación sin ventanas.

Medité acerca del extraño sueño que había tenido. Lo que más me asustaba no era el tenebroso bosque con sus ominosos árboles, ni tampoco la luz azul, sino el rostro sonriente, el enigmático y sin duda horrible gesto triunfal. Me acordé de nuevo de la visión y no me costó reconocer en ella al maestro Rembrandt. Ciertamente no era ninguna casualidad que los misteriosos mecanismos que inundan nuestro descanso de quimeras hubiesen relacionado a Rembrandt con el inquietante azul. Los sueños con frecuencia esconden una profunda verdad, y estaba seguro de que así era con el que acababa de tener. Quería mostrarme algo cuya importancia yo aún no había comprendido. Exhalé un hondo suspiro y pensé que quizá debiera alegrarme.

Mi mente volvió al calabozo en el que me hallaba. Ante mí adivinaba la puerta, por debajo de la cual se colaba un débil resplandor. Al otro lado, dondequiera que fuera, ardía una lámpara o una vela; en todo caso, aquella tenue claridad no era natural, lo cual significaba que no estaba solo. Allí donde brillaba una luz artificial había seres humanos. Alguien que tal vez pudiese liberarme de mis ataduras.

Aunque quienquiera que me llevase a aquel lugar desconocido y me hubiera atado así, difícilmente pensaría en rescatarme de tan penosa situación.

Cuanto más despierto estaba, más parecían aguzarse mis sentidos. Ahora también oía algo: voces. ¿Una conversación? No, los sonidos eran demasiado rítmicos. Una melodía, era una melodía, acompañada por instrumentos. Si hasta conocía la canción: hablaba del amor que sentía un valiente mosquetero por la hija de un comerciante y, desde hacía algún tiempo, era una de las piezas favoritas en los locales de Amsterdam. Entonces fue cuando supuse dónde me encontraba. Y tenía cierta idea de lo que había sucedido y de a quién le debía la trampa de la Torre de las gaviotas.

Lo cierto es que me habían atado de pies y manos, pero no encadenado. Decidí dar vueltas por el suelo para explorar el calabozo. Era una habitación más bien pequeña y estaba completamente vacía. No, no completamente: el chillido de la criatura peluda con la que me topé en una de las paredes me dijo que no estaba solo en mi prisión. Rodé hasta la puerta y comencé a golpear la madera con los pies atados, fuerte y ruidosamente, una y otra vez. Mientras, gritaba a pleno pulmón. Qué clase de sonidos proferí es algo que no sabría decir: quería llamar la atención a toda costa. Era consciente de que lo más probable era que dicha atención me la prestaran los mismos que me habían llevado hasta allí, pero ello no me frenó. Me dolía la cabeza, sentía ganas de vomitar y tenía tanta sed que podría beberme de un trago un barril de cerveza. Así que hice todo el ruido que pude.

Al cabo de unos minutos, el resplandor bajo la puerta se hizo más intenso. Callé un instante y, acto seguido, oí unos pasos que se aproximaban. Al reconocer el sonido metálico del cerrojo, me aparté un tanto de la puerta con rapidez. El corazón me latía más aprisa mientras miraba fijamente, embobado, aquella puerta que se abría despacio. El hombre que entró llevaba un farol en una mano y un puñal en la otra. Lo único bueno que podía decirse de él es que no era uno de los tres matones que me habían atacado por segunda vez. Con todo, a juzgar por su aspecto podría haberlo sido perfectamente. El cabello, largo y enmarañado, le caía revuelto por los hombros, y la hirsuta barba cerrada pedía a gritos la navaja afilada de un barbero. Bajo la abultada frente, los ojos me miraban con hostilidad.

–¿Qué quieres? –me ladró–. ¿Por qué haces tanto ruido?

–Porque tengo dolor y sed –contesté en un tono lo más humano posible–. Además, agradecería que alguien me desatara: las cuerdas me están cortando la carne.

Sus labios, que apenas se distinguían tras la barba, esbozaron una sonrisa reprobadora que dejó al descubierto dos filas de dientes negruzcos bastante incompletas.

–Así que con exigencias, ¿eh? Puedes estar contento de que no te hayan matado a golpes.

–La cabeza me dice que poco faltó.

–Nadie la ha diñado aún de un ligero dolor de cabeza.

–Pero tengo entendido que hay gente que ha muerto de sed. ¿Podrías traerme algo de agua?

Se quedó desconcertado.

–Eso es algo que... que yo no puedo decidir.

–¿Quién, pues?

Hubo una pausa y, gracias a que la puerta se hallaba abierta, oí con más nitidez la música y las canciones. Eran las voces de un grupo de personas que ahora cantaban una tonada sobre un marinero que había hecho fortuna en sus largos viajes.

–No lo puedo decir –musitó al cabo el barbudo.

A pesar de mi escasamente heroica situación, miré al tipo fijamente a los ojos y le dije:

–En ese caso, ¡que venga van der Meulen! Quiero hablar con alguien que tenga autoridad.

El tipo se asustó.

–¿Cómo... sabes... que...?

–No era más que una idea, pero ahora lo sé. Estamos en la Anthonisbreestraat, ¿no?

No obtuve respuesta alguna: el tipo dio media vuelta sin decir palabra, salió de la mazmorra y echó de nuevo el cerrojo. Luego, sus cansinos pasos se fueron alejando.

Probablemente en el cabaré cantaran a voz en grito, pero a mí sólo me llegaba un murmullo amortiguado que me recordó las nanas de mi niñez. Me acordé de mi madre, de su rostro redondo de rubios rizos y su cálida mano, que me acariciaba la frente cuando no me podía dormir. A pesar de lo embarazoso de la situación, una agradable sensación se apoderó de mí, y me refugié en la tranquilizadora duermevela de los nebulosos recuerdos de la infancia, en una somnolencia que incluso me permitió olvidar el dolor lacerante de la cabeza.

Quizá permaneciera así unos minutos, quizás unas horas, el caso es que sólo desperté al oír por segunda vez el chirrido del cerrojo. Volvieron en el acto el dolor de cabeza y la espantosa sed. Sentía la garganta completamente seca y la lengua como un trapo.

Entró de nuevo el barbudo con el farol, acompañado de un segundo hombre cuyo flaco rostro adoptó una expresión malhumorada nada más verme. Maerten van der Meulen dio dos pasos hacia mí, se situó justo delante, y movió la cabeza.

–Vos mismo os habéis hundido en la miseria, Suythof. Os ofrecí unos ingresos aceptables, unos ingresos por los que muchos pintores sin recursos de Amsterdam se habrían mostrado agradecidos. ¿Y qué hacéis vos a cambio? Me espiáis, interferís en mis negocios. Es una lástima, una verdadera lástima. Tenía grandes planes para vos, pero ahora otro ocupará vuestro lugar. –Lanzó un suspiro y se encogió de hombros–. Qué más da, tampoco faltarán candidatos.

–Candidatos ¿para qué? –inquirí, con voz ronca al tener la boca seca–. ¿Para pintar para vos los azules cuadros de la muerte?

El rostro del marchante se crispó sin querer. Se volvió hacia su acompañante y le dijo:

–Dame el farol y vete, Bas. Quiero hablar con él a solas.

El hombre obedeció en silencio.

Van der Meulen esperó a que sus pasos se perdieran y a continuación se dirigió a mí:

–¿Qué sabéis vos de eso que llamáis los cuadros de la muerte?

Para alivio mío, percibí cierta inseguridad en su voz. Era evidente que lo que sabía, o lo que suponía que sabía, constituía una amenaza para él. Quería averiguar cuánto me había adentrado en sus oscuros secretos, y si lograba servirme de ese interés tal vez aún pudieran volverse las tornas.

–Sé algunas cosas –aclaré de manera vaga–. Posiblemente más de lo que os gustaría.

–O tal vez sólo os estáis marcando un farol con lo que supuestamente sabéis.

–¿Me encontraría aquí entonces?

–Habéis tocado un tema que desde luego me preocupa: un Cornelis Suythof muerto sería la mejor solución, porque de ese modo ya no podría seguir chismorreando.

Hice un esfuerzo por parecer indiferente, puesto que sólo así lograría llevar a van der Meulen allí donde deseaba tenerlo.

–Naturalmente que está en vuestra mano matarme cuando os plazca –repuse con toda tranquilidad–. A punto estuvo de conseguirlo uno de vuestros sicarios en la Torre de las gaviotas. De esa forma me habríais silenciado por siempre jamás, muy cierto, pero entonces no os podría decir quién más está al corriente de vuestras atrocidades.

El marchante me acercó el farol al rostro como si quisiera quemarme con su calor.

–¿A quién os referís, Suythof? ¿A quién habéis informado?

–No tan deprisa. Aún tengo algunas preguntas.

–¿Ah, sí?

–Sí. Por ejemplo, cómo os las arreglasteis para ponerme la trampa en la Torre de las gaviotas.

–Nada más fácil, después de saber de vuestro encuentro con Louisa van Riebeeck.

–Pero ¿cómo lo supisteis?

El marchante sonrió desdeñoso.

–No deberíais tomarme por tonto. No creeréis que no mantengo vigilados a quienes podrían resultarme peligrosos, ¿no?

Se me pasó por la cabeza una idea alarmante y pregunté:

–¿También le habéis tendido una trampa a Louisa?

–No será necesario: hace poco le envié a su padre un bonito cuadro. El artista utilizó principalmente cierto azul, ya me entendéis.

Pensé, horrorizado, en la familia del tintorero Gysbert Melchers y en la suerte que había corrido Gesa Timmers y sentí miedo.

–¡No podéis hacer eso! –balbucí, renunciando a esa seguridad en mí mismo que tan a duras penas había fingido.

–Estáis equivocado, Suythof: ya hace tiempo que lo he hecho. El cuadro no tardará en surtir efecto.

Busqué en vano las palabras adecuadas para hacerle cambiar de opinión, convencerlo de que Louisa no era peligrosa.

Sin embargo, él me interrumpió con un ademán imperioso.

–No os esforcéis, Suythof, de todos modos ahora no tengo tiempo para vos. Asuntos importantes. Continuaremos con esta conversación más tarde. Antes de que me vaya: ¿necesitáis algo más?

Dado mi abatimiento, lo único que pude decir fue:

–Agua.

Volvió a pasar un tiempo indefinido antes de que la puerta de mi calabozo se abriera de nuevo y el guardián barbudo, Bas, entrara por tercera vez. Dejó el farol junto a la puerta y vino hacia mí con un gran vaso de peltre en la mano.

–¿Quieres agua?

–Sí –grazné mientras levantaba la mirada.

–Toma.

Me tendió el vaso con un gesto de invitación.

–Tengo las manos atadas –le recordé–. Si pudiera llevarme el vaso a los labios así, seguro que me sacaba un buen dinero con el numerito en el Laberinto de Lingelbach.

–¿Quieres que te dé de beber como a un niño? –rezongó él contrariado.

–También puedes desatarme.

Sus ojos se entrecerraron en señal de desconfianza.

–¿Es que me tienes miedo, Bas? De todas formas seguiría con los pies atados. Y tienes un puñal, si mal no recuerdo.

–Vale –refunfuñó al cabo–. Pero como hagas un solo movimiento sospechoso, te meto el puñal en las costillas.

Me desató la cuerda de las muñecas; las tenía doloridas, y me las froté agradecido. Bas se agachó a mi lado, con el arma presta en la mano derecha. Era una daga de hoja alargada y estrecha, que, a la luz del farol, despedía un brillo amenazador.

–Seguro que tienes algo mejor que hacer que vigilarme en este oscuro agujero, ¿eh? –comenté mientras alargaba la resentida diestra para asir el vaso que Bas había depositado en el suelo.

Por toda respuesta obtuve un gruñido gutural. Era evidente que no le apetecía mantener una conversación conmigo.

–A mí al menos se me ocurriría algo mejor –proseguí con una sonrisa–. Algo de muslos calientes y pechos grandes y firmes.

Mientras hablaba me fui llevando el vaso a la boca despacio, pero no bebí, aunque me costó lo mío. Luego, con un movimiento rápido, arrojé el agua que tanto anhelaba al rostro de mi guardián. Bas se quedó sorprendido un instante, lo suficiente para que pudiera abalanzarme sobre él y agarrarle el brazo derecho. Rodamos por el duro suelo a un lado y a otro; las ataduras de los pies ciertamente no me facilitaban la tarea de vencer al fortachón.

Éste se colocó encima de mí, y me llegó una vaharada de fétido aliento. Su mano izquierda se apoyó en mi rostro con la intención de meterme los dedos en los ojos. Dado el apuro en que me encontraba, le di un buen mordisco en el índice. Soltó un aullido y retiró la mano, por la que corría un hilillo de sangre.

Me disponía a aprovechar su confusión para arrebatarle el puñal, pero adivinó mis intenciones, se dejó caer hacia atrás para separarse de mí y logró zafarse. Cuando ya me temía que fuese a utilizar el arma contra mí, lo vi inmóvil en un rincón de la estancia.

Me acerqué a él tan deprisa como me permitieron las ataduras, preparado para ver brillar de un momento a otro la fina hoja. Pero Bas nunca volvería a utilizar su puñal con otro: lo tenía clavado en el pecho, casi hasta la empuñadura, y una mancha roja oscura se iba extendiendo a la izquierda de su mugrienta camisa. En su intento de apartarse de mí, él mismo se había apuñalado. No sentí la menor compasión. Si van der Meulen se lo hubiera ordenado, el tal Bas no habría vacilado un segundo en liquidarme.

Traté de soltarme los pies, pero los nudos estaban demasiado apretados o los dedos me temblaban en exceso, quizás ambas cosas. Así que extraje el puñal del pecho del muerto y limpié la ensangrentada hoja en sus pantalones. Con ayuda del arma logré cortar las ataduras. Con todo, mi primera intentona de levantarme fracasó estrepitosamente. Me apoyé como pude en la pared y me puse en pie al segundo intento. Di unos cuantos golpes en el suelo con los pies: me dolían, pero la sangre empezaba a circular con normalidad.

Sólo entonces recordé la herida de la cabeza, y me la palpé. El roce me produjo un dolor punzante, y en los dedos se me quedaron pegados restos de sangre costrosa. Pero no tenía tiempo de prestarle más atención. Me metí a toda prisa la daga en la caña de la bota, agarré el farol y abandoné aquella prisión. Algo se deslizó junto a mis pies, chillando: a la rata parecía disgustarle mi marcha.

Procurando hacer el menor ruido posible, recorrí un pasillo que conducía a una escalera, lo cual no hizo sino confirmar mi suposición: había estado prisionero en el sótano del edificio. Subí la estrecha escalera, extrañado de no oír ni jaleo ni canciones ni jolgorio. Posiblemente fuese una hora de la noche tan avanzada que el cabaré hubiera cerrado. ¿O acaso despuntaba un nuevo día?

Ya arriba, un pequeño corredor me llevó hasta la escalera que ya conocía de mi primera visita. Me dirigí hacia la puerta lateral por la que entrara aquella noche y, para mi gran alivio, no me topé con nadie.

La puerta estaba cerrada. En una ocasión había abierto la cerradura con ayuda de una navaja, de modo que probé suerte de nuevo con el puñal: lo logré al cabo de unos minutos. Fuera reinaban la calma y la oscuridad. Supuse que era de madrugada. Ya no llovía, pero un viento cortante silbaba en los tejados. Avancé con sigilo hasta el final del callejón, donde confluía con la Anthonisbreestraat, y eché un vistazo por la esquina: ni rastro del portero en la entrada del cabaré.

¿A dónde ir? Resistí el impulso de denunciar el ataque a las autoridades. En último término habría sido mi palabra –la de un pintor desconocido y casi sin recursos– contra la del distinguido marchante de arte y ciudadano Maerten van der Meulen. Además, habría corrido el peligro de que me hicieran responsable de la muerte del guardián. Al fin y al cabo, no podía demostrar que había muerto por culpa suya.

A la Rozengracht no podía ir, aunque anhelara un baño caliente, una cama blanda y una buena jarra de agua, ya que no se me iba de la cabeza lo que había dicho van der Meulen sobre el padre de Louisa y el cuadro azul. Me dirigí todo lo aprisa que pude, teniendo en cuenta mi debilidad, a la Prinsengracht, a casa del comerciante Melchior van Riebeeck.

Capítulo 14
¡Fuego!

Para ir de la Anthonisbreestraat a la Prinsengracht tuve que cruzar prácticamente toda la ciudad, y me resultó difícil. Me detenía cada pocos pasos y me apoyaba en la pared de alguna casa, jadeante, mientras luchaba contra el terrible dolor de cabeza, que aumentaba a cada paso.

Poco antes de la Damrak me deshice de una pesada alcahueta que se aferraba a mí para ofrecerme una de sus pupilas. En un puente sobre el canal Singel estuve a punto de pelearme con un borracho alborotador, pero yo seguí mi camino, alentado por la esperanza de proteger a Louisa de lo peor. No obstante, cuando atravesé la Herengracht empecé a sospechar mi fracaso: un resplandor rojizo iluminaba la noche en el lugar exacto de la Prinsengracht donde se alzaba la casa de los van Riebeeck.

Al mismo tiempo percibí la señal de alarma de los trompetas, que montaban guardia por la noche en las torres de la ciudad, y oí las matracas de los serenos. Al ruidoso y monótono matraqueo se sumaban los gritos de los vigilantes: «¡Fuego! ¡Fuego!».

Intenté convencerme de que me engañaba y continué adelante. En la Keizersgracht tropecé con un grupo de hombres que empujaban una bomba de incendios por el puente y les pregunté cuál era su destino.

–Hemos de ir a la Prinsengracht, la casa de un comerciante está en llamas –respondió uno de los hombres mientras descansaba, dando resoplidos, apoyado en la pesada bomba.

–¿La casa de quién? –inquirí.

–La del señor van Riebeeck.

–¡No os entretengáis parloteando! –nos reprendió otro del grupo–. Tenemos que darnos prisa. –Me miró–. Y vos podéis ayudarnos.

Pero no los ayudé, sino que me abrí paso y seguí a la carrera en dirección a la Prinsengracht. Al dolor que sentía en la cabeza se unió un intenso dolor de estómago, mas no le presté atención.

Me topaba cada vez con más gente que se dirigía hacia el resplandor, ya fuera por pura curiosidad o porque quería combatir el incendio. La ciudad de Amsterdam había dictado unas estrictas normas que establecían claramente cuáles eran las obligaciones de cada vecino de un distrito en caso de incendio. Todo el que desatendía dichas obligaciones era castigado con gravosas multas, salvo que pudiera acreditar que estaba enfermo o seriamente impedido.

En cuanto vi el inmueble ardiendo supe que los diligentes esfuerzos que se estaban llevando a cabo para apagarlo eran en vano. Las llamas se alzaban demasiado furibundas, devoraban la magnífica fachada y arrasaban al mismo tiempo el edificio por dentro.

Entre la casa y el canal se habían formado varias cadenas humanas para tratar de sofocar el fuego. Los cubos de cuero se llenaban en el canal y pasaban de mano en mano a toda prisa hasta que el hombre que se hallaba a la cabeza lanzaba el líquido a las llamas. Este primer hombre era relevado casi cada minuto para que no se desmayara a causa del calor.

Una bomba contra incendios había empezado a trabajar, con el chorro dirigido hacia la parte superior de la casa, a la cual no llegaban los de los cubos. Los hombres accionaban la bomba infatigablemente, y su desnudo torso brillaba con el resplandor del fuego como el cuerpo de los demonios que bailan en el infierno. Se aproximaban otras dos bombas, entre ellas la que yo acababa de dejar atrás.

Un jefe de bomberos, al que se reconocía por el largo bastón, indicaba a otro grupo de hombres que, por si las llamas se propagaban, protegieran los edificios adyacentes cubriéndolos con grandes sábanas incombustibles previamente rociadas con agua. Me acerqué presuroso al jefe de bomberos y le pregunté por los moradores de la casa.

–¿Los conocéis? –preguntó receloso, cosa que, a juzgar por mi desharrapado aspecto, no se le podía tomar a mal.

–Así es –respondí enseguida–. ¿Han podido salvarse de las llamas los van Riebeeck?

Negó con la cabeza.

–Por ahora, no. Sólo han salido algunos criados.

Imaginarme a Louisa rodeada por el fuego me volvió medio loco. Solté el farol, agarré una de las mantas ignífugas que acababan de empapar de agua, me envolví rápidamente en ella y eché a correr hacia la casa. A mis espaldas escuché los furiosos gritos de sorpresa del jefe, pero los desoí y clavé la mirada en la casa en llamas, que se me antojaba un monstruo que escupía fuego. Un monstruo que tenía atrapada a Louisa entre sus ígneas garras.

Las chispas saltaban a mi alrededor; algunas se cebaban dolorosamente en mis mejillas, y me indicaban que mi propia vida corría el mismo peligro que la de Louisa. ¿Acaso me iba acostumbrando poco a poco al peligro mortal? ¿Me alentaba una especie de heroísmo? Ni una cosa ni la otra: lo que me impulsaba a lanzarme a las llamas no era sino el temor por Louisa.

Salvé los peldaños de la entrada, me envolví más aún en la sábana y entré en la casa. Justo detrás de mí se vino abajo un cabio. El calor amenazaba con arrebatarme el aire para respirar, la claridad me cegaba, y un humo acre se me metía en los pulmones. Chillé el nombre de Louisa entre toses mientras avanzaba a trompicones por aquel infierno de llamas como un loco ciego que ha ido a parar de improviso al Apocalipsis de San Juan.

Lo cierto es que apenas veía nada. Sólo había llamas y humo en derredor. Volví a gritar llamando a Louisa, aunque no albergaba muchas esperanzas. Y percibí una respuesta, o al menos así lo creí: era una voz de mujer, tal vez la de Louisa. No podía decir si se trataba de una respuesta a mis gritos o tan sólo de un atormentado clamor.

Me limpié los llorosos ojos con la punta de la manta y eché un vistazo. En medio de las lenguas de fuego divisé algo parecido a dos seres humanos ejecutando un baile grotesco. No, no era ningún baile, era una lucha a muerte. Identifiqué a Louisa, que se esforzaba inútilmente por escapar de aquel mar de llamas, pero un hombre que tenía la locura escrita en el desfigurado rostro se aferraba a ella con fuerza y la arrastraba consigo al fuego. El hombre no era otro que su propio padre. El *Cuadro de la muerte*, pues, había dado con su víctima.

Llegué a su lado de dos saltos y liberé a Louisa de las garras de su progenitor, quien me miró lleno de odio y extendió sus brazos en llamas hacia mí como un demonio salido directamente del infierno. En ese mismo instante una parte del techo se desplomó con gran estrépito y lo enterró bajo las encendidas ruinas.

Eché por encima de Louisa la sábana incombustible y la arrojé al suelo para apagar el fuego que quería devorarla. La hice rodar a un lado y otro hasta cerciorarme de que sus ropas no ardían. Un ruido fuerte, un crujido que llegó acompañado de un temblor que estremeció el suelo, me metió prisa. La soberbia casa del comerciante estaba a punto de venirse abajo.

Cargué a Louisa, todavía envuelta en la manta, al hombro y me dirigí tosiendo a la salida, apenas visible debido a la humareda. Las llamas pugnaban por alcanzarme con sus candentes lenguas, y cerré los ojos para protegerme; seguí adelante tambaleándome, y sólo me detuve al sentir en la piel un líquido frío. Los hombres de una de las brigadas habían vaciado sus cubos sobre nosotros. Agotado, me dejé caer en el suelo, cuidando de no lastimar a Louisa.

El jefe de la cuadrilla se acercó a mí y apuntó con su bastón el fardo que tenía a mi lado.

–¿Qué os lleváis de la casa? ¿Acaso no sabéis que el saqueo se castiga con severas penas?

–Ésta... es Louisa van Riebeeck –acerté a decir, al límite de mis fuerzas–. Ayudadla, os lo ruego...

–¿La hija del comerciante? –El jefe se arrodilló deprisa y apartó la sábana–. ¡Sí, sí es ella!

El fuego la había herido de gravedad. El hermoso cabello pelirrojo se le había achicharrado, y también el cuerpo presentaba numerosas quemaduras. No se movía, y tenía los ojos cerrados.

–¿Cómo se encuentra? –quise saber–. ¿Ha perdido el conocimiento?

El jefe de bomberos examinó a conciencia a Louisa antes de responder:

–Peor aún... Desgraciadamente, está muerta.

Contemplé a la maltrecha criatura que hasta no hacía mucho era la bella Louisa van Riebeeck, y las lágrimas rodaron por mis mejillas. Unas lágrimas que no se debían al humo de aquella casa en llamas que se alzaba en el cielo nocturno.

Impelido por el fuerte viento que soplaba del mar, en el firmamento bailoteaba un millar de chispas que me recordaron las luciérnagas de las noches de verano calurosas, pero éste no era un espectáculo alegre, sino una tragedia mortal. Los hombres lograron a duras penas mantener el fuego lejos de las casas contiguas; seguían trayendo a toda prisa sábanas incombustibles que empapaban en el agua del canal Prinsengracht. Cubo tras cubo, el agua iba a parar a aquel infierno de llamas en el que apenas era distinguible ya la casa del comerciante. A ellos se sumaban los chorros de las bombas, que caían sobre el fuego tras describir grandes arcos. La casa estaba perdida y, a fin de proteger las propiedades vecinas, los jefes de las cuadrillas ordenaron demoler las ruinas. Unos hombres cargados con largos espetones se adelantaron, derribaron las vigas y los travesaños y posteriormente también el hastial y los muros. Para que las chispas no dieran lugar a nuevos fuegos, otros voluntarios corrieron a enterrar los escombros bajo una capa de cal, arena y piedras.

Yo contemplaba todo aquello y, sin embargo, permanecía extrañamente ajeno. Mi nefasta tentativa de salvamento me había arrebatado las pocas fuerzas que me quedaban. Tal vez el espanto por la muerte de Louisa me hubiese privado de todo estímulo. Apoyado en el tronco de un tilo, me quedé sentado sin más, mirando cómo se iba destruyendo la casa. En algún momento se me acercó un médico que formaba parte del grupo de voluntarios para untarme las heridas con una pomada refrescante. También eso lo percibí como en sueños, y más tarde no me acordaba ni del nombre del médico ni de su rostro.

Cuando apuntaba el día, comenzó a llover de nuevo, una verdadera suerte para los hombres que denodadamente combatían las llamas. La lluvia caía cada vez con más intensidad, con lo que contribuía a preservar las casas de la Prinsengracht del fuego y a apagar el foco del incendio.

La lluvia me devolvió las ganas de vivir. Allí ya no había nada que hacer, de modo que me levanté y volví la cabeza hacia el cadáver de Louisa. Mas ya no se encontraba allí, y casi me alegré de que alguna alma piadosa hubiese decidido llevársela a otra parte. Así no tendría que presenciar en la muerte cómo la casa por la cual su padre la había vendido se convertía en un montón de cascotes humeantes y malolientes. Eché a andar despacio hacia la Rozengracht. Amsterdam despertaba a la vida matutina. Las puertas de las casas se abrían y cada vez eran más los que emprendían el camino del trabajo. A la vista de mi chamuscada ropa y mi piel tiznada, no era raro que muchos me preguntaran por el incendio. Ninguno de los curiosos obtuvo respuesta alguna: estaba demasiado agotado, pero, sobre todo, no quería pensar en Louisa.

Ya en la puerta de la casa de Rembrandt me topé con Rebekka Willems, que en ese momento se disponía a dejar entrar en el hogar los primeros rayos de sol. Su anciano rostro parecía aún más arrugado que de costumbre, y sus ojos más pequeños, como si aquella noche hubiese dormido tan poco como yo. Se me quedó mirando como si fuese un fantasma.

–¿Vos? –espetó.

–Buenos días, Rebekka –la saludé en voz baja, sin siquiera tratar de obligarme a sonreír–. También vos tenéis cara de no haber dormido mucho.

–Naturalmente: la inquietud no nos ha dejado pegar ojo ni a Cornelia ni a mí.

–¿Tan preocupadas estabais por mí?

–¿Por vos? –La vieja ama de llaves me miró con incredulidad–. No, no por vos, sino por el maestro Rembrandt.

–¿Qué le ocurre? ¿Ha vuelto a caerse en el canal con la borrachera?

–Ojalá lo supiéramos –suspiró Rebekka–. La pobre Cornelia se muere de pena por su padre.

Presa de la impaciencia, así a la mujer por los huesudos hombros.

–Hablad de una vez: ¿qué le ocurre a Rembrandt?

–Ha desaparecido. A eso de una hora después de medianoche salió de casa gritando, y desde entonces nadie lo ha visto.

–Seguro que el viejo loco estaba otra vez bebido –rezongué, en realidad enojado conmigo mismo por no haber estado en casa cuando Cornelia me necesitaba.

–No lo estaba. Y, sin embargo..., parecía más confuso que después de trasegar dos jarras de vino. Si no no hay forma de explicar que...

–¿Qué? –espeté, en vista de que la anciana no terminaba la frase.

Rebekka sacudió la cabeza y me metió en casa.

–Primero entrad, *mijnheer* Suythof. Es mejor que hablemos dentro. Además, Cornelia se alegrará de que al menos vos hayáis llegado.

La seguí al interior de la casa, que a todas luces había pasado una noche igual de movida que la mía. Cuando finalmente me vi ante Cornelia, me bastó una ojeada para saber que se encontraba tan mal como yo.

Capítulo 15

El secreto de Rembrandt

23 de septiembre de 1669

Encontramos a Cornelia en la cocina. A pesar de la temprana hora, ya estaba vestida. No, no ya, sino aún. A juzgar por las acentuadas ojeras que cercaban sus ojos, tampoco ella había dormido esa noche. La preocupación por su padre le ensombrecía el semblante, que apenas se alegró al verme. Reprimí el deseo de acercarme a ella y estrecharla entre mis brazos para consolarla. Algo en sus ojos me lo impidió. Aquella noche yo debía haberme encontrado en casa con ella, y ahora era demasiado tarde.

–Tienes mal aspecto, Cornelis –afirmó en voz queda–. ¿Qué te ha sucedido?

–Bastantes cosas, y ninguna agradable. Pero ya hablaremos más tarde de eso. Prefiero que me cuentes lo de tu padre.

–Nadie sabe nada. Ha desaparecido sin dejar rastro desde que salió corriendo en plena noche.

–¿Por qué salió corriendo? ¿Acaso no dijo nada?

–¿Decir? No paraba de gritarlo: quería ir con Titus.

–A la Westerkerk, pues. ¿Fuisteis allí?

–Naturalmente. Rebekka y yo lo estuvimos buscando en la Westerkerk, pero no lo encontramos. A decir verdad, tampoco lo esperaba.

En lugar de contarme toda la historia, Cornelia apretó los labios y se sentó a la mesa en un esfuerzo por no perder la serenidad.

Consoladora, Rebekka acarició maternalmente el cabello de Cornelia y aclaró:

–El señor creía haber visto a Titus en la calle.

–¿En la calle? –repetí, incapaz de desentrañar el sentido de semejante confidencia.

–Sí, aquí mismo, ante la casa –continuó el ama de llaves–. Por eso se puso a dar vueltas por las habitaciones gritando y luego se lanzó a la noche antes de que acertáramos a comprender lo que pasaba. Cuando nos pusimos lo primero que encontramos y lo seguimos afuera, ya había desaparecido.

Me rasqué la cabeza perplejo, cosa que dejé de hacer en el acto al notar la herida.

–¿A qué se referiría con lo de Titus en la calle? ¿Quizá yacía allí el cadáver de su hijo?

–Yacer no es la palabra, sino ir –repuso Cornelia–. Al menos eso fue lo que dedujimos de los gritos de padre: Titus iba por la calle y lo saludó.

Mi incrédula mirada iba de la joven a la anciana.

–¿Seguro que no había bebido nada?

–Un vaso de cerveza con la cena, nada más –aseguró Cornelia.

En ese momento también yo agarré una silla y me senté a la mesa. Había pasado una noche verdaderamente horrible, pero ahora veía que a Cornelia no le había ido mejor en las últimas horas.

Rememoré la pesadilla en la que se me apareció el rostro risueño de Rembrandt. Al oír lo que le había ocurrido al viejo pintor aquella noche, el sueño cobraba una nueva dimensión. ¿Habían tratado de advertirme aquellas ensoñaciones de que algo insólito le estaba ocurriendo a Rembrandt esa noche? Un secreto envolvía al maestro, pero por más que lo intentaba, no parecía ser capaz de desvelarlo.

La cabeza me martilleaba, y me costaba pensar con claridad. Un cansancio casi insuperable se apoderó de mí, pero hice un esfuerzo y dije:

–Debes informar a las autoridades de su desaparición, por si lo encuentran en alguna parte.

–Ya se ha hecho –contestó Cornelia–. Crees que ha perdido la razón, ¿no?

–A juzgar por los hechos, sería lo más natural, pero, hablando con franqueza, no sé qué creer. Últimamente han ocurrido demasiadas cosas desconcertantes para que pueda reprobar a tu padre sin más.

Cornelia se inclinó hacia delante y apoyó una mano en mi tiznado antebrazo izquierdo.

–¿Qué ha ocurrido, Cornelis? –Mi mirada agotada y atormentada sin duda le indicó que aquel no era el mejor momento para proseguir con la conversación–. Deberías acostarte. Pero antes has de quitarte el hollín, la mugre y la... la sangre seca.

Me ayudó a lavarme y encontró una pomada refrescante que me extendió en las quemaduras. Yo percibía todo aquello como a través de un tupido velo, de manera irreal, borrosa, pero me sentí profundamente agradecido de que Cornelia se hallara a mi lado. Y al mismo tiempo me avergoncé de haberla dejado en la estacada tan ignominiosamente aquella noche. Me llevó a mi habitación, y apenas me hube echado, los ojos se me cerraron.

Cuando desperté, el oso disecado ya proyectaba una alargada sombra en el cuarto. Nada más incorporarme sentí de nuevo el dolor de cabeza, si bien ya no era tan intenso. El descanso prolongado me había hecho bien. Sentí un apetito voraz y decidí ir a la cocina. También quería saber si había aparecido Rembrandt. Me dirigí al aguamanil del rincón, me refresqué el rostro y los antebrazos, me vestí y salí al pasillo. Sin embargo, en lugar de a la cocina de pronto encaminé mis pasos al estudio de Rembrandt. Abrí la puerta con sumo cuidado y dejé vagar la vista por la estancia. No, el maestro no estaba. Entré y me detuve ante el caballete para contemplar el autorretrato que me perseguía hasta en sueños.

El arte de Rembrandt me cautivó una vez más. Su maestría en el detalle era única: cada pelo de la barba, cada arruguita parecían reales. Pero me impresionó más aún su modo de componer los numerosos detalles para lograr un todo armonioso. Al igual que en una buena pieza musical, en la que todas y cada una de las notas se van sumando y están en consonancia, los detalles en los cuadros de Rembrandt también armonizaban a la perfección. El autorretrato del caballete se servía de la luz para poner el rostro de relieve, en tanto que las ropas se desdibujaban con el oscuro fondo.

Le devolví la mirada a Rembrandt como si me hallara ante un ser de carne y hueso. ¿Qué ocultaban aquellos ojos cómplices, aquella sonrisa arrogante? El cuadro no me iba a proporcionar la respuesta, de modo que aparté la vista del caballete para bajar a la cocina y acallar los gruñidos de mis tripas. Al volverme vi a Cornelia, que, en el umbral de la puerta, me miraba fijamente.

–¿Qué haces aquí, Cornelis?

–Intento averiguar qué secreto guarda tu padre.

–¿Secreto? ¿A qué te refieres?

–Antes de responderte, me gustaría saber si tu padre ha vuelto.

–No, todavía no sabemos nada de él. Rebekka ha salido hace media hora a comprar unas cosas. Le he pedido que procurara enterarse de algo en el vecindario.

–Buena idea –aprobé para tranquilizarla. En realidad dudaba de que Rebekka fuese a descubrir al desaparecido por ese medio.

Bajamos a la cocina, donde Cornelia me sirvió un sencillo plato de pescado y verdura. Mientras comía se lo conté todo: mi secuestro por sicarios de van der Meulen y mi huida, el incendio de la Prinsengracht y la horrible muerte de Louisa, mi pesadilla y mi conjetura de que Rembrandt desempeñaba un importante papel en la historia del *Cuadro de la muerte* azul. Se lo conté todo excepto lo que ella misma me preguntó:

–¿Qué significaba para ti Louisa van Riebeeck, Cornelis? Es evidente que su muerte te ha afectado mucho.

–Esa pregunta también me la he hecho yo una y otra vez –respondí con sinceridad–. Louisa era una mujer hermosa y lista, y sin duda me había impresionado.

–Hablas de ella con una ternura con la que más de un marido no habla de su esposa.

–La suerte de Louisa me ha conmovido profundamente.

–¿Sólo su suerte?

Sentada frente a mí, erguida, Cornelia se apartó los rubios rizos de la frente y me miró expectante. Yo sabía que mi respuesta revestía suma importancia para ella. No quería decepcionarla, pero menos aún quería mentirle. Eso era algo que no merecía.

–No sólo su suerte –reconocí–. Podía trastornar a un hombre sin proponérselo.

–Y si no hubiera muerto esta noche, ¿por quién te habrías decidido?

–No puedo jurarlo, pero espero que por ti.

–¿Por qué lo esperas? ¿Por no desilusionarme?

–No, por mí mismo. Louisa era una de esas mujeres capaces de hacer perder la cabeza a un hombre en un santiamén, pero a la larga tú puedes regalarle a un hombre una vida dichosa y plena.

Cornelia me miró largo rato, y yo me sentí un traidor miserable. No por mi franqueza: lo que consideraba una traición merecedora de castigo era el hecho en sí de haber vacilado entre ella y Louisa y no habérselo dicho antes.

–¿Y qué pasa ahora con nosotros? –inquirió Cornelia al cabo.

–Eso es algo que... –tragué saliva– debes decidir tú.

Ella asintió.

–Pensaré en ello.

No era la respuesta que anhelaba oír, pero tampoco la que temía, y me juré no volver a decepcionar a Cornelia.

Capítulo 16
Sospechoso

Resolví acudir al Consistorio para formular una denuncia contra mi raptor. Mi esperanza de aportar pruebas en contra de van der Meulen era escasa, pero Cornelia me animó a intentarlo de todas formas. Tenía la intención de dirigirme al inspector Katoen, quien –como cabía esperar– me creería cuando le contara que había matado a Bas en legítima defensa.

Cuando ya estaba en el zaguán, la puerta se abrió y entró Rebekka acompañada de dos hombres, de los cuales uno, delgado y con una perilla oscura, me era de sobra conocido.

Jeremias Katoen levantó el sombrero con el penacho azul a modo de saludo, pero me miró con seriedad. También el segundo hombre, joven, alto y con unos rizos de un rubio pajizo bajo el modesto sombrero oscuro, tenía el semblante adusto. Katoen explicó que era su ayudante y se llamaba Dekkert.

A mi vez, yo presenté a Cornelia y Katoen y dije:

–Me habéis ahorrado el viaje, *mijnheer* Katoen. Precisamente iba a veros para presentar una denuncia.

–Parece que hoy es el día de las denuncias –replicó Katoen sin inmutarse–. Ya hay una contra vos.

–¿Contra mí? –pregunté con incredulidad–. ¿De qué se me acusa?

–De entrar la pasada noche en casa del comerciante Melchior van Riebeeck, en la Prinsengracht, amenazar al dueño e incendiar la casa.

El inspector lo anunció con la impasibilidad del que trata con una bagatela, una manzana robada o un cristal roto, pero yo sentí vértigo. Me apoyé en la pared y noté que el sudor me perlaba la frente. Recordé con toda claridad los terribles acontecimientos de la pasada noche. Me vi irrumpiendo en la casa en llamas, protegido sólo por la sábana empapada, para buscar a Louisa desesperadamente. Reviví el conmovedor instante en que el jefe de bomberos constató su muerte. ¿Y ahora se me tachaba de haber provocado el incendio? ¿A mí, que había estado prisionero en el sótano del cabaré?

–¿Quién... quién me acusa? –pregunté indignado.

–La señorita Beke Molenberg, que era cocinera en la casa van Riebeeck y escapó por fortuna del incendio.

Ese nombre me sonaba. Reflexioné por un momento y por fin recordé. En nuestro encuentro, Louisa había aparecido vestida de criada y me contó que había tomado prestada la ropa de la cocinera Beke. A cambio de la principesca cantidad de un florín, si mal no recordaba.

–¿Negáis haber estado en la Prinsengracht la pasada noche? –quiso saber Katoen.

–No, estuve allí –repuse con aire ausente, aún ocupado tratando de encontrarle el sentido a tan indignante incriminación.

–Negarlo no os habría servido de nada: esa quemadura en vuestra mejilla derecha habla por sí sola. Además, aparte de la declaración de Beke Molenberg, contamos con la de dos voluntarios que os conocen del Schwarzen Hund y os vieron en el lugar del siniestro.

–Lugar del siniestro no es la expresión adecuada –terció Dekkert–. La familia entera pereció en el incendio: Melchior van Riebeeck, su esposa y su hija, además de la criada Jule Blomsaed. Parece más oportuno hablar del lugar del crimen.

–Sin duda tenéis razón, Dekkert –convino Katoen, que se volvió de nuevo a mí–: Cornelis Suythof, ¿admitís haber provocado el incendio?

–¡No! ¡Yo no tengo nada que ver con eso!

El rostro de Katoen reflejó contrariedad.

–Pero acabáis de reconocer haber estado en la Prinsengracht. Y presentáis quemaduras. ¿Por qué os andáis con unas evasivas que no os van a servir de nada?

–Estuve en la casa, cierto, ¡pero no le prendí fuego! Antes bien, fui corriendo a la Prinsengracht para impedir que sucediera lo peor.

Katoen meneó la cabeza.

–No lo entiendo.

–Con gusto os lo explicaría, pero es una larga historia. Sentémonos y os contaré lo que me ocurrió anoche.

Fuimos al cuarto de estar y tomamos asiento en torno a la gran mesa. Cornelia nos llevó cerveza, y yo comencé a referir mi relato, el cual, según vi reflejado en el rostro de Katoen y Dekkert, les resultó en extremo insólito. Pese a todo, seguí hablando; no tenía más remedio.

–Todo eso es de lo más extraño –afirmó Katoen una vez hube terminado.

–No sólo extraño, sino realmente absurdo –añadió Dekkert–. No creo una palabra de esa historia.

–Yo no me atrevería a decir tanto –replicó Katoen–. Conozco a *mijnheer* Suythof desde hace unas semanas y sé que es propenso a meterse en situaciones singulares y peligrosas.

Dekkert miró a su superior con cara de sorpresa.

–Pero la cocinera ha declarado que él provocó el incendio.

–Un argumento de peso, en efecto –coincidió Katoen.

–Además, no comprendo por qué *mijnheer* Suythof accedió a ese encuentro a medianoche en la Torre de las gaviotas ni por qué se citó con Louisa van Riebeeck.

–Porque su suerte me conmovió. No me era, cómo decirlo..., indiferente.

Por primera vez desde su llegada Katoen sonrió.

–Al parecer, ocurre de vez en cuando entre hombres y mujeres.

–Eso es una explicación, pero no supone ninguna prueba –insistió Dekkert–. Suythof no ha aducido nada que refute la declaración de Beke Molenberg.

–Si lo desean, señores, pueden acompañarme al cabaré de la Anthonisbreestraat –propuse–. Seguro que el calabozo sigue ahí, al igual que el retrato que pinté de Louisa van Riebeeck cuando aún la conocía como Marjon. Tal vez incluso nos topemos con el íntegro señor van der Meulen.

–Buena propuesta –aprobó Katoen, levantándose–. Vayamos.

Media hora escasa más tarde nos encontrábamos delante del cabaré, que, según leí por vez primera en el letrero que colgaba sobre la entrada, se llamaba *Zum glücklichen Hans*. El establecimiento ya había abierto, y fuera se oía música de flautas. En la puerta montaba guardia el portero grandullón al que había conocido en mi primera visita. Así se lo indiqué a mis acompañantes, y Katoen se dirigió a aquel tipo.

–¿Conocéis a este caballero? –preguntó el inspector al tiempo que me señalaba.

–No; ¿por qué iba a conocerlo?

–Dice que el lunes por la noche no lo dejasteis entrar.

–Puede ser, si él lo dice. ¿Cómo voy a acordarme de todas las caras?

–De todas no, pero en este caso habría sido de gran ayuda, sobre todo para él –le respondió Katoen mientras trataba de acceder al local.

El portero levantó el brazo y se lo impidió.

–Nanay, amigo mío. Si no dejé entrar a vuestro camarada, tampoco vos sois bienvenido.

–Qué descortés –suspiró Katoen, y se sacó del bolsillo un papel doblado–. ¿Sabéis leer?

–N... no.

–Qué fastidio. Así podríais inferir por este documento que, como comisionado del juez de primera instancia de Amsterdam, estoy autorizado a entrar en todas las casas de la ciudad en todo momento.

–Ah, no lo sabía –contestó apocado el portero, retirando el brazo deprisa–. Entonces entrad.

Dekkert y yo seguimos a Katoen.

Ya en la entrada, Dekkert le dijo en voz baja a Katoen:

–Ignoraba que tuviéramos dicho documento.

–Es que no lo tenemos.

–Pero ¿y el escrito?

–Una carta a mi hermana, en Schoonhoven, que todavía no he enviado.

Entramos en el garito, en el que aún no había muchos clientes. A una de las mesas del centro se hallaba sentado el flautista, cuya alegre melodía ya escucháramos en la calle. El camarero, un tipo huesudo de rostro rubicundo, trató de servirnos cerveza, pero Katoen rehusó, se presentó brevemente y pidió ver al responsable.

–¿Res-pon-sa-ble? –repitió el hombre despacio–. ¿A qué os referís?

Dekkert se adelantó e inquirió:

–¿Quién lleva este negocio?

–Ah, eso; os referís a Kaat Laurens. Haberlo dicho antes.

Impaciente, Katoen profirió un suspiro.

–¿Dónde podemos encontrar a la señora Laurens?

El hombre señaló detrás de sí con el pulgar.

–Está ahí atrás, ocupándose del papeleo. El vino francés se está acabando, hemos de pedir más.

El inspector exigió verla, y el camarero accedió encogiéndose de hombros. Nos condujo hasta un pequeño despacho donde una mujer de formas exuberantes, sentada a una mesa, revisaba sus libros. Tuve que mirar dos veces para reconocer a la madama a la que había visto la primera vez que acudí al Glüchlichen Hans. Aquella mañana llevaba un casto vestido y no iba tan emperifollada como en la otra ocasión.

Después de que Katoen se presentara, la frente de la mujer se llenó de inquisitivas arrugas.

–¿De qué se trata, señor inspector? ¿He cometido algún delito?

–Eso queremos averiguar. –Me señaló a mí–. El señor Cornelis Suythof, aquí presente, asegura que la pasada noche estuvo retenido en vuestra casa, en un calabozo del sótano, por más señas. ¿Vos lo conocéis?

Mientras me observaba, la expresión de su rostro iba del asombro a la diversión.

–Es posible que haya estado aquí alguna vez. Por suerte, mi casa está muy concurrida, y no puedo acordarme de todos los clientes. Si realmente estuvo aquí la otra noche, sin duda no fue en un calabozo. Más bien supongo que bebió alguna jarra de vino de más.

Ni rastro de inseguridad. ¿De verdad no sabía nada de mi cautiverio? ¿O simplemente estaba curada de espanto?

–Habláis de vuestra casa, *mevrouw* Laurens –intervine–. ¿Es vuestro el Glücklichen Hans?

–Ya lo creo.

–¿No hay ningún socio?

–No. ¿Por qué lo preguntáis?

–Tengo entendido que el marchante Maerten van der Meulen es partícipe de vuestro negocio.

–Pues tenéis entendido mal. Os puedo mostrar un documento certificado por un notario que me acredita como única propietaria de este establecimiento.

–Pero el lunes por la noche yo vi aquí a van der Meulen.

–El señor van der Meulen nos visita con frecuencia.

–¿Es extensible esa afirmación al doctor Antoon van Zelden?

–¿También lo habéis visto aquí?

–Sí, y precisamente en compañía de van der Meulen.

Kaat Laurens adelantó el amplio mentón con agresividad.

–¿Para qué me preguntáis todas esas cosas si ya las sabéis?

Katoen tomó de nuevo la palabra e insistió:

–De modo que no guarda ninguna otra relación con van der Meulen, ¿no es así? Él sólo frecuenta de vez en cuando esta casa, nada más.

De pronto la mujer sonrió acaramelada.

–Ni yo misma habría podido expresarlo mejor, señor inspector. De verdad que no comprendo por qué es tan importante el señor van der Meulen.

–Es el responsable de que se mantuviera preso al señor Suythof –aclaró Katoen, que agregó tras mirarme brevemente de reojo–: Al menos eso asegura el señor Suythof.

–Sí, en ocasiones la cosa es grave –suspiró Kaat Laurens al tiempo que asentía para dar a entender que sabía de qué hablaba–. En mi profesión, a veces se ven cosas así. Algunos hombres beben literalmente hasta perder el sentido.

Sentí un acceso de rabia, pero un conciliador movimiento de mano del inspector me contuvo.

–Propongo que echemos un vistazo al sótano –dijo en un tono cortés que, sin embargo, no admitía réplica.

–Si no hay más remedio... –murmuró Kaat Laurens; se levantó de la silla con esfuerzo y nos llevó abajo.

Echamos una ojeada a la luz de un quinqué, pero no recordaba en qué habitación me habían retenido. La noche anterior estaba demasiado aturdido para que se me grabara en la memoria la situación exacta del calabozo.

–Entonces entraremos en todos los cuartos –ordenó Katoen.

Con la lámpara en una mano, Kaat Laurens abrió la primera puerta. La habitación estaba llena de cajas y era demasiado grande. La segunda y la tercera tampoco venían al caso, pero la cuarta despertó en mí desagradables recuerdos. Crucé la angosta puerta y eché una rápida mirada indagadora.

–¿Qué ocurre? –preguntó el inspector–. ¿Reconocéis la estancia?

–Por la noche no había cajas ni barriles, pero es ésta, ¡estoy seguro!

Kaat Laurens negó con la cabeza.

–Imposible. Esto siempre ha sido un almacén, sin lugar a dudas no una prisión.

–Mmm. –Katoen la escudriñó a fondo–. Cierto que parece un almacén de lo más normal, y sin embargo el señor Suythof sostiene firmemente que la pasada noche sólo pudo escapar de este lugar haciendo uso de la violencia. Y que su guardián, un tal Bas, se clavó su propio puñal. Si el señor Suythof no se equivoca, ese hombre está muerto. ¿Sabéis algo al respecto, *mevrouw*?

Kaat Laurens mantuvo con frialdad su inquisitiva mirada.

–Hace tres semanas encontramos un cadáver en el sótano.

–¿Un cadáver? –repitió Dekkert con vehemencia–. ¿De quién?

–Preguntad mejor de qué –contestó la mujer con una sonrisa críptica.

–Y bien, ¿de qué? –perseveró Dekkert.

La sonrisa se tornó más amplia.

–De una rata, aplastada por un tonel de vino que cayó.

Me daba en la nariz que estábamos jugando al ratón y el gato, sólo que no sabía quién era el gato y quién el ratón. Lo que yo le había referido al inspector sobre mi cautiverio no era más convincente, a sus ojos, que lo que le estaba contando Kaat Laurens. Al contrario, posiblemente la creyera a ella antes que a mí, pues a mí me habían acusado de asesinato y por eso, en su opinión, tenía motivos para mentir. En un ataque de desesperación, me arrodillé y comencé a escrutar con ojos y manos cada palmo libre del sucio suelo.

–¿Qué estáis haciendo? –quiso saber Dekkert.

–Buscando pistas. Quizás aún haya restos de las ataduras o...

–¿O?

–O de la sangre del tal Bas.

–Como mucho, la sangre de una rata muerta –comentó Kaat Laurens–. O manchas de vino tinto derramado.

Su serenidad era imperturbable, y lo cierto es que no descubrí ningún vestigio de mi cautiverio.

Cuando salíamos de la habitación, Katoen me susurró:

–Este asunto presenta mal cariz para vos, Suythof.

–Vayamos arriba –propuse–. Os enseñaré el retrato que hice de Louisa van Riebeeck. Entonces me creeréis.

De nuevo animoso, subí corriendo la escalera el primero y llegué al pasillo en que me había ocultado aquella noche. Di unos pasos y me detuve a contemplar los cuadros de las paredes: vistas de la ciudad con campanarios y molinos de viento ante un cielo cubierto de nubes, una muchacha cuidando gansos, bodegones con frutas y flores, y todos los barcos habidos y por haber, ya fuera en un puerto exótico o en medio de un mar embravecido, como si el propio Emanuel Ochtervelt hubiese elegido las telas.

–¿Bonitos, no? –oí a mis espaldas la voz melosa de Kaat Laurens–. No vayáis a pensar que mis clientes sólo aspiran a disfrutar de cerveza, vino y placeres mundanos. Este lugar lo frecuentan sobre todo caballeros instruidos que gozan ante un buen lienzo.

Yo avanzaba sin dar crédito a mis ojos: allí ya no había un solo retrato de una mujer desnuda. Tan sólo la estatua de mármol de la diosa Diana, que me salvara de ser descubierto, seguía en su sitio. Al final del pasillo di media vuelta y me vi frente a Jeremias Katoen.

–Y bien, Suythof, ¿dónde están esos cuadros de los que hablabais?

–Se encontraban aquí, en las paredes.

–Eso afirmáis, pero una afirmación no constituye ninguna prueba.

–Se han llevado los cuadros y han disimulado el calabozo. Es comprensible: tras mi huida, seguro que los secuestradores pensaron que acudiría a las autoridades.

–Puede que sí, puede que no.

–¡Tenéis que creerme! Van der Meulen me trajo a Louisa van Riebeeck, y yo la pinté. Preguntadle a Cornelia van Rijn.

–Aunque hayáis pintado a Louisa van Riebeeck como... mmm... vino al mundo, ello no demuestra vuestra inocencia. Más bien vuestra culpabilidad, pues prueba que manteníais una estrecha relación con la joven. Una relación que su padre, habida cuenta de vuestra posición, difícilmente podía aprobar. Lo cual, a su vez, podría haber sido un motivo para que le prendierais fuego a la casa de los van Riebeeck.

–Pero ¿me habría arrojado entonces a las llamas para salvar a Louisa?

–Atentasteis contra la vida de su padre, no contra la de ella. Y caisteis demasiado tarde en la cuenta de que, en vuestra ofuscación, también erais responsable de la muerte de vuestra amante.

–Pero... ¡no fue así!

–Pues lo parece, tal como están actualmente las cosas. Y por eso, en virtud de las atribuciones que me han sido conferidas por el juez de primera instancia de la ciudad de Amsterdam, no tengo más remedio que deteneros, Cornelis Suythof.

Capítulo 17

En la celda oscura (2)

Abatido, dejé que Katoen y Dekkert me condujesen por la vespertina Amsterdam. En mi cabeza se agolpaban las ideas, pero ninguna era concreta, sólida. ¿Estaba Kaat Laurens confabulada con Maerten van der Meulen? ¿O de verdad no sabía lo que se estaba cociendo y simplemente recibía de van der Meulen un buen dinero por sus servicios? O tal vez no pudiera fiarme de mi memoria: ¿estaba loco de remate? Atormentado por tan infructuosas cavilaciones, tardé en darme cuenta de adónde me conducían los dos funcionarios. No nos dirigíamos al Consistorio para someterme a un segundo interrogatorio, tal como había supuesto. No, nos estábamos aproximando a Rasphuis. Cuando los altos y familiares muros de la prisión surgieron ante nosotros, me detuve.

–Caminad –me urgió Dekkert–. Tenemos más cosas que hacer que perder todo el santo día con vos.

–¿Por qué me lleváis a Rasphuis?

Dekkert me miró con una sonrisa forzada.

–Por lo general ahí es donde retienen a los hombres que han infringido las leyes. Vos mejor que nadie deberíais saberlo.

–¿Qué otra cosa esperabais? –inquirió Katoen.

–Pensaba que iríamos al Consistorio para someterme a interrogatorio.

–Hoy se ha hecho demasiado tarde –contestó el inspector–. Os iré a ver mañana. Quizá durante la noche recordéis algo.

–¿Como qué? –repliqué perplejo.

–Algo que os haya parecido trivial hasta el momento, pero que pudiera contribuir a vuestra exculpación. O tal vez pasar la noche en Rasphuis os incite a cambiar de actitud y confeséis. De ese modo nos ahorraríais mucho trabajo a todos.

–¿Y sólo por ese motivo he de confesar algo que no he hecho?

–Sólo habéis de confesar la verdad.

–La verdad ya os la he dicho.

–Como queráis. Ahora, sigamos.

–Antes, ¿podríais prometerme una cosa, *mijnheer* Katoen?

–¿Qué?

–¿Os importaría informar de esto a Cornelia van Rijn? ¿Y ocuparos de Rembrandt? Si ingreso en Rasphuis, difícilmente podré buscarlo.

–Haré lo que esté en mi mano, pero no esperéis demasiado. No es nada inusual que desaparezca un anciano demente y entregado a la bebida. Quizá se encuentre en un rincón oscuro del puerto, desmemoriado. O quizás incluso haya muerto.

–Sin duda se os da bien hacer que uno conciba esperanzas –suspiré–. No obstante, os agradezco que hayáis intervenido en este asunto.

Ya en el portón de Rasphuis, Arne Peeters nos recibió y nos condujo hasta las dependencias del alcaide. Malhumorado, Rombertus Blankaart se dirigió al inspector.

–¿Es esto preciso, *mijnheer* Katoen? ¿No os podríais haber llevado a Suythof a otra parte? Tenerlo aquí, en el lugar donde hasta no hace mucho era carcelero, no es bueno para esta institución. Ya el hecho de que ingresara Ossel Jeuken ha dado pie a habladurías. Si ahora también entra Suythof, no respondo de nada.

–¿De qué exactamente no respondéis? –quiso saber Katoen.

–De que vayan a mantenerse la disciplina y el orden. ¿Qué pensarán los presos si no paran de encerrar por asesinato a los hombres que se encargaban de vigilarlos y que debían servirles de modelo?

–¿De verdad estáis preocupado por la salvación de vuestros protegidos, *mijnheer* Blankaart? ¿No será más bien la reputación de Rasphuis, y por tanto la vuestra propia, de cara a la opinión pública lo que os preocupa?

El delgado rostro del alcaide se contrajo. Conociendo como conocía a Blankaart, supe que Katoen había puesto el dedo en la llaga.

–¿Qué tiene esto que ver con mi reputación? –chilló Blankaart–. No es culpa mía que hombres como Jeuken y Suythof hayan caído en la ignominia. Mi cometido consiste en ocuparme del bienestar de los presos. Por consiguiente, debo pediros que llevéis a Suythof a otra parte.

–Yo no soy quién para decidirlo –respondió Katoen con frialdad.

–¿Quién, pues?

–El juez, pero hoy ya no podréis localizarlo. Creo que lo han invitado a una recepción de la Compañía de las Indias Orientales. Acudid a él mañana, pero hoy os agradecería que pusierais a buen recaudo a mi detenido.

–Si no hay más remedio... –gruñó el alcaide cual perro apaleado.

Ponerme a buen recaudo, como Katoen había solicitado, equivalió a acabar en uno de los peores lugares que albergaban aquellos muros: la celda oscura. Arne Peeters y el carcelero Herman Brink me llevaron al sótano, cuyo aire frío y húmedo se mezclaba con el peculiar olor del palo del Brasil. Casi me quedé sin aliento, cosa que probablemente se debiera no tanto al viciado aire, sino a mi desesperada situación. En el corredor que conducía a la celda, las piernas me flaquearon y sentí un mareo. Tuve que apoyarme en la fría pared: no quería caerme al suelo como un anciano endeble.

Brink me agarró por el brazo izquierdo y me sostuvo. Su rostro reflejaba cierta inquietud. Peeters, en cambio, me miraba sin un ápice de compasión. Antes bien, ¿acaso no leí en sus ojos algo parecido a la satisfacción?

–¡Domínate, Suythof! –ladró–. Antes, cuando llevabas a los prisioneros a la celda oscura, no te afectaba tanto.

–Hay una ligera diferencia entre ser el preso y el carcelero –contesté con voz queda, y respiré hondo unas cuantas veces para evitar desmayarme.

–Tú sabrás –replicó Peeters risueño–. A pesar de todo, o justamente por eso, tranquilízate. No quiero líos aquí, y menos por culpa de un antiguo compañero.

–Hablas como si fuese tu penitenciaría.

–El cargo de Ossel Jeuken sigue vacante, y el alcaide ha dado a entender que hay muchas posibilidades de que yo lo ocupe. Dadas las circunstancias, comprenderás que no puedo permitirme ningún jaleo. Así que no me pongas en evidencia; al menos, no más de lo que ya lo has hecho.

Era una clara advertencia, y yo estaba demasiado agotado para responder. Igual que el buey al que conducen al matadero, dejé que me llevaran a la celda oscura, donde me desplomé en el frío suelo de piedra. El mismo lugar que había ocupado mi amigo Ossel antes de que acabara en el patíbulo, ante el Consistorio. Ésa fue la escasamente consoladora idea que se me pasó por la cabeza cuando la puerta se cerró de un fuerte golpe y me envolvió una oscuridad casi absoluta.

El monótono tiempo que pasé en esa celda es, en todos los aspectos, una de las experiencias más lúgubres de mi vida, y no deseo recrearme en ella. La autocompasión se alternaba con la preocupación por Rembrandt. Bueno, no; lo cierto es que mi preocupación era por Cornelia.

Como artista, su padre era un ejemplo para mí, pero, desde el punto de vista humano, Cornelia significaba mucho más. Esperaba de todo corazón que hubiese encontrado a su padre. Y me reprochaba que mi arresto acrecentara aún más su ya de por sí gran aflicción. Por otro lado, naturalmente también esperaba que se preocupara por mí, pues ello significaría que todavía me amaba. Sin embargo, prevalecían las recriminaciones. Si no hubiera aceptado reunirme aquella noche con Louisa, no me habría visto en esta terrible situación y podría haber ayudado a Cornelia. ¿Y qué hacía yo? Estar sentado en una celda oscura y fría, inútil como un saco de patatas que uno suelta y olvida. Era de rigor que a los prisioneros de la celda oscura no se los mimara precisamente, pero tampoco fue muy normal que aquella noche no me dieran ni un vaso de agua ni un mendrugo de pan. Estimé que el culpable era Arne Peeters: lo más probable es que quisiera demostrarme que, para bien o para mal, me hallaba en sus manos. De todas formas, no tenía apetito, pero un trago de agua le habría ido bien a mi reseca garganta.

Dormí fatal, atormentado por las pesadillas, despertándome a cada poco y sin saber, en aquella oscuridad permanente, si la noche había terminado. En algún momento oí pasos y la puerta de la celda se abrió. Era Arne Peeters con agua y pan, por lo que concluí que comenzaba otro día. No me respondió cuando le pregunté si la investigación del inspector había arrojado nuevos resultados y si se sabía algo de Rembrandt.

–Sabes que con los prisioneros de la celda oscura sólo se puede hablar lo imprescindible –me recordó. No movió un músculo de la cara, y sin embargo pensé que le alegraba dejarme sumido en la incertidumbre..., incluso acerca de si él sabía algo.

De nuevo la negrura, luego más pasos y el sonido metálico de la llave al girar en la cerradura de la puerta de la celda. Con un breve chirrido del cerrojo de hierro, la puerta se abrió. La luz del corredor hizo que, al principio, la persona que tenía ante mí fuera tan sólo una silueta, hasta que al fin se definió la esbelta figura del inspector.

–Buenos días, *mijnheer* Suythof, ¿cómo os va?

Sonreía mientras hablaba, pero sin la maldad contenida que creí sentir en Arne Peeters. Éste se hallaba dos pasos por detrás de Katoen, con la herrumbrosa llave en la diestra.

–¿Queréis burlaros de mí, *mijnheer* Katoen? –le contesté–. En todo caso, podría irme mejor si me trajeseis buenas noticias.

–Me temo que a ese respecto voy a decepcionaros –se apresuró a aclarar–. Estuve en casa del marchante Maerten van der Meulen, aunque ha sido en vano.

–¿Qué significa en vano? Supongo que negaría estar implicado en mi secuestro.

–Ni siquiera llegué a hablar con él. Me informaron de que ayer por la mañana salió de viaje por tiempo indefinido.

–Ya. ¿adónde?

–Nadie supo decírmelo.

–¿No supo o no quiso?

El inspector se encogió de hombros y luego los dejó caer mientras exhalaba un suspiro.

–¿Cómo voy a saberlo?

–¡Se está escondiendo! –solté–. Van der Meulen ha huido por miedo a vuestras pesquisas. Probablemente se quede esperando en alguna parte hasta que me ejecuten por un crimen que no he cometido. Así ya no podré presentar ninguna acusación contra él.

–Puede ser, pero también es posible que su partida tenga otra explicación.

—¿Precisamente ahora?

—Tal vez se trate de una casualidad.

—¿De verdad pensáis que un comerciante tan destacado se va de viaje sin comunicarles a sus empleados o a sus parientes dónde pueden localizarlo?

—Esta partida es, en efecto, sumamente extraña, y también a mí me da que pensar. Por otro lado, no contraviene ninguna ley ni me proporciona motivo alguno para proceder en contra de van der Meulen. ¿Cómo iba a hacerlo si ha desaparecido?

Me detuve a pensar unos instantes febrilmente y al cabo pregunté:

—¿Qué dice el doctor van Zelden? ¿Os ha facilitado algún indicio? Es decir, en caso de que pudierais hablar con él.

—Pude. Admite que ha visitado de vez en cuando el cabaré de la Anthonisbreestraat y haber visto allí a van der Meulen. Pero ni sabía nada del viaje del marchante ni pudo darme ninguna información sobre una posible relación mercantil entre van der Meulen y Kaat Laurens. Afirma que en el *Glücklichen Hans,* van der Meulen siempre le pareció un cliente de lo más normal. Con todo, el doctor no disponía de mucho tiempo: lo llamaron de urgencia para que acudiera a casa de los de Gaal. Al parecer Constantijn de Gaal se desmayó al enterarse de lo que le había sucedido a Louisa van Riebeeck. Por lo visto amaba sinceramente a su futura.

—Con todo lo que se escucha sobre la situación financiera de Melchior van Riebeeck, de no ser por amor, de Gaal difícilmente le habría propuesto matrimonio a Louisa.

—Sea como fuere, así no avanzamos gran cosa —aseguró el inspector—. Mientras no tenga nada que os exculpe, habréis de permanecer en Rasphuis. Lo siento por vos, Suythof.

Incluso se lo creí.

—¿Qué hay de Rembrandt van Rijn? —me interesé—. ¿Ya ha aparecido?

—Por ahora, no —contestó Katoen, y pareció sentirse un tanto culpable—. Pero aún no he tenido tiempo de ocuparme de ello. Cuando ayer por la tarde estuve en su casa para informar a su hija de vuestra suerte, ella parecía muy abatida. Me suplicó que le permitiera venir a veros.

–¿Y?

–Vos mejor que nadie sabéis cuáles son las normas que rigen aquí. Además, ¿de verdad queréis que os vea así?

–No, claro que no –reconocí–. Os estoy muy agradecido, *mijnheer* Katoen.

–¿Por qué? Yo no he hecho nada por vos.

–Lo habéis intentado. Dada mi situación, no se puede pedir más.

–Hablando de vuestra situación: ¿habéis reflexionado al respecto?

–¿Al respecto de qué?

–De si queréis hacer una confesión.

–Pero si soy inocente... ¿Es que no me creéis, Katoen?

–Lo que yo crea carece de importancia. Lo único que cuenta es lo que se puede demostrar. Si tenéis algo más que contarme, avisad a los carceleros.

Se despidió, y Arne Peeters cerró la puerta. Lo último que vi antes de que la oscuridad volviera a envolverme fue su rostro de pájaro, en el que creí ver una expresión satisfecha.

Me hallaba de nuevo a solas con mis cavilaciones. La ociosidad a la que estaba condenado amenazaba con consumirme. Era peor, al menos en ese instante, que el terrible destino que me aguardaba en caso de que me declararan culpable del incendio y el asesinato de la familia van Riebeeck.

Estaba a oscuras, y sin embargo veía a Cornelia con una claridad meridiana. Veía las arrugas de preocupación en su joven rostro y el brillo de las lágrimas en sus ojos azules. Tal vez fuera mi confinamiento en tan sombría celda lo que contribuyó definitivamente a que me convenciera de que no había ni habría otra mujer para mí que Cornelia. Una convicción que, a mi juicio, llegaba demasiado tarde.

¿Cuánto tiempo habría transcurrido cuando oí otra vez pasos? ¿Horas? No lo sabía. La tétrica monotonía me había arrebatado la noción del tiempo. Esa vez, en cuanto mis ojos se hubieron acostumbrado a la luz, distinguí a Arne Peeters.

–Tienes otra visita, Suythof. Eres el preso más popular que jamás hemos tenido en la celda oscura.

Cedió el paso a un hombre cuya apariencia denotaba cierta riqueza. La oscura indumentaria tenía el brillo del terciopelo, el jubón azul iba guarnecido de brocados, y la blanca gorguera era de exquisito encaje. Frisaría en los cuarenta, era de estatura media y, a pesar de su evidente prosperidad, no había en él ningún asomo de esa corpulencia tan habitual en los ricachones de Amsterdam. En el cabello y la barba resplandecían las primeras canas, aunque su anguloso rostro, con aquella nariz ligeramente aguileña, era juvenil y en extremo observador. Sus ojos oscuros, casi negros, me escudriñaron con detenimiento. Era una mirada hostil y rebosante de odio que, en otras circunstancias, tal vez me hubiera hecho estremecer. Pero en la celda oscura la resistí con la indiferencia de quien ya no tiene nada que perder.

–De modo que sois vos; casi parecéis inofensivo –manifestó, y en su bronca voz percibí desprecio.

–No tan inofensivo como para que no me crean capaz de cometer un asesinato –repliqué–. Parece que me conocéis, pero yo no tengo el gusto.

–Seguro que habéis oído hablar de mí. Soy Constantijn de Gaal.

Ahora entendía la mirada. Creía tener ante sí al asesino de la mujer con la que iba a casarse. Yo, en su lugar, no habría sentido menos odio. No es necesario decir que a un hombre tan influyente, miembro de los Diecisiete, no le estaba prohibido visitar al preso de la celda oscura.

–No es lo que parece –aduje–. Yo no le prendí fuego a la casa de los van Riebeeck. Me encontraba allí para salvar a Louisa: significaba mucho para mí.

–Eso último lo creo. Sin embargo, no os impidió matarla. Lo que vos no podíais poseer tampoco podía ser de otro, ¿no es cierto?

–Por supuesto que no lo es; estáis equivocado. Yo...

–¡Callad! –me interrumpió–. ¿Acaso no sois lo bastante hombre para admitir vuestro crimen? Sois alto y fuerte y, sin embargo, un tipo miserable que se retuerce como un gusano.

Se acercó a mí con los puños cerrados, sin duda con la intención de propinarme un puñetazo en la cara, pero en el último instante se interpuso Arne Peeters.

–Disculpad, *mijnheer* de Gaal, pero sólo los carceleros pueden castigar a los presos. Tenéis todo el derecho del mundo a guardarle rencor a Suythof, pero no puedo permitir que lleguéis a las manos.

Sólo faltó que dijera «desgraciadamente».

Vi la mirada, llena de odio y dolor, de de Gaal. Debía de amar de verdad a Louisa.

–¿Para qué habéis venido si no queréis escucharme? –le pregunté.

–No quería oír burdas excusas, sino haceros saber una cosa: con vuestro crimen os habéis granjeado un enemigo de por vida, así que rezad para que recibáis pronto el merecido castigo y vuestra insignificante existencia expire en el cadalso, porque si, en contra de todo pronóstico, abandonáis Rasphuis como un hombre libre, yo os infligiré algo mucho peor. Tenéis mi palabra.

Dicho eso, Constantijn de Gaal dio media vuelta y salió al corredor. Allí abajo siempre hacía frío, pero en ese momento sentí un escalofrío glacial: tener por enemigo a uno de los hombres más poderosos de Amsterdam equivalía a una sentencia de muerte.

Capítulo 18

En la caseta del agua

No podía quejarme de una falta de atención en el calabozo. Por regla general un preso de la celda oscura sólo veía una vez al día a un carcelero que le llevaba agua y pan. Yo, en cambio, recibí la siguiente visita no mucho después de que se marchara Constantijn de Gaal: era el alcaide, que apareció acompañado de Arne Peeters. La boca fruncida y los párpados de Rombertus Blankaart revelaban que no se sentía del todo a gusto. Pero al menos procuraba aparentar seguridad en sí mismo y, siendo de baja estatura como era, se plantó ante mí tan erguido como pudo.

–No puedo seguir tolerando que os quedéis ahí sentado sin más ni más, Suythof –espetó en tono de reproche.

–¿Qué otra cosa puedo hacer en una celda tan pequeña? –pregunté, desconcertado por su confidencia.

–Podríais confesar vuestro crimen: eso nos abreviaría a todos nosotros los inconvenientes. ¿Es que no veis que estáis deshonrando Rasphuis?

–Tanto si me creéis como si no, *mijnheer* Blankaart, en este momento ése es el menor de mis problemas.

Blankaart me miró con verdadera desesperación, lo cual no hizo sino desconcertarme aún más. Naturalmente, la muerte de la familia van Riebeeck había levantado un gran revuelo en Amsterdam, mucho más que el crimen perpetrado por Ossel. Pero no me explicaba por qué le preocupaba tanto al alcaide que yo estuviera preso en Rasphuis, sobre todo teniendo en cuenta que hacía ya tiempo que no me hallaba a su servicio.

–Os lo pido de nuevo: confesad vuestro crimen, Suythof. Creedme, así os ahorraréis más de una desgracia.

–¿He de confesar algo que no he hecho?

En ademán de desamparo, Blankaart extendió los brazos. Parecía tan atribulado como si fuera a él y no a mí a quien hubiesen encerrado como sospechoso de asesinato.

–En tal caso, no me dejáis otra alternativa –dijo, profiriendo un hondo suspiro, y se volvió al carcelero–: Peeters, sacad al preso de la celda.

Peeters se aproximó a mí; su rostro reflejaba una satisfacción que se me antojó tan incomprensible como la aflicción de Blankaart.

–Ya lo has oído, Suythof, vamos.

A juzgar por el comportamiento de Blankaart, me esperaba algo terrible. A pesar de todo, seguí la exhortación de Peeters casi aliviado, pues de ese modo podía escapar de la lóbrega y fría celda.

Abandonamos el calabozo y atravesamos la sala de desbastar, donde los reclusos sudaban la gota gorda serrando y acarreando el palo del Brasil. Me lanzaron miradas furtivas, y en algunos rostros vi mofa y complacencia al comprobar que uno de sus antiguos carceleros se hallaba en una situación peor que la suya propia. También me observaban los carceleros, y era evidente que me despreciaban por mi presunto asesinato.

Para mi sorpresa, salimos al gran patio interior, donde los presos veían las escasas horas de luz solar que les correspondían a la semana. Aunque las nubes se cernían sobre Amsterdam y lloviznaba, disfruté de la luz y del aire puro, que respiré con vehemencia. Nos dirigimos a una construcción apartada que, a mi entender, hacía ya muchos años que no se utilizaba. Ante ella discurría un arroyo, probablemente una derivación de uno de los canales. Al ver aquella casa adiviné el significado de las funestas palabras de Blankaart, y el miedo me oprimió la garganta.

El edificio, la caseta del agua, también llamada la celda inundada, se empleaba años antes para espolear a los presos que no querían trabajar. La caseta tenía dos bombas: una se encontraba fuera y servía para llevar agua del arroyo al interior, donde se encadenaba a los prisioneros que se negaban a trabajar. El único modo de evitar perecer ahogados consistía en expulsar el agua fuera mediante una segunda bomba situada en el interior de la construcción; el duro bombear hacía que los hombres se acostumbraran al trabajo. En todo caso ésa era su finalidad, hasta el día en que un preso prefirió ahogarse a trabajar. Su muerte produjo un gran revuelo, y la caseta dejó de utilizarse. Yo sólo la conocía de oídas y nunca la había visto por dentro, pero eso estaba a punto de cambiar.

Peeters se percató de mi titubeo y me empujó adentro. Me rodeó un aire frío y rancio, casi peor que el de la celda oscura. Bajé una escalera, pasé por delante de los sucios conductos de las bombas y finalmente me vi en la cisterna con la bomba interior, donde aguardaba Herman Brink, que ayudó a Peeters, su compañero, a encadenarme a ella.

Blankaart dijo en un tono casi paternal:

–Sabéis dónde os encontráis, Suythof, ¿no es así?

Tragué a duras penas por el nudo que tenía en la garganta y asentí.

–Entonces también sabréis lo que tenéis que hacer. Expulsad el agua fuera, si estimáis vuestra vida. O bien...

–¿Qué? –grazné.

–Confesad. Y dejaremos de introducir agua en el acto. –Se volvió a Peeters–. ¿Hay bastantes hombres preparados para este cometido?

–Pieter Boors está escogiendo a los reclusos más fuertes. No tardarán en llegar.

–Queda dicho, Suythof, de vos depende –anunció el alcaide, y se dispuso a marcharse.

Con un desagradable golpeteo metálico, Brink afianzó las cadenas y me vi sujeto sin remedio a aquella vieja bomba oxidada que sin duda ya habría percibido el miedo a la muerte en más de uno. Sólo entonces fui consciente de que, con las prácticas que se estilaban en Rasphuis, la cosa no iba por buen camino. En realidad los presos debían enmendarse moralmente, algo que a duras penas se lograría imponiéndoles semejantes castigos o encerrándolos en la celda oscura.

El alcaide y los dos carceleros abandonaron el lugar, y yo tuve que esforzarme por no suplicarles clemencia. No habría servido de nada, y me negaba a concederle a Arne Peeters el placer de ver a Cornelis Suythof lloriqueando de miedo.

Pasaron unos minutos durante los cuales oí pasos y voces, pero muy amortiguados. La pesada puerta de hierro que servía para dotar de estanqueidad a la cisterna ahogaba los sonidos. Casi fue un consuelo percibir por fin el murmullo. Un chorro de agua entró de inmediato por un orificio de la pared. En un principio me pareció inofensivo sentir aquel líquido infecto en las botas, pero el nivel subía deprisa, y no tardé en tener las pantorrillas mojadas.

Comencé a darle a la bomba. No demasiado aprisa, me ordené, sino con regularidad. Mis músculos trabajaban duramente mientras me afanaba por sacar el agua de la cisterna a la misma velocidad a que la introducían los hombres de fuera. Vi de reojo que el agua ascendía más y más por la pared de la cisterna, en la cual había claridad, pues la parte superior se encontraba abierta: encima únicamente tenía el tejado abovedado de la caseta. Una vez que levanté la mirada, sin dejar de bombear, vi a tres hombres que me vigilaban desde el borde de la cisterna.

Rombertus Blankaart, con sentimientos a todas luces encontrados, observaba desde allí cómo me empleaba a fondo y cómo el agua, pese a ello, seguía subiendo. Hacía ya tiempo que me llegaba por la rodilla, y continuaba su ascensión como un animal voraz dispuesto a engullirme.

Junto a Blankaart estaba Arne Peeters, en el rostro una ancha sonrisa. Antes lo tenía por un tipo inofensivo, pero ahora que esperaba hacerse con el puesto de Ossel, cuyas funciones en realidad ya desempeñaba, quedaba al descubierto su verdadera e infame personalidad. A los reclusos de Rasphuis sólo les quedaba rezar por que otro ocupara el cargo de bastonero. Pero no tenía tiempo para compadecerme de los hombres que se hallaban allí para enmendarse, pues estaba demasiado ocupado intentando luchar contra la crecida. Los brazos me dolían, y bombeaba sin querer más deprisa, con más ímpetu. Pero el agua continuaba avanzando, pronto me llegó al pecho.

El tercer hombre que me miraba era Constantijn de Gaal: lo hacía con más atención que los otros dos, no con la malicia de Arne Peeters, sino con profunda satisfacción. Ahora entendía por qué Rombertus Blankaart había vuelto a poner en marcha la caseta del agua, cerrada desde hacía tantos años. No había sido por decisión propia, sino por la influencia de de Gaal y tal vez también por el dinero del rico comerciante.

Bombeaba, con el líquido ya a la altura de los hombros, y vi cómo Blankaart, acalorado, se dirigía a Gaal. ¿Acaso temía el alcaide otra muerte en la caseta? Aunque quizá fuera precisamente eso lo que deseaba de Gaal. No sólo quería verme sufrir, no, mi muerte debía expiar la de Louisa. El tipo meneaba la cabeza con gravedad, sin apartar un momento de mí sus enconados ojos. Blankaart cedió por fin y con expresión asqueada, se centró de nuevo en mi ajetreo.

Sin cejar en mi empeño, con las fuerzas cada vez más mermadas, a punto estuve de gritar una confesión. Cierto que ello me enviaría directo al cadalso, pero al menos me salvaría la vida por el momento, me ahorraría la inminente y angustiosa muerte por ahogamiento. Pero entonces vi los negros ojos de Constantijn de Gaal y, sorprendentemente, eso me ayudó a cobrar nuevos bríos. No quería corroborar su error, de ninguna manera. Así que seguí dándole, con la cabeza echada hacia atrás, mientras el agua me rodeaba el cuello.

Bombeaba y jadeaba y probablemente también hubiese sudado de no estar metido en la fría agua. El líquido no tardaría en engullirme, pero no llamé a Blankaart. Apreté los labios para no tragar agua y seguí bombeando, bombeando, bombeando.

Ya no miraba arriba, a los tres hombres, ni siquiera veía la pared de la cisterna. Se me apareció el rostro de Cornelia, que me sonreía y me daba la fuerza necesaria para soportar con valentía la inevitable muerte. El destino nos negaba una vida común, y sin embargo sentía gratitud por, al menos, haberla conocido. Las fuerzas me abandonaron, y mis brazos, temblorosos debido al esfuerzo realizado, dejaron la bomba. Aguardaba con inusitada serenidad una muerte que me llegaría en unos segundos.

Y entonces el agua inició el descenso. En efecto, ahora que había dejado de resistirme, se apartaba de mí y se retiraba. Comprobé con incredulidad cómo iba liberando mi cuerpo poco a poco.

¿Debía darle a la bomba de nuevo para acelerar el retroceso del agua? ¿Sería eso lo que esperaba el vengativo comerciante? ¿Estaba jugando conmigo para prolongar la satisfacción que le producía mi sufrimiento?

Me daba igual. Simple y llanamente, carecía de la energía necesaria para oponerme a lo que mis torturadores me tenían reservado. Ni siquiera fui capaz de mirarlos. Apoyado en la estructura de la bomba, me limité a permanecer de esa guisa, a la espera de lo que fuera a ocurrir.

El agua descendió hasta cubrir únicamente el suelo y, al cabo, desapareció con un borboteo por un desagüe que, por alguna razón desconocida, se había abierto.

Oí la puerta de hierro, y Peeters y Brink entraron para librarme de las cadenas.

Los carceleros me subieron a rastras por la escalera y cargaron conmigo, más que me llevaron, hasta una de las otras habitaciones de la caseta. Me tendí en un duro camastro de madera, que en ese momento se me antojó más tentador que el más mullido de los lechos, cerré los ojos y respiré profunda y regularmente, interrumpido por varios ataques de tos. Los últimos segundos previos al descenso había tragado algo de agua, que ahora escupía. Me taparon con una manta de lana, pero seguía con la ropa mojada pegada al cuerpo.

Nada más abrir los ojos, todo me dio vueltas y vi el rostro de los presentes totalmente borroso, de modo que volví a cerrarlos y esperé a sentirme mejor. Al rato reconocí a los hombres que aguardaban expectantes junto al catre: Blankaart, Peeters, Constantijn de Gaal y, para mi sorpresa, Jeremias Katoen.

–Sois capaz de infundir verdadero miedo, Suythof –comentó este último mientras me miraba con una mezcla de burla y preocupación–. Apenas se os deja unas horas solo, intentáis beberos los canales de Amsterdam.

–Cosa que no he hecho del todo libremente. Dicho sea de paso, vos tenéis la culpa de que haya acabado así.

Blankaart carraspeó.

–No deberíais hacerle reproches al señor inspector, Suythof. Al fin y al cabo le debéis vuestra salvación.

–¿Cómo es posible? –quise saber, y escupí algo de agua describiendo un gran arco entre los hombres, de forma que el alcaide retrocedió horrorizado. Me dirigí al inspector–: ¿Es que al final os habéis decidido a considerarme inocente?

–Precisamente –contestó Katoen–. En las últimas horas la situación ha dado un vuelco decisivo.

–¿Y he de agradecéroslo a vos? ¡Continuad!

–No sólo a mí, sino también a la señorita Molenberg.

–¿Molenberg? –repetí yo mientras trataba de ubicar el apellido.

–Beke Molenberg –precisó Katoen.

–¡Ah, la cocinera!

–Exacto. La sometí a un nuevo interrogatorio, muy persuasivo, y al final rompió a llorar y confesó sus mentiras. No fuisteis vos quien prendió fuego a la casa, sino el propio Melchior van Riebeeck. En un acceso de locura, según palabras de la moza. Vine aquí en el acto... justo a tiempo.

Constantijn de Gaal, que parecía decepcionado con mi salvación, recibió el inesperado giro con rostro imperturbable.

–¿Y qué dijo exactamente la señorita Molenberg? –me interesé–. ¿Por qué mintió?

–Un extraño la indujo a hacerlo. A cambio le dio la suculenta cantidad de cien florines.

–En efecto, mucho dinero es; una pequeña fortuna para una muchacha como ella –afirmé sorprendido–. No lo ganaría en un año. Así que todos tenemos un precio.

–Eso no fue todo: si no difundía las falsedades relativas a vuestra autoría, el desconocido la amenazó con que sufriría el mismo destino que sus señores. Es evidente que alguien está muy interesado en quitaros de en medio.

–Y en proteger a los verdaderos autores –añadí–. Me refiero a los responsables de la demencia de Melchior van Riebeeck. ¿Pudo la cocinera describir al desconocido?

–Sólo en líneas muy generales.

–A ver si lo adivino: iba bien vestido y tenía una barba negra.

–Más o menos. ¿Por qué decís eso?

–Porque así describieron a otro desconocido, quizás al mismo: estoy hablando del hombre que buscaba el *Cuadro de la muerte*.

Katoen sonrió.

–No está mal, Suythof. También yo sospecho que existe una relación.

–Sólo que los precios que paga el extraño cada vez son más elevados. Probablemente debiera sentirme orgulloso de valer más que el cuadro –comenté. Teniendo presente la descripción del hombre, inquirí–: ¿Le preguntasteis a Beke Molenberg por Maerten van der Meulen?

–Por supuesto. Conoce al marchante, estuvo invitado en varias ocasiones en casa de los van Riebeeck. No cabe duda de que no es el tipo de los cien florines.

–Pero tal vez pagara la suma.

–Tal vez, cierto –convino Katoen evasivo; era evidente que no estaba dispuesto a exponer a un ciudadano distinguido de Amsterdam a tan grave sospecha.

–¿Habláis del marchante van der Meulen? –terció de Gaal, que al fin salía de su estupor–. ¿Qué tiene él que ver con este asunto?

Para mi alivio, Katoen no mostró el menor rastro de servilismo.

–Me encuentro en plena investigación del caso, *mijnheer* de Gaal, y estoy seguro de que sabréis comprender que no puedo hablar públicamente del estado de las pesquisas. Además, no es mi deseo sembrar falsas sospechas. Ello sólo daría pie a peligrosas acciones, tal como me lo ha demostrado lo acaecido en esa casa.

De Gaal se irguió y dijo:

–¿Os dais cuenta de con quién estáis hablando, *mijnheer*? Tengo alguna influencia incluso con las autoridades.

–Lo sé. ¿Y qué vais a hacer? ¿Discutir la cuestión ante las autoridades y explicarles que, por iniciativa vuestra, estuvo a punto de morir un inocente? –Katoen se volvió al alcaide–. Vos tampoco deberíais consentirlo, *mijnheer* Blankaart. ¿O acaso no depende de vos volver a poner en marcha la caseta del agua?

–Bueno... mmm... el señor de Gaal pensó que no había objeción alguna.

–Os lo volveré a preguntar: ¿queréis que todo este asunto se discuta oficialmente? Os advierto que, debido a lo acontecido el día de hoy, el señor Suythof podría presentar cargos contra ustedes dos, caballeros.

Eso era algo que no se me había ocurrido, pero asentí con vehemencia para conceder importancia a las palabras de Katoen.

Blankaart miró suplicante a de Gaal, y el comerciante dijo en voz queda:

–Puede que tengáis razón, señor inspector, será mejor que dejemos correr este asunto. Siempre que vos estéis conforme, *mijnheer* Suythof. He sido injusto con vos.

–¿Significa eso que os retractáis de vuestro juramento de venganza? –inquirí.

–Habré de hacerlo, si no sois responsable de la muerte de Louisa.

–Entonces, este suceso queda olvidado –aseguré y, exhausto, me tumbé de nuevo en el camastro.

A la media hora me hallaba junto a Katoen en un carruaje que nos llevó a la Rozengracht. Yo vestía unos harapos que me había agenciado en Rasphuis, pero no importaba; la ropa estaba seca. ¡Y yo era libre!

Apenas acababa de creerme la recuperada libertad y, a la vez, el tormento de la caseta del agua, tan cercano en el tiempo, se me antojaba un mal sueño. Rombertus Blankaart, consciente de su culpabilidad, me había despedido con una amabilidad que nunca consideré posible. Con todo, estaba firmemente decidido a no volver a poner un pie jamás en Rasphuis... al menos no por propia voluntad.

Cuando el carruaje se detuvo ante la casa de Rembrandt, me sentí como el que regresa al hogar tras un largo viaje. Todo allí parecía familiar y singularmente extraño a un tiempo. Y sólo había pasado un día desde que Katoen fuera a verme y visitáramos juntos el cabaré de la Anthonisbreestraat.

–Id con vuestra Cornelia y descansad –me dijo guiñándome un ojo cuando me abrió la portezuela–. Os lo habéis ganado.

–¿No queréis entrar?

Negó con la cabeza.

–Ahora querréis estar tranquilo, ¿no? Además, quiero volver a hablar con Beke Molenberg, quizá recuerde alguna otra cosa.

Después de llamar dos veces, la puerta se abrió y ante mí apareció Cornelia. En la caseta del agua había abandonado toda esperanza de volver a verla. El corazón me latía con fuerza y, sin embargo, no di un solo paso hacia ella: sabía que no tenía derecho a hacerlo.

Su preocupado rostro me reveló que aún no había recibido ninguna nueva sobre el paradero de su padre. Al verme, su semblante se iluminó.

–¡Cornelis! –exclamó únicamente, y se acercó a mí sonriendo y me abrazó.

Durante un instante volvimos a sentir lo mismo que aquella primera noche que pasamos juntos.

Capítulo 19

Profanadores de tumbas

26 de septiembre de 1669

No faltaría más de una hora para la medianoche cuando llegué a la Westerkerk con mis dos acompañantes. Gracias a una densa capa de nubes, la noche era más oscura que de costumbre, lo cual resultaba ventajoso para nuestro propósito, al igual que el hecho de que, aparte de nosotros, no parecía haber un alma en varios kilómetros a la redonda.

Apagué el farol que debíamos llevar con nosotros conforme a las ordenanzas y avancé hacia aquel majestuoso edificio que más de un maestro de obras elogiaba. Pero no era la belleza de la arquitectura, velada en su mayor parte por la noche y las nubes, lo que me tenía cautivado, sino lo que esperaba hallar allí... o lo que tal vez no hallara.

Mis acompañantes se habían detenido unos pasos detrás de mí y cuchicheaban. Me volví a ellos y les pregunté en voz baja:

–¿Qué os pasa? ¿A qué esperáis?

–Lo que estamos haciendo aquí no está bien –dijo un vacilante Henk Rovers–. Si... profanamos la casa de Dios Nuestro Señor, estaremos cometiendo sacrilegio.

Miré al viejo marinero con desaprobación.

–No sabía que fueseis tan temeroso de Dios.

–En la mar uno aprende a temer a Dios cuando tiene que vérselas con tormentas, piratas y monstruos marinos.

–En eso tiene razón el viejo Henk –convino Jan Pool.

–Así que monstruos marinos –repetí yo–. ¿No habrá sido un error pagaros por adelantado? Me parece que no tardasteis en transformar el dinero en cerveza y aguardiente.

Henk Rovers puso cara de pena.

–Siempre tenemos mucha sed.

–Cuando la sed es mayor que el juicio, mal asunto –lo reprendí–. Os quedasteis el dinero, de modo que ateneos al acuerdo.

–Bah –contestó Rovers con menosprecio–. Diez *stuyver* por barba no es que sea una fortuna.

Le mostré el puño derecho y repliqué medio en broma:

–Pero es mejor que diez puñetazos en la nariz, ¿no?

–Ya voy –gruñó el viejo lobo de mar y, seguido de su compañero, echó a andar a regañadientes.

Me encaminaba hacia la puerta, sorprendentemente angosta teniendo en cuenta la grandiosidad de la iglesia, cuando un tenue silbido me detuvo. Provenía de Jan Pool.

–No por la entrada principal –advirtió al llegar a mi altura y, tras dejar en el suelo por un instante el pesado saco que llevaba al hombro, añadió–: Entraremos por una de las laterales. Es más seguro y más fácil.

–Como queráis –aprobé–. El experto sois vos.

Rodeamos la Westerkerk hasta que Pool se detuvo ante una puerta lateral y soltó el saco de nuevo.

–Probaremos aquí –decidió mientras Rovers miraba a un lado y a otro con aprensión, como si la oscura noche fuera a escupir a un intruso de un momento a otro.

Pool se sacó del bolsillo de la casaca una sobada navaja, la abrió y empezó a trabajar en la cerradura de la puerta. Los minutos pasaban y, poco a poco, también yo me iba inquietando.

Me pegué a Pool y le dije al oído:

–¿Por qué va tan lento?

Él se volvió a medias, el negro de la mitad derecha de su rostro confería a su mirada, de por sí adusta, un aire aún más amenazador.

–Nunca dije que fuera a ir deprisa –me espetó–. Y si me incordiáis mientras trabajo, tardaré más.

–Sólo era una pregunta –musité–. Al fin y al cabo, asegurabais tener experiencia en estas lides.

–Y la tengo, pero no todas las cerraduras son iguales.

–Muy bien –me limité a decir, y di un paso atrás para no estorbar.

¿Había sido adecuada la decisión de reclutar a aquellos lobos de mar borrachines para tan delicada tarea? Las dudas me asaltaron, pero era demasiado tarde. Además, la premura de tiempo apenas me había dejado otra alternativa.

Desde que volviera a la Rozengracht hacía dos días, no se había llevado a cabo nada determinante, y Rembrandt seguía desaparecido. No tenía ningún indicio acerca de su paradero, pero se me había ocurrido una idea que cada vez cobraba mayor solidez: ¿y si el pintor no estaba tan loco como cabía suponer a primera vista? Creía haber visto en la calle a su hijo Titus, cosa que, naturalmente, sonaba desatinada. Pero ¿y si estaba en lo cierto? De ello deseaba convencerme aquella noche, alentado por la vaga esperanza de encontrar al fin una pista. Si no daban pronto con Rembrandt, la preocupación haría enloquecer a Cornelia. Así que aquella tarde había acudido al Schwarzen Hund a ganarme la voluntad de Rovers y Pool para mi nocturna empresa.

–¡Listo! –le oí exclamar satisfecho al marinero del rostro negro algo más alto de lo conveniente.

Tampoco me gustó el prolongado chirriar de la puerta al ceder. El viejo Henk me había contagiado su inquietud, y también yo escrutaba la noche como un ladrón asustadizo. La oscuridad no nos protegía sólo a nosotros de ser descubiertos; también podía encubrir fácilmente a otros.

–¡Vamos, adentro! –acucié a mis acompañantes, y entramos a toda prisa en la Westerkerk.

Yo fui el último en hacerlo, y cerré la puerta tras de mí procurando hacer el menor ruido posible. En la iglesia ardían unas velas cuyo resplandor ya habíamos visto por las ventanas, pero éstas sólo le arrebataban a la negrura unos puntos aislados, de modo que encendí de nuevo el farol antes de echar un vistazo a la nave lateral en la que nos encontrábamos. A decir verdad, yo había ido ya a la iglesia por la tarde, antes de dirigirme al Schwarzen Hund, entré por la puerta principal. Debido a eso y a la escasa luz necesité algún tiempo para orientarme, pero luego conduje a Rovers y a Pool sin titubeos hasta el lugar en que se hallaba la tumba que buscábamos, cerca de una columna.

–Aquí es –afirmé, y señalé el suelo–. Empezad, pero no hagáis ruido.

Pool abrió el saco que había arrastrado hasta allí y cada uno de nosotros empuñó uno de los pesados picos. Nos dispusimos en torno a la tumba, en silencio, y comenzamos a darle al duro solado con las herramientas. Cada golpe resonaba estrepitosamente en la nocturnidad de la abovedada iglesia, y esperé con todas mis fuerzas que el ruidoso eco sólo fuera producto de mi imaginación, acrecentada por la tensión de que era presa.

En un principio parecía que el suelo no iba a ceder, pero después se fue rompiendo pedazo a pedazo, hasta que por último ante nosotros se abrió un considerable agujero.

De repente, Rovers dejó de trabajar.

–Ahí hay algo de madera, ¿no lo veis?

El viejo aún tenía buena vista, como pude comprobar cuando me agaché y me incliné sobre el orificio. Sí, era madera, la madera del ataúd que buscaba.

Agrandamos el agujero, sacamos las resistentes cuerdas del saco de Pool y las pasamos por debajo de la caja. Gracias a ellas conseguimos ir subiendo palmo a palmo el ataúd, hasta tenerlo a nuestra altura.

Con ojos como platos, Rovers miró primero el féretro y luego a mí.

–¿De verdad queréis hacerlo, amigo Suythof?

–Para eso hemos venido. ¿O creéis que he hecho todo esto para nada? Así que dadme la palanqueta.

Pool metió la mano en el saco y cogió un hierro del tamaño de mi antebrazo con cuya ayuda conseguí levantar la tapa tras dos intentonas fallidas. Sentimos un desagradable olor a podrido. Rovers dio un gran paso atrás, mientras Pool permanecía donde estaba, inmóvil, con la vista clavada en el ataúd. Sin embargo, no me decidía a abrirlo del todo. Titus van Rijn llevaba un año muerto. ¿Estaría el cadáver completamente descompuesto? ¿Qué espectáculo nos aguardaba?

Al final hice un esfuerzo y alcé la tapa. Dentro había un esqueleto, pero no el de un ser humano, y desde luego no el de un hombre adulto: era demasiado pequeño y deforme. El alargado cráneo era el de un animal.

–¿Qué es eso? –preguntó Rovers en un murmullo apenas audible.

–Un perro –opinó Pool–. O un lobo. O algo así.

–Pero, por todos los genios del agua, ¿quién enterraría un animal en una iglesia consagrada a Dios Nuestro Señor?

–Eso mismo me gustaría saber a mí –convine, arrastrando las palabras.

No sabía si tan extraño hallazgo me provocaba más temor o alivio. Ni siquiera sabía lo que significaba exactamente. ¿Seguía Titus con vida? En tal caso, Rembrandt podría, en efecto, haberlo visto por la calle. Pero tanto el propio maestro como Cornelia, el ama de llaves y más gente habían visto cómo a Titus se lo llevaba la peste. ¿Cómo iba a volver a la vida un muerto? ¿Y cómo había ido a parar al ataúd el cadáver de un perro o un lobo?

Nuestra nocturna profanación de tumbas planteaba más interrogantes de los que respondía. Sólo una cosa se me antojaba segura: Rembrandt y su hijo –vivo o muerto– se hallaban implicados en algo de lo que más le valía no saber nada a un ciudadano honrado si quería dormir tranquilo.

Cuanto más miraba el esqueleto del animal, más a disgusto me encontraba. Un escalofrío me recorrió la espalda: ¿debía contarle a Cornelia lo que había encontrado? La verdad es que quería calmarla y consolarla de algún modo, pero ¿qué sentiría si oyera que en la Westerkerk había enterrada esa cosa en lugar de su hermano?

–Devolvamos la caja a su sitio –propuse mientras colocaba la tapa en el lugar que le correspondía–. Nuestra visita ha cumplido con su finalidad.

–Pero a la luz del día todo el mundo se dará cuenta de que alguien ha andado aquí –señaló Pool.

–Haremos lo que podamos –contesté yo, y me apoyé en el féretro para empujarlo de vuelta a la tumba.

Una vez finalizada la tarea y aplanado el piso como buenamente pudimos, Jan Pool metió las herramientas en el saco, aunque uno de los picos se le escapó y cayó al suelo con gran estruendo.

–¡No hagas ruido, Jan! –pidió entre dientes Henk Rovers.

–Ya, ya –rezongó Pool al tiempo que recogía el pico.

Se echó el saco al hombro y, cuando nos disponíamos a marcharnos, una extraña figura apareció en el resplandor del farol: un hombre bajito y rechoncho cuyos espantados ojos me recordaron a los de Henk Rovers.

–¿Q... quiénes sois? –logró decir el nervioso muchacho.

–Operarios –me apresuré a contestar–. Prometimos terminar el trabajo antes de mañana. ¿Y quién sois vos?

–¿Yo? Yo soy el sacristán Adrian Weert y he de tocar las campanas a medianoche porque... –Se interrumpió, dio un paso atrás y nos examinó uno por uno–. No os conozco, y tampoco sé nada de ningún trabajo urgente. Y debería saberlo, porque soy... –De nuevo enmudeció antes de tiempo. Finalmente se dio la vuelta y salió corriendo. –¡Socorro! –gritó–. ¡Ladrones! ¡Profanadores de tumbas! ¡Ladrones de sepulturas!

–¡Dejad el saco aquí y pongamos pies en polvorosa! –le chillé a Jan Pool, y corrimos hacia la puerta lateral por la que habíamos entrado en la Westerkerk.

Llovía intensamente, pero ello suponía la menor de nuestras preocupaciones. Nos alejamos de la iglesia, mas no tardamos en oír los gritos del sacristán: a todas luces intentaba llamar a la ronda. Y ante nosotros surgió una de las parejas que protegían de noche calles de Amsterdam. Por detrás se aproximaba el exaltado Adrian Weert:

–¡Ésos son! ¡Detenedlos! ¡Son los ladrones de tumbas!

Nos encontrábamos entre la Keizersgracht y la Prinsengracht, lo cual reducía considerablemente las posibilidades de huida. Pese a todo, nos metimos a toda prisa en los arbustos que quedaban a nuestra izquierda con la esperanza de que los dos vigilantes no corrieran el riesgo de medirse con tres adversarios.

Pero no era preciso. Apenas hubimos abandonado la calle, escuchamos el estridente tableteo de sus matracas, lo cual avisó a las otras rondas del barrio. Apareció una segunda pareja delante, una tercera al lado, y pronto estuvimos rodeados por catorce o dieciséis hombres. El sonido de sus espadas y sus lanzas, todas ellas dirigidas contra nosotros, no nos dejaba elección: nos rendimos. Lo que más me preocupaba era pasar el resto de la noche en Rasphuis, pero las rondas nos llevaron al Consistorio, donde nos encerraron a los tres en una angosta celda.

Cuando la puerta se cerró a nuestras espaldas, Henk Rovers gruñó:

–Habría preferido diez puñetazos en la nariz.

Capítulo 20
Las apuestas de la muerte

27 de septiembre de 1669

–¿Tanto os gustan las celdas que no queréis salir de ellas, *mijnheer* Suythof? Suponía que con lo que vivisteis hace tres días en la caseta del agua habíais tenido más que suficiente.

Eso me dijo Jeremias Katoen, en tono mitad de burla, mitad de reproche, muchas horas después de que la ronda nos encerrara en el Consistorio. Rovers, Pool y yo habíamos pasado una incómoda noche, hasta entonces no habíamos recibido más que una pequeña jarra de agua y entre nosotros nos habíamos colmado de recriminaciones hasta quedarnos afónicos. Cuando la puerta de la celda se abrió, pensamos que nos darían algo comestible, pero, en lugar de un guarda con comida, había aparecido el inspector.

–Al principio, cuando Dekkert me puso al corriente esta mañana del incidente en la Westerkerk, me negué a creerlo –prosiguió Katoen moviendo la cabeza–. Pensé que me estaba gastando una broma. Pero no, aquí estáis como el más pobre de los pecadores. Estoy empezando a dudar de que estéis en vuestro sano juicio.

–Lo entiendo perfectamente –convine–. Lo que me ocurre desde hace un tiempo me lleva a plantearme si ando bien de la cabeza.

–¿Lo que os ocurre? Vaya, ahora me contaréis que no entrasteis ayer en la Westerkerk, sino que os llevaron allí a rastras. ¿El señor van der Meulen, por casualidad?

–No, él no está implicado en este asunto. Pero ya que lo mencionáis, ¿se ha personado ya?

–No –negó sin más el inspector–. Y ahora decidme de una vez qué pretendíais hacer en la iglesia.

–¿Aquí en la celda? ¿No hay un lugar más agradable en el que podamos conversar sin que nos molesten?

–¿Queréis dejar aquí solos a vuestros cómplices?

–Pensé que podíais dejarlos marchar, *mijnheer* Katoen. Ya conocéis sus nombres, y tenéis la posibilidad de llamarlos en todo momento.

–Así lo haré –replicó el inspector con severidad, mientras dirigía a ambos una mirada sombría–. Os espera una multa de aúpa, pero ahora esfumaos.

No fue preciso que se lo dijera dos veces: desaparecieron antes de que uno pudiera pronunciar la palabra amén.

Katoen volvió a centrarse en mí:

–Y ahora vamos con vos, Suythof. Venid a mi despacho y explicadme qué os ha inducido a pasar de presunto incendiario y asesino a ladrón de tumbas pillado *in fraganti*.

–No he robado nada.

–Pues entonces os llamaré profanador de tumbas. Eso difícilmente podéis negarlo. ¡Venid!

Lo seguí a su despacho, donde me señaló una incómoda silla. Vi por la ventana la Amsterdam matinal. El cielo seguía encapotado, pero un fuerte viento procedente del mar barría la ciudad y empujaba las nubes antes de que éstas pudieran descargar su lluvia. Una chalana avanzaba a la sirga, y unas cuantas gaviotas en busca de alimento sobrevolaban las aguas del Amstel.

Katoen se acercó a un armario del que sacó dos vasitos y una frasca, llenó ambos recipientes con el líquido de la frasca y me ofreció uno.

–Bebedlo de un trago, os levantará el ánimo.

Seguí el consejo, y algo de sabor dulce y abrasador me recorrió la garganta.

–¿Qué es? –pregunté entre toses mientras observaba con recelo el fondo del vaso, donde azuleaban los escasos restos del líquido.

–Aguardiente de arándano. Un tío mío de Utrecht me lo envía con regularidad.

–¿Y lo bebéis con regularidad?

Katoen sonrió.

–No, sólo en ocasiones especiales, como vuestro reiterado arresto.

–Gracias –repuse, dejando el vaso en una mesa llena de papeles–. Os recomendaré. El trato aquí es decididamente más solícito que el de Rasphuis.

Katoen limpió los vasos con un trapo antes de devolverlos a su sitio junto con la frasca. Después se sentó frente a mí y apoyó los codos en la mesa y el mentón en las entrelazadas manos.

–Dado que os sentís tan a gusto aquí, sin duda querréis relatarme cómo fuisteis a parar a medianoche a la Westerkerk. Debo admitir que estoy en ascuas por conocer la historia que me vais a referir esta vez.

Le conté toda la verdad y concluí:

–Pero es posible que no me creáis. Y cuando pienso en nuestra visita al cabaré, no puedo por menos de temer que a estas alturas en el ataúd del hijo de Rembrandt ya descanse un esqueleto humano, aunque no sea necesariamente el de Titus van Rijn.

–Eso se puede aclarar, pero lo del esqueleto del animal no es tan increíble, Suythof. Por desgracia últimamente cada vez tenemos más problemas con los ladrones de tumbas que se apropian de los difuntos. Así que no es de extrañar que el sacristán os tomara por uno de esos robacadáveres: las circunstancias apenas permiten sacar otra conclusión. ¿Por qué no solicitasteis oficialmente la exhumación? Según tengo entendido, de todas formas la del hijo de Rembrandt sólo es una tumba provisional hasta que se amplíe lo suficiente el panteón familiar de los van Loo en la Westerkerk.

–Las formalidades se habrían prolongado en demasía. La preocupación por su padre tiene trastornada a Cornelia. Quería cerciorarme de si la afirmación de Rembrandt de que había visto a Titus era producto de su imaginación o no.

–Eso seguís sin saberlo.

–Cierto, pero el cadáver del animal en la tumba de Titus demuestra que en este asunto hay algo turbio.

–No forzosamente. También es posible que el cadáver de Titus van Rijn haya sido víctima de los ladrones de tumbas.

–¿Y qué se le ha perdido al perro en el ataúd?

–Quizá los ladrones decidieran gastar una broma de mal gusto. –Katoen se dio unos golpecitos en la frente con el índice–. Los que merodean con nocturnidad por las iglesias y los cementerios y roban cuerpos de las tumbas no andan del todo bien de la cabeza.

–Pero ¿qué hacen con los cadáveres?

–La Anatomía –suspiró el inspector–. La práctica de diseccionar cadáveres con fines supuesta o verdaderamente científicos se está imponiendo. Los médicos abren a los muertos para extraerles los órganos y conservarlos igual que otros cuelgan cuadros en las paredes.

–No sois muy partidario de la Anatomía, ¿no?

–¿Cómo voy a ser partidario de un procedimiento que, según dicen, ha de servir para que avancen la ciencia y la medicina, pero al que hasta el populacho tiene acceso, a veces incluso pagando? Hay médicos a los que se elogia por sus éxitos y que aprovechan su popularidad para ocupar importantes cargos públicos. ¿De verdad les importa la medicina o más bien el prestigio y la bolsa?

–¿Os referís al doctor Nicolaes Tulp?

Tulp había llegado a ser edil y burgomaestre de Amsterdam, y me acordaba de que el propio Rembrandt había pintado una de sus clases de Anatomía.

–Él no es más que un ejemplo, si bien sobresaliente.

–De modo que opináis que el doctor Tulp no estaba a la altura de sus cometidos públicos, ¿no es así?

–Yo no he dicho eso. Es sólo que me disgusta que se abuse de los muertos en favor de los vivos. Tal vez tenga que ver con mi profesión, en la que me relaciono con los muertos más de lo habitual.

Reflexioné por un instante en lo que Katoen acababa de decir, sobre todo en lo de la conservación de los órganos.

–El doctor Antoon van Zelden es celebrado por su arte en la conservación de órganos –comenté–. ¿Sabéis si utiliza cadáveres robados para sus fines?

El inspector se inclinó hacia delante y arrugó la frente.

–La habéis tomado con el doctor van Zelden, ¿eh? ¿Por qué razón, si se puede saber?

–Frecuenta la casa de Rembrandt, es el médico de la familia de Gaal y lo vi en el cabaré con van der Meulen. ¿Os basta eso?

–No para acusarlo.

–Eludís mi pregunta, *mijnheer* Katoen.

–Van der Meulen, van Zelden, de Gaal. ¿Estáis empeñado en véroslas con los ciudadanos más relevantes de Amsterdam?

–No estoy empeñado en crearme dificultades, pero me encuentro tan metido en este asunto que para mí ya no hay vuelta atrás. No sólo por mi causa, sino también por...

–Por Cornelia van Rijn, ¿no es eso?

–Sí. Y vos, señor inspector, ¿queréis evitaros tener dificultades con tan importantes caballeros?

–En la medida de lo posible, sí.

–¿Incluso descuidando o faltando a vuestras obligaciones o faltando a ellas?

–Desde luego que no.

–Pues entonces decidme lo que deseo saber sobre el doctor van Zelden.

–Está bien, si no no me dejaréis en paz. Pero tenéis que prometerme que trataréis todo esto con estricta confidencialidad.

–Por supuesto.

–Lo cierto es que sospechamos que van Zelden tiene a su servicio a una pandilla de ladrones de tumbas. Pero hasta el momento no hemos podido probar nada.

–Ya que sabéis la verdad, ¿por qué no me lo contáis todo? Puede que no sea muy listo ni tampoco un pintor con talento, de lo contrario no me habría metido en esto, pero tampoco soy un mentecato. Salta a la vista que estáis actuando especialmente en mi favor, *mijnheer* Katoen. Siempre que acabo en un embrollo aparecéis para librarme de lo peor. ¿Debo considerarlo una casualidad? No lo creo. Así que, os lo ruego, decidme por qué merezco tanta atención.

El inspector sonrió.

–Sois amigo de Ossel Jeuken y discípulo de Rembrandt.

–Esto último lo era, hasta que me enemisté con el maestro.

–Pero seguís viviendo en su casa, ¿no es así?

–Sí, ¿y?

Katoen se levantó y echó mano de su sombrero.

–¿Tenéis apetito, Suythof? Bien, pues os invito a desayunar. Por el camino os enseñaré algo.

En el pasillo nos encontramos a Dekkert, con el que el inspector intercambió unas palabras... en voz demasiado baja como para que pudiera enterarme de nada.

Cruzamos la Dam, que ya estaba muy animada, y nos dirigimos hacia un gran edificio aislado de artística factura sobre el que descollaba una torre igualmente artística. En comparación con la Dam y con la cercana lonja de pescado, allí aún reinaba la calma, cosa que cambiaría de golpe a mediodía: numerosos caballeros vestidos con el atuendo típico de los comerciantes entrarían a toda prisa en la construcción, y cuando, a las dos de la tarde, ésta cerrara sus puertas, saldrían sonriendo satisfechos o con semblante preocupado.

–¿Sabéis dónde nos encontramos?

–¿Os burláis de mí? ¿Qué ciudadano de Amsterdam no sabe que ésta es la bolsa? O sea, el lugar en que los comerciantes especulan con mercancías del mundo entero, y con ello aceleran el incremento de su riqueza... o su ruina.

Una amarga sonrisa cruzó fugazmente el rostro de Katoen.

–Lo habéis descrito muy bien, Suythof. En efecto, aquí ha perdido más de uno todos sus bienes al comerciar con mercancías que ni siquiera había visto y que nunca llegaría a ver.

–Bueno, así son las reglas del comercio: la ganancia de uno es la pérdida de otro.

–No son buenas reglas para los negocios honrados. Espero que estos abusos no duren mucho.

–¿Por qué tanto rechazo?

–Os lo explicaré en el desayuno.

Katoen me llevó a una fonda cercana a la lonja y se decidió por una mesa apartada en un rincón del fondo. Esperó a que el tabernero nos sirviera pan, mantequilla, arenque en salazón y una jarra de cerveza de Delft, y acto seguido comenzó a hablar.

–¿Os acordáis de la llamada fiebre de los tulipanes, Suythof? Sin duda, no por propia experiencia, para eso sois demasiado joven, pero tal vez hayáis oído hablar de ella.

Así era.

–Hará unos treinta años, muchos comerciantes perdieron su fortuna en la bolsa especulando con bulbos de tulipán –dije.

Katoen asintió.

–Fue en 1637, cuando el vacilante entramado de la compraventa se vino abajo. No sólo los grandes comerciantes sufrieron pérdidas; la fiebre de los tulipanes afectó a una considerable parte de la población y arrebató a más de un hombre sencillo el dinero que tan a duras penas había ahorrado.

–¿Por qué me contáis eso? –quise saber antes de darle un buen mordisco a un trozo de pan con arenque.

–Porque demuestra la fuerza demoledora que puede desarrollar el comercio en la bolsa. Puede que, en general, la especulación en los bulbos de tulipán no contraviniera las leyes, pero sí rozó los límites en lo que respecta a cómo deben tratarse los seres humanos.

–Sois un moralista –aseguré con un tonillo burlón.

–De no serlo no podría desempeñar mi cargo. Pero sólo he hablado de la bolsa para pasar a lo que de verdad importa. El enorme éxito de las operaciones bursátiles guarda relación con el hecho de que los habitantes de este país se vuelvan literalmente locos por motivos inexplicables cuando se trata de especular con mercancías e incluso de apostar. Se juegan toda su fortuna por la más ridícula de las cosas. Recuerdo a un hombre que, por una apuesta, cruzó el lago Zuider Zee desde la isla de Texel hasta Wieringen... ¡en una artesa! Y del respetable tabernero de Bleiswijck, que perdió su casa por apostar sobre el aspecto que tenía una columna... ¡una columna de Roma!

–Pero en realidad no son más que casos aislados.

Katoen me miró con gravedad.

–Os equivocáis: constituyen las aberraciones de un delirio que gana más y más terreno. Las apuestas de la muerte lo prueban, por desgracia.

–Las... ¿qué?

–Las apuestas de la muerte –repitió Katoen sombrío–. Queríais saber por qué intervengo tanto en vuestro favor. Tiene que ver, como probablemente habréis adivinado, con el cuadro azul que ha desaparecido, el *Cuadro de la muerte*, como vos lo llamáis. Suponemos que está relacionado con una serie de malhadadas apuestas, unas apuestas prohibidas que no se realizan abiertamente en la bolsa, pero que afectan a los círculos de comerciantes decentes.

–Explicaos mejor –pedí yo, olvidando la comida debido a la tensión.

–Durante los meses pasados, dentro de la comunidad de comerciantes y de prestigiosos gremios se han producido unas defunciones inexplicables. Tomad como ejemplo la atrocidad que cometió el tintorero Gysbert Melchers. Recibimos un soplo que nos advertía de que en la bolsa negra, como nosotros la llamamos, se cruzan apuestas. Apuestas en las que está en juego la vida de distinguidos ciudadanos, y no precisamente de los que yacen enfermos o en su lecho de muerte, sino de quienes gozan de una salud excelente. No conseguíamos explicarnos cómo se puede apostar a algo así, cuando, por regla general, es el destino el que decide la muerte de un ser humano. Por eso en un principio descartamos los informes sobre las apuestas de la muerte al considerarlos meros rumores. Sin embargo, cuando se dieron los casos de Melchers y Jeuken y vos me hablasteis del *Cuadro de la muerte*, todo adquirió sentido de pronto.

–¿Así que pensáis que ese extraño cuadro ofuscó la razón de Ossel Jeuken y de Gysbert Melchers y los empujó a cometer sus crímenes?

–Al menos lo creo posible, aun cuando no pueda explicármelo. Todavía no. Pero he de hallar una explicación, y por ello, como muy bien habéis advertido, puse especial interés en vos. Parecéis estar implicado en este asunto de un modo que ni siquiera vos acertáis a comprender.

–¿Os teméis más asesinatos en un futuro próximo?

–No sé nada con exactitud. Claro está que me importa impedir que se siga asesinando brutalmente a más ciudadanos, pero mi verdadero cometido es otro muy distinto: pretendo evitar que los Países Bajos se desmoronen.

–¿Qué significa eso?

Katoen me dirigió una mirada penetrante.

–¿Mantenéis vuestra promesa de guardar silencio?

–Yo siempre mantengo mis promesas.

–Los Países Bajos son menos firmes de lo que podéis pensar. Lo que Guillermo de Orange logró en su día no es una obra concluida. Poderosos enemigos externos (Inglaterra o Francia) sólo esperan que mostremos una señal de debilidad para volver a caer sobre nosotros. En los últimos tiempos hay muchos espías franceses. Hemos de prepararnos por si Luis XIV se dispone a declararnos la guerra. Imaginad por un momento que, dada la situación, llegara a saberse que caballeros de gran prestigio, entre ellos tal vez algunos de los comerciantes más adinerados, matan a sus semejantes para enriquecerse con las apuestas que ello genera. ¿Quién confiaría en el prójimo? El comercio en bloque se derrumbaría, el país se paralizaría de un día para otro.

–¿Por eso no ha llegado a oídos públicos nada relativo a las demás muertes?

El inspector asintió.

–Nos hemos esforzado por actuar con la máxima discreción, pero lo ocurrido en casa de Gysbert Melchers fue demasiado escandaloso para que no saliera a la luz. La opinión pública todavía no sabe nada de la relación, pero eso es algo que puede cambiar con cada día que pasa. Ahora, tras la muerte de los van Riebeeck, los periódicos están acosando a preguntas a las autoridades.

Aún tenía delante algo de pan y arenque, pero se me había quitado el apetito. Permanecí un buen rato sentado cavilando en silencio. Lo que tan misterioso se me había antojado hasta entonces adquiría una nueva dimensión a tenor de lo que acababa de revelarme Katoen. Por un terrible instante vi a toda Amsterdam sumida en la demencia.

–¿Cómo puedo ayudaros? –pregunté al cabo.

–Seguid con vuestras pesquisas. Vos contáis con posibilidades que a mí me están vedadas por mi cargo. Yo os protegeré todo lo que pueda; pero os pido que, en el futuro, convengáis conmigo vuestros pasos.

–Entonces, ¿el incidente de la Westerkerk no tendrá consecuencias?

–No. Pero difícilmente podía admitirlo delante de vuestros amigos. Además, no les vendrá mal tener algo más de respeto por la ley.

Yo quería regresar a la Rozengracht, y Katoen insistió en acompañarme un tramo. Por el camino le pregunté si le había sacado algo más a Beke Molenberg; afirmó que no.

–Vamos por aquí –sugirió, instándome a ir a la Westerkerk cuando yo pretendía pasar lo más deprisa posible ante el escenario de mi nocturno desastre–. Dekkert nos espera.

No me sentí a gusto cuando entré en la iglesia detrás del inspector. Allí empecé a entender por qué había querido acompañarme y qué había hablado antes con Dekkert. Éste se encontraba con el sacristán Weert y dos trabajadores junto a la tumba de Titus. La habían abierto por segunda vez, y el féretro se hallaba a su lado.

–Llegáis en el momento oportuno, *mijnheer* Katoen –dijo Dekkert–. Estamos listos. ¿Abrimos el ataúd?

–Para eso estamos aquí –contestó Katoen.

Dekkert hizo una señal a los trabajadores, y éstos levantaron la tapa, cosa que, después de lo que yo había hecho la noche precedente, no supuso esfuerzo alguno. Katoen y yo nos aproximamos y clavamos la vista en el féretro.

–Parece que esta vez voy a tener que creeros, Suythof –murmuró el inspector, y torció el gesto al ver el esqueleto del animal.

Capítulo 21

Entre la vida y la muerte

La casa era grande y causaba una tétrica impresión. Las plantas trepaban por los muros y crecían a su antojo, empeñadas en cubrir por completo el edificio. Las demás viviendas de la Kloveniersburgwal se encontraban mucho más cuidadas, lo cual no era de extrañar, pues pertenecían a comerciantes y médicos acaudalados. Según tenía entendido, el doctor Antoon van Zelden también era un hombre bien situado, aunque el aspecto de su domicilio no parecía preocuparle.

–Dejar que su casa se eche a perder de esta forma no es nada neerlandés –le comenté a Cornelia, que había ido conmigo hasta allí–. ¿Estás segura de que este caserón es el del doctor van Zelden?

–Completamente. Estuve una vez con mi padre, cuando vino a ver a van Zelden por un encargo. Aunque me quedé esperando ante la casa.

Desde mi segunda visita a la Westerkerk no habían pasado más que unas horas. No le había dicho nada a Cornelia sobre las apuestas de la muerte, y de la conversación con Katoen sólo le había contado que el inspector ya no consideraba que el asunto del *Cuadro de la muerte* fuese una quimera. Sí le referí, atribulado, lo del esqueleto del animal que había en el ataúd de su hermano. En contra de lo que cabía esperar, lo aceptó con gran serenidad; pensé que Cornelia tal vez había llegado a un punto en que ya nada podía alterarla. Admiré su fuerza, tanto más sorprendente teniendo en cuenta su juventud.

Decidimos hacerle una visita al doctor van Zelden porque esperábamos que, siendo como era el médico de Rembrandt, supiera algo que pudiese ayudarnos a dar con el desaparecido. Además, el médico me resultaba sospechoso desde que lo vi con van der Meulen en el cabaré de Kaat Laurens y, a ser posible, me había propuesto husmear en su casa.

Una criada regordeta cuyos rojos mofletes brillaban como las dos mitades de una manzana nos abrió y nos aclaró en el acto:

–El doctor ya no pasa consulta. Venid mañana entre las diez y las doce.

Iba a cerrar la puerta cuando me apresuré a decir:

–No somos pacientes. Ésta es Cornelia van Rijn, la hija del pintor Rembrandt van Rijn. Hemos venido debido a su padre. Haced el favor de anunciarnos al señor van Zelden.

Nos dejó entrar dubitativa y nos condujo hasta una sala de espera que ponía de manifiesto tanto la vocación de médico de van Zelden como su pasión por el arte: dos de los cuatro lienzos de las paredes eran esbozos anatómicos. Pero más aún me fascinaron los numerosos tarros que se alineaban en diversas mesas a lo largo de la pared. En su interior, en un líquido transparente, flotaban órganos y miembros humanos, entre ellos una oreja y una mano. Cornelia se apartó sobrecogida, pero yo pensé en las palabras de Katoen y me pregunté si van Zelden realmente daría trabajo a ladrones de cadáveres.

La criada regresó y nos llevó a un salón más amplio y suntuoso que la sala de espera, de cuyo mobiliario también formaban parte varios cuadros y algunos tarros con órganos. Un óleo nos cautivó inmediatamente: se trataba de un retrato de Titus van Rijn. En casa de Rembrandt había bastantes cuadros del difunto hijo, de manera que su semblante me resultaba casi tan familiar como el mío propio.

Cornelia alargó una mano como para acariciar el rostro.

–¡Qué bien supo captar a Titus! Es mi hermano de pies a cabeza. Padre lo quería por encima de todo. Me extraña que haya vendido este cuadro.

–Tuve que aplicar cierto arte de persuasión –aseveró una voz bronca a nuestras espaldas–. Fue preciso que le prometiera a vuestro padre que podría venir a contemplarlo cuando quisiera.

El doctor van Zelden, que había entrado sigilosamente, hizo una reverencia a modo de saludo, cosa que, considerando su estatura y aquel cuerpo ligeramente cargado de espaldas, me hizo temer que fuera a perder el equilibrio de un momento a otro y caer de bruces.

–¿Se sabe algo de vuestro padre? –inquirió–. Me tiene muy preocupado.

–También a mí –convino Cornelia–. Precisamente por eso estoy aquí. ¿Tenéis un minuto para mí, doctor van Zelden?

–Para vos, siempre. Pero tomad asiento. ¿Puedo ofreceros una taza de chocolate?

Yo carraspeé.

–¿Sí? –preguntó el médico.

–He venido para acompañar a la señorita van Rijn, pero creo que lo que ha de hablar con vos no es de mi incumbencia, *mijnheer* van Zelden. Si me lo permitís, echaré una ojeada a los objetos que tenéis expuestos en la sala de espera.

–Adelante. Ya conocéis el camino.

Ya en la puerta, añadí:

–Conservar órganos y miembros humanos parece ser una de vuestras grandes pasiones.

–En vista de los numerosos tarros difícilmente podría negarlo. –Emitió una risa breve y seca, pero recuperó la seriedad enseguida–. No obstante, no constituyen un ornamento inusitado en casa de un médico, sino que sirven a fines científicos. Todo lo que veis aquí conservado me resulta de gran utilidad tanto en mis investigaciones como en mis conferencias. Yo mismo he desarrollado una solución alcohólica especial con la que se mejora considerablemente la técnica de conservación.

–Asombroso –alabé, fingiendo estar impresionado–. ¿Y de dónde sacáis a los muertos?

–Por desgracia, en nuestra ciudad accidentes y epidemias están a la orden del día. No hay escasez de cadáveres.

Asentí aquiescente y regresé a la sala de espera, donde me encontré a la criada, que les quitaba el polvo a los altos tarros con un paño blanco.

–Vuestro señor es muy meticuloso con lo de la conservación –comenté de pasada.

–Uy, sí, *mijnheer*. Tengo que cuidarme muy mucho de no romper nada. Y en su santuario ni siquiera me permite entrar.

–¿Su santuario? ¿A qué os referís?

La mujer soltó una risita y bajó los ojos.

–Así es como yo lo llamo. Son las habitaciones de la parte trasera de la casa, donde el señor lleva a cabo sus investigaciones. Allí es donde trabaja en lo de la conservación. Nunca he podido poner el pie en esas estancias, aunque ya llevo dos años a su servicio. No sé cómo se las arregla para mantenerlas limpias.

–Puede que vuestra presencia allí lo distrajera en exceso.

–Tal vez –respondió la muchacha, devolviendo a su sitio con esmero un tarro ya limpio–. Justo cuando llamasteis, el señor estaba en su santuario. Por eso no estaba segura de si debía molestarlo.

Agradecido por su franqueza, continué preguntando con cautela:

–Pero a vos os gustaría ver el santuario, ¿no es así? Delante de mí podéis admitirlo tranquilamente, no os delataré. ¿Nunca habéis intentado echar un vistazo a escondidas?

–No, *mijnheer*, ¡menuda ocurrencia! Claro que a veces siento la tentación, cuando limpio el pasillo de atrás, pero jamás en la vida entraría en esas habitaciones sin permiso.

–Sois muy cumplidora –elogié a la rubicunda sirvienta, y acto seguido me despedí con el pretexto de regresar al salón.

Sin embargo, en el largo y sinuoso pasillo, en realidad no torcí hacia el salón, sino que me dirigí a la parte trasera de la casa, donde, tras una gran puerta, supuse que se hallaba el denominado santuario del doctor van Zelden. No abrigaba muchas esperanzas de encontrarme la puerta sin la llave echada. No obstante, probé suerte y, para mi asombro, se abrió sin más. La llave estaba puesta por dentro: era evidente que nuestra llegada había sorprendido de tal modo al médico que se olvidó por completo de echarla.

Entré a toda prisa y cerré la puerta tras de mí. A través de las cortinas corridas sólo se colaba una luz mortecina en la amplia estancia, que parecía un gabinete. En las paredes no había ningún cuadro, sino bosquejos del cuerpo humano y sus órganos internos. Sobre una mesa descansaban pesados mamotretos en latín, y en un rincón, un esqueleto humano completo colgaba del techo. Recordé sin querer lo que había visto en el ataúd de Titus y un escalofrío me recorrió la espalda.

Estaba claro que en la habitación contigua, van Zelden se dedicaba a la conservación. Un sinfín de órganos flotaba en la solución transparente que, según sus propias palabras, él mismo había desarrollado, y en un armario había docenas de frascos vacíos de diferentes tamaños.

Vi una puerta que presumí daba a otro cuarto, pero estaba cerrada a cal y canto.

Miré a fondo en la segunda estancia, pero no di con la llave, así que volví al gabinete, comencé a rebuscar y finalmente di con una llave escondida bajo uno de los mamotretos. Regresé deprisa, probé ¡y encajó!

El corazón me latía con fuerza al franquear la puerta que con tanto celo había afianzado van Zelden. Y lo que allí vi, en efecto, me hizo retroceder. Aparté la mirada y tuve que hacer un esfuerzo por volver a fijarla en lo que van Zelden mantenía oculto.

En un rincón del cuarto había una estructura de cristal empotrada, una especie de vitrina gigantesca que iba del suelo al techo. El líquido de su interior no era incoloro como el de los tarros pequeños, sino azulado, y sin embargo dejaba entrever lo que flotaba en él: un hombre desnudo, un joven que me miraba con ojos vidriosos. Su delgado rostro me era de sobra conocido. Ni que decir tiene que estaba muerto y la mirada vacía, y, sin embargo, creí percibir una súplica en ella, el ruego de que liberara aquel cuerpo exangüe de tan antinatural conservación y le diera sepultura.

Me habría gustado asir una silla y hacer pedazos el cristal, pero renuncié, pues el médico no debía saber que había descubierto su secreto.

Salí de la habitación a toda prisa, contento de poder cerrar la puerta tras de mí. Deposité la llave en su sitio y abandoné las habitaciones, que, más que un «santuario», me parecieron un lugar sacrílego.

Me enjugué el sudor de la frente, puse buena cara y fui al salón, donde Cornelia se acababa de levantar para despedirse del doctor van Zelden.

–¿Te ha servido de ayuda el doctor? –pregunté como si nada hubiera pasado.

–No en lo tocante al paradero de mi padre, pero me ha reconfortado hablar reposadamente con él. El doctor van Zelden es un hombre muy comprensivo y me ha ofrecido su ayuda siempre que la necesite.

Le dije al médico:

–Es muy amable por vuestra parte, doctor van Zelden.

–No tiene importancia. –Miró a Cornelia–. Venid a verme con toda tranquilidad cuando estéis afligida –ofreció. Y, volviéndose a mí, añadió–: Eso también va por vos, *mijnheer* Suythof.

Su mirada y su tono no me agradaron. Casi fue como si supiera que había irrumpido en las estancias secretas. Pero era imposible. Me pregunté, preocupado, si con las prisas habría dejado algún rastro. En caso de que van Zelden descubriera algo, sólo me quedaba esperar que sus sospechas recayeran en la criada rubicunda que nos acompañó a Cornelia y a mí hasta la puerta.

Entré en pos de Cornelia en la primera taberna que vimos y pedí un vino tinto de cuerpo. Ambos le dimos un trago antes de que la pusiera al corriente de mi increíble descubrimiento.

Sus ojos azules me miraron con incredulidad.

–¿Un ser humano en un frasco?

–Sí. Flotando en el líquido como un enorme pez muerto.

–¿Qué persigue con ello van Zelden?

–Eso es algo que también yo me pregunto, en especial dado que el muerto...

Tragué saliva y no logré continuar.

–¿Qué ocurre con el muerto?

–Es... tu hermano.

Cornelia palideció y se me quedó mirando un minuto o más con cara de asombro. Luego dijo con voz temblorosa:

–¿Titus? ¡No puede ser!

–Es él, sin duda. Y ello encaja con el hallazgo de la Westerkerk. Tal vez el cadáver del animal que había en el féretro no fuera una broma de los ladrones de cuerpos. Es posible que Titus ni siquiera ocupara el ataúd en el sepelio. Su cuerpo no muestra ni sombra de descomposición. Supongo que cambiaron su cadáver por el del animal antes de que lo inhumaran. De esa forma había algún peso en el féretro y el engaño pasó inadvertido.

–Pero... ¿qué se propone hacer van Zelden con Titus?

–No lo sé.

Cornelia se levantó de un salto y tomó su capa.

–¿A dónde vas? –le pregunté.

–A ver a tu inspector Katoen. Hemos de llevarlo en el acto a casa de van Zelden para que ponga fin a la horrible profanación del cuerpo de Titus.

Agarré a Cornelia con suavidad y la obligué a sentarse de nuevo en el banco de madera.

–No es una buena idea. Quizá van Zelden sepa algo del paradero de tu padre, aunque no nos lo dirá de buena gana. Acudiré a Katoen y me ocuparé de que vigile estrechamente a van Zelden. Tal vez el médico nos lleve hasta tu padre.

Me miró escéptica y esperanzada a un tiempo. Después soltó todo lo que llevaba tanto tiempo conteniendo. Rompió a llorar en mi hombro, y yo le acaricié el cabello con ternura. Era tremendamente doloroso verla tan desesperada, y mi único consuelo residía en el hecho de que fuera conmigo con quien se desahogaba.

No presté atención a las miradas curiosas de los otros clientes, y aguardé con paciencia hasta que Cornelia se sintió un poco mejor.

Se secó las lágrimas con mi pañuelo y quiso saber:

–¿Crees que mi padre vio el cadáver de Titus en la calle?

–No lo sé –repuse–. Pero, si es así, van Zelden tiene el sacrílego poder de devolverles la vida a los muertos.

Capítulo 22

Un reencuentro inesperado

28 de septiembre de 1669

A la mañana siguiente fui al Consistorio en busca de Katoen y le conté lo del cadáver que en realidad debía descansar en la Westerkerk. El inspector escuchó la sorprendente historia con cara seria y al final coincidió conmigo en que lo mejor era no tomar medidas contra van Zelden por el momento. Únicamente sería sometido a estricta vigilancia.

Me despedí de Katoen y me dirigí a la Damrak para visitar a Ochtervelt. Como su bella hija no se encontraba en el establecimiento, le entregué al anciano el ramillete de tulipanes que había comprado para ella.

Él miró primero las flores y luego a mí como si dudara de mi sentido común.

–¿Qué significa esto, Suythof? ¿Queréis pedir mi mano?

–Aún soy capaz de dominarme –le contesté sonriente–. Dadle el ramo a vuestra hija a su regreso y decidle que es de un admirador desconocido.

–¿Por qué? –inquirió arrugando la frente.

–Porque las mujeres sienten debilidad por los admiradores desconocidos. Las flores inspirarán a Yola y harán que esté más alegre y bella si cabe. Y, quién sabe, puede que, efectivamente, pronto saludéis a vuestro futuro yerno.

–Esperemos que no sea como vos –gruñó Ochtervelt, dejando el ramillete sin miramientos sobre una pila de libros.

–¿Qué tenéis contra mí?

–Últimamente se oyen cosas desagradables sobre vos. Os encerraron en Rasphuis por ser sospechoso de haber prendido fuego a la casa de los van Riebeeck. El joven señor de Gaal estuvo aquí hace unos días para traerme las correcciones de la segunda edición del libro de su padre, que imprimiré en breve. Estaba terriblemente irritado con vos y os deseó lo peor.

–Ya me lo figuro. Lo conocí en Rasphuis.

Ochtervelt se me quedó mirando como si fuera un bicho raro.

–¿Y cómo os va ahora?

–Sigo vivito y coleando. Tal vez eso os demuestre que soy inocente.

–Inocente, ¡quiá! ¿Quién es inocente en este mundo?

–Ésa es una cuestión completamente distinta –contesté, y miré pensativo por la ventana–. Decidme, ¿por qué el negocio del señor van der Meulen está cerrado?

–Preguntádselo a él, no a mí.

–No es tan sencillo. Según dicen, ha abandonado Amsterdam rumbo a un destino desconocido. ¿Sabéis algo al respecto?

Ochtervelt negó con la cabeza.

–De vez en cuando hago algún negocio con van der Meulen, eso es todo. A veces me paso semanas sin verlo. No es asunto mío cuándo y adónde viaja. Y a vos, ¿qué os importa?

–Tengo que preguntarle una cosa con urgencia –respondí evasivo, aunque sin faltar a la verdad–. ¿Cuánto hace que está al frente de su negocio aquí en la Damrak?

Ochtervelt pensó la respuesta por un instante.

–No mucho, cuatro o cinco años tal vez.

–¿Y antes?

–Aún no tenía una clientela tan ilustre; su local de negocio estaba en una zona de mala fama en los límites del Jordaan.

–¿Podéis describirme el lugar con más precisión?

Frunció el ceño de nuevo y, acto seguido, me proporcionó una descripción del camino en toda regla, aunque no recordara el nombre de la calle.

–Pero ya no hay mucha actividad por allí. Todavía se utilizan algunos almacenes de la zona, lo demás se encuentra en un estado ruinoso. Ya va siendo hora de que las autoridades hagan algo al respecto.

Le di las gracias y salí de nuevo a la Damrak, donde un viento fresco empujaba las brillantes hojas otoñales por el empedrado. Con la mente puesta en Cornelia, que se había recuperado un tanto del susto y estaba en la Rozengracht al cuidado de la fiel Rebekka, me encaminé a la zona descrita por Ochtervelt. El viento se hizo más frío, casi cortante, y encogí los hombros todo lo que pude.

El lugar era, en efecto, desolador. A van der Meulen debía de haberle costado lo suyo dar el salto desde allí a la Damrak. Lo creía capaz de todo y, por supuesto, también de haberse servido de medios ilegales para conseguir su ascenso.

Llevaba media hora perdido entre casas en ruinas y almacenes que más bien parecían cobertizos, incapaz de dar con el edificio que buscaba, cuando me crucé con un hombre entrado en años que llevaba un pesado saco al hombro.

–Disculpad, *mijnheer* –lo detuve–. Busco una casa que en su día perteneció al marchante Maerten van der Meulen. Debe de andar por aquí.

El viejo soltó su carga, se frotó los blancos cañones del mentón y meneó la cabeza.

–¿Un marchante por aquí? Debéis de estar equivocado, *mijnheer* –respondió mientras extendía la palma de la mano hacia mí con aire casual, como si quisiera comprobar si llovía.

Eché mano a la bolsa y le puse dos *stuyver* en la huesuda zarpa. El anciano contempló las monedas brevemente y las hizo desaparecer en un bolsillo de la casaca. Luego se pasó los dedos por el cabello, de un gris blanquecino, ladeándose al hacerlo el sucio gorro, y se rascó el cogote.

–Ahora que lo pienso mejor me acuerdo de algo. Un marchante, decís.

Asentí con impaciencia y añadí:

–Se fue de aquí hará unos cuatro o cinco años.

–Mmm, sí, ya sé a qué os referís. La casa que buscáis está muy cerca. Ahí enfrente, el callejón de la izquierda, ¿lo veis? Tenéis que meteros ahí. La calle es muy corta. La casa que buscáis es la última de la derecha.

Agarró el saco de nuevo y siguió su camino. Si no me había mentido para ganarse unos *stuyver* fáciles, mi destino se hallaba muy cerca. Pero ¿de verdad pretendía encontrar en aquel lugar una pista que me llevara hasta van der Meulen? En la vida del marchante parecían haber cambiado unas cuantas cosas desde que se había mudado de allí. Era de suponer que ya nada lo unía a su antigua casa.

A pesar de todo fui al callejón que me había señalado el viejo. No había ningún otro indicio, y no tenía nada que perder... o al menos eso pensaba.

La última vivienda de la derecha era, como casi todas las del callejón, una ruina. Me parecía inconcebible que la ciudad de Amsterdam permitiese que se echaran a perder así calles enteras.

La antigua casa del marchante estaba deshabitada, lo cual no me sorprendió. La mayoría de las ventanas de los pisos superiores tenían los cristales rotos y las de la planta baja habían sido claveteadas con tablas, al igual que la puerta de entrada. Al tratar de arrancar unos tablones de la puerta, una gran astilla se me clavó en la mano derecha. Me la saqué con sumo cuidado con el pulgar y el índice de la izquierda, y dos o tres gotas de sangre cayeron al suelo. Soltando imprecaciones, eché un vistazo a mi alrededor en busca de una forma más sencilla de entrar en la vivienda.

Al lado, a la izquierda del edificio, había un camino angosto que parecía contornear la casa. Lo seguí, pero sólo encontré más ventanas entabladas. El sendero se hacía cada vez más estrecho, y la pared trasera de la casa casi rozaba la de la vivienda contigua, cuyo estado no era mucho mejor. Como las paredes se hallaban tan juntas, la oscuridad era considerable, de modo que no fue nada extraño que me metiera en un agujero, tropezara y cayese. Al intentar frenar la caída, me raspé las manos, que me empezaron a escocer de un modo insoportable. Comenzaba a maldecir el momento en que se me ocurrió buscar algún rastro del desaparecido marchante en aquellas ruinas.

Justo cuando me levantaba entre ayes, oí una voz queda:

–Cuidado con dónde ponéis los pies, Suythof. Esto no es la Damrak, como ya habréis advertido.

Achiqué los ojos y miré al frente. Allí, como surgido de la nada, había un hombre cuya languidez me resultaba tan familiar como su ronca voz. Pero ¿de quién podía tratarse? Me acerqué a él con escepticismo y cautela para no volver a caerme. Cuanto más me aproximaba, más se perfilaba su silueta contra la penumbra.

Me detuve a dos o tres pasos de él y pregunté desconcertado:

–¿Vos? Pero ¿qué hacéis aquí?

–Esa pregunta más bien debería hacérosla yo a vos –contestó Rembrandt van Rijn–. No creo que se os haya perdido nada aquí.

–Sí, ¡vos!

Ante mí se hallaba mi antiguo maestro, que me contemplaba impasible como si no hubiera desaparecido sin dejar rastro hacía ya casi una semana, sino que sólo hubiese salido a comprar algo. Estaba más delgado de lo que lo recordaba, con el rostro aún más hundido y arrugado. Iba sin gorra, y los ralos cabellos canos le caían desordenados por los hombros.

–¿Por qué me buscáis? –inquirió.

–Porque la preocupación por vos ha hecho enfermar a vuestra hija.

–No puede ser. Cornelia sabe dónde estoy.

–¿Ah, sí? ¿Desde cuándo?

–Desde siempre.

–Ésa sí que es una novedad. Ayer estaba deshecha en lágrimas por vuestra causa.

–¡Mentís! –exclamó Rembrandt, y su serenidad se trocó en ira de un segundo a otro–. Siempre habéis sido mentiroso y poco formal. No debí haberos acogido en mi casa.

–No tengo ningún motivo para mentiros. Sois vos quien desvaría. ¿Quién se supone que informó a Cornelia de vuestro paradero?

–¿Quién va a ser? Pues Titus. Él fue quien me trajo aquí.

–¿Vuestro hijo Titus?

Ahora Rembrandt sonreía de repente y asentía con vehemencia.

–Imaginaos, a Titus no se lo llevó la peste. ¡Mi hijo está vivo! Me trajo aquí y me prometió decírselo a Cornelia.

Pensé en el esqueleto del animal que había en el ataúd de Titus y en el cadáver que conservaba el doctor van Zelden en su casa.

¿Estaba Rembrandt loco? ¿Lo estaba yo?

¿Estaba siendo víctima toda Amsterdam de la locura?

–No me creéis –espetó el anciano tras escrutar mi rostro.

–Así es. Visteis morir a vuestro hijo. ¿Cómo podéis afirmar que vive?

–Pues vive. ¡Y se encuentra aquí! ¿Queréis que os lleve hasta él, Suythof?

–Me haríais un gran favor.

–Bien, entonces seguidme.

Dio media vuelta y bajó unos peldaños que hasta ese momento yo no había visto. Conducían hasta la entrada del sótano, posiblemente el único acceso a la casa que no estaba entablado. Para su edad, Rembrandt se movía con una agilidad asombrosa, y no tardó en desaparecer por el oscuro vano de la puerta. Aceleré el paso, entré en aquella casa sombría que olía a moho y... en lugar de a Rembrandt vi a tres individuos, también viejos conocidos, aunque no supiera sus nombres. Una tarde de agosto me atacaron cerca de la Rozengracht, y hacía justo seis noches me habían tendido una trampa en la Torre de las gaviotas. Y ahora había vuelto a caer en sus garras.

Detrás de los tres, de la oscuridad, surgió Rembrandt riendo tontamente.

–Con esto no contabais, ¿eh? Así dejaréis de seguirme de una vez sólo porque estáis celoso de Titus.

Sus palabras carecían de sentido, y yo tampoco tenía tiempo para dedicarme a desentrañarlo. Aquellos tres tipos huraños se acercaron, y esta vez toda resistencia era inútil. Cada uno de ellos sostenía una pistola en la mano y parecía dispuesto a hacerme un agujero en el cuerpo a la menor señal de oposición.

El de la cicatriz, el jefe, sonrió malicioso.

–Vaya, vaya, pintorcito, parece que has ido demasiado lejos, ¿eh? –Señaló con el cañón de la pistola la estrecha entrada–. Has entrado por ahí, pero para ti no hay salida. Si nos causas problemas, te meteremos una bala en la cabeza.

–Me temía algo de eso –contesté, procurando al menos parecer sereno.

Por dentro estaba desesperado y confuso a partes iguales. Desesperado por haber vuelto a caer en la trampa de aquellos tipos, que difícilmente me dejarían escapar otra vez. Confuso porque Rembrandt van Rijn se encontraba a tan sólo unos pasos de mí y parecía divertirse con mi lamentable suerte.

El pintor y los tres pistoleros me condujeron por un laberinto subterráneo cuyas dimensiones me dejaron pasmado. La única explicación posible era que varias de las casas contiguas se hallaran unidas mediante esos pasadizos. Uno de los hombres caminaba delante con un farol e indicaba al resto el camino.

Nos detuvimos al llegar a una bifurcación y el de la cicatriz le dijo a Rembrandt:

–Será mejor que sigáis con vuestro trabajo, maestro. Nosotros nos ocuparemos de Suythof.

–Como queráis –contestó el aludido, y desapareció por un corredor lateral en cuyo extremo alumbraba la débil luz de un quinqué.

Me encerraron en un calabozo similar al del cabaré, sólo que éste era un poco mayor y en una de las paredes había unas cajas apiladas. Carecía de ventana, y los matones se llevaron consigo el farol.

La pesada puerta se cerró con un crujido. Por tercera vez en menos de una semana volvía a estar atrapado en un sombrío agujero.

Capítulo 23

La maldición de Delft

–Bueno, Suythof, os encontráis en una situación igual de miserable que hace unos días. Sed sincero, teniendo en cuenta vuestro penoso estado, ¿ha valido la pena tanta zozobra?

Al cabo de unas horas, que pasé sentado en una de las cajas de madera en absoluta oscuridad, la puerta se había abierto y había entrado alguien, el resplandor de cuyo farol me cegó. Aunque en un principio sólo pude reconocer vagamente al visitante, no tardé en saber quién era por la voz.

–Así que al final no os habéis ido tan lejos –afirmé, y poco a poco mis ojos se fueron acostumbrando a la cegadora claridad–. Probablemente nunca hayáis salido de Amsterdam.

Van der Meulen dio un paso hacia mí y sonrió.

–Menudo elemento estáis hecho. Incluso el que me hayáis encontrado aquí es una prueba de vuestro olfato. Enhorabuena. A decir verdad, es una lástima que no nos deis más que problemas. Un hombre como vos sería de gran utilidad en nuestras filas.

Me dije a mí mismo que debía tener cuidado. Ya en su momento, cuando aún tenía a Maerten van der Meulen por un inofensivo marchante, averigüé que se le daba muy bien engatusar a uno. Mas decidí fingir que aceptaba sus lisonjas, pues me pareció la única manera de recuperar mi libertad y enterarme de lo que estaba ocurriendo allí.

–Habláis de «vuestras filas». ¿Cómo voy yo a saber de qué se trata o si vuestra causa es también la mía?

–Difícilmente podría serlo –suspiró van der Meulen–. ¿Sois una persona religiosa?

–Cuando voy a la iglesia es más por obligación que por convicción.

–¿Qué sabéis vos de vuestro calvinismo?

Agucé el oído.

–¿De *mi* calvinismo?

–Responded a mi pregunta, Suythof.

–Sé lo que se aprende de pequeño y lo que se recuerda de adulto, nada más.

–Y probablemente sepáis menos aún de la religión católica.

–¿Qué hay de extraño en ello? No es que esté precisamente extendida entre nosotros.

La ira desfiguró el rostro de van der Meulen.

–Desde que los calvinistas se hicieron con el poder hace casi un siglo, no hemos podido practicar nuestra religión en público. ¡Y sin embargo es la fe verdadera! Tenemos que reunirnos a escondidas, en pequeñas iglesias que los comerciantes que comparten nuestro credo han dispuesto en sus casas o en lugares como éste, bajo tierra. Es una ignominia. Pero pronto cambiarán las tornas.

–¿Pronto? ¿Cómo? ¿Y cuándo?

–No debería contaros demasiado, Suythof. Al fin y al cabo, vos no sois católico ni tampoco gerardista.

–¿Gerardista?

–Nuestra asociación debe su nombre a Baltasar Gérard, aquel valiente que en 1584 arriesgó la vida para poner fin a la dominación de Guillermo de Orange y, con ella, al poder del calvinismo. Seguramente habréis oído hablar de él.

–Le pegó un tiro al príncipe Guillermo en Delft y lo ajusticiaron por ello, ¿no es así?

–Sí. Lo cierto es que, aunque mató a Guillermo, no logró quebrantar la fuerza del calvinismo en los Países Bajos. Nosotros y nuestros aliados nos proponemos cambiar esa situación. En el patíbulo, cuando el verdugo le rajaba el cuerpo, Baltasar Gérard gritó: «¡Malditos seáis todos, calvinistas desalmados! Vosotros, vuestros hijos y los hijos de vuestros hijos. ¡Mi maldición os habrá de perseguir cien años, a vosotros y a todos los que vivan en vuestros Países Bajos, dejados de la mano de Dios!».

Poco a poco fui comprendiendo lo que van der Meulen quería decirme. En voz queda, casi para mí, razoné:

–Los gerardistas quieren contribuir a que se cumpla la maldición de Delft.

–Como ya os he dicho, Suythof, sois un buen elemento.

Por el momento van der Meulen no estaba dispuesto a darme más información, pero ordenó que me trajeran agua, pan, un pedazo de queso y algo de vino. Los guardianes incluso me dejaron una vela en el calabozo.

A pesar de mi desagradable situación, sentí apetito. La cosa tenía mala pinta, pero no era irremediable. Cuando no apareciera, Jeremias Katoen llegaría hasta mí por medio de Emanuel Ochtervelt. Además, no debía quedarme sin fuerzas. De modo que me abalancé sobre la comida y aproveché el tiempo para meditar sobre las aclaraciones que me había proporcionado el marchante.

Los fragmentos comenzaban a componer una imagen. Pero sucedía igual que con más de una obra de Rembrandt: la oscuridad era mayor que la luz.

Pasaron de nuevo varias horas, y al cabo vinieron mis tres guardianes a buscarme.

–¿A dónde vamos? –inquirí.

–Pronto lo verás –contestó el de la cicatriz mientras me empujaba con rudeza por aquella maraña de pasadizos mal iluminados. En un cruce nos esperaba van der Meulen.

–¿Qué dimensiones tiene vuestro refugio subterráneo? –quise saber–. ¿Quién lo ha creado?

–Data de la época de las guerras que libró Guillermo de Orange. Por aquel entonces, gran parte de esta zona estaba sin edificar. Los pasillos subterráneos se abrieron para almacenar provisiones y munición por si sitiaban Amsterdam y, si la ciudad era tomada, para ocultarlas al enemigo. Nosotros hemos seguido ampliándolos. Pero ahora venid, va a empezar la misa.

–¿Una misa?

–¿No queréis saber más acerca de nuestra religión? Pues acompañadme a nuestra iglesia secreta.

Había logrado que me picara de veras la curiosidad, y lo habría conseguido sin necesidad de que los tres hombres armados me obligasen a ello. La galería por la que van der Meulen me guiaba no tardó en confluir con otras y agrandarse hasta formar una sala subterránea que se hallaba iluminada por varias lámparas y velas. Llegaba gente de todas partes: hombres, mujeres y niños.

–El domingo acuden muchos más –explicó van der Meulen–. Pero todas las tardes celebramos un oficio. Y todo el que forma parte de nuestra comunidad y dispone de tiempo asiste.

–Pero tanta gente en masa, ¿no llama la atención?

Meneó la cabeza.

–Hay más entradas que la que utilizasteis vos.

A continuación me mostró la habitación contigua, que no me costó reconocer como la iglesia secreta de que me había hablado. Las paredes se hallaban ornadas con pinturas y tapices de carácter religioso, en claro contraste con los austeros templos de los calvinistas. Unas grandes velas alumbraban la estancia, incluidas las dos filas de bancos de madera, que se iban ocupando más y más. Van der Meulen tomó asiento a mi lado en uno de los bancos de atrás, y los esbirros permanecieron a la entrada, con las pistolas escondidas respetuosamente bajo la ropa.

Un sacerdote apareció en el altar, y escuché fascinado su cantinela en latín, aunque no entendí ni palabra. Lo que me cautivaba era lo irreal del escenario. El sermón, las oraciones y los cánticos en aquella sala bajo tierra eran como salidos de un sueño febril, y sin embargo eran reales, yo me encontraba en medio.

Si van der Meulen me hubiese contado la historia de los gerardistas en cualquier otra parte, en una taberna o un café, tal vez me habría limitado a mirarlo con incredulidad, quizá incluso me hubiese reído. Sin embargo, allí abajo, en aquel mundo aislado, el desatino adquiría tintes más palpables y amenazadores. Puede que eso fuera precisamente lo que perseguía van der Meulen al llevarme a la misa; trataba de impresionarme, cosa que sin lugar a dudas había logrado.

Después de la ceremonia, muchos gerardistas se acercaron a van der Meulen y le hablaron con sumo respeto. No cabía duda de que no era un miembro cualquiera de la comunidad. Mientras, hizo como si yo no existiera. El hecho de que pudiese oír las conversaciones no parecía importarle lo más mínimo. Así que no me consideraba un peligro. Probablemente porque no tenía pensado dejarme marchar, a no ser como uno de los suyos.

Un hombre de edad y una joven vinieron hacia nosotros, y a mí se me cortó la respiración: allí estaban Emanuel Ochtervelt y su hija Yola. Me sonrieron los dos.

–¿Vos... aquí? –fue lo único que conseguí decir, atropelladamente, debido a la sorpresa, pregunta cuya respuesta, por otra parte, era evidente.

–No es la primera vez, amigo Suythof –replicó Ochtervelt–. Me alegraría veros por aquí más a menudo.

–A mí también –convino Yola con voz meliflua al tiempo que me guiñaba un ojo–. Y en caso de que os topéis con mi admirador desconocido, *mijnheer* Suythof, dadle un cordial saludo de mi parte y decidle que me gustaron mucho sus tulipanes.

Van der Meulen se dirigió a mí:

–Seguiremos hablando mañana. Tengo un asunto que tratar con Ochtervelt. Buenas noches, Suythof.

Los guardianes me llevaron de vuelta a la celda, donde no sólo me esperaba una cena abundante, sino también mantas y una almohada. No obstante, en esa ocasión no estaba para comidas, ya que el encuentro con los Ochtervelt había truncado la esperanza de que Jeremias Katoen acudiera en mi auxilio.

Más aun: seguro que Ochtervelt le había anunciado mi visita a van der Meulen. Posiblemente me hablara de la vieja casa en los límites del Jordaan sólo para impedir que continuara con mis pesquisas.

Capítulo 24
La isla del diablo

29 de septiembre de 1669

Allí abajo no era ni de día ni de noche, pero cuando la puerta de la celda se abrió y, tras un sueño intranquilo, recibí el burlón «buenos días» de boca de uno de los guardianes, supe que en el mundo exterior despuntaba un nuevo amanecer. El hombre me trajo leche, pan y queso y regresó poco después con un cubo de agua para que me lavara.

Fue el aseo matutino más insólito de mi vida. Apenas estuve listo, aparecieron de nuevo el de la cicatriz y el calvo.

–Ven con nosotros, te esperan –anunció el primero.

Los seguí creyendo que me llevaban a ver a van der Meulen, y albergué la esperanza de averiguar más detalles sobre la conspiración. Aquellos tipos me condujeron hasta una estancia cuya descripción más aproximada sería la de salón subterráneo. Había cómodas sillas, una gran mesa y hasta algunos cuadros en las paredes. Uno de ellos plasmaba una escena del Antiguo Testamento, y reconocí en el acto el sello de Rembrandt. De no ser por la ausencia de luz natural y por la humedad y el frío, comunes a todo aquel laberinto bajo tierra, uno podría haberse sentido a gusto en la estancia.

Mientras contemplaba el lienzo de Rembrandt oí entrar a alguien. Era un hombre de cabello cano que, a juzgar por su apariencia, rondaría los setenta. Pese a ello, su porte era erguido, y cada uno de sus movimientos revelaba una energía inquebrantable. Aunque no lo había visto antes, supe al instante a quién tenía ante mí.

–Buenos días, *mijnheer* de Gaal –saludé.

Él se detuvo a dos pasos de distancia de mí y me examinó con sus oscuros ojos.

–¿Nos conocemos?

–No, que yo sepa.

–Entonces, ¿cómo sabéis quién soy?

–Conocí a vuestro hijo en Rasphuis, en circunstancias no menos desagradables que éstas. Se parece mucho a vos.

–Al menos en apariencia –respondió Fredrik de Gaal con cierta tristeza–. Van der Meulen está en lo cierto: no tenéis un pelo de tonto. Y, tal y como opina él, nos seríais de gran utilidad.

–¿Habéis venido a hacerme una proposición?

–Digamos que quiero hablar con vos. Tomemos asiento. Supongo que tenéis preguntas, y a mí me ocurre lo mismo.

–Sí, tengo muchas preguntas –admití, sentándome enfrente de él.

–Oigámoslas, pues.

Sus finos labios esbozaron una sonrisa, pero no permití que me embaucara. El anguloso rostro de nariz aguileña, que tanto se asemejaba al de su hijo, tenía algo de rapiñador. Decidí andarme con sumo cuidado, ya había caído en bastantes trampas.

–Van der Meulen me habló ayer de los gerardistas –comencé–. ¿De cuántos miembros se compone vuestro grupo?

Mi interlocutor desechó la pregunta con la mano.

–No empecéis de sopetón con cosas tan delicadas, de lo contrario pensaré que queréis sonsacarme. Ésa es una cifra que muy pocos miembros de nuestra comunidad conocen. Contentaos con saber que somos más que suficientes para lograr nuestro objetivo.

–La revitalización del catolicismo en los Países Bajos.

–Exactamente.

–O tal vez la imposición del catolicismo como religión imperante.

–También.

–¿Y el establecimiento del catolicismo como única fe?

–Ya veremos cómo evolucionan las cosas.

–¿Cómo es que nadie ha oído hablar nunca de los gerardistas?

–Porque operamos en la clandestinidad, como habéis comprobado. La mayor parte de nuestros correligionarios ha constituido pequeñas parroquias que celebran los oficios divinos en las denominadas iglesias secretas. Sin embargo, en realidad no tienen nada de secretas: el Estado sabe de su existencia y sabe quién profesa la verdadera religión en los Países Bajos.

–Os referís a la religión católica.

–Naturalmente. De ese modo, el Estado puede vigilar a los católicos del país e impedir, a un tiempo, la libre difusión de nuestro credo. Porque ¿cómo van a dar a conocer los católicos su fe si no pueden abrazarla abiertamente? Nosotros, en cambio, seguimos otros derroteros. Fingimos profesar el calvinismo, vivimos conforme a los preceptos calvinistas, vamos a las iglesias de esos impíos. Pero en nuestro corazón continuamos siendo católicos. Por eso nos reunimos aquí abajo, en nuestra verdadera iglesia. Y nos proponemos devolver la verdadera y única fe al lugar que le corresponde.

–¿Matando a otros seres humanos? ¿Responde eso a los principios de vuestra fe?

–Estamos en medio de una guerra que no hemos empezado. Y una guerra se rige por sus propias reglas.

–Ello difícilmente justifica la muerte de mujeres y niños inocentes –espeté con amargura, acordándome de Louisa y su madre, de la familia del tintorero Melchers y de Gesa Timmers, por depravada que fuera.

La mirada del anciano se hizo penetrante.

–¿Desconfiáis entonces de nuestras acciones?

–Hasta ahora sólo he podido comprobar que han muerto muchos inocentes. Cómo pretendéis conseguir vuestro propósito de ese modo es algo que no comprendo. Puede que los gerardistas sean numerosos, pero ¿van a enfrentarse a todo un país?

–Cuando llegue el momento recibiremos ayuda de fuera.

Recordé las palabras de Jeremias Katoen y pregunté:

–¿De los franceses?

Por un momento, el rostro de de Gaal se ensombreció. ¡Había dado en el blanco!

Enseguida aparentó indiferencia.

–¿Por qué precisamente de los franceses?

–Los ingleses también rivalizan con nuestra joven nación, pero de ellos no cabe decir que apoyen el catolicismo. Con el rey francés la cosa cambia.

–En ese caso, puede que vuestra propia respuesta os baste de momento.

–¿Debo responder yo solo a la pregunta de cómo pretendéis conmocionar el país?

–Intentadlo.

Recurrí una vez más a lo que me había revelado Katoen:

–Apostáis en la bolsa negra a que van a morir ciudadanos distinguidos y, con los cuadros de la muerte, os ocupáis de que vuestras apuestas prosperen. El hecho de que los fondos destinados a sufragar vuestra guerra aumenten, probablemente sea un agradable efecto secundario. Aguardáis a que se hayan producido bastantes muertes llamativas y luego echáis las campanas al vuelo. De ese modo, queda destruida de un plumazo la confianza de la opinión pública en la solidez de la comunidad de comerciantes neerlandesa. Y mientras nuestra economía se desmorona y el hermano desconfía del hermano, las tropas del rey Luis cruzan las fronteras y ocupan nuestro país. ¿He acertado?

En los oscuros ojos se reflejó una mirada de aprobación.

–Sois listo, en efecto.

–Hay una cosa que me llama la atención: ¿por qué no vacilasteis ni siquiera con los van Riebeeck? Matasteis a Louisa, aun siendo la prometida de vuestro hijo. Tenía la impresión de que la amaba sinceramente. ¿Cómo lo permitió?

–No lo permitió. Puede que mi hijo sea un buen comerciante, pero en cuestiones religiosas no ha seguido mis pasos. Es un calvinista convencido y no sabe nada de nuestra comunidad. Louisa tenía que morir porque ya no era de fiar. Y su muerte impidió que Constantijn se casara con la hija de un hombre endeudado hasta la gorguera.

Así que la intención de Constantijn de Gaal en Rasphuis no era la de convertirme en cabeza de turco, sino que realmente veía en mí al asesino de Louisa y me llevó a la caseta del agua movido por una profunda sed de venganza.

–¿Y el asunto de los retratos que yo debía pintar para van der Meulen? –quise saber–. ¿Qué significa?

–¿De veras no habéis caído aún en ello, *mijnheer* Buen Elemento? Pues es muy sencillo. Las hijas de prestigiosos ciudadanos, estrictos calvinistas, se entregan a otros hombres por dinero en casas públicas, cosa que, a la larga, saldrá a la luz, ¿no es cierto? Algún mentecato engreído empezará a fanfarronear con sus aventuras amorosas, y otros le seguirán. Eso también contribuirá a minar la confianza en la moral calvinista.

–Me gustaría saber más cosas de los cuadros de la muerte. ¿Qué tienen para que surtan un efecto tan terrible?

–Queréis saberlo todo, ¿no?

Guiado por una intuición, proseguí:

–¿Guarda alguna relación con el viaje final del *Nieuw Amsterdam*, vuestro último gran viaje para la Compañía de las Indias Orientales?

En un abrir y cerrar de ojos, la expresión de superioridad desapareció del rostro de de Gaal. El anciano pareció casi consternado cuando preguntó:

–¿Qué sabéis vos al respecto?

–Por desgracia no todo. Pero he averiguado unas cuantas cosas, y ello me ha hecho plantearme la cuestión de cuál era el verdadero flete del barco. Dudo que fuese pimienta de Bantam. Además, he leído vuestro libro y he constatado que os mostráis bastante parco en lo tocante a vuestro cuarto viaje.

Los ojos de de Gaal se nublaron como si ya no se hallase en aquella habitación subterránea, sino que hubiese retrocedido veinticinco años y se encontrara de nuevo a bordo del *Nieuw Amsterdam*.

Durante uno o dos minutos reinó el silencio, y al cabo Fredrik de Gaal dijo:

–Si tanto es lo que sabéis o al menos barruntáis, Suythof, deberíais oír con calma toda la historia. Eso os ayudará a entendernos mejor a mí y a mis correligionarios. Nuestro viaje a Bantam se desarrolló según lo previsto, casi con demasiada facilidad. Ni tormentas imponentes ni piratas ni enfermedades graves. Nuestra flota desembarcó la carga y subió a bordo la pimienta que aquí tan bien se cotiza. También la travesía de vuelta se dio bien. Pero una noche se levantó una fuerte tempestad, tan fuerte que de nada sirvió cambiar de rumbo ni maniobrar para evitarla. El *Nieuw Amsterdam*, el buque insignia de nuestra flota, a bordo del que me hallaba, se metió de cabeza en ella. Perdimos de vista los otros barcos y, aunque no hubiera sido así, no habríamos podido hacer nada por ellos:

salvar nuestra nave y nuestro pellejo requería todas nuestras fuerzas. El temporal no amainó hasta por la mañana. El *Nieuw Amsterdam* se encontraba en un estado lamentable, y no se veía por ninguna parte a los otros barcos. Al no recibir respuesta a varios cañonazos, supimos que tendríamos que arreglárnoslas solos. A eso de mediodía avistamos una isla que no figuraba en ninguno de nuestros mapas. Aquello nos pareció una señal de Dios, que nos había conducido hasta un lugar donde reparar los daños más graves.

Comprobé sorprendido que, hasta el momento, la descripción concordaba con lo que se sabía en términos generales de aquel viaje.

–Fondeamos en la isla y enviamos a unos cuantos hombres en un bote a inspeccionarla –prosiguió el viejo–. A ser posible, los hombres debían traer agua y abatir alguna pieza de caza, pero no regresaron. A los dos días reuní otra expedición, cuyo mando yo mismo asumí. Dejé el barco al cuidado del capitán Sweelinck, que dirigía los trabajos de reparación. Seguimos las huellas del primer grupo por el interior del islote y acabamos dando con ellos. Fue una imagen espeluznante: no quedaba uno solo vivo y, a juzgar por las apariencias, se habían matado entre sí, masacrado con toda la brutalidad de que sólo es capaz el ser humano. No había un solo cadáver que no presentara varias heridas graves o mortales. No nos lo explicábamos. ¿Había en la isla un enemigo desconocido, tan sanguinario que lo hiciera enloquecer de miedo a uno? Enterramos los muertos y nos dispusimos a pasar allí la noche. Para no ser sorprendidos por algo ajeno, malvado, dispuse una guardia doble. En algún momento percibí gemidos y jadeos y vi que los dos centinelas luchaban: uno trataba de estrangular al otro. Desperté a los demás y separamos a los pendencieros. Uno daba impresión de estar en su sano juicio y relató que su compañero, que no atendía a razones, lo había atacado sin previo aviso. En un principio aquello nos resultó inconcebible, pero entonces encontramos las bayas junto al hombre.

–¿Qué bayas? –inquirí.

–Las de un arbusto que crece por toda la isla. El fruto era del tamaño de una manzana, pero de un azul luminoso. Era evidente que los hombres del primer grupo lo probaron y enloquecieron. Al día siguiente, el centinela perturbado fue recobrando poco a poco el juicio, pero no se acordaba de nada. Recorrimos el resto de la isla y encontramos agua y caza, pero ningún nativo. El islote nos pertenecía.

De Gaal cerró un instante los ojos: era como si disfrutara del recuerdo, cosa que a mí se me antojaba incomprensible.

–¿Qué ocurrió después? –apremié.

–El luminoso color de ese fruto, aquel azul sin par, me dio una idea: aunque el fruto fuera venenoso, la planta resultaría idónea para extraer de ella un pigmento de una viveza inusitada, un azul que haría palidecer incluso la tonalidad obtenida del índigo. Recolectamos unas cuantas plantas y empezamos a experimentar. Fue por entonces cuando se me apareció el Señor.

–¿El Señor?

De Gaal echó la cabeza atrás y alzó la mirada.

–Dios, el Señor, me habló. Si no, difícilmente se explica que, de la noche a la mañana, yo adquiriera todo el conocimiento relativo a tan insólita planta: de ella se puede extraer un pigmento, pero afecta a la razón humana. Y Dios me ordenó que, con ayuda de este azul, restaurara la verdadera fe en los Países Bajos. –De Gaal bajó la cabeza y me miró–. Como veis, la mía es una misión divina.

Lo único que veía era que el viejo estaba absolutamente loco, pero me lo guardé para mí. Asentí con vehemencia y le pedí que siguiera con la historia.

–Fui al barco en busca de más hombres para que nos ayudaran con el trabajo. Cuando reclamé más marineros, el capitán Sweelinck se negó a obedecer mi orden, aunque, siendo como era el jefe de expedición, era yo quien mandaba. El capitán aseguró que necesitaba a todos los marineros restantes para arreglar el barco, no entendió que yo tuviera una misión divina. Sin embargo, los hombres que estaban conmigo pensaban como yo. El espíritu de Dios sin duda los alentaba. No me quedó más remedio que apresar el *Nieuw Amsterdam* con ayuda de estos incondicionales. Acometimos dicha empresa una noche sin luna y salimos airosos, aunque tuvimos que sostener una lucha encarnizada y sangrienta en la cual murieron Sweelinck y numerosos marineros.

De ahí las señales de combate en el *Nieuw Amsterdam* de las que hablaba Jan Pool.

–De modo que, en lugar de pimienta, trajisteis a Amsterdam un cargamento del pigmento desconocido –deduje–. Y, para ocultarlo a la opinión pública, desembarcasteis la carga de noche. Pero ¿cómo lo justificasteis ante los consejeros de la Compañía de las Indias Orientales?

–Me gané a algunos con dinero, y ellos me ayudaron a encubrir lo sucedido y modificar debidamente los libros de contabilidad. Fue más fácil de lo que pensáis.

–¿Y perseguís vuestro plan desde entonces, desde hace veinticinco años?

–Ya lo decían los romanos: *Sero molunt deorum molae*, los molinos de los dioses (en este caso del Señor) muelen despacio. Antes de que pudiésemos iniciar nuestro verdadero cometido tuvimos que crear una amplia red.

–Y ahí es donde interviene el maestro Rembrandt, ¿no es eso?

Por un instante, de Gaal pareció irritado.

–Ah, sí, el maestro es especialmente importante para vos. ¿Os gustaría hablar con él?

–Si es posible, sí.

–Dispondré que os lleven con él. Entre tanto, meditad sobre lo que os he contado.

Así lo hice mientras me llevaban a ver a Rembrandt. Sin embargo, había algo que tenía claro sin más cavilaciones: no era Dios quien había hablado a Fredrik de Gaal, sino Satán. Y a aquel lejano islote en el que tantos esforzados marineros perdieron la vida y donde se fraguó la ruina que se cernía sobre Amsterdam y los Países Bajos lo llamé isla del diablo.

Capítulo 25
La sonrisa del maestro

Para mi asombro, en algún momento vi la luz del día, ¡genuina luz del día! Al principio débil, cuando, tras subir una sinuosa escalera, recorríamos un largo pasillo, luego más intensa, después de ascender por una segunda escalera. Allí había unas ventanas por las que vi el barrio de Jordaan, lo cual me confundió, pues pensaba que Rembrandt también permanecía en el laberinto subterráneo.

–¿Dónde nos encontramos? –pregunté a los guardianes.

–En una casa –repuso escuetamente el calvo.

Al cabo de dos escaleras más supe que nos hallábamos muy arriba «en una casa» y que no se trataba de la vivienda abandonada por la que me había adentrado en el mundo subterráneo de los gerardistas. Los cristales de las ventanas del edificio estaban intactos, pero la ubicación de los tejados y los campanarios permitía inferir que no se encontraba muy lejos de ella. Cada vez me maravillaba más el singular y apartado reino que habían creado los gerardistas en las afueras de Amsterdam.

Una vez estuvimos bajo el tejado de la casa, el de la cicatriz llamó a una puerta con una delicadeza que jamás habría esperado de él.

–¡Adelante! –graznó una voz de sobra conocida.

Entramos, y de pronto comprendí por qué no estábamos bajo tierra: el maestro Rembrandt van Rijn necesitaba luz, pues se hallaba inmerso en su trabajo. No sólo eso: parecía incluso estar realizando varios cuadros a un tiempo, tal como pude ver en la hilera de caballetes dispuestos uno junto a otro.

–Tenéis visita –anunció el de la cicatriz.

La mirada poco complaciente de Rembrandt se fijó en mí.

–Las visitas no hacen más que importunar, sobre todo la de ése. Lleváoslo de aquí y dejadme en paz.

–Imposible: tenéis que hablar con él. Nosotros esperaremos fuera.

Los guardianes nos dejaron a solas, e incluso cerraron la puerta al salir. Pero ¿por qué no iban a hacerlo? No había manera de escapar de allí, a no ser que quisiera saltar por la ventana y romperme los huesos.

Contemplé los caballetes con más atención y me quedé perplejo. Cada uno de los lienzos parecía estar duplicado: uno por mano ajena y de tonos más suaves; el otro con el motivo idéntico o muy similar, de Rembrandt, en aquel azul de cuya increíble procedencia acababa de enterarme. Todos los cuadros plasmaban un retrato individual o de grupo. En cuanto al colorido, se parecían al óleo que había hecho enloquecer a Gysbert Melchers y Ossel Jeuken. La ropa de los retratados y el fondo presentaban distintos matices del mencionado azul, tan estridentes que, tras una contemplación más reposada, uno sólo creía ver el azul.

Finalmente lo comprendí: allí era donde Rembrandt pintaba, a partir de originales ajenos, los cuadros de la muerte azules. Las personas de los retratos estaban marcadas por la muerte, eran seres por cuya defunción se apostaría en breve en la bolsa negra.

Rembrandt dejó de mirarme y reemprendió su trabajo en el retrato de un comerciante de rostro redondo, exactamente igual que si se encontrara en su estudio de la Rozengracht. Debía de llevar algún tiempo pintando, allí o en otro sitio, los cuadros azules. Por eso se ausentaba tanto de casa, supuestamente para visitar la tumba de Titus.

Cómo habían logrado los gerardistas que cayera por completo en su poder era algo sobre lo cual sólo podía especular. ¿Los habían inquietado de tal forma las investigaciones llevadas a cabo por las autoridades y por mí mismo que pensaron que lo mejor sería custodiar a Rembrandt? ¿O sencillamente necesitaban más cuadros azules y decidieron que el pintor trabajara en exclusiva para ellos? Tampoco tenía claro por qué habían escogido precisamente al maestro para desempeñar semejante cometido. Si eran tan numerosos como van der Meulen había insinuado, sin duda habría bastantes pintores entre sus filas. ¿Acaso lo importante no era sólo el misterioso azul, sino también la ejecución? Ésa me parecía la única explicación.

Fui pasando revista lentamente a la galería de pinturas, cuyo extremo ocupaba un cuadro azul que carecía de original y fue el que más me asustó. Retrataba a Titus y Cornelia paseando de la mano a la vera de un arroyo, y se miraban el uno al otro con profundo afecto. El difunto, presuntamente aún vivo, Titus y Cornelia, que estaba en casa, a punto de morir de preocupación por su padre. Ninguna de las posibles explicaciones que se me ocurrieron fue de mi agrado, pues los cuadros azules no traían consigo más que demencia y muerte.

Exasperado, me dirigí a Rembrandt:

–¿Por qué habéis pintado aquí a vuestros hijos?

El viejo, que estaba a punto de posar el pincel en el lienzo, se detuvo, volvió el rostro hacia mí de repente y me miró como si se hubiese olvidado de mi presencia.

–Así siempre están conmigo los dos –aclaró–. Van der Meulen me sugirió que lo pintara, y se lo agradezco. Cuando vuelva a la Rozengracht, se lo enseñaré a mis hijos. Se alegrarán muchísimo.

–Titus no volverá a alegrarse de nada –repliqué yo con insistencia–. Vuestro hijo está muerto. ¿Acaso lo habéis olvidado?

Rembrandt esbozó una débil sonrisa, como si fuera indulgente conmigo.

–Os equivocáis, pero no os lo tomaré a mal. También yo creía que Titus había muerto, después de que le diéramos sepultura en la Westerkerk. Pero no era así: sólo padecía una extraña manifestación de la peste que lo hacía parecer muerto. El doctor van Zelden se encargó de él y, gracias a sus esfuerzos, Titus va mejorando. Ya he hablado con mi hijo en un par de ocasiones. Aún le flojean las piernas y sólo soporta la oscuridad, pero pronto podrá volver a casa con nosotros. Van Zelden me ha dado su palabra, y yo le estaré eternamente agradecido.

Aunque seguía sin comprender algunos detalles, poco a poco iba descubriendo el macabro juego en el que Antoon van Zelden y sus conjurados habían enredado a Rembrandt, que, a todas luces, ya no estaba en sus cabales. Lo que no me atrevía a decir era si el estado mental de Rembrandt se podía atribuir a su edad, a la consternación debida a la pérdida de Titus o a aquel pigmento azul con el que el pintor había entrado irremisiblemente en contacto. Tal vez se debiera a la mezcla de todo ello. Sea como fuere, los gerardistas habían sabido aprovecharse de modo magistral de la confusión del maestro.

También me preguntaba por qué Rembrandt, a pesar de su frecuente manejo del color del diablo, no había sido víctima de la locura más absoluta, como les sucediera a Gysbert Melchers, Melchior van Riebeeck y mi amigo Ossel. Pero, por el momento, dudaba que fuera a obtener respuesta a ese interrogante.

–¿Ayudáis a los gerardistas por gratitud hacia el doctor van Zelden? ¿Para que Titus vuelva con vos?

Rembrandt se rascó el cogote con el extremo del pincel.

–¿Los gerardistas? ¿De qué estáis hablando?

De modo que ni siquiera sabía en qué se había metido. Quizá pudiera empezar por ahí para poner fin al maligno hechizo bajo el que se hallaba.

Avancé hacia él.

–Vuestras obras, estos cuadros azules, ocasionan la muerte a otras personas. ¿Es que no lo sabéis?

Desechó la idea con un gesto, dando a entender que dicha circunstancia no le preocupaba.

–Mueren unos cuantos malvados, ¿y qué? Todos nosotros moriremos. –Señaló con la punta del pincel el azul, el color predominante en su paleta–. Mirad, Suythof, ¿no es único este azul? Hasta el momento no concedía gran importancia al azul, pero éste es diferente. Posee una luminosidad interior que toca directamente el alma de los hombres, sacando a la luz todo lo verdadero que hay en ella, ya sea bueno o malo. Si contempláis este color comprenderéis por qué al azul es conocido como el color de los reyes, el color divino.

–También se le llama el color del diablo, cosa que ahora me explico perfectamente.

–No entiendo lo que queréis decir, Suythof.

Lo agarré del brazo para sacudirlo, para liberarlo de algún modo de su ceguera.

–¡Os han mentido, maestro Rembrandt! En este color que estáis empleando no hay nada divino. Es obra únicamente de Satán e induce a los hombres a hacer el mal, tanto con sus seres queridos como con ellos mismos. Igual que vos os estáis haciendo daño a vos mismo y a vuestra hija Cornelia.

Rembrandt se zafó de mí, retrocedió dos pasos y se me quedó mirando con extrañeza.

–¿Qué tonterías estáis diciendo? ¡Jamás haría daño a Cornelia!

–Pues se lo estáis haciendo. Os escondéis aquí mientras ella enferma en casa de preocupación por vos.

–¡Sandeces! –gruñó–. Cornelia sabe dónde estoy y por qué estoy aquí.

–Eso es una mentira que os han contado para tranquilizaros.

Percibí un atisbo de inseguridad en sus ojos. ¿Había logrado derribar el muro de ceguera que lo rodeaba?

–Id en busca de Cornelia y preguntádselo vos mismo –sugerí–. Con gusto os acompañaré.

–Imposible –repuso vacilante–. Les prometí a van Zelden y a van der Meulen que no me movería de aquí hasta que no hubiera terminado el trabajo.

–No estáis obligado a cumplir dicha promesa: os la han arrancado a base de mentiras. Y ni a vos ni a mí nos dejarían marchar de buen grado, ¿es que no lo veis?

–Si no podemos salir de aquí, ¿qué sentido tendría querer ir a la Rozengracht? –contestó con una lógica que, en vista de su estado mental, me dejó perplejo.

–Tenemos que escapar, maestro Rembrandt. Lleváis aquí más tiempo que yo y seguro que sabéis cosas de este lugar que podrían ayudarnos a urdir un plan de fuga. Unidos lo conseguiremos.

–¿Escapar? No. Si decepciono al doctor van Zelden, es posible que Titus nunca se cure. No puedo dejar en la estacada a mi hijo, otra vez no.

–¿A qué os referís?

–A punto estuve de permitir que Titus sucumbiera de peste. Lo di por perdido porque en él parecía no haber ningún soplo de vida. Sólo gracias al doctor van Zelden me ha sido devuelto. Titus no volverá a esperar en vano la ayuda de su padre.

Volví a asirlo del brazo y tuve que hacer un esfuerzo por no hablar demasiado alto, pues no quería llamar la atención de los guardianes.

–No podéis quedaros aquí, maestro, y no podéis seguir trabajando en esos cuadros. ¡Provocan la muerte de las personas!

Una extraña expresión apareció en sus facciones, una que yo conocía por sus tardíos autorretratos: era esa singular sonrisa que parecía comunicar al mundo que éste había subestimado a Rembrandt van Rijn y así se lo demostraría a todos los que se burlaron de él y le habían vuelto la espalda. La sonrisa me dio miedo, pues mostraba otra cara –la oscura– del pintor. «Igual que en sus lienzos –pensé–, donde conviven claridad y oscuridad.» Era posible que su entendimiento estuviera ofuscado, y precisamente por ello, o a pesar de ello, parecía comprender que sus cuadros causaban la desgracia, la muerte, de otros seres humanos.

Pero no le importaba; antes bien, era como si le alegrase. Se trataba de su venganza del mundo y de la gente, y sólo en ese terrible instante caí en la cuenta de lo que significaba aquella pasión, reavivada en la vejez, por el autorretrato.

–¿Qué os han hecho? –pregunté desde lo más profundo de mi alma, y lo agarré por los hombros y lo sacudí con fuerza–. ¡Despertad de una vez, Rembrandt! Tenéis que salir de aquí lo antes posible.

–¡No! –insistió, tratando por segunda vez de desasirse.

En esta ocasión no cedí y, con el forcejeo, ambos perdimos el equilibrio y caímos al suelo, golpeando al hacerlo varios caballetes, que se desplomaron con estrépito junto con los cuadros.

La puerta se abrió de golpe y entraron no sólo los dos guardianes, sino también Fredrik de Gaal y Maerten van der Meulen. Los guardianes sacaron sus respectivas pistolas y me apuntaron con ellas mientras van der Meulen iba hacia Rembrandt y lo ayudaba a ponerse en pie.

–¿Os habéis hecho daño, maestro Rembrandt? –preguntó con una inquietud que era o bien real o extraordinariamente fingida. Lo más probable es que temiese que el viejo no estuviera en condiciones de continuar trabajando en los cuadros de la muerte.

Rembrandt se miró como si quisiera convencerse de que aún estaba entero.

–Estoy bien, creo. Pero llevaos a Suythof, os lo ruego. No hace más que confundirme y alterarme con sus palabras.

–Se hará ahora mismo, maestro –prometió van der Meulen, y guiñó un ojo a los guardianes.

Entendí el movimiento que hizo el de la cicatriz con la pistola y me incorporé. El brazo izquierdo, sobre el cual había caído, me dolía un tanto, pero ello carecía de importancia. Con dos armas encañonándome la espalda, abandoné la estancia y eché un último vistazo a Rembrandt, que parecía haberme olvidado y observaba fijamente, preocupado, los cuadros que se habían caído al suelo.

Capítulo 26

Azul

Con la oscura boca de las dos armas frente a mí, esperaba inquieto en el pasillo, enojado conmigo mismo. En lugar de ser precavido, había vuelto a caer en una trampa como un ciego, había subestimado los peligros.

Fredrik de Gaal sólo me había dejado hablar con Rembrandt para averiguar cuáles eran mis verdaderas intenciones. La rapidez con que de Gaal y van der Meulen habían irrumpido en el estudio era buena prueba de ello. Al instar a Rembrandt a que huyéramos juntos, se habían convencido de que era inverosímil que yo pasara a formar parte de sus filas. Cuando de Gaal y van der Meulen abandonaron el estudio, mi sospecha se confirmó.

El canoso comerciante me miró socarrón.

–Después de todo, lo de vuestra astucia no era para tanto, *mijnheer* Suythof. Y vuestro interés por nuestro elevado cometido tampoco vale gran cosa. Es una lástima, pero este asunto no tiene arreglo. Van der Meulen, lleváoslo de aquí.

De Gaal trataba al marchante como un subordinado. Probablemente no me equivocara al ver en el comerciante al cabecilla de los gerardistas.

Van der Meulen y los guardianes me devolvieron a los corredores subterráneos sin darme la más mínima posibilidad de acometer una tentativa de fuga.

–¿Por qué es precisamente Rembrandt quien pinta los cuadros de la muerte? –le pregunté a van der Meulen–. ¿Es que los gerardistas no cuentan con ningún pintor entre los suyos? ¿No habría sido más fácil encargarle esa labor a uno de ellos en lugar de montar semejante teatro para dominar a Rembrandt?

–Probamos suerte con unos cuantos pintores jóvenes de los nuestros, pero los resultados fueron desalentadores. Uno de ellos se cortó las venas poco antes de concluir su primer trabajo; otro salió corriendo de casa profiriendo alaridos, se metió bajo las ruedas de un carruaje y murió; un tercero estuvo a punto de estrangular a su joven esposa y ahogarse él mismo en el canal más cercano. Ahí fue cuando nos dimos por vencidos y buscamos otras opciones. Ninguno de los tres pudo resistir mucho tiempo el influjo del polvo azul. Fue al propio Fredrik de Gaal a quien se le ocurrió la idea de encargárselo a Rembrandt van Rijn, gracias a una inspiración divina.

–¿Gracias a una inspiración? –repetí con incredulidad.

–¿Es que no os contó de Gaal lo de la misteriosa isla del mar de las Indias Orientales? Fue allí donde Dios le habló por vez primera. Desde entonces el Señor siempre lo asiste cuando es preciso aclarar una cuestión de importancia.

–¿Y Dios lo condujo hasta Rembrandt?

–Así fue, y sucedió en mi establecimiento de la Damrak, cuando de Gaal vio un lienzo de Rembrandt que había adquirido recientemente en una subasta. El cuadro lo hizo estremecer de tal modo que estuvo unos minutos sin reaccionar. Después supo que Rembrandt era el hombre adecuado. Y tenía razón.

–Menudo contratiempo que Rembrandt no fuera gerardista.

–En efecto, de ese modo habría sido más sencillo. Pero, como habéis visto, logramos de igual forma asegurarnos sus servicios.

Me quedaban muchas preguntas, pero llegamos a mi calabozo subterráneo, y van der Meulen no se mostró dispuesto a seguir conversando. A solas en aquella celda iluminada pobremente por una única vela, me senté en una de las cajas y me sumí en mis pensamientos.

Por más que quisiera, era incapaz de imaginar a Fredrik de Gaal como enviado de Dios, sino tan sólo del diablo. ¿Le habría sugerido algo maligno –Satán– que obligara a pintar a Rembrandt los cuadros de la muerte? ¿O sencillamente pensó que un pintor viejo y con experiencia podría resistir más el poder del color del diablo, originario de aquella isla lejana?

Agotado, me tumbé, estiré las piernas y clavé la vista en el techo de piedra tosca. Me dolía la cabeza. Cada respuesta que obtenía suscitaba una nueva pregunta, en ocasiones más de una. De pronto empecé a arrepentirme de que se me hubiese metido entre ceja y ceja esclarecer la muerte de Ossel. ¿Quién era yo para arrogarme algo así? ¿Y adónde me había conducido mi empeño?

Pero entonces sentí remordimientos a causa del difunto Ossel, al que había hecho una promesa. Y también a causa de Cornelia. De no haber seguido el rastro del cuadro azul, probablemente no habría vuelto a pisar la casa de Rembrandt... y no habría encontrado a Cornelia.

¡Cornelia!

¿Volvería a verla? Dada mi situación, no habría apostado un solo *stuyver.* ¿Debía siquiera desearlo ella, después de lo que le había revelado sobre Louisa? Cierto que los últimos días la había consolado, pero no estaba seguro de que volviera a profesarme la misma confianza y el mismo afecto que antes. Con posterioridad no me había atrevido a preguntárselo, pues habría dado la impresión de que pretendía aprovecharme de la preocupación que ella sentía por su padre para granjearme su simpatía. O tal vez fuera simplemente que temía la respuesta.

Había algo más que me inquietaba sobremanera: el cuadro azul que Rembrandt había pintado de sus hijos. Los cuadros azules traían la muerte, y me preguntaba qué se proponían hacer los conspiradores con Cornelia.

En un intento por librarme de tan sombrías reflexiones, me incorporé. Tenía que entretenerme con algo, y mis ojos repararon en las cajas de madera. Por primera vez me pregunté qué contendrían. ¿Guardarían algo que pudiera ayudarme a salir de tan delicada situación?

Animado por las renovadas energías, me levanté de un salto y me acerqué a las cajas, todas ellas claveteadas. Alcé dos, tres, y todas resultaron ser muy pesadas. Quizá, eso esperé, dentro hubiese armas, gracias a las cuales poder escapar por la fuerza de la subterránea mazmorra.

Pero primero necesitaba alguna herramienta para abrirlas. Miré con detenimiento a mi alrededor, examiné los huecos que había entre las pilas de cajas, pero no descubrí nada ni remotamente parecido a una herramienta. Recorrí con la mirada las ásperas paredes de barro y toscas piedras. Una de éstas, plana y de longitud inferior a medio brazo, sobresalía en un rincón. La inspeccioné atentamente y llegué a la conclusión de que, con unos bordes tan lisos, me serviría; bastaba con sacarla de la pared.

Comencé a escarbar con los dedos el barro de alrededor hasta que la piedra me ofreció bastante superficie para poder asirla. La agarré con ambas manos e intenté arrancarla de la pared. El resultado fue un intenso dolor en la mano izquierda y unas gotas de sangre que cayeron al suelo. El afilado canto me había hecho un corte del tamaño de un dedo en la palma, y la piedra seguía igual de embutida en la pared.

Me lavé la mano herida con agua del cubo y traté de vendarla con el pañuelo. Al ver este último se me ocurrió otra idea: envolví con él el trozo de piedra que sobresalía de la pared e insistí. Debido al fuerte dolor de la mano, tuve que apretar los dientes. La piedra se movió, osciló y, por último, cayó al suelo. Con su afilada arista tal vez fuera, además, una buena arma, pero por el momento confiaba en que pudiera valerme como herramienta.

Tras unas cuantas intentonas conseguí, con ayuda del canto, extraer el primer clavo de una de las cajas. Luego hice lo propio con los restantes, hasta que por fin pude abrirla. El contenido se hallaba envuelto en lienzo encerado para protegerlo de la humedad. Retiré el lienzo, contemplé pasmado lo que allí había y saqué un ejemplar para mirarlo con más detenimiento. Acto seguido prorrumpí en carcajadas.

La caja atesoraba un montón de finos libros de oraciones y cánticos católicos encuadernados en piel. Sin duda, los gerardistas pensaban en todo aquello que propiciara la caída del calvinismo y el restablecimiento del catolicismo.

Es posible que los libros contribuyeran a la edificación espiritual, pero no me sacarían de allí. ¿Cómo había podido ser tan necio para pensar que en las cajas habría armas? Seguí riéndome de mi propia estupidez y de desesperación, y las risotadas eran tan ruidosas que no reparé en mis visitantes hasta que estuvieron en medio de la celda: van der Meulen, el de la cicatriz y el calvo. El segundo me apuntaba con su pistola, y su compinche sostenía algo grande y voluminoso.

Van der Meulen me miró con severidad.

–Si tanto os divierten nuestras oraciones, Suythof, será mejor que os centréis en lo vuestro, la pintura.

Hizo una señal al calvo, que se adelantó y apoyó un cuadro en una de las paredes de forma que la luz de la vela lo iluminara. Se trataba del lienzo azul en el que se veía a Cornelia y Titus dando un paseo de la mano.

–¿Para qué habéis traído este cuadro? –inquirí.

–Como estáis tan deseoso por saber más acerca de nuestro misterioso azul... –contestó van der Meulen señalando el lienzo–. Pues bien, aquí lo tenéis. Miradlo con toda tranquilidad.

Mientras hablaba, el tercero de los atacantes, el de la nariz roja, entró y vació un saco en el suelo, junto al camastro: cuerdas, estacas de hierro y un pesado martillo.

–Tumbaos sobre las mantas, Suythof, así estaréis más cómodo. Y ni se os ocurra oponer resistencia o una bala de plomo os privará del placer de contemplar el arte.

Ciertamente mi situación era todo menos prometedora, de manera que metí los devocionarios en la caja y me fui a la cama, donde, siguiendo las instrucciones de van der Meulen, me acosté boca arriba. El calvo y el de la nariz roja se pusieron a clavar las estacas en el suelo, a izquierda y derecha de mí. Luego fueron enrollando las cuerdas de un modo tan habilidoso en las estacas y en torno de mi cuerpo que en unos minutos me vi amarrado y condenado a la inmovilidad. A otra orden del marchante, el calvo aproximó la vela al cuadro.

–Ahora disfrutáis de una buena vista de la tela y nada os distraerá –afirmó van der Meulen–. Estoy seguro de que será para vos una experiencia sorprendente.

Se marcharon, y oí cómo cerraban la puerta por fuera. Los pasos, que resonaron sordos en el pasadizo del sótano, se alejaron. ¿Se había quedado alguien montando guardia? No sabía decirlo. Sin embargo, con o sin vigilancia, debido a aquellas cuerdas que apenas me permitían moverme un milímetro no habría podido huir. Ni de ellos ni tampoco del cuadro azul.

No, había una posibilidad. Cerré los ojos y me propuse no mirarlo. Era la única forma de rehuir el color del diablo. Por lo menos presentía lo que me esperaba, y en eso aventajaba a todos aquellos que habían sido víctima de los cuadros de la muerte.

Así que permanecí tendido con los ojos cerrados dos horas, o tres o cuatro, lo ignoraba, pero el cerebro me bullía, y estaba demasiado nervioso para quedarme dormido.

En algún momento, el miedo que me infundía el lienzo disminuyó sin que pudiera explicármelo. De pronto se me antojó una necedad que yo, un pintor, me dejara amedrentar por un cuadro. «Si Rembrandt me viera ahora –pensé–, seguro que se reiría para sus adentros.» Se me brindaba la ocasión única de estudiar de cerca uno de los cuadros azules y yo, tonto de mí, cerraba los ojos. ¿Por qué? Si advertía algún peligro siempre podía cerrarlos.

Finalmente los abrí. Quizá la extraña fuerza demoniaca que emanaba del cuadro ya se hubiese apoderado de mí.

El cuadro

Mientras lo contemplaba, volví a admirar la maestría de Rembrandt en el juego de luces y sombras. En mi opinión, aquel enérgico azul resaltaba especialmente su destreza, y lamenté que no lo hubiese utilizado antes. El agua del arroyo junto al que paseaban Titus y Cornelia parecía fluir de verdad. Vi la falda de Cornelia ondeando al viento, y me asombró lo reales que parecían ambos.

Luego, me saludaron. Me negaba a dar crédito a mis ojos, pero así era, no cabía la menor duda. No eran únicamente criaturas cuya existencia evocaban los colores y las pinceladas, eran personas de carne y hueso. Seres humanos.

Cornelia salió del cuadro, se situó en medio de la habitación y me saludó de nuevo. Me sonreía con despreocupación, y yo reconocí esa sonrisa que tanto añoraba. Entendí su señal: me invitaba a seguirla. Pero ¿cómo iba a hacerlo si me retenían las ataduras? Nada más pensarlo, las cuerdas se esfumaron. No se aflojaron, y tampoco fue preciso que lo hicieran, pues sencillamente habían dejado de existir. Me levanté, corrí hacia Cornelia y la estreché entre mis brazos.

Reímos y vagamos por los prados, siempre a la orilla de aquel arroyo de aguas azules luminosas. Había alguien más con nosotros: Titus. Iba de la mano de Cornelia, yo al otro lado, y formábamos un trío libre de preocupaciones.

No obstante, a medida que pasaba el tiempo iba cayendo en la cuenta de que Cornelia le dispensaba más atención a él que a mí, lo cual me irritó, pues, al fin y al cabo, era yo quien la amaba y quien se había sacrificado por ella poniendo patas arriba media Amsterdam para dar con su padre.

Pero a Cornelia parecía darle igual, y más aún a Titus. Ambos bromeaban y reían como si yo no existiera. Como si fuesen algo más que hermanos. Él apartó a Cornelia de mí, la tomó entre sus brazos y empezó a bailar con ella por la alta hierba, de un extraño azul resplandeciente. Quería separarlos, pero algo me lo impedía: las cuerdas, que de pronto volvían a estar allí.

Había otra cosa que me resultaba desconcertante: borrosos personajes ajenos a la pradera. Hice un esfuerzo por verlos con más nitidez, pero en ningún momento dejaron de ser sombras, y se esfumaron con la misma rapidez con que habían aparecido.

Cuando me centré de nuevo en Cornelia y Titus, este último ya no estaba. Cornelia, sentada en medio del prado, me miraba ingenuamente, con los ojos desorbitados. Mi rabia ante tamaña falsedad se tornó violenta ira, y me abalancé sobre ella. Las cuerdas ya no me retenían, pero no me detuve a pensar en ello.

Cornelia cayó al suelo y dio un grito de sorpresa o tal vez de dolor. En mi delirio, me dio exactamente igual. Merecía un castigo, un castigo duro. Me arrodillé sobre ella y empecé a golpearla hasta que sus gritos se trocaron en gimoteo y dejó de resistirse.

Pero no podía engañarme: vi en su actitud la lamentable tentativa de escapar al castigo, cosa que no hizo sino encolerizarme todavía más. Rodeé con mis manos su blanco cuello y apreté, apreté hasta que el triste gimoteo se extinguió.

Luego fui arrancado de su lado sin saber cómo. Me di en la nuca contra una piedra, y un fogonazo sacudió mi cabeza. Igual que la matutina niebla con el sol, el cuadro con la pradera azul se disipó, y supe cuál era la verdad.

Seguía en el calabozo subterráneo, nunca lo había abandonado. Allí continuaban el camastro con las ataduras cortadas y, contra la pared, el cuadro con Titus y Cornelia.

¡Cornelia! La vi por duplicado ante mí: la vi en el cuadro, donde paseaba por el prado junto a Titus, como si nada hubiera pasado; pero en el suelo yacía la verdadera Cornelia, con las ropas desgarradas, sangrando y herida, con los ojos cerrados.

Al dolor que sentí al ver aquello se unió la horrible certeza de que era obra mía. Cuando me hallaba bajo el influjo del inquietante azul, completamente esclavo de aquel poder demoníaco, introdujeron a Cornelia en la celda y cortaron las cuerdas. El resultado de tan perverso juego era espantoso. Me quedé mirando las manos perplejo, como si fuesen dos criaturas extrañas que me habría gustado cercenar. Con esas manos había golpeado y asfixiado a Cornelia... yo, que me proponía protegerla y guardarla de todo mal. Sentí asco de mí mismo y también un profundo temor que jamás había abrigado en mi vida. Sólo ahora que lo había experimentado en mi persona era totalmente consciente del poder del color del diablo. Aun siendo conocedor del peligro, no había conseguido defenderme de la agresión a mi mente. El inquietante azul me había ofuscado la razón, para convertirme en un esclavo sin voluntad propia. Imaginé sobrecogido una ciudad del tamaño de Amsterdam o incluso todo un país cayendo en poder de tan diabólica fuerza.

Vi a los tres guardianes, a van der Meulen y al doctor van Zelden. El médico se arrodilló junto a Cornelia.

Quería preguntarle cómo se encontraba, pero la voz me falló. Me entraron ganas de arrojarme sobre los demás, a pesar de sus armas y su superioridad numérica, pero ni siquiera pude levantarme del suelo. Después del delirio febril, cuya duración desconocía, me hallaba exangüe, de modo que no me quedó más remedio que ver cómo van Zelden se inclinaba sobre Cornelia y la reconocía.

–Está viva, pero muy débil.

Esas palabras aliviaron un tanto la pesada carga que llevaba a cuestas, mas no pudieron librarme de la culpa en la que había incurrido.

–Lleváosla de aquí –ordenó van der Meulen a los centinelas–. Yo me ocuparé del cuadro.

Casi agradecido, observé cómo se lo llevaba y salía en pos de los otros, que sacaron al corredor el cuerpo aún inmóvil de Cornelia.

Ya en la puerta se volvió hacia mí.

–Ahora conocéis el poder del azul divino, Cornelis Suythof. Ha castigado vuestra traición a nuestra causa sacando a la luz vuestro lado oscuro. No ha sucedido nada que no existiese previamente en vos.

Me senté en las mantas, abrazándome el cuerpo, temblando mientras revivía una y otra vez aquel espanto. Bajo la influencia del color del diablo había hecho algo que nunca habría creído posible: poco había faltado para que matara a Cornelia, lo más precioso de este mundo para mí.

Me encontraba en un extraño estado a caballo entre el desconcierto y la lucidez. Poco a poco fui entendiendo lo que había incitado a Ossel a cometer su crimen. El diabólico azul era capaz de poner de manifiesto la faceta oculta de la gente, aquello que no quería saber de sí misma.

En el caso de Ossel había sido la amargura acumulada en secreto contra Gesa Timmers, a quien amaba y que, sin embargo, no cesaba de utilizarlo y humillarlo. El amor y la entrega de Ossel habían sido más fuertes que dicha amargura, pero el color del diablo le había hecho olvidar todo lo bueno. Así, se impusieron los funestos sentimientos que tan profundamente tenía arraigados, para hacer de él un asesino.

Pero ¿y en mi caso? No dejaba de preguntarme si en mi interior realmente había crecido un odio hacia Cornelia tal que permitiera explicar la agresión. El cuadro del diablo me había hecho sentir celos de Titus, pero no había sido más que una quimera. Titus era el hermano de Cornelia y, sin lugar a dudas, estaba muerto, dijera lo que dijese Rembrandt. Entonces, ¿qué le reprochaba yo a Cornelia? Quizá que se hubiera tomado a mal mi interés por Louisa. Pero al respecto la entendía, comprendía sus sentimientos. Habría sido injusto detestarla por ello. Por más que ahondaba en mí, era incapaz de descubrir tamaña maldad.

No obstante, había caído sobre ella como una bestia salvaje. Lo demostraban las manchas de sangre en el suelo, donde antes estuviera caída Cornelia. Sus gritos y sus gemidos resonaban en mis oídos y estaban a punto de desquiciarme.

Me pregunté un sinfín de veces el porqué y sólo hallé una respuesta: lo que me había impulsado a hacer aquello no era un odio enquistado hacia Cornelia, sino más bien un odio oculto a mi persona. Desde que, a raíz de lo ocurrido con Louisa, Cornelia perdió la confianza en mí, no había dejado de colmarme a mí mismo de reproches. Me habría gustado arrancarme la parte de mí que deseaba a Louisa y arrojarla al fuego. El demonio azul había descubierto ese sentimiento y, tras hacerlo aflorar, lo había dirigido contra Cornelia. Ella tenía motivos para estar celosa, y el diabólico delirio lo aprovechó para provocarme unos celos que me habían vuelto loco.

Tiritaba de frío. Me envolví instintivamente en una manta y me puse a pensar en el funesto poder del color azul.

Capítulo 27

A sangre y fuego

30 de septiembre de 1669

Finalmente me quedé dormido de agotamiento, pero fue un descanso intranquilo, poblado de sueños tan angustiosos como confusos, en los cuales el color azul desempeñó un papel dominante. En varias ocasiones me desperté bañado en sudor y deseé no volver a dormirme, pero sentía un cansancio extremo.

Al despertar sobresaltado por quinta o sexta vez creí percibir unos ruidos amortiguados y, sin embargo, fuertes. Al principio pensé que eran ensoñaciones mías, pero no cesaban. Escuché gritos, pasos presurosos y detonaciones.

Me levanté de un salto de la cama, corrí hacia la puerta y pegué la oreja. Los sonidos correspondían, sin lugar a dudas, a una lucha. Golpeé la puerta, pero, como era de esperar, estaba cerrada a cal y canto, así que la emprendí a puñetazos con la pesada madera, a lo cual el corte de la mano izquierda reaccionó protestando de dolor. Sólo cuando noté que alguien hurgaba en la cerradura, me detuve y di dos pasos atrás.

Me asaltaron las dudas de si habría obrado bien. Al golpear la puerta pretendía llamar la atención de posibles libertadores, pero ¿y si los gerardistas habían salido vencedores y venían a castigarme por el alboroto que había armado?

La puerta se abrió de golpe y, por un instante, percibí con más claridad el ruido de la contienda. Entraron tres hombres armados guiados por un joven rubio que sostenía en la mano una pistola de cerrojo de dos cañones. Al verlo lancé un suspiro de alivio.

–¡*Mijnheer* Dekkert! –exclamé–. No sabéis cómo me alegro de veros.

—Lo creo —contestó el ayudante de Katoen tras echar una ojeada a la celda—. Habéis elegido el sitio más desagradable de un lugar de por sí extraño.

Asentí.

—Menos mal que forzasteis la cerradura.

—No hubo necesidad; la llave estaba puesta.

Señaló a un hombre que yacía inmóvil en el corredor, ante la puerta. Me aproximé y reconocí al guardián de la nariz roja. A su lado había una pistola que ya nunca le sería útil: en su pecho se abría un enorme orificio, y bajo su cuerpo se extendía una gran mancha de sangre.

—¿Habéis sido vos? —le pregunté a Dekkert, cuyos acompañantes iban provistos únicamente de armas blancas y cortantes.

—Sólo fui más rápido que él —replicó al tiempo que recargaba el arma—. Disparé ambos cañones para mayor seguridad, de ahí que el resultado sea más bien desagradable.

A mí se me agolpaban las preguntas.

—¿Se encuentra Katoen aquí? —fue una de ellas.

—Naturalmente. Todos nosotros estamos a su mando.

—¿Qué ha sido de Rembrandt y su hija? ¿Han dado ya con ellos?

Para mi gran decepción, negó con la cabeza.

—No, que yo sepa. Pero no lo puedo afirmar con seguridad. Esto es un campo de batalla.

—Es posible que Rembrandt y Cornelia no estén en estos subterráneos. Hay accesos a varias casas del barrio, y en la parte superior de una de ellas tiene su estudio Rembrandt.

—En ese caso deberíamos iniciar la búsqueda cuanto antes —propuso Dekkert—. ¿O hay algo más que debamos hacer aquí?

Dejé vagar la mirada por la inhóspita habitación, que no contenía más que las cajas apiladas contra la pared del fondo.

—No, nada, Dekkert, a menos que os interesen las oraciones católicas. ¡Vayámonos!

Al salir del calabozo me agaché para hacerme con el arma del guardián muerto y me cercioré de que estuviera cargada. También era una pistola de cerrojo, aunque no estaba tan cuidada como la de Dekkert. Sin embargo, me hizo sentir algo mejor, y esperé poder confiar en ella en caso de emergencia. Pronto tendría ocasión de averiguarlo. Conmigo a la cabeza, echamos a correr por los pasadizos, saturados del acre humo de la pólvora. Seguíamos oyendo gritos y disparos, pero tenía la sensación de que el fragor de la lucha disminuía poco a poco. Como apenas conocía aquello mejor que Dekkert y sus seguidores, tardé un rato en encontrar la escalera que buscaba.

Llegamos a ella poco después de otros dos hombres que llegaban, procedentes de la dirección opuesta: van der Meulen y el calvo. Ambos iban pistola en mano y nos apuntaron con ellas en cuanto nos vieron.

Sin pensármelo dos veces me arrodillé, dispuesto también yo a abrir fuego. Pero no distinguía ningún blanco, ya que el humo de la pólvora, que iba acompañado de detonaciones, cada vez era más denso. Mientras entrecerraba los ojos en un esfuerzo por atravesar la cenicienta nube Dekkert emitió un grito y cayó al suelo. Temiéndome lo peor, apreté el gatillo con furia, al buen tuntún.

Luego me volví hacia Dekkert, junto al cual ya estaba arrodillado uno de sus hombres. Había soltado el arma y se apretaba el muslo derecho con ambas manos.

–¡Estáis vivo! –exclamé aliviado, y rasgué una tira de tela de la camisa para vendarle provisionalmente la herida.

Cuando hubimos terminado con el vendaje, la nube de pólvora se había disipado en su mayor parte. Vimos a un hombre retorcido en el descansillo de abajo: era el calvo, si bien me hizo falta un segundo vistazo para reconocerlo. Mi bala le había arrancado media cabeza, y los sanguinolentos jirones de carne desgarrada y huesos del cráneo astillados habrían encajado a las mil maravillas en la colección del doctor van Zelden.

–Sois todo un campeón de tiro, Suythof –alabó Dekkert mientras se levantaba con ayuda de sus hombres.

–Digamos que más bien ha sido un golpe de suerte. Mi experiencia con las armas de fuego no es mucho mayor que la que os supongo a vos con el pincel. ¿Cómo estáis?

–Mejor de lo que parece –aseguró con una sonrisa forzada–. Por suerte la bala sólo me rozó la pierna. El otro tipo se iría escaleras arriba, ¿no?

Yo asentí.

–Rumbo al exterior o al estudio de Rembrandt. Si nos damos prisa, puede que aún pillemos a van der Meulen.

–¿Ése era van der Meulen? ¡Vamos a por él!

Subimos la escalera a toda prisa; a pesar de la herida, Dekkert se esforzó por seguirnos el ritmo. En caso de que van der Meulen realmente nos llevara la delantera, su ventaja era tan grande que no llegamos a verlo. ¿O me había perdido y había desencaminado a nuestro pequeño grupo? No, reconocía el pasadizo que conducía al estudio de Rembrandt. La puerta estaba abierta, lo cual no me hizo sospechar nada bueno.

Al irrumpir en el estudio, encontramos a Rembrandt y a van der Meulen charlando; posiblemente éste tratara de convencer al maestro de que huyeran juntos. Nuestra llegada asustó al marchante, que quizá tuviera ventaja sobre nosotros. Indeciso, encaraba con su pistola ora a Rembrandt, ora a nosotros.

¿Habría tenido tiempo de cargarla de nuevo? Ni lo sabía ni quería esperar a averiguarlo. Lo cierto es que la mía se hallaba descargada, pero, con el ajetreo, aún la sostenía en la mano. La lancé contra van der Meulen, y el pesado hierro le acertó en la sien.

El marchante profirió un sonido incomprensible, soltó el arma y retrocedió tambaleándose. Al hacerlo tropezó con los caballetes, perdió por completo el equilibrio, cayó hacia atrás, se precipitó por uno de los grandes cristales y cayó al vacío. Oímos un alarido y luego, cuando su cuerpo golpeó el suelo de la calle, un ruido sordo.

Corrí a la ventana y miré abajo. A juzgar por la forzada posición en la que yacía sobre la adoquinada calleja, van der Meulen estaba muerto. Probablemente se hubiese desnucado.

Dekkert se situó a mi lado.

–Sois realmente hábil en el manejo de pistolas...

Me volví hacia Rembrandt, que nos miraba aturdido. Del pincel que mantenía en la mano derecha caían al suelo gotas de pintura azul.

–¿Qué significa esto? ¿Qué le habéis hecho al señor van der Meulen, Suythof?

–Nada que no se mereciera –respondí con amargura–. Decidme antes qué quería de vos.

–Que fuera con él. Tenía mucha prisa. Yo pretendía explicarle que primero tengo que terminar este cuadro.

Señaló con el pincel el mismo cuadro azul en el que trabajaba la primera vez que pisé el estudio.

–¿A dónde debíais acompañar a van der Meulen? –seguí preguntando–. ¿Os lo dijo?

Rembrandt negó con la cabeza.

–¿Os habló de Cornelia? ¿Mencionó dónde se encuentra?

–¿Dónde va a estar? Pues en nuestra casa, en la Rozengracht.

Realmente no parecía sospechar que hubieran llevado allí a su hija ni tampoco el horror que ésta había experimentado, en buena parte por mi culpa.

–¿De verdad que van der Meulen no mencionó a Cornelia?

Rembrandt cabeceó de mala gana.

–¿Por qué no paráis de soltar disparates sobre Cornelia? No os hagáis ilusiones con ella. Mi hija se casará con un hombre bien situado, alguien como van der Meulen, y no con un granuja como vos.

Miré la calle de nuevo, donde yacía van der Meulen, y sentí haberlo matado. No porque me diera lástima, sino porque habría podido decirnos dónde encontrar a Cornelia.

–No os desaniméis –alentó Dekkert, que se percató de mi desesperación–. Lo pondremos todo patas arriba: si vuestra Cornelia está aquí, daremos con ella.

Colaboré en la búsqueda, habitación por habitación, piso por piso. La mayoría de las estancias se hallaban vacías, y no encontramos el menor rastro de Cornelia. Después de registrar la casa entera, nos topamos con Jeremias Katoen, que acababa de ordenar a un capitán de la guardia que se llevara a los detenidos.

Me dirigí a él esperanzado, pero tampoco sabía nada del paradero de Cornelia. Probablemente Fredrik de Gaal o Antoon van Zelden hubiesen podido proporcionarnos esa información, pero no se contaban entre los detenidos.

En la planta baja de la casa descubrimos un cuarto en el que había algunos muebles cubiertos de polvo. Exhaustos, Katoen, Dekkert y yo nos dejamos caer en los deshilachados sillones, y Dekkert descansó la pierna herida en una mesa baja que en su día sirviera de mesita auxiliar.

–Les hemos dado un buen golpe a los conspiradores –aseguró Katoen–. Aunque nos falten unos cuantos importantes. Lástima que van Zelden se nos haya escapado, y eso que estuvimos cerca de echarle el guante.

Pedí que me contara más detalles.

–Van Zelden nos condujo hasta vos, Suythof –explicó el inspector para mi sorpresa–. Tal como os prometí, lo teníamos vigilado. Se dirigió a la Rozengracht y recogió a la hija de Rembrandt. Mis hombres lo siguieron hasta este barrio, donde van Zelden desapareció con la chica en una casa en ruinas. Nos informamos y no tardamos en estar seguros de haber dado con el escondite de los conjurados. Nos pasamos la noche haciendo preparativos, y al amanecer estábamos listos para exterminar a sangre y fuego a esa camada de conspiradores.

–¿Por qué no durante la noche? –quise saber–. En los oscuros pasadizos subterráneos no hay diferencia.

–No sabíamos qué nos aguardaba ahí abajo. Además, necesitábamos tiempo para reunir a los nuestros y cortar las calles.

–Pero se os escaparon algunos.

–¿Por qué tantos reproches, Suythof? ¿No deberíais estarnos agradecido? Según lo que nos ha referido Dekkert, vuestra situación no era precisamente grata.

–Disculpad –dije–. Tenéis razón. Pero la preocupación por Cornelia me está volviendo loco. Además, no dejo de pensar en lo que le he hecho. Si hubieseis llegado por la noche, posiblemente se hubiera evitado.

Le conté cómo me había comportado bajo la influencia del color del diablo y lo puse al corriente de lo que sabía sobre los gerardistas y sus planes.

–Una historia fantástica –opinó Katoen–. De no haber visto con mis propios ojos esta fortaleza subterránea, jamás la hubiese creído. Una suerte para vos, Suythof, de lo contrario, después de oír semejante informe me habría encargado de que os internaran cuanto antes en un manicomio.

–Por desgracia, el color del diablo no es producto de mi imaginación –afirmé–. No olvidéis guardar bajo llave los cuadros del estudio de Rembrandt. ¿Habéis localizado el almacén donde se encuentra el pigmento azul?

–No, lamentablemente por ahora no –replicó Katoen, y frunció el ceño al imaginar todo el mal que se podía causar con el diabólico azul.

Capítulo 28
Padre e hijo

Dos horas más tarde, Katoen y yo, acompañados por Rembrandt, estábamos en un carruaje camino de la Rozengracht. Un fuerte viento barría las calles y sacudía el vehículo. El otoño anunciaba de forma inequívoca su llegada. Katoen había renunciado a arrestar a Rembrandt, de lo cual me alegraba. No cabía duda de que el anciano pintor no estaba completamente libre de culpa; si bien era consciente de que sus cuadros habían ocasionado la muerte de otras personas, ¿hasta qué punto se le podía culpar, cuando esa conciencia estaba desgarrada por la edad, el dolor y la confusión, además del diabólico azul? Habida cuenta del largo período de tiempo que Rembrandt había estado en contacto con el azul de los gerardistas, me parecía extraordinario que conservara aún una chispa de buen juicio. ¿De verdad lo había elegido Fredrik de Gaal por pura inspiración?

Por enésima vez me planteé si el mal emanaría únicamente del azul o si en aquella isla lejana no habría algo –para mí, el demonio– que, con ayuda del color del diablo, extendiera sus garras dispuesto a atrapar a todo el que pudiera.

Rebekka Willems debió de percatarse de la llegada del coche, pues abrió la puerta antes de que nosotros la hubiéramos alcanzado. Al divisar al que llevaba tantos años siendo su patrón, de cuya familia casi se consideraba miembro, sonrió, pero acto seguido una sombra nubló su arrugado rostro.

–¿Cómo estáis, señor? –se interesó–. ¿Qué os han hecho?

–Ha pasado lo suyo y necesita, sobre todo, descansar –le expliqué en el vestíbulo, una vez a salvo del frío viento–. Pero, primero, decidnos si sabéis algo del paradero de Cornelia.

–Cornelia. ¿Es que no está con vos?

–¿Os preguntaría de ser así?

–No lo entiendo –aseguró la anciana en voz baja, sin dejar de menear la cabeza–. Cuando os vi bajar del carruaje con el maestro Rembrandt pensé que Cornelia estaba con vos. El doctor van Zelden dijo que había encontrado al desaparecido señor y quería que Cornelia se reuniera con él. Cuando a última hora de la tarde Cornelia no había regresado, empecé a preocuparme.

–Y con razón –terció Katoen–. ¿Dijo algo más van Zelden? Tal vez comentara adónde pretendía llevar a Cornelia.

–Nada de eso –contestó Rebekka–. Tenía mucha prisa y apremió a Cornelia para que se echara algo por encima y lo acompañara.

Me pregunté qué pensaría Cornelia cuando van Zelden se presentó en su casa. Es posible que se mantuviera alerta, pues sabía lo de Titus, pero la preocupación por su padre debió de ser más fuerte que toda cautela.

Me dirigí a Katoen.

–Quizás encontremos algún rastro en casa de van Zelden. Además, así comprobaréis por vos mismo lo que el doctor ha hecho con Titus van Rijn.

–Buena idea –aprobó el inspector.

Rembrandt, que hasta ese momento se había mostrado ausente, volvió a la vida.

–¿Qué decís de Titus? ¿Dónde está? ¿Con el doctor van Zelden, tal vez?

–Titus está muerto –le aseguré por enésima vez–. Lo único que está en casa del doctor van Zelden es su cadáver, conservado en un recipiente gigantesco.

–En tal caso, llevadme con vosotros –urgió con voz temblorosa y lágrimas en los ojos–. ¡Quiero ver a mi hijo!

¿Había entendido realmente que Titus estaba muerto? No lo sabía, pero le pedí al inspector que atendiera el deseo del anciano. Quizá hallase la paz cuando se convenciera de una vez por todas con sus propios ojos de que Titus ya no se encontraba entre los vivos.

Katoen accedió, y los tres montamos de nuevo en el carruaje, seguidos por la mirada intranquila de Rebekka. De camino a la Kloveniersburgwal, el viento arreció y arrancó los tejados de algunos de los tenderetes que había junto a la carretera. Parecía que sobre Amsterdam se cernía una tormenta.

Al apearnos ante la casa del médico tuvimos que librar una dura batalla con el viento para avanzar. Un hombre que se agarraba con fuerza el abrigo vino hacia nosotros.

–¿Alguna novedad por aquí, Kampen? –preguntó Katoen.

–No muchas –repuso el vigilante–. Una criada salió a comprar hará una hora y volvió hace poco. Entre tanto, una mujer mayor, tal vez la cocinera, les ha negado la entrada a dos pacientes del doctor.

–¿Y el doctor van Zelden?

–No ha vuelto a dejarse ver desde que abandonó la casa anoche.

«Habría sido una auténtica necedad», pensé. Tras el ataque al nido de conspiradores, debía estar prevenido.

A nuestra llamada respondió la muchacha que yo conocía. Su rubicundo rostro no dio muestras de reconocerme.

–El doctor no está.

–Pese a ello, queremos entrar –afirmó Katoen, quien se presentó al punto–: Vengo en representación del juzgado de primera instancia de Amsterdam.

Titubeante, la chica nos dejó pasar, y Kampen se nos unió. Dentro, nos topamos con la cocinera de la que éste nos había hablado, una cincuentona canosa de rostro fofo y redondo. Katoen le preguntó por el paradero de van Zelden.

–No sabemos dónde está –contestó la mujer, y a mí me pareció sincera–. Ayer por la noche salió de casa y desde entonces no hemos tenido noticias suyas.

–¿Se trata de algo poco común? –continuó Katoen.

–No, a menudo pasa la noche fuera. Al fin y al cabo no está casado, de vez en cuando surge algo, ya me entendéis. –La cocinera nos guiñó un ojo con complicidad–. Pero nunca hasta hoy había faltado a la consulta sin avisarnos de antemano. Por eso me tiene un poco preocupada.

–¿Hay algún pariente o alguna dama en cuya casa pudiera estar hospedado?

–Lo desconozco –contestó la cocinera, y miró a la criada–. ¿Y tú?

La sirvienta negó con el gesto.

–Entonces echaremos un vistazo en la casa –anunció el inspector–. Especialmente en las habitaciones de atrás.

–Imposible –se apresuró a decir la cocinera–. Están cerradas.

–¿Dónde está la llave?

–El señor siempre la lleva consigo.

–¿Existe alguna copia?

–No. Y al doctor van Zelden no le parecerá nada bien que alguien ande hurgando allí en su ausencia. Es muy suyo en lo que se refiere a esos cuartos.

–Precisamente por eso queremos verlos –espetó Katoen, que se sacó del bolsillo una navaja y me dijo–: Tomad, Suythof, ya que tanto os gusta forzar puertas ajenas, incluidas las de las iglesias, demostrad vuestra habilidad.

Ante la recelosa mirada de la cocinera y la criada, me puse manos a la obra con la puerta que daba a las habitaciones que la muchacha denominara el santuario. En esta ocasión no tuve suerte, de modo que fue Kampen quien ocupó mi lugar. En uno o dos minutos la cerradura se abrió con un clic metálico.

Katoen, Kampen, Rembrandt y yo entramos en las estancias de van Zelden mientras sus empleadas aguardaban temerosas a la puerta. Probablemente no pudieran dejar de pensar en cómo le explicarían lo ocurrido a su señor cuando regresara. Por mi parte, tenía serias dudas de que van Zelden fuera a volver a su casa. Al igual que la primera vez que estuve allí, la habitación del fondo estaba cerrada. Katoen ya había sacado la navaja, pero yo volví al primer cuarto y encontré la llave en el mismo sitio que la vez anterior.

Antes de abrir la puerta, le dije a Rembrandt:

–Pensad bien si de verdad queréis ver lo que hay ahí. Creedme, no es un espectáculo placentero.

Él me dirigió una mirada casi suplicante.

–Si es mi hijo Titus, me gustaría verlo.

–Muy bien –suspiré, y abrí la puerta.

Una alarmante idea se me vino a las mientes: ¿y si el cadáver de Titus había desaparecido, igual que los cuadros que pretendí mostrarle a Katoen en el cabaré? Pero no, el enorme recipiente de cristal seguía en su sitio, y en el líquido azulado flotaba el cuerpo sin vida del hijo de Rembrandt.

No sólo este último, sino también Katoen y Kampen se quedaron mirando con los ojos como platos aquella cosa increíble.

–Este van Zelden debe de ser un verdadero diablo para hacer algo así –musitó Kampen.

–O está poseído por el diablo –puntualicé.

Rembrandt se acercó muy despacio al cadáver de su hijo; era como si se hubiese olvidado por completo de los dos funcionarios y de mí. Cayó de rodillas ante el recipiente, levantó la cabeza y contempló el cuerpo desnudo dentro del líquido azul. Nosotros tres guardábamos absoluto silencio. Un profundo respeto por aquello que regía el destino de los vivos y los muertos inundaba la estancia. El anciano permaneció callado, contemplando al hijo muerto, lo que se me antojó una eternidad.

–¿Qué te han hecho? –musitó al fin, con voz tan queda que apenas podíamos entenderlo.

Al cabo de un larguísimo rato se puso en pie y se volvió hacia nosotros lloroso. Sus ojos reflejaban un cansancio inmenso, y al mismo tiempo percibí en ellos algo que echaba en falta desde hacía tiempo: cordura y discernimiento.

–¿Qué he hecho? –preguntó con voz cascada, sin mirarnos–. ¿A dónde he llevado a la gente?

–Casi a la perdición –contesté sin acritud, esforzándome por que mi tono sonara amable–. Pero si localizamos a Fredrik de Gaal y a Antoon van Zelden, tal vez podamos impedir lo peor.

Pensaba en el pigmento azul del que aún disponían los gerardistas restantes.

–No sé en qué estaba pensando –prosiguió Rembrandt–. Deseaba tanto que Titus volviera, que realmente creía que seguía vivo.

Katoen, que mientras tanto se había puesto a echar una ojeada en la habitación, tomó algo de un anaquel y lo sostuvo en alto.

–Esto fue lo que visteis, *mijnheer* van Rijn.

Se trataba de algo blando, similar a un pedazo de cuero. Cuando Katoen lo estiró con ambas manos, adoptó la forma de un rostro ensanchado cuyos ojos, unas cuencas vacías, nos miraban desorbitados.

–¿Qué es eso? –quiso saber Rembrandt.

El inspector se lo entregó.

–Una máscara del rostro de vuestro hijo con la que os engañó van Zelden. Por eso sólo veíais a vuestro supuesto hijo en la penumbra; de ese modo no podíais advertir el engaño. Si le añadimos una voz susurrante, como la de un enfermo débil, la infame escena era perfecta. Por eso necesitaba van Zelden el cadáver de vuestro hijo y probablemente también por eso haya en el salón de van Zelden un retrato de Titus, como me refirió Suythof.

–Pero ¿por qué ha conservado el cuerpo entero? –me pregunté en voz alta–. Un molde del rostro le habría bastado.

–Quién sabe, tal vez se propusiera perpetrar otras canalladas, vilezas que sólo una mente enferma que desprecia a la humanidad puede concebir. Es posible que acariciase la idea de lograr que el muerto caminara entre los vivos, aun cuando sólo fuera como un Gólem sin alma. Al ver todo esto me da la impresión de que van Zelden es un genio, aunque desde luego ha puesto su genialidad al servicio del mal.

Rembrandt soltó la máscara asqueado y se volvió hacia mí.

–Suythof, debo pediros disculpas por tantas cosas... A pesar de ello, ¿querríais hacerme un favor?

–Si está en mi mano.

–Ocupaos de que Titus descanse en paz de una vez por todas: dadle sepultura como es debido. –Comenzó a temblar violentamente y consiguió mantenerse en pie a duras penas–. Y encontrad a Cornelia.

Katoen y yo lo sostuvimos justo antes de que se desplomara y lo llevamos a un sillón mientras Kampen salía corriendo en busca de ayuda.

Capítulo 29

Una tormenta se cierne sobre Amsterdam

Mientras un médico del vecindario atendía a Rembrandt, Katoen, Kampen y yo revolvimos la casa de Antoon van Zelden en busca de algún indicio que pudiera llevarnos hasta otro escondrijo de los gerardistas, hasta el lugar en que almacenaban el color del diablo y posiblemente retuvieran a Cornelia. No hallamos nada.

–Pero ¿por qué se llevaron a la hija de Rembrandt los conspiradores? –inquirió Kampen después de que hubiéramos revisado hasta el último armario con papeles.

–En un principio para seguir doblegando a Rembrandt –aclaró Katoen–. No sabían por cuánto tiempo más lo mantendría engañado el teatrillo del falso Titus. Cuando irrumpimos en su escondite, tuvieron que actuar deprisa. Logramos impedir que se llevaran a Rembrandt, no así a su hija. Ahora sólo les falta el padre.

–Entonces, en el fondo podrían soltar a la chica –aventuró Kampen.

–Lo dudo mucho –lo contradijo Katoen–. Cornelia podría revelar su nueva guarida, y quizá cuenten con ella para que Rembrandt vuelva a estar a su merced. Además...

–¿Sí? –apremió Kampen al ver que Katoen me miraba y enmudecía.

El inspector carraspeó.

–Bueno, también podrían utilizar a la chica como rehén si damos con ellos.

Después de que el médico ayudara a Rembrandt a levantarse, lo llevamos de vuelta a su casa. Kampen nos acompañó. Tampoco Katoen creía que van Zelden fuera a volver a la Kloveniersburgwal, con lo cual la vigilancia de la vivienda resultaba innecesaria. Kampen recibió orden de no perder de vista la casa de Rembrandt, por si los gerardistas intentaban entrar en contacto con él.

–¿Qué hacemos ahora? –le pregunté a Katoen tras llevar a Rembrandt a su dormitorio, donde quedó al cuidado de Rebekka Willems–. ¿Cómo vamos a averiguar dónde se han refugiado?

–Cuando asaltamos la fortaleza subterránea, así puedo llamarla sin temor a exagerar, capturamos casi a treinta rebeldes. Dekkert y unos cuantos hombres los están interrogando, así que es muy posible que pronto tengamos una pista decisiva.

–Yo no estaría tan seguro. Los gerardistas son una comunidad muy unida. No será tan sencillo encontrar un traidor. ¿Tenéis también bajo vigilancia la casa de Fredrik de Gaal?

–Fue lo primero que dispuse después de que me contarais que es uno de los cabecillas, de los conspiradores, quizá incluso *el* cabecilla. Y, antes de que me lo preguntéis, por supuesto que no hemos descuidado todos los mercantes de de Gaal que se encuentran fondeados ahora ante las costas de Amsterdam.

–Buena idea –alabé. A mí ni siquiera se me había ocurrido–. Con un barco, los gerardistas que escaparon no sólo podrían salir de Amsterdam, sino que además podrían llevar a otro lugar el color del diablo.

–He ahí la razón.

Me estremecí involuntariamente.

–Me contraría quedarme aquí de brazos cruzados hasta que obtengamos algún indicio que tal vez nunca llegue. ¿Acaso no estamos perdiendo sin ton ni son un tiempo valioso?

–¿Qué proponéis?

Se me ocurrió algo de repente:

–¡Los Ochtervelt! ¿Están bajo arresto?

–¿Os referís al librero y marchante de la Damrak?

–Sí, su establecimiento está próximo al de van der Meulen.

–Que, dicho sea de paso, ya hemos registrado, por desgracia sin éxito.

–Emanuel Ochtervelt imprimió el libro de viajes de Fredrik de Gaal. Pero hasta que no vi a Ochtervelt y a su hija en la iglesia subterránea, después de la misa, no supe cuál era la verdadera relación que había entre ambos.

–Si los gerardistas son tan reservados como suponéis, Suythof, tampoco descubriremos nada por boca de Ochtervelt. Ahora bien, no debemos ahorrar ningún esfuerzo, así que ¡vayamos a la Damrak!

La tormenta que se cernía sobre Amsterdam había arreciado. Al cruzar los puentes que salvaban los canales, sacudía nuestro carruaje de tal forma que llegué a temer por el cochero, sentado en lo alto del pescante.

–Se acabó el verano –comentó Katoen mientras miraba el cielo gris por una de las ventanillas laterales–. Empieza para Amsterdam la desapacible época de las tormentas.

–Si no localizamos el maldito pigmento azul, tanto Amsterdam como las demás ciudades de los Países Bajos tendrán que prepararse para una tormenta mucho peor. Vos mismo me describisteis cómo sembrarán la discordia entre los ciudadanos los conjurados, y Fredrik de Gaal confirmó vuestras palabras. Si los tercios franceses del rey Luis caen sobre nuestro país, la gente echará de menos las tormentas otoñales.

Katoen profirió un hondo suspiro.

–Me encantaría saber qué pasa con el color del diablo. El relato de de Gaal sobre esa isla desconocida se me antoja bastante singular.

–Yo creo que es cierto. No tenía ningún motivo para mentirme en cuanto a la procedencia del color. Además, la historia encaja con los hechos que se conocen del último viaje del *Nieuw Amsterdam*. Lo que me pregunto es si los gerardistas se sirven del diabólico azul para hacer realidad sus subversivos planes o si los conspiradores no son más que un mero instrumento.

–¿Un instrumento de quién?

–De una fuerza sacrílega que se ha apropiado de ellos para causar la ruina de la humanidad.

–¡Suythof!

–¿Qué? Me miráis como si dudarais de mi cordura.

–No es de extrañar, después de semejante observación. ¿No estaríais expuesto demasiado tiempo a la destructora actividad del color del diablo?

–Pudiera ser, pero eso nada tiene que ver con mis reflexiones. Algunas de las cosas que me contó de Gaal me dieron que pensar. Afirmó varias veces que Dios le había hablado, primero en la isla y luego en Amsterdam, donde le inspiró la idea de que sólo Rembrandt pintara los cuadros de la muerte. Quizá sea cierto que oyó la voz de un poder superior: la de un poder maligno, demoníaco. En tal caso, la caída de los Países Bajos sólo sería el principio, y el mal se extendería desde aquí.

–Vosotros los artistas tenéis una imaginación desbordante –rezongó Katoen–. A mí me basta con tener que luchar contra una banda de conspiradores como los gerardistas. Dios sabe que no me hacen ninguna falta unos demonios en el campo enemigo.

–No es más que una reflexión, pero cuando miraba el cuadro azul en el calabozo, tuve la sensación de que algo extraño intentaba apoderarse de mí. Un ser que se regocijaba con mi suplicio. Y con lo que le hice a Cornelia –añadí en voz baja.

–Si en verdad existe semejante criatura demoniaca, ha tramado un plan realmente diabólico –admitió Katoen tras meditar un rato–. Hace creer a los gerardistas que sirve a sus fines cuando en realidad es el amo y convierte a los conjurados en sus infelices ayudantes.

Asentí con la cabeza, si bien mis pensamientos ya se hallaban en otra parte: con Cornelia. La preocupación por ella casi me impedía respirar, e imaginaba todo lo que podía haberle sucedido. ¿Y si llevaba algún tiempo muerta y su cadáver yacía en algún lugar del puerto? ¿Y si los gerardistas la habían dejado atrás? ¿Se encontraría maniatada y amordazada en alguna parte del laberinto subterráneo que los hombres de Katoen hubieran pasado por alto y, en ese preciso instante, perecía miserablemente de asfixia o de sed? Desesperado, le di un puñetazo a la portezuela del carruaje, y el inspector me dirigió una mirada compasiva.

Tras una breve parada en el Consistorio, donde Katoen se bajó un momento a resolver algo, llegamos a la tienda de Ochtervelt. En la siempre animada Damrak no se veía ahora un alma. Todo el que estaba más o menos en sus cabales se había refugiado en casa huyendo de la rugiente tormenta. El viento aullaba y bufaba y parecía oponerse a que alcanzáramos nuestro destino, tal era la fuerza que ejercía contra las portezuelas del coche. Cuando por último conseguimos descender, el iracundo vendaval agarró el sombrero de Katoen, el del penacho azul radiante, lo volteó en el aire y lo arrastró por los tejados.

Nos apresuramos a entrar en el establecimiento, en el que, aparte de Ochtervelt y su hija, no había nadie. Ambos se afanaban por acarrear un gran cuadro con un pesado marco a la parte de atrás del inmueble. Emanuel Ochtervelt se hallaba de espaldas a nosotros, y sólo Yola nos vio. Se detuvo, dejó el lienzo en el suelo y se me quedó mirando como si fuera un fantasma. Vi en su semblante que aún no había llegado a sus oídos lo que había pasado aquella mañana en el escondite de los gerardistas.

–¿Qué te sucede, hija? –dijo el anciano de mal humor–. ¡No te pares!

–Tenemos visita, padre –contestó Yola sin apartar los ojos de mí.

–Aunque así sea. Llevemos primero el cuadro a la parte de atrás y ya nos ocuparemos luego de la clientela.

–Padre..., es Cornelis Suythof...

También Emanuel Ochtervelt soltó el cuadro, se volvió hacia nosotros y nos dirigió la misma mirada de asombro que su hija.

–¡Suythof! ¿Cómo habéis...? Bien, quiero decir...

–¿Por qué tan sorprendido? –inquirí mientras me aproximaba–. Hace tan sólo dos días manifestasteis que esperabais verme más a menudo, aunque probablemente no os refirierais a este lugar, sino a la iglesia subterránea de vuestra diabólica secta.

Ochtervelt miró en derredor como el conejo ante cuya madriguera acecha el zorro. Sólo que allí no había escapatoria.

Yola se situó a su lado y asió su mano.

–Tranquilo, padre. El señor Suythof siempre nos ha tratado con amabilidad. No permitirá que nos ocurra nada malo.

–¿Con la misma amabilidad con que me trataron los gerardistas? –pregunté con rudeza.

Yola me miró con ojos de no entender nada.

–¿De qué estáis hablando?

–De la tortura que me aplicaron con el color del diablo en vuestro laberinto subterráneo. Del delirio en que me vi sumido gracias a vuestro azul demoníaco, durante el cual estuve a punto de acabar con la hija de Rembrandt.

Yola palideció.

–Yo no sé nada de eso. ¿Y tú, padre?

Emanuel Ochtervelt negó con la cabeza en silencio.

–Ello no cambia lo acaecido –espeté–. Si queréis que se os trate con miramiento, ayudadnos a impedir más desgracias.

Katoen tomó la palabra y les preguntó a los dos por el almacén en que se hallaba el color del diablo y si conocían algún lugar donde pudiera ocultarse Cornelia.

Yola aseguró no saber nada de ninguna de las dos cosas y me miró de nuevo.

–Creedme, *mijnheer* Suythof, si pudiera os ayudaría a encontrar a Cornelia. Yo no sabía nada de esto.

Katoen se dirigió a su padre:

–¿Y vos, *mijnheer* Ochtervelt? ¿Tenéis algo que decirnos?

Éste tragó saliva antes de soltar:

–Sé que mucho de lo que hemos hecho en pro de la verdadera religión parece criminal a vuestros ojos, pero debemos responder de ello ante un ser superior y sólo ante él, aunque vuestros tribunales nos condenen. Sin embargo, os ruego encarecidamente que seáis clementes con mi hija. Ella todavía es joven, fui yo quien la llevó hasta los gerardistas. Iba conmigo a misa, pero no sospechaba nada de nuestros planes secretos.

–El mejor modo de ayudar a vuestra hija y a vos mismo es ayudándonos –aseguró Katoen–. Así pues, ¿qué sabéis del almacén donde se guarda el color azul y del paradero de Cornelia?

Ochtervelt nos miró a nosotros, luego a Yola, de nuevo a nosotros: se debatía entre la lealtad a los gerardistas y el amor a su hija. Tuvo que hacer un esfuerzo visible antes de decidir:

–Sólo sé que de Gaal ha utilizado varios almacenes del puerto para nuestros fines. Si lo que guarda allí es el pigmento o si por el contrario se trata de armas o pasquines para el levantamiento, es algo que ignoro.

–Desde luego, tenemos conocimiento de los almacenes: los registramos hace ya tiempo, en cuanto supimos de ellos –dijo Katoen, más dirigiéndose a mí que a Ochtervelt–. Pero hasta la fecha no hemos encontrado más que unas cajas con panfletos subversivos, breviarios y algunos barriles de pólvora.

El golpe de la puerta contra la pared hizo que me girara. Creía que la furibunda tormenta la había abierto de golpe, pero eran cuatro jóvenes que irrumpieron en la tienda y a los cuales Katoen saludó con parquedad. Posiblemente había empleado la corta parada en el Consistorio para pedir refuerzos.

Me volví a Ochtervelt.

–¿De verdad no podéis darme ninguna pista en lo tocante al paradero de Cornelia? ¿Ni siquiera tenéis alguna idea?

–No. –La cara de tristeza de Ochtervelt permitía concluir que decía la verdad–. Reconozco que formo parte de los gerardistas, pero nunca he sido un miembro relevante de nuestra comunidad y no estoy al corriente de todos los secretos. Lo lamento también por vos, *mijnheer* Suythof.

Katoen dividió a sus hombres.

–Dos de vosotros llevaos a este par para que se les interrogue en el Consistorio. Dekkert está advertido. Que los otros dos registren la tienda y la casa y confisquen todo aquello que pueda ser de alguna ayuda, por nimia que pudiera parecer.

Dos de los hombres se fueron con los Ochtervelt. Cuando Yola pasó por delante de mí, sus hermosos ojos me miraron en busca de perdón. Asentí para darle ánimos, pero a mí las perspectivas se me antojaban todo menos esperanzadoras.

–¿Y nosotros? –pregunté desconcertado–. ¿Qué podemos hacer?

–Quizás echar una mano en el registro de las estancias de Ochtervelt –sugirió Katoen–. ¿O proponéis alguna otra cosa?

–Podría ser –repliqué tras una breve reflexión–. No sé si será mejor, pero plantea otra posibilidad.

–Oigámosla pues, Suythof.

A excepción de un único transeúnte y de nuestro carruaje, que luchaban contra el viento en la Anthonisbreestraat, la tormenta había dejado la calle desierta. Ante el *Glücklichen Hans* tampoco había un alma. Era mediodía y, a tan temprana hora, el cabaré aún se encontraba cerrado.

Al apearnos del vehículo, el cochero nos gritó:

–El temporal está volviendo loco al jamelgo. No soy capaz de sujetarlo.

–En tal caso, idos –le contestó Katoen, cuyo cabello desgreñaba el viento–. Seguiremos a pie.

El cochero asintió agradecido y guió el carruaje en dirección al Consistorio mientras nosotros nos acercábamos a la puerta del cabaré. Katoen comenzó a aporrearla hasta que el camarero, a quien ya conocíamos, la entreabrió.

–Todavía no está abierto –rezongó al tiempo que trataba de cerrarla de nuevo.

–Para nosotros, sí –aseveró Katoen–. ¿Acaso no nos reconocéis?

–Ah, sois vos. ¿Queréis volver a hablar con Kaat?

–Lo habéis adivinado.

–Está bien, entrad –repuso, franqueando el paso. La fruncida frente delataba que nuestra visita no era bienvenida.

Nos condujo hasta el último piso, donde miré de soslayo los cuadros. Al igual que la última vez que estuvimos allí, en las paredes del pasillo colgaban aquellos lienzos inofensivos, y me pregunté si en esta ocasión nos iría mejor con Kaat Laurens.

El camarero gritó su nombre, y ella respondió desde una de las habitaciones. Al entrar me maravilló el lujoso mobiliario, entre el que se incluían unos candelabros de plata y dos óleos. El que quisiera disfrutar con las chicas de Kaat Laurens debía tener unos cuantos florines en el bolsillo. La madama, que por excepción lucía un vestido muy sencillo, estaba haciendo una cama con ayuda de una jovencita.

–Que salga la chica, tenemos que hablar con vos a solas –exigió Katoen, y acto seguido le aclaró al camarero, que aguardaba a la puerta, que tampoco su presencia era necesaria.

Kaat Laurens nos miraba expectante, pero no con la calma que intentaba fingir. No se me escapó que tragaba saliva varias veces y controlaba la puerta, como si sopesara cuál era la mejor forma de huir de nosotros.

–Sabéis perfectamente por qué hemos venido –comenzó Katoen.

–De ningún modo, pero estoy segura de que no tardaré en averiguarlo.

–Vuestro amigo van der Meulen ha muerto –anunció el inspector.

–Van der Meulen. No me digáis. ¿Y cómo ha sido? ¿Lo pilló la tormenta?

–No, se cayó por una ventana. En las afueras de Jordaan, donde tenía su antigua galería de arte. Seguro que estabais al corriente de que seguía frecuentando la zona, que, por así decirlo, tenía allí su segunda casa, la secreta.

–No sabía nada de eso –contestó la madama, con cierta premura para mi gusto–. A decir verdad, no entiendo la mitad de lo que decís.

Me inmiscuí.

–No os creo. Nos entendéis perfectamente.

–Ay, otra vez vos. El pintor, ¿no es así? ¿Qué os trae por aquí en esta ocasión? ¿Acaso os han vuelto a secuestrar?

Katoen respondió por mí:

–Así es, y esta vez no cabe dudar de sus palabras. Como tampoco dudo que vos, *mevrouw* Laurens, hacéis causa común con los gerardistas. Si formáis parte de ellos o tan sólo les hacéis los trabajos sucios, es algo que aún he de averiguar. Podéis influir en la manera en que el tribunal juzgará vuestros delitos colaborando con nosotros. Contadnos todo lo que sepáis de los gerardistas y puede que deje vuestro nombre fuera de este asunto.

Kaat Laurens se quedó mirando al infinito unos largos segundos, pensativa.

–Jamás he oído hablar de la gente que decís. Es evidente que sólo formuláis acusaciones contra mí, pero carecéis de pruebas. No os servirá de mucho ante el tribunal. Así que dejadme en paz.

No tuvimos más remedio que darnos por vencidos y salir del cabaré con las manos vacías. Fuera, di rienda suelta a mi enojo y a mi desesperanza soltando una imprecación a voz en grito.

–Calmaos, Suythof, vuestro plan no era malo, pero esa Kaat Laurens es astuta. Seguro que sabe más de lo que afirma, pero con los medios que pone a mi disposición la ley y las obligaciones propias de mi cargo, no podemos ir más lejos.

Agucé el oído.

–¿A qué os referís?

–Bueno, sólo pensaba que habría que tratar con más rudeza a Kaat Laurens si queremos obligarla a hablar. Pero yo no puedo hacerlo, no sin pruebas sólidas. Por otro lado, sí podría cualquiera que no actúe por orden del juez de primera instancia de Amsterdam.

Capté la insinuación a la primera, pero también puse mis reparos:

–Pero, en tal caso, Kaat Laurens podría ampararse en las leyes.

Katoen clavó la mirada calle abajo, donde el siseante viento se llevaba por delante todo lo que no estaba bien afianzado.

–Esta tormenta de hoy es terrible. La guardia de la ciudad tendrá todas las manos ocupadas reparando los daños más graves. No creo que el ojo de la ley vaya a caer esta tarde en el *Glücklichen Hans*.

Capítulo 30

El rostro del demonio

La tormenta no había amainado ni siquiera a la caída de la tarde. Algunas chalanas de los canales habían zozobrado, y varias casas habían perdido el tejado. Por todas las calles se veía a gente entablando las ventanas para impedir que la tormenta causara más estragos. Era como si un poder sobrenatural hubiese decidido asolar Amsterdam.

Cuando me dirigía a la Anthonisbreestraat junto a mis acompañantes, la oscuridad era mayor de lo habitual a esa hora, casi como en plena noche. Una ingente y sombría masa nubosa cubría la ciudad. Siempre que miraba al cielo creía distinguir allí arriba a un demonio que regía los vientos y quería descargar su ira en Amsterdam al haber visto contrariados sus planes. ¿Acaso no me miraban desde lo alto unos ojos malignos? ¿No eran aquellos unos cuernos como los de un diablo? En una ocasión me detuve del susto, y Robbert Cors chocó contra mí.

–¿Qué os sucede, Suythof? –me preguntó–. Por mucho que miréis al cielo no haréis que cese la tormenta.

–¿Es que no veis esa cara?

–¿Una cara? ¿Dónde? ¿En las nubes?

–Da igual –dije, dominándome antes de que Cors me tomara por un chiflado y se pensara dos veces lo de ayudarme, tal como me había prometido.

Posiblemente tuviera razón y sólo fueran fantasías mías. A todas luces, la influencia que el color del diablo había ejercido en mí aún no se había disipado por completo, y debía tener cuidado en no volver a perderme en un mundo que sólo existía en mi sobreexcitada imaginación.

Continuamos andando, y el *Glücklichen Hans* no tardó en aparecer ante nosotros. Tras las ventanas del cabaré se veía luz, mas allí afuera apenas se oía nada. La atronadora tormenta lo engullía todo. El portero estaba pegado a la puerta, debajo del voladizo. Para guarecerse del temporal, llevaba un sombrero de ala ancha bien calado.

Nos acompañaban cinco de los mejores discípulos de Cors. No sabían de qué se trataba, pero se habían mostrado dispuestos a echar una mano por deferencia a su maestro. También el propio Cors distaba mucho de estar al corriente de todos los detalles, aunque sabía que pretendíamos asestar un golpe a quienes tenían a Ossel Jeuken sobre su conciencia.

–¿Y estáis seguro de que no hay ningún miembro de la guardia cerca? –se cercioró el maestro por enésima vez–. No pregunto por mí, aunque no me gustaría nada tener que dar clases a mis alumnos en Rasphuis.

–Podéis estar seguro de ello, maestro Cors.

–Bien. En tal caso, yo mismo me ocuparé de ese pobre diablo de ahí.

Dicho esto, salió de las sombras y se encaminó hacia el *Glücklichen Hans* como si fuera un cliente. El portero le salió al paso para examinarlo y, a continuación, todo fue muy rápido: un giro de Cors, una pierna estirada, un golpe certero y el hombre yacía boca abajo en la calle. Cors se sentó sobre él y se encargó de que no se levantara. Dos de los luchadores corrieron hacia ellos, y en un santiamén el portero estaba atado y amordazado. Lo llevamos al estrecho y oscuro callejón lateral y lo dejamos allí.

–Fenomenal –aprobó un sonriente Cors–. Con este mal tiempo tardarán en tropezar con él.

Entramos en el garito, donde Kaat Laurens cantaba una briosa canción con una voz más sonora que bella. Sus poderosos pechos subían y bajaban al compás y amenazaban con reventar el ajustado vestido cada vez que respiraba. Los escasos clientes que se habían atrevido a salir de su casa en medio de la tormenta escuchaban con verdadero entusiasmo. A sus oídos, posiblemente cualquier cosa fuera mejor que los aullidos del viento. Un tipo flaco sentado ante una espineta se esforzaba por arrancarle al instrumento el acompañamiento adecuado, pero Kaat Laurens, seducida por su propia ejecución, cantaba tan deprisa que la espineta siempre iba algo rezagada. El camarero, que no tenía mucho que hacer, fue el primero que nos vio, y nos miró con recelo. Naturalmente me había reconocido, y los seis hombres que tenía detrás de mí le servían de advertencia.

Dejé de prestarle atención; pasé ante la barra, me detuve delante de la espineta y alcé la gran hacha que llevaba conmigo. Tres, cuatro veloces golpes seguidos y el instrumento quedó destrozado. El músico flaco dio un salto del banco de madera que ocupaba y corrió a refugiarse tras las anchas espaldas de la enmudecida cantante. Tomé impulso de nuevo e hice pedazos el banco.

Robbert Cors y sus luchadores no tomaron parte en la orgía destructora: no quería meterlos en demasiados líos en caso de que, en contra de lo esperado, surgiera algún tropiezo con la ley. Su único cometido era asegurarse de que nadie me impidiera hacer lo que me proponía.

–Pero ¿qué mosca os ha picado? –me bufó una enojada Kaat Laurens–. ¡Parad de una vez!

Mientras hablaba, me acerqué a una mesa vacía y la hice trizas. Acto seguido la emprendí con las correspondientes sillas.

La madama iba a detenerme, pero Cors se anticipó y la agarró con fuerza. Yo continué con mi labor, mesa a mesa y silla a silla, y el piso pronto estuvo cubierto de un enorme montón de astillas.

–¡Ayudadme, amigos! –pidió Kaat Laurens a sus clientes soltando un gallo–. ¡Echad de aquí a estos tipos y la noche os saldrá gratis, chicas incluidas!

No hizo falta repetírselo a los parroquianos: ocho hombres se apresuraron a formar un frente, y a ellos se unió el camarero con un puñal. En las manos de algunos clientes también percibimos el destello de las armas blancas. Frente a ellos se hallaban los seis luchadores desarmados. Cors apartó de un empujón a la madama con tal fuerza que dio con sus huesos en el suelo, donde se quedó tendida con el vestido descolocado y el seno izquierdo, grande y blanco, al descubierto, mirando atemorizada el hacha que yo mantenía en alto.

El camarero inició el ataque: se lanzó contra el maestro de lucha e intentó clavarle el puñal en el pecho. Cors dio un rápido giro y el otro apuñaló al vacío; luego asió al desconcertado adversario por detrás y lo arrojó con tal ímpetu contra el suelo que allí se quedó, gemebundo. El puñal se deslizó bajo una de las mesas que aún permanecían intactas. Por su parte, los alumnos de Cors no dejaron mal a su maestro. Fueron derribando, uno tras otro, a los clientes del cabaré y salieron de la refriega con tan sólo uno o dos cortes de poca importancia. Los parroquianos, antes tan valerosos, se marcharon con premura, de forma que, aparte de mis acompañantes y yo, dentro sólo quedaron la madama y el camarero. El de la espineta se había largado hacía rato a hurtadillas, sin hacer ruido.

Me dirigí a la barra y la fui haciendo añicos. Después la tomé con la vitrina donde se guardaban las jarras de licor, que se rompieron con estrépito. El garito no tardó en apestar a aguardiente hasta tal punto que creí que una sola chispa le prendería fuego.

–¡Parad de una vez y decidme lo que queréis! –suplicó la madama, cuya lucrativa fuente de ingresos estaba siendo aniquilada pedazo a pedazo ante sus ojos. Seguía agazapada en el suelo, con el pecho al aire.

–Sabéis lo que quiero –me limité a responder mientras continuaba con el destrozo de la vitrina, sin prestarle la menor atención.

Sólo pensaba en Cornelia y en el peligro que corría la mujer a la que amaba. Eso, si aún estaba viva.

Los luchadores reían burlones. Parecía que la disputa les había resultado en extremo divertida: posiblemente no tuvieran muchas ocasiones de poner a prueba su arte en otro lugar que no fuese la escuela de lucha.

–¡Estoy dispuesta a hablar con vos! –exclamó Kaat Laurens con voz temblorosa–. Pero no aquí, sino a solas.

Bajé el hacha.

–Vayamos a vuestra oficina, pues.

La madama se levantó vacilante y echó a andar ante mí, mientras Cors y sus hombres vigilaban al aturdido camarero.

Después de cerrar la puerta de la oficina tras de mí le dije a la mujer, que había palidecido de miedo:

–No confiéis en la intervención de la guardia: para ella, esta noche la Anthonisbreestraat no existe.

Se puso aún más blanca y, exhausta, se dejó caer en una silla. Sudaba a mares por la frente y los chorros le goteaban por el pecho, de lo cual no parecía percatarse.

La miré sin decir nada, jugueteando con el hacha en las manos.

–¿Qué queréis saber? –preguntó Kaat Laurens.

–Los conjurados de van der Meulen han desaparecido. Seguro que tienen un almacén secreto en alguna parte, y han secuestrado a una mujer a la que estoy buscando, la hija de Rembrandt, el pintor. ¿Qué sabéis al respecto?

–Nada, de verdad que no. Yo no formo parte de ellos –contestó. Cuando alcé el hacha con aire amenazador, se apresuró a añadir–: Hice ciertos negocios con van der Meulen, y él era mi socio en el local, aunque los papeles indiquen que el *Glücklichen Hans* es sólo mío. Van der Meulen me explicó que las autoridades no tenían por qué saber que él era mi socio. Pero no sé nada de ese secuestro ni tampoco de un almacén. A veces van der Meulen guardaba aquí provisionalmente cajas y barriles, pero nunca me dijo de dónde venían ni adónde iban.

–¿Qué sabéis de los compinches de van der Meulen, en particular de Antoon van Zelden y Fredrik de Gaal?

–Van der Meulen acudía aquí de vez en cuando con van Zelden. Yo lo evitaba en lo posible, porque me da miedo. Cuando pasaba la noche con una de mis chicas, al día siguiente la pobrecilla estaba maltrecha. Una vez incluso tuve que llevar al médico a una.

La repugnancia que le inspiraba van Zelden me pareció genuina.

–¿Y de Gaal?

–Sólo vino una vez en que van der Meulen metió en el sótano un gran cargamento de cajas. Probablemente quisiera inspeccionar su contenido.

–¿Qué había dentro?

–No lo sé, yo nunca me metí en eso, según lo convenido con van der Meulen.

–Sabéis algo y, sin embargo, nada –gruñí, golpeando el suelo con el mango del hacha–. No tengo claro si he de creeros.

–Esperad, aún hay algo más. Ahora que preguntáis por un almacén... cuando de Gaal estuvo aquí, oí por casualidad parte de la conversación que sostenían él y van der Meulen. Ninguno se dio cuenta.

Estaban en uno de los cuartos del sótano y no sabían que aquí arriba llega gran parte de lo que se dice abajo por un respiradero.

Dudaba que Kaat Laurens hubiese escuchado la conversación de manera tan fortuita como aseguraba, pero eso ahora era lo de menos.

–¿Qué averiguasteis?

–Se trataba de las cajas; iban a cargarlas en un barco. Van der Meulen preguntó si ello no pondría fácilmente a alguien sobre la pista de de Gaal, pero éste se echó a reír y repuso que el barco no estaba inscrito a su nombre, como era natural, sino al de otro que figuraba como propietario para las autoridades.

–¿Sabéis cuál es el nombre del barco?

–Creo que tenía algo que ver con un pájaro. –Pensó el nombre tanto tiempo que yo estaba al borde de la desesperación–. Sí, ahora me acuerdo: el barco se llamaba *Zwaluw*.

Zwaluw, golondrina. Un nombre nada inusual para un buque; en Amsterdam podía haber varios registrados con él. Así y todo, era un punto de partida.

–¿Cómo se llamaba el propietario? –inquirí.

–Eso no lo mencionaron. O al menos no recuerdo haberlo oído.

Le hice unas cuantas preguntas adicionales, pero no hubo forma de sacarle más. Aunque no acababa de estar satisfecho con el resultado de mi insólito interrogatorio, renuncié a seguir utilizando el hacha. Aquella vez tuve la impresión de que la mujer me había dicho la verdad..., al menos hasta cierto punto. Cabía la posibilidad de que hubiese minimizado la importancia de su persona en cuanto a los planes de los conspiradores para no incriminarse innecesariamente en caso de que fuera sometida a juicio, pero eso no se le podía tomar a mal.

En el garito aguardaban los luchadores y el camarero, que entre tanto se había sentado en una de las escasas sillas aún intactas y se agarraba la dolorida cabeza. De una herida manaba sangre, que teñía de rojo oscuro la camisa del hombre.

Robbert Cors me miró expectante.

–¿Habéis averiguado lo que queríais saber de esa mujerzuela?

–No estoy seguro –respondí conforme a la verdad–. De todas formas, os doy las gracias por vuestra inestimable ayuda. Es posible que vuelva a necesitarla.

–Cuando queráis –prometió Cors, y sus alumnos miraron risueños el desaguisado–. Como veis, nos ha resultado divertido.

Salimos a la Anthonisbreestraat con la cabeza gacha para enfrentarnos al viento, y sólo en el último instante vi aquella extraña cosa en pos de mí. Era como un torbellino que irradiaba un resplandor azul semitransparente. Me agarró y me levantó del suelo como si fuera una mariposa y no un hombre hecho y derecho. Atemorizado, dejé caer el hacha.

El remolino me volteó y trató de separarme de mis acompañantes, pero éstos se aferraron a mí y me sostuvieron con sus poderosas manos. Me dio la sensación de que iba a descoyuntarme. Sin embargo, lo peor fue la indefensión, estar a merced de la poderosa tormenta.

El remolino tiraba de mí con firmeza, pero también los luchadores ponían todo su empeño y por fin, en cuestión de segundos, el torbellino se desvaneció y me estampé contra los adoquines. El choque fue doloroso, y me sentí mortificado. Lo cierto es que tenía la ropa desgarrada: era como si me hubiese atacado una manada de lobos.

–¿Cómo estáis, Suythof? –se interesó Cors, el primero en acudir a mi lado.

Me incorporé hasta quedar de rodillas ante él.

–Algo atontado. Todo ha sucedido tan deprisa...

Cors sacudió la cabeza.

–Nunca había visto nada igual. Fue como si la tormenta quisiera desmembraros precisamente a vos. Los seres humanos creemos dominarlo todo, pero a veces la naturaleza sigue extraños derroteros.

–Tenéis toda la razón –me limité a decir.

Mi parca respuesta obedecía a que no quería ponerme en ridículo al formular lo que en realidad tenía en mente. Y es que, en aquella breve eternidad, cuando me hallaba suspendido entre el cielo y la tierra, creí distinguir algo más en el remolino: una figura azul, indescriptiblemente fea y con una expresión airada, rebosante de odio en los ojos. Si de verdad existía un poder maligno, un demonio que jugaba con el dolor de la gente, acababa de verle el rostro.

CAPÍTULO 31

Un barco en la niebla

LAGO ZUIDER ZEE, 1 DE OCTUBRE DE 1669

Anochecía y, por suerte, en las últimas horas la fuerte marejada inicial había cedido un tanto. Pese a todo, muchos de los hombres que se encontraban a bordo del *Golfslag* que no eran marineros se asomaban por la borda y entregaban su ofrenda al mar. Miré las dos barcazas que seguían a escasa distancia a nuestra gabarra de dos palos y vi que las cosas allí no eran muy distintas. Por mi parte, aunque era la primera vez que me hacía a la mar, no me sentía nada indispuesto. Posiblemente estuviera demasiado nervioso.

Por centésima vez oteé en la lejanía, donde los contornos de la isla de Texel aún se perfilaban con escasa nitidez, y me pregunté si tardaría mucho en tener a Cornelia entre mis brazos. Nadie sabía si se hallaba en el *Zwaluw*; los conspiradores bien podían tenerla en otro escondrijo en Amsterdam. O tal vez huyeron por tierra y se la habían llevado como rehén. Todo parecía posible, pero nosotros sólo contábamos con el dato que nos había proporcionado Kaat Laurens: el barco llamado *Zwaluw*.

Tras la visita vespertina al *Glücklichen Hans* y mi encontronazo con el remolino había ido en busca de Jeremias Katoen, según lo acordado, y lo puse al corriente. El inspector envió a sus hombres, que se hallaban prestos para tal fin, en pos del *Zwaluw* para que se enteraran lo antes posible de todo cuanto pudieran. Y lo que averiguaron fue realmente extraordinario. En aquellos días había cuatro barcos con ese nombre frente a las costas de Amsterdam, pero sólo uno de ellos era lo bastante grande para servir de escondite a los gerardistas.

El propietario era un tal Isbrant Winckelhaack, un pañero con un negocio más bien modesto, demasiado modesto para poder aparejar un barco del tamaño del *Zwaluw*. Fuimos a la mansión que Winckelhaack tenía en el canal Singel, no muy lejos de la casa de van Zelden en la Kloveniersburgwal, pero el dueño había salido de viaje de repente a mediodía, tan de repente, al parecer, que ni siquiera su esposa pudo indicarnos cuál era su destino. Por si eso no fuera lo bastante extraño, ese mismo día había dado la orden de preparar el *Zwaluw*, fondeado en la rada de Texel, para zarpar. Se enroló a toda prisa una tripulación, y unas gabarras salieron de Amsterdam rumbo a Texel para dotar al mercante de agua y víveres para una travesía de varios meses. Todo aquello no probaba nada, pero resultaba sospechoso, y esa sospecha era lo único a lo que podíamos agarrarnos.

Jeremias Katoen lo describió de este modo:

–En su día, Fredrik de Gaal trajo a Amsterdam el color del diablo a bordo de un barco. Lo lógico sería que ahora intentara sacarlo de aquí también a bordo de un barco. Quizás el color se encuentre en la nave desde hace tiempo. Al fin y al cabo, desde el último viaje del *Zwaluw* han transcurrido ya cuatro años. Cabría preguntarse cómo un pequeño comerciante como Winckelhaack puede mantener un barco tan grande si no hay viajes de los que obtener beneficios. Es probable que el barco sirva de almacén flotante a los gerardistas.

La noche previa el inspector había dormido tan poco como yo, pues ambos habíamos estado convocando hombres para la empresa. Él fue en busca de los mejores mosqueteros de la guardia de Amsterdam, y yo le había recordado a Robbert Cors su promesa de volver a ayudarme cuando lo necesitara y, a continuación, arranqué de su achispado sueño a Henk Rovers y Jan Pool con el objeto de que reclutaran a una tripulación de marineros de máxima confianza que no temieran participar en un combate a vida o muerte. Con tan heterogénea tropa a bordo, nuestras tres gabarras partieron al alba de Amsterdam rumbo a Texel, donde estaban los grandes barcos cuyo calado no era apto para las aguas poco profundas que rodeaban la ciudad.

La tormenta había detenido su colérica saña por la noche, y lo único que persistía era un fuerte viento de tierra que ahora agitaba el mar. Así pues, navegando con viento de popa, al principio nuestra flotilla avanzó sin problemas; sólo en las últimas horas había amainado el viento, como si una fuerza superior le hubiera ordenado mantenernos alejados de Texel.

La imprecisa silueta que se dibujaba ante nosotros, sencillamente no quería volverse más visible. Me dirigí a Henk Rovers, que se encontraba sentado a mi lado, burlándose con Jan Pool de los marineros de agua dulce que estaban doblados sobre la borda en lugar de ponerse lo más cómodos posible.

–¿Por qué no acabamos de ver la isla como es debido, Henk?

El viejo marinero entrecerró los ojos, lo cual acrecentó las numerosas arruguitas que los rodeaban, y escudriñó la isla.

–Yo diría que es niebla. Parece extenderse sobre toda Texel. A saber de dónde demonios habrá salido tan deprisa.

–Probablemente el demonio sea el único que lo sepa –musité.

–Pamplinas –refunfuñó Jan Pool, mientras esbozaba una sonrisa en su rostro medio negro–. No hagáis caso de los chismes de Henk, *mijnheer* Suythof. Hemos pasado del verano al otoño, y el tiempo está cambiando. No es nada del otro mundo que en el Zuider Zee se levante niebla de repente. Mejor sería que os ocuparais de esos tristes marineros de agua dulce que nos están llenando el mar de vomitonas.

–¿Qué queréis decir?

–Queréis sorprender a los hombres del *Zwaluw*, ¿no? Que crean que les traemos tripulantes que acaban de enrolarse. Si ven a esa panda de vomitones, sabrán de inmediato que algo no encaja.

Le di las gracias por la advertencia, que transmití a Jeremias Katoen, quien a su vez habló con el patrón de la gabarra, Hendrix, el propietario de nuestra nave. Hendrix indicó con la bandera de señales a las otras dos chalanas que avanzaran hacia nosotros hasta que pudieran oírnos, y Katoen les ordenó que dejaran de vomitar en cuanto nos aproximáramos al *Zwaluw*. Sólo quedaba esperar que los hombres estuvieran en situación de contenerse.

–Ahí –les dije a Rovers y Pool–. Mirad esa gran sombra. ¿Será el *Zwaluw*?

–Puede que sí –contestó Pool–. O puede que no.

Me acerqué a Hendrix, que estaba al timón, y llamé su atención sobre lo que había visto.

–Ya –replicó él impasible–. Pronto se irán perfilando en la niebla los otros barcos fondeados.

–Entonces, ¿no es ése el *Zwaluw*? –pregunté un tanto decepcionado.

Hendrix echó un vistazo a las boyas de brillantes colores que bailoteaban sobre las olas y señalaban la ruta entre Amsterdam y Texel.

–No, *mijnheer*, para eso aún nos queda una media hora, si el viento no cambia. ¿Cuántos barcos creéis que hay fondeados en Texel?

No tenía la menor idea, y tampoco quería saberlo. Intranquilo, volví a mi sitio junto a Rovers y Pool y clavé la vista en el abultado vientre oscuro del mercante junto al que estábamos pasando. Otros barcos fueron surgiendo de la bruma y esfumándose, tal como Hendrix anunciara. El patrón mantenía el curso imperturbable, como si fuera capaz de ver a través de aquel banco de niebla amarilla cenicienta.

A pesar de la enorme tensión a que me hallaba sometido, poco a poco me fui calmando un tanto, pues sabía que estaba condenado a la inactividad mientras me hallara a bordo. La niebla se adensó, y los contornos de los gigantescos barcos, cuyo número iba en aumento, se hicieron cada vez más vagos. Experimenté levemente la soledad y el vacío que sin duda debían de sentir en las travesías largas los marinos de verdad, hombres como Henk Rovers y Jan Pool.

–¡Barco a la vista! –oí gritar a media voz por enésima vez a un marinero que, por orden de Hendrix, se encontraba a proa vigilando para que el *Golfslag* no chocara contra otro barco en la bruma.

Esta vez nuestra gabarra no se desvió, sino que fue directa hacia la oscura silueta. Jeremias Katoen se acercó a los hombres para hablarles. Los que aún seguían asomados por la borda se retiraron y se esforzaron por reprimir las náuseas. Los mosqueteros sacaron sus baquetas y dispusieron las armas para el ataque. En las otras dos gabarras, que nos flanqueaban en la niebla, se hizo lo propio. Katoen se acercó a nosotros para decirnos:

–Llegaremos al *Zwaluw* dentro de un momento. Todo se hará según lo convenido: los marineros y los hombres de Robbert Cors serán los primeros en subir a bordo, pues la presencia de los mosqueteros advertiría al enemigo. Esta punta de lanza tiene la misión de entretener al adversario hasta que lleguen los mosqueteros.

A partir de entonces, habremos de confiar en nuestra suerte. Al menos el tiempo no nos es desfavorable. Con esta niebla, los del *Zwaluw* tardarán en darse cuenta de con quiénes se las están viendo en realidad.

El barco ante nosotros se fue tornando más y más voluminoso, hasta volverse gigantesco. A su lado, nuestras gabarras parecían del todo insignificantes. Pero tampoco queríamos librar una batalla naval con el *Zwaluw*, que habría hundido nuestros desarmados navíos con sus cañones sin esfuerzo alguno. Claro está que Jeremias Katoen llegó a sopesar la posibilidad de pedir unos cuantos buques de guerra que hicieran saltar en pedazos al *Zwaluw* en caso de que opusiera resistencia. Pero entonces también habría perdido la vida gente inocente, tripulantes y posiblemente rehenes... como Cornelia. Además, no sabíamos a ciencia cierta si nuestra conjetura con respecto al mercante era plausible. No podíamos destruir sin más un barco que tal vez no fuera sino un mercante inofensivo. De manera que se acabó optando por el combate cuerpo a cuerpo y, a este respecto, era incierto de qué lado se hallaba la superioridad numérica.

Nosotros seríamos unos noventa hombres: sesenta mosqueteros y el resto, marineros y luchadores. Pero sólo podríamos desplegar toda nuestra fuerza poco a poco, pues primero teníamos que subir a bordo del mercante. Por eso era crucial que nos creyeran el máximo tiempo posible los solicitados refuerzos de marinería. No sabíamos ni siquiera aproximadamente cuántas personas había en el *Zwaluw*. Era probable que sólo hubiera un retén para realizar los trabajos imprescindibles mientras el barco estuviese en la rada. Quedaba por saber si a bordo había sólo un puñado de gerardistas o si el barco acogía al grueso de los conjurados.

Vi la imponente proa del mercante, que oscilaba arriba y abajo como el cuerpo de un gigantesco ser vivo al respirar: con cada topetazo, arrojaba espuma en todas direcciones. El *Golfslag* se deslizó hasta situarse en el costado de estribor.

–Este cascarón está bien hundido –constató Henk Rovers–. Debe de tener las bodegas llenas.

Pensé sin querer en el diabólico azul, pero ¿qué pasaría si estábamos equivocados y había una buena explicación para el secreto que rodeaba la partida del *Zwaluw*? ¿Tal vez un buen negocio que Isbrant Winckelhaack quería ocultar a la competencia?

«No –me dije–, no puede ser.» El *Zwaluw* era nuestra última esperanza de truncar los planes de los gerardistas. Y también era mi última esperanza...

Hendrix, el patrón, cambió unas palabras a voz en grito con el vigía del *Zwaluw*, y los de arriba descolgaron al punto una escala de viento. Miré con escepticismo la escala que se mecía a un lado y otro y, en vista del vaivén del *Golfslag*, asirla se me antojó una pequeña acrobacia. Ni siquiera el pesado mercante se mantenía quieto en el agua: de hecho, no paraba de dar tirones la cadena del ancla.

–Subiré el primero –decidió Jan Pool, y agarró con mano firme el extremo inferior de la escala–. Cuando los de arriba me vean la cara, tardarán un rato en recuperarse del susto.

–Entonces tendré que ir yo también –suspiró Henk Rovers con aire de resignación, y siguió al marinero del rostro negro.

Hacía tiempo que me había percatado de que eran buenos amigos. La rudeza con que se trataban era algo natural en ellos y, en su círculo, equivalía a las exquisitas gentilezas que se cambiaban entre la denominada gente bien.

Observé brevemente, con el corazón en un puño, cómo trepaban ambos hasta llegar a la alta borda de estribor del *Zwaluw*; acto seguido, traté de asir la escala, pero Robbert Cors se me adelantó.

–Si hablamos de vengar a Ossel, mis derechos vienen de antiguo –afirmó, y trepó escala arriba con la misma habilidad que los dos lobos de mar. La fuerza y la agilidad del experto luchador eran una ventaja también en esa tesitura.

Me calé bien el raído gorro de lana con el que me había disfrazado de marinero por si arriba había alguien que me conociera, respiré hondo de nuevo y me vi colgando entre ambos barcos como un pescado puesto a ahumar.

«¡No miréis hacia abajo!», me había aconsejado Henk Rovers, y así lo hice mientras subía poco a poco, travesaño a travesaño. Cuando, debido al bamboleo del *Zwaluw*, me pegaba al costado del barco, sentía la pistola y el gran cuchillo que llevaba en los pantalones, ocultos bajo el jubón. Las armas no facilitaban precisamente el ascenso, y, sin embargo, su presencia me resultaba tranquilizadora.

Jan Pool había alcanzado la cubierta del *Zwaluw* muy por delante de mí, y lo oía bromear ruidosamente con los de arriba, con toda probabilidad sobre su negro rostro. Henk Rovers desapareció por la borda, y luego Robbert Cors, y por último fui yo quien vio las caras de los hombres que nos aguardaban. No percibí en ellas ni hostilidad ni desconfianza y, profiriendo un suspiro de alivio, salté a cubierta.

Un tipo enorme, con el cabello rojo encendido, que le sacaba una cabeza incluso a Robbert Cors, me dio unas palmadas casi dolorosas en la espalda.

–Tienes muy mala cara, amigo. Navegar por el Zuider Zee en una gabarra tan pequeña no es precisamente placentero.

Me limité a asentir, pues no me pareció oportuno discutir con un marinero asuntos náuticos. Detrás de mí cada vez iban llegando más hombres de nuestra avanzadilla, tanto marineros como luchadores. Al ver el vacilante modo de andar con que estos últimos se movían por la cubierta, inestable debido al oleaje, supe que no podríamos mantener nuestra farsa mucho tiempo. El esparrancado caminar de los marineros veteranos les resultaba tan ajeno como a mí mismo.

–Eh, ¿qué clase de marineros sois vosotros? –se asombró al cabo el gigante pelirrojo–. ¿Habéis estado alguna vez a bordo de un barco?

Miré rápidamente a Cors, Rovers y Pool, y en los tres rostros leí lo mismo: había llegado el momento de actuar. En realidad, quien debía dar la orden de ataque era Jeremias Katoen, pero aún no se hallaba a bordo.

–¡Ahora! –exclamé, y saqué la pistola de dos cañones que me habían dado antes de montar en la gabarra por la mañana.

Al mismo tiempo, mis amigos y colaboradores mostraron sus armas y apuntaron con ellas a la tripulación del *Zwaluw*.

Yo encañoné al pelirrojo y le dije:

–No te muevas y responde a nuestras preguntas. Si eres inocente, no te ocurrirá nada.

–¿Inocente? –ladró, más furioso que intimidado–. ¿Inocente de qué?

–De todo lo que los gerardistas tienen sobre su conciencia... eso si en su caso aún cabe hablar de conciencia.

Al mencionar a los gerardistas, observé con atención a mi adversario. Su ancho rostro se ensombreció, y advertí que estaba visiblemente asustado. No cabía duda: formaba parte de los conspiradores. Dado que en las filas de los gerardistas tal vez hubiera desde importantes comerciantes hasta sencillos jornaleros, la dotación del *Zwaluw* bien podía estar compuesta en su totalidad por miembros de la secreta asociación.

A pesar de mi pistola, el pelirrojo gritó:

–¡Alarma! ¡Todo el mundo a cubierta! Nos...

Sus últimas palabras se perdieron en el restallido de mi disparo. Se llevó las manos al pecho, en el que, a tan escasa distancia, el proyectil había abierto un orificio del tamaño de una mano, me miró con los ojos como platos y se desplomó ante mí como un árbol caído.

A mi alrededor se desató una lucha cuerpo a cuerpo sin cuartel.

Robbert Cors y los suyos renunciaron en gran parte a emplear las armas que les habían entregado y arremetieron contra sus oponentes con las manos desnudas. El propio Cors volteó a un marinero que había sacado un cuchillo con la hoja dentada, y lo hizo con tal fuerza que lo lanzó cinco o seis metros por el aire: el tipo fue a estrellarse contra la borda y, acto seguido, se desplomó. El maestro de lucha saltó a su lado en el acto, lo dejó inconsciente con dos puñetazos seguidos y le arrebató el cuchillo y rompió la hoja contra la cubierta.

Para Jan Pool y Henk Rovers, la cosa no pintaba tan bien. A ambos los habían ido empujando hacia popa y hacían frente nada menos que a cuatro adversarios junto a la escalera que conducía a la toldilla. Rovers sangraba por una herida en la frente y forcejeaba con un contrincante que bien podía pesar el doble que él y amenazaba con aplastarlo de un momento a otro. Pool, más vigoroso, se ocupaba de los tres restantes: sostenía en las manos una maroma que utilizaba a modo de látigo y con la cual repelía alternativamente a los tres hombres.

Me planteé por un instante ayudar a Rovers disparando mi pistola, pero no era un tirador experimentado, por mucho que Dekkert encomiara mi manejo de las armas de fuego, y, en la inestable cubierta del barco y a tanta distancia, habría sido insensato pensar que haría siquiera un disparo más o menos seguro. Rovers y su rival estaban tan entrelazados que habría podido darle perfectamente tanto a uno como al otro.

Más y más miembros de la tripulación del *Zwaluw* irrumpían en cubierta y se sumaban a la lucha. Por el momento dejé de prestarles atención: debía apresurarme si quería acudir en auxilio de mis apurados amigos.

Así que me dirigí a popa, donde, bajo el peso de su adversario, Rovers había caído al suelo. El otro se arrodilló sobre él y levantó un madero macizo con el que se disponía a partirle el cráneo. Me abalancé hacia allí y golpeé al hombre en el cogote con mi pesada pistola. Tal vez no fuese tan eficaz como un golpe asestado con el madero, pero bastó para que el corpulento marinero fuese a parar contra las tablas. Rovers se recuperó deprisa, agarró el cuchillo que se le había caído antes y le rajó la garganta. Un auténtico río de sangre inundó la cubierta y la tiñó de rojo.

–¿A qué viene esa cara de espanto, Suythof? –jadeó Rovers al tiempo que señalaba con el arma al moribundo–. Ellos o nosotros, de eso se trata.

Asentí y me volví hacia Jan Pool, quien, sin embargo, no necesitaba mi ayuda: ya había derribado a dos de sus oponentes, y al tercero le había echado el trozo de cuerda al cuello como si fuera un lazo. En aquel momento estaba apretando la soga, y no soltó al hombre hasta que éste cayó al suelo con el rostro azul y los ojos fuera de las órbitas.

–Muchas gracias por intervenir –me gritó Pool–. No habría sido lo bastante rápido para ayudar a Henk. El pobre cada vez está más viejo para estas jaranas.

Rovers respondió al comentario con un bufido desdeñoso.

Más y más mosqueteros subían a bordo y disparaban sus armas de fuego. Los adversarios caían bajo sus proyectiles, y los que resistían, poco a poco eran obligados a abandonar la cubierta. Densas nubes de pólvora envolvían el *Zwaluw*, por si la bruma no era suficiente. Unos mosqueteros recargaban sus armas, otros desenvainaban la espalda y avanzaban hacia la dotación del mercante con el acero desnudo. En medio de los mosqueros se hallaba Jeremias Katoen, dando órdenes a sus hombres a grito pelado.

De pronto vi que, en el castillo de popa, dos de nuestros rivales aprestaban un falconete. Tras cargar a toda prisa la pequeña boca de fuego, la dirigían exactamente hacia el lugar en que nos encontrábamos Katoen y yo. Alcé la pistola y apreté el disparador sin molestarme en apuntar: el proyectil erró el blanco, se estrelló junto a ambos hombres y astilló la madera de la borda. No obstante, fue tal el susto que les di que también ellos fallaron: el proyectil rozó el palo mayor, un brazo por encima de Katoen.

Aquello previno al inspector, y algunos mosqueteros abrieron fuego contra el castillo de popa. El hombre que disparó el cañón alzó los brazos, chocó contra la malparada borda y cayó al mar. Su compañero corrió a refugiarse bajo cubierta.

Me volví a Rovers y Pool:

–Aquí arriba ya no hay mucho que hacer. ¡Vayamos abajo!

Rovers asintió.

–¡Quiera Neptuno que demos con vuestra muchacha!

Bajamos por una escalera que conducía a la bodega principal, donde había apilados barriles y cajas con víveres. Un extraño ruido, una especie de risa ronca, me confundió, pero sólo eran gallinas en una gran jaula, destinadas a proporcionar huevos frescos a la tripulación durante el viaje.

–¿Y ahora? –quiso saber Jan Pool mientras echaba una ojeada a su alrededor.

–A popa –resolví, pues allí era donde estaban los camarotes.

Posiblemente nos encontráramos con los hombres que mandaban en el *Zwaluw*, de modo que me volví a los dos y añadí:

–Pero vosotros podéis esperar aquí a los mosqueteros. No quiero poneros en peligro.

–¡Pamplinas! –rebatió Jan Pool–. O todos o ninguno. No perdamos más tiempo.

Asentí agradecido y, en cuanto hube vuelto a cargar la pistola, me situé a la cabeza de nuestro pequeño grupo. De arriba nos llegaban las secas detonaciones de los mosquetes y los gritos de heridos y agonizantes; esperaba que no tardaran mucho en enviarnos refuerzos.

Nos abrimos paso como pudimos entre las provisiones, que aún no estaban dispuestas debidamente, y entramos en un gran camarote en el que quizá acostumbraran a comer los marineros de más categoría y el pasaje. La amplia mesa y las sillas de terciopelo se alzaban vacías en medio de la estancia. En una pared había un soporte para mosquetes: las armas estaban cuidadosamente alineadas, de forma que pudiera rechazarse con prontitud un ataque por sorpresa o un motín. Tomé nota, satisfecho, de que nuestros oponentes no habían llegado a repartir los mosquetes. Era evidente que habíamos sorprendido a la tripulación del *Zwaluw*.

Tras dejar atrás unos cuantos camarotes de menor tamaño asimismo desocupados, nos encaminamos hacia la chupeta de popa, los dominios del capitán. Apenas trasponer la angosta puerta, me quedé helado. Ante las grandes ventanas que se abrían a popa había un hombre espigado con uniforme de capitán que nos apuntaba con una pistola de cañón largo. Me arrodillé maquinalmente al tiempo que disparaba los dos cañones de mi pistola. Oí un alarido a mi espalda y delante vi que mis proyectiles se habían hundido en el pecho del capitán, que retrocedió y chocó con una de las ventanas. El armazón de madera y el cristal se hicieron pedazos con el choque, y el capitán del *Zwaluw* cayó de cabeza al mar.

Me di la vuelta hacia mis amigos. Jan Pool estaba arrodillado en el suelo, con Henk Rovers en los brazos y lágrimas en los ojos.

–¿Está...? –comencé yo, pero un nudo en la garganta no me dejó terminar la frase. Clavé la vista como embobado en el enorme orificio que se distinguía en el vientre del viejo Henk.

–Sí –confirmó Jan Pool–. Por fortuna. Palmarla lentamente de un disparo en el estómago casi es lo más odioso que uno se pueda imaginar.

–Lo siento –dije con voz quebrada–. ¿Queréis quedaros aquí con Henk?

–¿Para qué? A él ya no puedo ayudarlo y a vos, sin embargo, sí.

–Os lo agradezco –repuse, y cargué de nuevo el arma con presteza–. Deberíamos probar suerte en las bodegas inferiores, Jan. Vos conocéis mejor que yo los barcos. ¿Podéis llevarme allí?

Abandonamos el entrepuente y los camarotes y nos fuimos adentrando, tras bajar varias escaleras, en el vientre del mercante. Al final nos dirigimos hacia popa, donde, a la luz crepuscular, divisamos un gran número de cajas y barriles. El mar golpeaba el barco con tal fuerza que, allí abajo, incluso ahogaba el ruido de la feroz lucha que se libraba en la parte superior. Pool encontró una palanca y abrió algunas cajas y barriles; contenían más provisiones: cecina y biscotes, ron y agua potable. Me miró desconcertado.

–Vayamos a proa –propuse–. Quizás allí tengamos más suerte.

Recé para que así fuera. Fuimos en la dirección opuesta y entramos en la bodega delantera. Allí la oscuridad era aún mayor que en popa, razón por la cual en principio sólo vi unas sombras que se movían en la tenue luz. Luego, los hombres se abalanzaron sobre nosotros, y yo me hice rápidamente a un lado. Al ruido sordo de un porrazo siguió un gemido medio ahogado, y el corpachón de Jan Pool se desplomó a mi vera.

Un farol se encendió, y vi a mi compañero doblado en el suelo, inmóvil. Mas no tenía tiempo de comprobar si, después de Henk Rovers, otro amigo mío había perdido la vida por mí; ahora no podía ocuparme de Pool. Varios hombres con cuchillos y palos en las manos me rodearon, y retrocedí hasta dar contra unas cajas. Sólo la pistola que sostenía en la diestra impedía que los hombres me hicieran lo mismo que a Pool.

–Apartad el arma despacio –exigió una voz ronca y estridente a un tiempo que reconocí al instante–. Si no lo hacéis, vuestra amada no será más que un cuerpo sin vida, como su hermano.

De la penumbra emergieron tres figuras, y me quedé sin aliento: Antoon van Zelden y Fredrik de Gaal empujaban a Cornelia, que se encontraba en un estado lamentable. Tenía las manos atadas a la espalda, el vestido roto, y el rostro y su otrora resplandeciente cabello sucios. Sus ojos reflejaban agotamiento y desesperanza.

Pero al verme se le alegró la cara.

–¡Cornelis! –exclamó. Tragó saliva y preguntó–: ¿Cómo está mi padre?

–Preocupado por ti; por lo demás, mejor, ahora que ya no está en manos de estos dementes. Vio el cadáver de Titus y sabe que su hijo está muerto, que van Zelden sólo jugaba diabólicamente con él.

–Os lo repito, Suythof, apartad el arma –graznó el médico, y en su mano derecha percibí el destello de un cuchillo que colocó en el cuello de Cornelia–. Sé manejar estas cosas, como os podéis imaginar. No sería agradable para la chica.

Me apresuré a dejar la pistola sobre una de las numerosas cajas.

–Eso está mejor –aprobó van Zelden sin retirar el cuchillo del cuello de Cornelia–. En el fondo no sé por qué no os matamos a los dos en el acto.

–Yo sí lo sé –repuse–. Necesitáis rehenes para salir de la trampa en la que vosotros mismos os habéis metido. El hecho es que ganaremos la lucha por el *Zwaluw*.

–¿Qué significa eso de que nos hemos metido en una trampa? –inquirió Fredrik de Gaal.

–Subisteis a bordo de este barco voluntariamente. Puede que sea un buen escondite y también una posibilidad de eludir la persecución de la ley, pero habréis de admitir que de aquí no hay escapatoria. Por eso nos necesitáis a Cornelia y a mí. Supongo, además, que Cornelia aún os resulta importante por otro motivo.

–¿Otra vez vos y vuestras marrullerías?

–En absoluto. Tan sólo es una conjetura.

–Soy todo oídos.

En el supuesto de que el tiempo jugara a nuestro favor, decidí darle una explicación prolija. Tarde o temprano, la lucha por el barco se decidiría a nuestro favor, creía con firmeza. Que Katoen y sus mosqueteros se presentaran allí no suponía necesariamente que nuestra situación fuera a mejorar, pero con unos cuantos mosquetes cargados de nuestra parte, sin duda me sentiría más a gusto.

De manera que dije:

–Al principio pensaba que sólo pretendíais serviros de Cornelia para doblegar a su padre. Tal vez ésa fuera una razón, posiblemente la principal, para secuestrarla. Pero creo que existe una segunda. Se ha demostrado que Rembrandt resiste relativamente bien el poder, capaz de minar el espíritu, del color del diablo. Dado el largo lapso de tiempo que ha permanecido en contacto con el azul demoníaco, es un milagro que no haya sido víctima de la locura más absoluta. Es posible que queráis averiguar si también Cornelia posee la misma cualidad y de dónde proviene la extraña capacidad de resistir de ese modo a vuestro demonio.

De Gaal movió la cabeza en señal de aprobación.

–Es una verdadera lástima que estéis contra nosotros. Pero ¿qué tonterías decís de un demonio, Suythof?

–Me he estado devanando los sesos sobre vuestra organización y la planta de las Indias Orientales proveedora del pigmento desconocido y he llegado a la conclusión de que no sois vosotros quienes utilizáis dicho azul para vuestros fines, sino más bien la inquietante fuerza que os ha sometido a vosotros y a vuestros conspiradores. No sólo se trata ya del asunto de los gerardistas ni del predominio de la religión católica o la calvinista en los Países Bajos. Lo cierto es que estáis librando la lucha de un poder ajeno y maligno sin saberlo. Con vuestras actividades estáis extendiendo no el presunto culto verdadero a Dios, sino el poder de Satán.

Capté algunas miradas de consternación. Los marineros que nos habían atacado a Pool y a mí miraron recelosos a van Zelden y de Gaal. También el médico parecía confuso. Sólo de Gaal se mostraba impasible, con una mueca burlona en el rostro.

–Parece que no habéis resistido la locura tan bien como Rembrandt, de lo contrario no soltaríais semejante disparate. No, no es sólo un disparate, sino más que eso: es un sacrilegio contra Dios atribuir su poder a Satán.

Negué con la cabeza.

–No veis vuestra ceguera porque el mal se ha apoderado de vos. No es Dios quien guía vuestras extrañas ocurrencias, sino Satán.

La mofa de de Gaal se tornó enfado.

–¡Dejaos de tonterías de una vez! Ahora veréis cuál es el poder del que os estáis burlando.

Dio una orden y un marinero abrió una de las cajas. De Gaal metió la mano dentro y se acercó a mí con ella abierta. Vi brillar en su palma el polvo azul, el color del diablo. De Gaal frunció la boca y me sopló el polvo en el rostro.

Contuve la respiración, pero era demasiado tarde. Me mareé y, ante mis ojos, las nítidas siluetas se trocaron en figuras onduladas, como si el mar se hubiese tragado el barco entero. Los rostros de los hombres se transformaron en caras horribles y grotescas, y el semblante temeroso de Cornelia adquirió una expresión reprobatoria. No me gustó cómo me miraba.

–¿Tenéis algo en contra de esta mujer, Suythof? –inquirió la voz meliflua de de Gaal–. Pues no tengáis reparo en castigarla por todo lo que os ha hecho.

Recordé vagamente que ya había castigado una vez a Cornelia. Por su traición, por haber mostrado mayor afecto a otro que a mí. Entonces se me escapó, pero esta vez no lo lograría. Me aproximé a ella despacio y extendí las manos para cogerle el cuello.

–¡No, Cornelis! –gimió Cornelia–. ¡No escuches lo que te dicen! ¡Escucha sólo tu corazón!

Estaba aterrada, lo cual despertó en mí sentimientos encontrados.

Había una parte de mí que gozaba con su miedo, que nunca tenía bastante, que deseaba causarle el mayor sufrimiento y dolor posibles.

Pero también había otra a la cual el miedo de Cornelia le partía el alma, y cuyo mayor deseo era evitarle para siempre todas las preocupaciones y los temores.

Esa segunda parte se avergonzaba de la otra y la temía al mismo tiempo, sabía que se hallaba bajo la influencia de un poder maligno.

«¡Esta vez no!»

Eso me repetí machaconamente una y otra vez hasta que logré escapar a aquella cosa ajena que me nublaba los sentidos y la razón. Por un instante creí ver un rostro azul semitransparente que me miraba desencantado y furioso a la vez. Pero no flaqueé. Mis manos no rodearon el cuello de Cornelia, sino el de Fredrik de Gaal, firme e implacablemente. El comerciante cayó de rodillas con un sonido gutural.

–¡Soltadlo, Suythof!

Era Antoon van Zelden, que a todas luces no creía lo que yo le había dicho del demoníaco poder del color del diablo. Cornelia echó la cabeza atrás para escapar al afilado cuchillo, y a mí no me quedó más remedio que dejar a de Gaal y retroceder. En ese mismo instante escuché un alboroto a mi espalda.

Jan Pool había salido de su inmovilidad; tal vez sólo esperarse el momento adecuado. Se levantó de un salto y derribó a tres oponentes, con los cuales se revolcó frenéticamente por el suelo. A pesar de la superioridad enemiga, estaba a la altura. Era como si la muerte de su amigo Henk Rovers hubiera multiplicado sus fuerzas.

Me abalancé sobre van Zelden con un rápido brinco, algo en extremo osado en vista de la hoja que rozaba el cuello de Cornelia. Pero el forcejeo que mantenía Pool con los hombres del *Zwaluw* pareció distraer a van Zelden, y por ello aposté. El filo arañó la garganta de Cornelia sólo de modo superficial, y van Zelden se tambaleó hacia atrás y chocó contra el tipo que sostenía el farol. Éste cayó al suelo, y la lámpara salió rodando por la bodega hasta topar contra una caja y romperse.

Mientras yo luchaba con van Zelden observé que, con el queroseno que se había derramado, el fuego se propagaba. Primero prendió los tablones y las cajas, y en unos segundos, en varios puntos se alzaron unas llamas voraces.

–¡Fuego! –gritó presa del pánico el hombre al que se le había escapado el farol.

A continuación se desentendió por completo de nosotros y corrió hacia el pasillo que nos había conducido hasta allí a Pool y a mí. Pero se estrelló contra Robbert Cors, quien lo aferró por el cuello de la camisa y lo lanzó a un lado. Detrás del maestro de lucha aparecieron dos de sus alumnos.

–Parece que hemos llegado justo a tiempo –dijo Cors, al tiempo que asía a uno de los hombres con los que contendía Pool.

Conseguí acorralar a van Zelden contra uno de los montones de cajas y arrebatarle el cuchillo. Sus hundidos ojos me dirigieron una mirada rebosante de odio y desdén. Al resplandor de las llamas, que seguían avanzando imparables, aquella cabeza similar a una calavera se me antojó la de un demonio infernal. Un alarido inhumano brotó de las profundidades de su garganta y, al mismo tiempo, se abrazó a mí con fuerza con la intención de arrojarme a las llamas. Estaba dispuesto a sacrificar su propia vida, a lanzarse conmigo al fuego.

Le clavé el cuchillo, que aún mantenía en la diestra, en el pecho una, dos, tres veces. La sangre me salpicó el rostro.

Van Zelden profirió un grito gutural de dolor y me soltó. Había tirado de mí con tal brío que su propio impulso lo hizo caer en las llamas, las cuales no tardaron en apresarlo y devorarlo. Yo habría jurado que adquirían un color azul. Una de las pilas de cajas de polvo azul incendiadas se vino abajo, enterrando a van Zelden.

Eché un vistazo a los demás: Cors, sus alumnos y Pool se habían impuesto con claridad y no tardarían en derrotar a sus adversarios. Cornelia estaba junto a los combatientes, temblorosa; de la herida del cuello manaba un hilillo de sangre. Corrí a su lado y corté sus ligaduras con el cuchillo ensangrentado de van Zelden. Se frotó las doloridas muñecas y me miró agradecida. Sólo entonces caí en la cuenta de que faltaba Fredrik de Gaal, y le pregunté por él a Cornelia.

–Desapareció entre las cajas, por allí –dijo, señalando hacia la proa.

Probablemente hubiera una salida, así que eché a correr en la dirección que me había indicado Cornelia. El fuego bañaba la bodega con una luz rojiza e inestable, gracias a la cual distinguí una escalera y a un hombre que subía deprisa por ella: Fredrik de Gaal. Llegó a uno de los peldaños superiores y trató con desespero de abrir una escotilla. Al verme redobló sus esfuerzos, pero yo fui más rápido, trepé por la escalera y lo agarré por un pie. Luego, me deslicé escalera abajo y arrastré con mi propio peso a de Gaal.

Yo logré aterrizar de pie y saltar a un lado, pero no así el comerciante, que cayó cuan largo era; a continuación se incorporó hasta el punto de poder apoyar la espalda en la escalera.

Me coloqué ante él, no sin antes recoger el cuchillo de van Zelden, que había perdido al subir tras el ahora caído. Mientras lo amenazaba con el arma, le dije jadeante:

–Aquí se acaba todo, de Gaal. Responderéis de vuestros crímenes ante un juez, y la leyenda del honorable comerciante de Amsterdam Fredrik de Gaal terminará de una vez por todas.

Movió tranquilamente la cabeza.

–Os equivocáis, Suythof, como tantas otras veces. Jamás responderé ante un juez. Y esto aún no ha acabado, al menos, no para vos. Nuestros hermanos son numerosos, y vos no estaréis seguro ni en Amsterdam ni en ningún otro lugar de los Países Bajos.

En sus oscuros ojos brilló algo similar a un último triunfo. Se levantó, me asió con ambas manos la muñeca derecha, firmemente, y se clavó el cuchillo de van Zelden, que entró directo al corazón. Lo aparté de mí con rapidez. Su cuerpo cayó hacia atrás y lo detuvo la escalera; su mirada vidriosa era la de un muerto.

–¡Cor-ne-lis!

Era Cornelia. Su prolongado grito de desesperación me advirtió que me encontraba en gran peligro. El fuego, que ya había engullido gran parte de la bodega, amenazaba con aislarme de los demás y cortarme la salida. Claro está que aún quedaba la escalera que tenía delante y la escotilla que había intentado abrir en vano de Gaal. Pero ¿y si no había manera de abrirla?

Decidí no correr el riesgo y, en su lugar, me precipité hacia Cornelia y el resto, sintiendo, al hacerlo, el doloroso mordisco de las llamas. Rememoré sin querer la noche que no conseguí librar a Louisa del incendio y me asaltó el temor de que pudiera ocurrirme lo mismo con Cornelia.

Nada más llegar a su lado, la agarré con fuerza de la mano y tiré de ella en dirección a la salida. También Pool y los luchadores se apresuraron a salir de la bodega, y con ellos dos miembros de la tripulación del *Zwaluw*, ahora no tanto prisioneros como hombres que huían de un incendio.

Me uní a Robbert Cors y señalé a los marineros hostiles que, inconscientes o heridos, yacían en el suelo.

–¿Qué será de esos pobres desgraciados? El fuego no tardará en alcanzarlos.

–Precisamente por eso no podemos ocuparnos de ellos. El barco arderá como yesca. Hemos de pensar en nosotros.

Una ojeada a las llamas, que parecían empeñadas en perseguirnos, me dijo que Cors tenía razón. Salimos a la carrera de la bodega y subimos las escaleras lo más rápido que pudimos. Yo permanecía pegado a Cornelia, aterrado ante la posibilidad de perderla engullida por el rabioso fuego.

A medio camino, en la cubierta de sollado, nos topamos con Jeremias Katoen y un grupo de mosqueteros.

–Dios mío, Suythof, ¿de dónde venís? –soltó el inspector al verme, asustado al ver mis ropas, desgarradas por la refriega, chamuscadas por el fuego y manchadas de sangre.

–Precisamente de ver a van Zelden y de Gaal –repliqué sin aliento.

–¿Dónde están?

–Ahí –contesté, señalando abajo–. Muertos. Y si no nos damos prisa, nosotros también lo estaremos. Ahí abajo se ha desatado un incendio infernal.

–Pero ¿qué ha sido del pigmento azul?

–También está ahí abajo –respondí–. Entre las llamas.

Katoen miró hacia abajo y vislumbró las primeras llamaradas, que ascendían por la escalera de madera.

–Tal vez sea lo mejor –musitó, y ordenó a sus mosqueteros ir a cubierta sin pérdida de tiempo.

Nos cedieron el paso, cosa que les agradecí especialmente por Cornelia. El fuego me parecía una criatura viva que se había propuesto darnos alcance y devorarnos.

Cuando al fin llegamos a la parte superior y respiramos aire fresco, me sentí un poco mejor. Ahora ya sólo teníamos que ganar las gabarras a tiempo. Al principio, el desalojo del mercante estuvo envuelto en una tremenda confusión. Los hombres se estorbaban unos a otros más de lo que se ayudaban, pero Katoen se encargó de poner orden rápidamente. Pronto había varias escalas colgando por el costado de estribor, de manera que los nuestros, además de un puñado de prisioneros, pudieran repartirse de inmediato entre las tres gabarras. A algunos heridos graves hubo que bajarlos a duras penas mediante cuerdas, pero Katoen lo organizó todo para que, a ser posible, nadie quedara atrás.

A Cornelia le costó aferrarse a la escala de viento. Las ataduras le habían cortado la circulación en los brazos de tal modo que todavía no era capaz de agarrarse debidamente, pero Jan Pool y yo permanecimos junto a ella y la ayudamos a que llegara sana y salva al *Golfslag*, donde nos encontramos a Cors y Katoen.

Finalmente el patrón, Hendrix, dio orden de levar anclas. Nuestra embarcación se puso en marcha con lentitud, seguida por las otras dos gabarras. No anduvimos sobrados de tiempo: poco después de zarpar, las llamas envolvieron por completo el mercante, y una serie de violentas explosiones sacudió el barco.

–La santabárbara –murmuró Pool al tiempo que se llevaba la mano a la mitad ennegrecida del rostro–. Me lo estaba temiendo todo el rato. Hemos tenido verdadera suerte... salvo Rovers.

También yo pensé en el amigo muerto mientras a nuestro alrededor caían al agua restos en llamas. De nuevo era como si el iracundo demonio quisiera ser nuestra perdición.

Pero las gabarras se iban alejando más y más del *Zwaluw*. La bruma se interpuso entre nosotros y el barco incendiado, y pronto lo único que vimos fue su desdibujada silueta que, debido a las llamas, cambiaba de forma constantemente.

Poco a poco, la mezcla de niebla y humo se fue tiñendo de un azul que atribuí al pigmento. ¿O había algo más? Entre la neblina azul creí distinguir las facciones de un rostro gigantesco, deformado por la ira y el odio, que se nos quedó mirando largamente.

Capítulo 32

Tras la máscara

Durante el largo viaje de regreso de Texel a Amsterdam mi cuerpo, herido, exhausto y falto de sueño, exigió lo que era suyo. Aunque ella también estaba agotada, Cornelia me acomodó como buenamente pudo, dada la estrechez. Con la cabeza apoyada en sus brazos, me quedé dormido sobre la dura madera del *Golfslag* como si de la más mullida cama se tratara.

Me despertó un extraño ruido, un fuerte golpeteo, y además constaté que nuestra gabarra danzaba alborotada entre las olas.

El cielo había desaparecido: alguien había echado la lona sobre el *Golfslag* para protegernos del temporal.

Miré a Cornelia, y ella me dedicó una sonrisa tranquilizadora.

–¿Cómo estás, Cornelis?

–Muy bien –contesté, aún algo aturdido–. Tengo la sensación de que he dormido profundamente.

–Profundamente y muchas horas.

–¿Cuánto?

–Toda la noche, y ahora ya casi es mediodía. Creo que ha sido un descanso reparador.

El golpeteo azotaba sin cesar la lona y el costado. A mis oídos era como si un montón de herreros diera martillazos a porfía.

–¿Qué ocurre? –quise saber.

–De madrugada empezó a hacer más frío, y estalló una tormenta. Ahora está cayendo una granizada. Pero tu amigo Jan Pool acaba de decir que Amsterdam ya no está lejos.

Giré la cabeza y miré el negro rostro, que esbozaba una ancha sonrisa.

–Buenos días, *mijnheer* Suythof. Empezaba a pensar que os ibais a perder este hermoso temporal.

A pesar del mal tiempo, Hendrix, el patrón, mantenía el rumbo inalterado, y las otras dos gabarras nos seguían a escasa distancia. Realmente hacía frío; vi que Cornelia tiritaba. Yo, en cambio, estaba tumbado bajo una manta de lana con la que ella me había arropado, la cual, aunque olía a moho, abrigaba. Me incorporé y la eché por encima de los dos. Cornelia se apretó contra mí, y su calor se me antojó aún mayor que el de la manta.

Arribamos a Amsterdam por la tarde, y nuestra llegada causó cierto revuelo. Jeremias Katoen pidió que acudieran varios coches al embarcadero para trasladar a los heridos al hospital militar. A Cornelia y a mí nos ofreció acercarnos también a un sanatorio, pero ella quería ver a su padre lo antes posible, de modo que el inspector dispuso que uno de los carruajes nos llevara a la Rozengracht. Sobre Amsterdam caía una lluvia helada que mantenía a la gente fuera de las calles. Una vez en la Rozengracht, procuramos guarecernos cuanto antes en la protectora casa. Nos abrió la puerta una nerviosa Rebekka Willems, pero nuestro regreso no era la causa de su agitación, una agitación tal que le temblaban las manos y la voz.

–Arriba hay un caballero desconocido –aclaró– anotando todo lo que quiere llevarse.

–¿Qué anota? –preguntó Cornelia mientras se sacudía los cristales de hielo del cabello en el zaguán.

–Un montón de cosas de nuestra colección. Dice que muchas de ellas podrían servirle.

–¿Y qué opina mi padre al respecto?

–Parece que a tu padre le es indiferente. Le ha dejado hacer a su antojo. El maestro Rembrandt está sentado en su estudio muy quieto, mirando sus cuadros, lo mismo que ayer.

Me habían sucedido demasiadas cosas como para no barruntar de inmediato un peligro. ¿Sería el desconocido un enviado de los gerardistas? ¿Le habría sido encomendado eliminar todas las pruebas... y quizás incluso a los testigos?

–Vosotras dos quedaos aquí y poneos en guardia –les indiqué a Cornelia y Rebekka–. Si algo os resulta sospechoso, llamad en el acto a la guardia. Yo iré arriba a ver al extraño.

Nada más poner el pie en el primer escalón, sentí en el brazo la mano de Cornelia y vi en sus azules ojos una mirada suplicante.

–Ten cuidado, Cornelis, te lo ruego.

Tras prometérselo, subí a toda prisa. Apenas hube llegado arriba, oí un fuerte ruido procedente del cuarto en el que tenía mi alcoba y mi pequeño estudio. Sólo entonces caí en la cuenta de que no llevaba ningún arma encima. Pese a ello irrumpí en la habitación, donde contemplé una extraña escena.

El oso disecado, fiel compañero durante mi estancia allí, descansaba en el suelo como cuando Rembrandt sufrió un arrebato de furia en ese mismo lugar. El ruido que acababa de oír, sin duda se debía a la caída. Un hombre flaco, de cabellos rizados y revueltos, lo levantó como pudo y se enjugó con torpeza el sudor de la frente. Luego se percató de mi presencia, y sus pequeños ojos me miraron no sólo con sorpresa, sino, sobre todo, con temor.

Desde la refriega en el *Zwaluw* no había tenido ocasión de asearme. Con toda la mugre, la sangre seca y la ropa destrozada debía de parecer un salteador que se había colado en la casa a escondidas. Sin embargo, me pregunté cuál de los dos era el verdadero ladrón.

–¿Quién sois? –inquirió la voz insegura del extraño.

–El que ocupa esta habitación. ¿Y vos? ¿Os importaría decirme quién sois vos?

–Oh, disculpad. –Hizo una reverencia–. Me llamo Pieter van Brederode. Colecciono antigüedades y curiosidades. Y en esta casa hay más de lo que imaginaba. Figuraos, he encontrado un casco que probablemente usó el famoso caballero Gerard van Velsen.

–Ajá –me limité a decir.

A juzgar por las apariencias, el visitante no era un gerardista, sino un admirador del caballero Gerard, quien, por lo que sabía, había vivido unos cuatrocientos años antes que nosotros. A pesar de ello, no quería confiarme; aquel tipo me parecía un negociante que pretendía aprovecharse de la indiferencia del viejo Rembrandt y utilizarla para sus propios fines. A todas luces, Cornelia y yo habíamos vuelto en el momento adecuado.

Van Brederode sostenía en alto un libro encuadernado en piel.

–He apuntado aquí todo lo que me es de provecho. El maestro Rembrandt van Rijn sólo ha de firmarlo, y a lo largo de los próximos días vendrán a recoger las cosas.

–Ya. Y de pagar, nada, ¿no es eso?

–Naturalmente que sí. El maestro Rembrandt me ha dejado fijar a mí el precio.

Eso no era muy de Rembrandt, que solía escatimar cada *stuyver*. Quizá el desconcertado pintor no hubiera entendido del todo lo que aquel hombre pretendía de él. Al fin y al cabo, siempre había tenido en gran estima su colección de curiosidades.

Le quité a van Brederode el libro de la mano y se lo metí en uno de los bolsillos de su casaca.

–Y ahora escuchadme con atención, *mijnheer*. Rembrandt van Rijn no puede prometeros nada, ni tampoco os firmará nada. No está autorizado para cerrar negocios. De ello se encargan sus hijos.

–Pero su hijo ha muerto, y su hija no se encontraba en casa cuando llegué.

–Pues ahora sí está.

–En ese caso trataré con ella y le presentaré...

–Le presentaréis vuestros respetos, nada más –lo interrumpí, y lo agarré por el cuello de la camisa y lo saqué de la habitación.

Haciendo caso omiso de sus gritos, lo obligué a bajar la escalera, pasamos ante Cornelia y Rebekka y lo puse de patitas en la calle, donde resbaló sobre el pavimento helado y cayó cuan largo era. Me dirigió una mirada furibunda, pero yo cerré la puerta sin más.

–¿Quién era? –se interesó Cornelia.

–Tal vez sólo un chiflado inofensivo –le contesté–. O tal vez un miserable que pensaba engañar a tu padre. Francamente, no estoy de humor para devanarme los sesos con ello.

Rebekka iba a decir algo, pero a mis oídos llegó un extraño crepitar que me era de sobra conocido.

–¿Oléis eso? –pregunté al percibir, débil mas perfectamente, el olor a quemado.

Por un instante me sentí de nuevo a bordo del *Zwaluw* y me vi en la bodega, que se transformaba en un momento en un infierno de fuego y muerte.

–¡Viene de arriba! –exclamó Cornelia, que ya corría a la escalera–. ¡Del estudio de mi padre!

Rebekka Willems y yo fuimos tras ella. Cornelia llegó al estudio la primera y abrió la puerta de golpe. Sentimos una bofetada de calor, y vi en el centro de la estancia las llamas, que devoraban caballetes caídos y lienzos pintados.

Al acercarme a Cornelia, vi el rostro de Rembrandt consumido por el fuego. Los autorretratos en que había estado trabajando con tanta entrega durante meses fueron pasto de las llamas en sólo unos minutos. Rembrandt se hallaba de cara al fuego que él mismo debía de haber prendido, contemplando impasible toda aquella destrucción. Cornelia fue a su lado, pero no pareció percatarse de su presencia.

Yo corrí a mi habitación y regresé con una manta que arrojé sobre el fuego. Rebekka tuvo la misma idea, de manera que sofocamos las llamas y después abrimos de par en par las ventanas, a pesar de la tormenta de hielo, para que saliera el acre humo que nos hacía toser y lagrimear a todos. De los autorretratos de Rembrandt sólo quedó un montón de ceniza.

Entonces, el anciano apartó la mirada de los restos de su trabajo, y al ver a Cornelia sus ojos se iluminaron.

Estrechó a su hija entre sus brazos y rompió a sollozar con desconsuelo como un niño.

–Lo siento –se disculpó al cabo de largos minutos–. Te he hecho tanto daño, hija mía, incluso te he puesto en peligro de muerte... Y he matado a otros hombres, no con mis propias manos, sino a través de mis cuadros. Yo no quería. En este viejo cuerpo se introdujo otro, como si me hubiera poseído algo maligno.

–Lo sé, padre –respondió Cornelia, acariciándole con ternura el ralo cabello–. Pero ¿por qué has destruido tus cuadros?

–Porque mostraban a ese otro que había en mí, al ser malvado que era. La sonrisa de estos cuadros no era buena. No quería que se me recordara así, no ahora que todo se acaba.

–No deberías decir esas cosas, padre. Estás agotado, pero dentro de poco te recuperarás.

–Pronto estaré con Titus –afirmó.

La expresión de su rostro revelaba que creía firmemente lo que decía.

No eran los desvaríos de una mente confusa que se negaba a convencerse de la muerte de su amado hijo. Tras la máscara del hombre malo y cegado que quería vengarse del mundo entero por los menosprecios y las desgracias personales sufridos había asomado el verdadero Rembrandt van Rijn: un anciano sabio que, en un momento de lucidez que no experimentaba desde hacía mucho, veía acercarse su propio fin.

–Tengo frío y estoy cansado –anunció con voz cascada–. Quiero irme a la cama.

Cornelia llevó a su padre abajo y le preparó la cama mientras Rebekka y yo nos esmerábamos por arreglar al menos en parte el desorden del estudio. Contra una pared aún había unos cuadros en los que Rembrandt había estado trabajando las semanas pasadas, entre ellos uno inacabado de Simeón en el Templo que, a mi juicio, se quedaría así. Pero por más que busqué, al parecer ni uno solo de los autorretratos del maestro se había salvado de las llamas.

Cornelia cuidaba de su padre, de modo que fui en busca de un médico, quien no le dio ninguna esperanza.

–Vuestro padre considera que ha llegado su hora –aseguró–. Y me temo que está en lo cierto. Le he dado algo para que pase una buena noche.

El remedio surtió efecto, y a la mañana siguiente Rembrandt me mandó llamar. Sentado en la cama, tomaba una sopa de pescado que Rebekka había hecho a propósito para él. Parecía estar mejor que la víspera.

–Acercaos, Suythof –me invitó al tiempo que dejaba el tazón de sopa en la mesita que había junto a la cama–. Cornelia me ha contado lo que habéis hecho por ella, y quería daros las gracias. Por eso y por todo lo demás.

–No lo hice para que me dierais las gracias, sino por Cornelia.

Miró hacia la ventana. Fuera ya no hacía tan mal tiempo, pero el viento aún era lo bastante fuerte para arrancar las hojas de los árboles.

–La tormenta otoñal no tardará en llevárseme también a mí –dijo en voz baja–, y así ha de ser. Como pintor ya no cuento, y nadie me necesita.

–Menudo disparate –solté–. Cornelia os necesita.

Una sonrisa distendió sus viejos y agrietados labios. No aquella presuntuosa y pícara que había ardido en el estudio, sino una sonrisa benévola.

–Mi hija se convirtió muy pronto en una mujer, en parte porque su padre se volvió un niño antes de tiempo. Un niño que en lugar de juguetes coleccionaba trastos viejos y que, de vez en cuando, tuvo que valerse de los ahorros de su propia hija para saldar sus deudas. Ahora que vuelvo a ver con claridad, me arrepiento de ello. Tendría que haberme preocupado de la gente, no de un puñado de cachivaches. Dicho sea de paso, ¿vino a buscar el tal van Brederode lo que quería?

–Oh –balbucí–. Me temo que, a ese respecto, obré con cierta precipitación. Creí que era un usurero de tres al cuarto y lo puse de patitas en la calle sin contemplaciones.

–No os preocupéis, Suythof. Si tiene interés en mis cosas volverá. –Se inclinó hacia mí y me tomó la diestra con ambas manos–. A decir verdad no quería hablar con vos de eso, sino de Cornelia. Como os he dicho es toda una mujer, ya no es una niña. Y una mujer joven no necesita un padre viejo. Necesita un hombre joven y fuerte. Así que, Suythof, debéis prometerme, por todo lo que os es sagrado, que siempre cuidaréis de mi hija.

–No puede ser –repliqué.

–¿Cómo decís?

Le hablé del delirio bajo cuyos efectos había estado a punto de matar a Cornelia y del que había vuelto a sufrir a bordo del *Zwaluw*, de nuevo a causa del color del diablo.

–Tal vez aún quede en mí algo maligno y pueda manifestarse en cualquier momento. ¿Y si le hiciera algo a Cornelia en ese estado? No, la única manera que tengo de evitarlo es abandonar Amsterdam y a Cornelia lo antes posible.

Rembrandt, que aún sostenía mi mano, contestó:

–En el pasado dije muchas cosas desagradables de vos, Suythof, pero jamás os llamé cobarde, porque no creo que lo seáis. ¿Acaso me equivocaba?

–Sólo deseo proteger a Cornelia de cualquier daño.

–De eso es de lo que tratáis de convenceros, pero en realidad huís de la responsabilidad por miedo a decepcionar a un ser querido que confía en vos. Creedme, sé lo que me digo. He mentido, utilizado y decepcionado en más de una ocasión a los seres que amo y que confían en mí. Nadie puede garantizaros que no os sucederá lo mismo. El alma de las personas es complicada, sólo escucha a la razón y el corazón hasta cierto punto. Pero espero que mi mal ejemplo os sirva para ocuparos mejor de Cornelia de lo que yo lo he hecho. ¿O es que no la amáis?

–¡Pues claro que la amo!

–Entonces, demostradlo. Si salís corriendo, siempre seréis desdichado. Vos y también Cornelia.

Tras despacharme con esas palabras, llamó a su hija. Estuvieron charlando largo tiempo, y cuando Cornelia salió de la alcoba leí en sus ojos que Rembrandt le había hablado de la conversación mantenida conmigo.

Se detuvo muy cerca de mí y me dijo:

–Sé que no eras dueño de tu voluntad cuando me agrediste. Te considero tan poco culpable como a mi padre, aunque pintara el diabólico cuadro que te sedujo. El Cornelis Suythof al que conozco y amo jamás me haría daño.

La rodeé con mis brazos y la atraje hacia mí. Nos abrazamos y besamos durante una pequeña eternidad en la que supe que me lo había perdonado todo. Hacía mucho tiempo que no me sentía tan reconfortado y, en silencio, le prometí a Rembrandt lo que me había pedido.

Rembrandt van Rijn murió al día siguiente, el cuatro de octubre, y fue inhumado el ocho de octubre en la Westerkerk, no muy lejos de donde se hallaba no sólo la tumba, sino también, desde hacía dos días, el cuerpo de Titus. Jeremias Katoen se encargó de que el hijo de Rembrandt ocupara sin revuelo la sepultura arrendada en la cual se suponía que estaba.

Con idéntica discreción se desarrolló el sepelio de Rembrandt. De la gloria de años pasados no quedaba nada, y las autoridades de Amsterdam no parecieron tomar nota del fallecimiento del pintor. Sólo unos pocos siguieron el sencillo féretro de la Rozengracht a la Westerkerk, entre ellos Robbert Cors y Jan Pool.

Cuando los portadores depositaron el ataúd en el suelo, Cors se dirigió a mí:

–¿Vos qué opináis, *mijnheer* Suythof? ¿Habrá encontrado también la paz Ossel Jeuken?

–Así lo espero. Hemos hecho lo que estaba en nuestra mano. Aunque es posible que la opinión pública lo considere un asesino, nosotros, sus amigos, conocemos su verdadera naturaleza.

De detrás de una columna salió un hombre y dijo:

–Sin embargo, lo que en verdad ocurrió no debe llegar a saberse nunca. Saber lo muy cerca del abismo que ha estado nuestra joven nación supondría un horror demasiado grande.

Era Jeremias Katoen, acompañado de su ayudante Dekkert, que aún cojeaba.

–Así que las herramientas del mal, los presuntos asesinos, que en realidad eran tan víctimas como los asesinados, no se librarán de la mancha –mascullé con amargura.

Katoen asintió.

–Eso es algo que no se puede cambiar. Sólo así podemos evitar que los gerardistas consigan lo que se proponen y hagan tambalearse la confianza de los neerlandeses en su Estado.

–¿Cómo va el asunto de los gerardistas? –quise saber–. ¿Habéis adelantado algo con los interrogatorios?

–La cosa avanza con suma dificultad. Muchos de los detenidos son en extremo porfiados, pero algunos empiezan a hablar y dan nombres que conducen a otros arrestos. Costará tiempo capturar a la mayoría de los conjurados, y es posible que no podamos probar la culpabilidad de todos ellos, pero atrapamos al tipo que fue a buscar el cuadro a casa de Jeuken y sobornó a Beke Molenberg. Es un marchante de la Leidsegracht que solía trabajar con van der Meulen. Y también hemos detenido a Isbrant Winckelhaack.

–¿El propietario del *Zwaluw*?

–Sí. El muy estúpido intentó reclamar el dinero del seguro por el barco, cosa que, claro está, nos puso sobre su pista.

–¿Qué ha sido del *Zwaluw*?

–Lo que no se quemó o saltó por los aires fue a parar al fondo del mar.

–De ese modo, todo el cargamento habrá quedado inutilizado –afirmé satisfecho.

–Cabe suponer que sí –confirmó el inspector–. Es una suerte que haya sido así.

Cuando ya me disponía a despedirme de él, se me ocurrió una última pregunta:

–¿Qué destino les aguarda a los Ochtervelt? ¿Les impondrá una pena elevada?

–A Emanuel Ochtervelt, sí. El mero hecho de que os delatara sugiere su grado de implicación en las maquinaciones de los conspiradores. Es posible que pase el resto de su vida en Rasphuis. Su hija saldrá mejor parada. No sabía gran cosa, y asistir a misas católicas a escondidas no es un delito. De hecho, nuestra ley sólo prohíbe a los católicos practicar su credo en público.

–¿Saldrá adelante Yola sin su padre?

Katoen miró a Cornelia, que seguía junto a la tumba de su padre, despidiéndose.

–Parece que os interesan las mujeres jóvenes, Suythof. La hija de Ochtervelt mencionó en el interrogatorio a una tía de Oudewater. Me ocuparé de que la lleven con ella.

Cornelia se acercó a nosotros y me agarró la mano.

–¿Ya están otra vez los caballeros con sus conversaciones trascendentales?

–Naturalmente que no –negó Katoen, y se levantó el sombrero para despedirse–. Sólo hablábamos de jóvenes damas, y le decía a Cornelis que, a ese respecto, tiene un gusto exquisito.

CAPÍTULO 33

Nunca a salvo

AMSTERDAM, 9 DE ENERO DE 1670

Las semanas que siguieron a la muerte de Rembrandt no fueron fáciles para Cornelia. Magdalena van Loo, la viuda de Titus, parecía firmemente decidida a encargarse de que a ella y a Titia, su pequeña hija, no se les escapara un solo *stuyver* de la herencia. Después de todo lo que había sufrido Cornelia, aún tenía que vérselas con la poco sensible Magdalena, que quería aprovechar el hecho de que, a ojos de la ley, Cornelia fuera hija ilegítima. Fue una suerte que la mayor parte de los puntos controvertidos los negociaran el pintor Christiaen Dusart, tutor de Cornelia, y el joyero Frans van Bijlert, tutor de Titia. Pero el aciago año de 1669 aún no había finalizado cuando Magdalena se unió a Titus en la tumba. Una muerte temprana no era ninguna rareza en Amsterdam, aun cuando no hubiera de por medio ningún conspirador con oscuras intenciones.

El tutor de Cornelia juzgó que lo mejor sería deshacerse de la casa de la Rozengracht, sobre todo porque había que subastar gran parte de los bienes para pagar a los herederos. Por ese motivo, varias estancias de la Rozengracht fueron precintadas apenas fallecer Rembrandt, entre otras la que utilizaba yo. Las piezas de colección que el maestro había acumulado en ella saldrían a subasta, de modo que me despedí de mi mudo y fiel amigo el oso.

Y de la Rozengracht. Por mediación de Robbert Cors encontré un pequeño y hasta asequible sotabanco en la Botermarkt que me proporcionó unas excelentes condiciones para pintar, actividad esta que había descuidado por completo durante mucho tiempo. Aún tenía en la cabeza todo cuanto había vivido, pero quizá por eso conseguí realizar unos cuadros que fueron muy celebrados por los marchantes de Amsterdam por su expresividad y me reportaron más dinero del que esperaba.

Por esa época no veía mucho a Cornelia. Dusart cuidaba de ella y quería revisar a fondo la situación económica antes de permitir que se casara. Cuando un día Cornelia le insistió en mi presencia para que aprobara la boda, él nos animó a esperar hasta primavera, la estación idónea para los que se aman, según sus palabras. Creo que aún no estaba seguro en lo referente a mi persona y pretendía poner a prueba nuestro amor.

Cornelia y yo solíamos vernos los domingos, después de asistir a la iglesia, y Dusart no tardó en confiar en nosotros lo suficiente como para no seguir haciendo de carabina. El segundo domingo del nuevo año, cuando Amsterdam se hallaba bajo una gruesa capa de nieve y los ríos y canales helados centelleaban a la tenue luz del sol invernal, fuimos a patinar sobre hielo a las afueras de la ciudad, a un lugar menos concurrido donde podíamos movernos con libertad por el congelado curso de un río.

Así y todo había bastante gente deslizándose por el hielo en busca de diversión, pero a nosotros no nos hacía falta nadie, seguimos nuestro camino y, conforme avanzaba la tarde, nos fuimos alejando del resto, y no por casualidad. Había un puesto que vendía castañas asadas y vino especiado a la orilla del río, por donde jugaban unos niños que se habían dividido en dos grupos e intentaban arrebatarle al contrario una piedra plana con ayuda de unos largos palos. Pero después dejamos atrás a las últimas personas, deslizándonos por el hielo tomados de la mano.

El papel que yo hacía sobre los patines era todo menos aceptable, lo cual provocaba a menudo las risas de Cornelia, hecho que para mí era mucho más importante que ser un patinador digno de admiración.

Cuando las sombras se tornaron más alargadas y empezamos a sentirnos cansados, nos sentamos en un embarcadero que se hallaba rodeado de arbustos cubiertos de nieve y empezamos a hablar del futuro: de la parte de Amsterdam en la que viviríamos, de cómo íbamos a amueblar nuestra casa y de qué nombres daríamos a nuestros hijos. Eran unos pensamientos alegres, que no tardaron en desplazar toda deliberación seria. Sin embargo, muy pronto conoceríamos la cara sombría de nuestro futuro.

En un primer momento no reparé en la sombra que asomaba por el recodo del río. Había oscurecido, y al principio pensé que el tronco de uno de los árboles de la orilla proyectaba su sombra sobre el hielo, pero cuando nos dirigimos de nuevo al río para emprender el camino de regreso vi que se trataba de un hombre. Estaba allí erguido como si fuera de piedra, y al parecer nos esperaba. Era un tipo ancho de espaldas y una gran cicatriz surcaba su mejilla derecha.

Asustado, así a Cornelia del brazo tan de repente que perdió el equilibrio y se aferró a mí. Tampoco yo pude mantenerme en pie, y ambos caímos en el hielo. En esa ocasión no hubo risas.

El de la cicatriz se movía con rapidez y destreza con los patines. Antes de que pudiéramos levantarnos se encontraba junto a nosotros; entonces lo reconocí sin lugar a dudas. El hombre se había cruzado en mi camino varias veces, y ahora en su semblante se leía la firme resolución de que aquel fuera nuestro último encuentro.

Sacó una pistola de debajo de la negra capa y me apuntó con ella.

–Buenas tardes, pintorcito. Pareces sorprendido de verme. ¿A que pensabas que me había ahogado en el *Zwaluw*?

–¿Acaso no estabais a bordo? –le pregunté mientras pensaba desesperadamente qué hacer.

–Claro que estaba a bordo, pero logré saltar al agua a tiempo y alcanzar la isla de Texel a nado. Al fin y al cabo, alguien tenía que quedar para cumplir el legado.

–¿El legado?

–¿Es que Fredrik de Gaal no te juró que nunca estarías a salvo de nosotros?

Sí, lo había jurado, y recordaba perfectamente cada palabra: «Y esto aún no ha acabado, al menos, no para vos. Nuestros hermanos son numerosos, y vos no estaréis seguro ni en Amsterdam ni en ningún otro lugar de los Países Bajos.»

–Lo que jura uno de los nuestros se convierte en una obligación para el resto. Llevamos algún tiempo vigilándoos a ti y a tu amorcito, Suythof. Sólo esperábamos el lugar y el momento oportunos para aplicaros el castigo que os merecéis. Aquí no nos molestará nadie, y me alegro de ser yo el ejecutor. Se lo debo a Truus y Roelof.

–¿Truus y Roelof?

–¿Es que ya no te acuerdas de mis dos amigos? Ellos no tuvieron la suerte de salir con vida.

Claro que recordaba al calvo y al de la nariz roja; después de todo, me habían jugado una mala pasada en más de una ocasión.

–Vaya, te has quedado pasmado, pintorcito –continuó el de la cicatriz–. ¿Tienes miedo por ti o por tu guapa muchachita? No te preocupes, tú serás el primero en diñarla. Luego me divertiré con tu amorcito antes de enviártela.

Despacio, casi circunspecto, apoyó el dedo en el disparador de la maciza pistola.

Yo alejé a Cornelia de mí de un empellón y, dado que no tenía tiempo para levantarme, rodé por el hielo hacia el de la cicatriz. Sonó un disparo, un dolor punzante me recorrió el hombro izquierdo y nos envolvió una nube de pólvora. En menos de un segundo choqué contra las piernas de nuestro contrincante y lo derribé con el impulso.

El dolor del hombro se extendió al cuerpo entero, y por un instante me sentí como paralizado. El hielo se tiñó de rojo con mi sangre.

Jadeante, el de la cicatriz se puso de rodillas y me lanzó la pistola que acababa de disparar. Me sacudí la parálisis y me agaché. El arma golpeó el hielo tras de mí y se alejó resbalando en el crepúsculo.

El otro mostró sus deteriorados dientes.

–Eres duro de pelar, pintorcito, pero no te servirá de nada. Ya que no quieres morir deprisa de un balazo, te estrangularé con mis propias manos.

No dudé que fuera a lograrlo. Mi brazo izquierdo colgaba exangüe, y con tan sólo una mano difícilmente podría defenderme de aquella mole. También Cornelia, que estaba acuclillada detrás de él y nos miraba amedrentada, era claramente inferior.

Nuestro autoproclamado verdugo se incorporó, pero al momento comenzó a tambalearse. A mis oídos llegó un crujido: el hielo se resquebrajaba. Bajo los patines del de la cicatriz vi las grietas que probablemente causara nuestra violenta trifulca.

–¡A la orilla, Cornelia, deprisa! –grité.

Al principio vaciló, pero luego se levantó y patinó hacia la orilla con hábiles movimientos.

A mí las piernas al menos me obedecieron: me puse en pie con dificultad y corrí, mejor dicho, fui dando traspiés en pos de ella. El de la cicatriz trató de seguirme, ya no para vengarse, sino impulsado por el pánico, pero las grietas no cesaban de ensancharse y su pesado cuerpo se hundió en el río.

En lugar de ir directamente a la orilla salvadora, Cornelia cambió de dirección, se dirigió hacia mí y me ayudó a salvar el último tramo de hielo. Yo iba dejando un rastro de sangre, pero en aquel momento ésa era la menor de mis preocupaciones.

Cuando por fin alcanzamos la orilla, del tipo de la cicatriz tan sólo sobresalían la cabeza, el tronco y los brazos. Intentaba desesperadamente aferrarse al quebradizo hielo y llegar a tierra. Hubo dos veces en que pensé que lo lograría, pero en cada ocasión resbaló y volvió a las heladas aguas.

–¡Ayudadme! –gritó–. ¡Socorro! ¿Acaso no sois cristianos?

Pero nosotros, todavía con el miedo en el cuerpo, nos sentamos en silencio en la orilla y contemplamos cómo el hombre que había atentado contra nuestra vida se hundía definitivamente.

Sólo cuando ya no se le veía dijo Cornelia:

–¿Ha... ha muerto?

–Debería. Al menos espero que así sea. En todo caso, no es motivo de alivio.

–¿Por qué no?

–¿Es que no has oído lo que ha dicho? Hay otros aparte de él que nos la tienen jurada. Nunca estaremos a salvo, ni en Amsterdam ni en ninguna otra parte de este país.

–¿Y qué vamos a hacer, Cornelis?

–¿Alguna vez te has imaginado los países lejanos a los que llegan los barcos que parten de Texel? ¿Nunca te has preguntado cómo serán, qué lengua hablará la gente, de qué color será el cielo y qué aroma exhalarán las flores? Me gustaría oír, ver y oler todo aquello.

Sin decir nada, Cornelia comenzó a vendarme la herida con tiras de una de las varias camisas de lana que se había puesto para protegerse del frío. La bala estaba bien hundida en el hombro. Llevó a cabo la tarea con el mayor cuidado posible, pero de vez en cuando a mí se me escapaba un ay.

–Domínate, Cornelis Suythof –espetó al cabo con fingida severidad–. ¿Cómo voy a ponerme en manos de un quejica para emprender un viaje a países lejanos?

Epílogo

Una nueva vida

Batavia, 6 de diciembre de 1673

Cornelia y yo nos dimos el «sí quiero» la primavera de 1670, y poco después embarcamos en el velero *Tulpenburgh*. Nuestro destino eran las Indias Orientales, concretamente Batavia, en la isla de Java, una gran ciudad comercial a orillas del río Tjiliwong de la que se contaban auténticas maravillas. Decían que allí un hombre no tardaba en hacer fortuna y labrarse una reputación, aunque en la vieja patria fuera de origen humilde.

Ahora me alegro doblemente de que nos decidiéramos a irnos, ya que, desde el año pasado, los Países Bajos están de nuevo en guerra. Acosada por los ingleses desde el mar y por los franceses desde tierra, mi patria ha de superar una dura prueba. Las tropas francesas de Luis XIV han caído sobre los Países Bajos y han dejado tras de sí un rastro de desolación. Hasta qué punto la invasión se ha visto respaldada, o incluso instigada, por los gerardistas es algo que desconozco y, para ser sincero, tampoco quiero saberlo.

Aquí en Batavia la guerra se nos antoja muy lejana. A veces, cuando tengo tiempo, me siento en el puerto a contemplar el azul infinito del mar, que en el horizonte se funde con el cielo azul. Mar y cielo rodean nuestro pequeño mundo, lo protegen, y, ante ese azul límpido, luminoso que tengo en derredor, empiezo a preguntarme cómo este color pudo parecernos tan amenazador a mí y a otros.

Comencé a escribir esta narración ya en Amsterdam con el objeto de legar a la posteridad el relato de los extraños acontecimientos que sucedieron en el año 1669. Durante la larga y aburrida travesía tuve bastante tranquilidad para volver sobre los apuntes, pero en los primeros meses en Batavia apenas pude ponerme a escribir. Fortuna y reputación tampoco aquí son fáciles de lograr, y me vi obligado a trabajar duro para pagar la casita de que disfrutamos frente a la Puerta de Rotterdam.

Comprobé, por desgracia, que un pintor joven y desconocido no es más solicitado en Batavia que en Amsterdam, de modo que opté al puesto de carcelero en la penitenciaría, que ocupa el edificio de la casa de los artesanos, y me fue concedido gracias a mi experiencia. No obstante, me callé de qué modo perdí mi empleo en Rasphuis, así como el hecho de que incluso estuve prisionero allí.

El trabajo en la penitenciaría y los ingresos que me aporta la pintura son suficientes para que llevemos una vida libre de preocupaciones, Cornelia, yo y nuestro hijito, al que bautizamos ayer en la iglesia de la Santa Cruz con el nombre de Rembrandt.

He continuado con las notas y, ahora que tenemos entre nosotros a un pequeño Rembrandt, casi he terminado mi relato sobre el viejo Rembrandt, su abuelo.

Cornelia ha amamantado al pequeño. Ahora aprieta contra sí al satisfecho Rembrandt, que no para de hacer ruiditos, y me mira.

–Te estás dejando la vista con tanto escribir, Cornelis.

–No te preocupes, ya casi he terminado.

Su bello rostro se ensombrece.

–¿Lo has escrito todo? Sobre mi padre, me refiero.

–No he tenido más remedio. Tal vez sea importante para generaciones venideras.

–Pero mi padre destruyó sus autorretratos para que nada recordara su locura.

–No fue sólo *su* locura. Todos nosotros fuimos víctimas de ella. Hace tiempo yo mismo pensaba que quien trató de sembrar el mal en nosotros fue un demonio que se adueñó de los gerardistas, y no los gerardistas.

–¿Y ya no lo crees?

Lancé un hondo suspiro.

–Por aquel entonces ocurrían sin cesar cosas increíbles, como si delirásemos. Cuando uno tiene fiebre, a menudo ve cosas que después, pensándolas con frialdad, resultan insostenibles. ¿Por qué creer en demonios cuando el ser humano encierra dentro de sí bastante maldad como para causar la ruina de sus semejantes y la suya propia? ¿Acaso no es esta maldad que albergamos el verdadero demonio?

Cornelia sopesó la idea y, al cabo, asintió.

–Quizá tengas razón. Todo eso queda tan lejano que ya no sé qué es real y qué producto de mi imaginación. Me alegro de estar aquí y de que hayamos empezado una nueva vida, pero no me gustaría que algún día nuestro pequeño Rembrandt leyera que su abuelo fue un demente, un asesino. Claro que mi padre hizo cosas malas, pero sabes que tenía nublada la razón. Antes de que se expusiera al diabólico azul, la muerte de Titus le arrebató temporalmente el juicio. Sólo así me explico que se mezclara con los gerardistas. Te lo ruego, Cornelis, no mancilles su nombre.

–De acuerdo.

Le doy mi palabra.

Por deseo de mi esposa, Cornelia, este relato no verá la luz mientras vivan nuestros descendientes, ni en este siglo ni tampoco en este milenio. Así lo dispongo yo, Cornelis Bartholomeusz Suythof, el día de San Nicolás del año 1673 en Batavia, Java.

Cronología

1581

Las siete provincias septentrionales de los Países Bajos españoles, constituidas en la República de los Países Bajos Unidos, declaran su independencia de España.

1584

El 10 de julio, el príncipe Guillermo de Orange, estatúder de los Países Bajos Unidos, muere asesinado en Delft.

1595

En Amsterdam entra en funcionamiento la prisión de Heiligeweg, denominada Rasphuis.

En los Países Bajos se equipa una flotilla mercante compuesta por cuatro buques que habrá de emprender el primer viaje a las Indias Orientales.

1602

Con objeto de mejorar el comercio de ultramar se funda la Compañía Unida de las Indias Orientales.

1606

El 15 de julio nace en Leiden Rembrandt Harmenszoon van Rijn.

1619

La Compañía de las Indias Orientales abre una delegación en Batavia (la antigua Yakarta, nombre que recuperó en 1945), en la isla de Java.

1631/1632

Rembrandt establece su residencia en Amsterdam.

1637

La llamada fiebre de los tulipanes ocasiona el hundimiento de la Bolsa en los Países Bajos.

1646

Nace en Amsterdam Cornelis Bartholomeuszoon Suythof.

1648

La Guerra de los Treinta Años finaliza oficialmente con la Paz de Westfalia, por la cual España renuncia a todas sus pretensiones sobre los Países Bajos y éstos son reconocidos legalmente como Estado independiente de confesión calvinista.

1654

Nace en Amsterdam Cornelia, la hija de Rembrandt, que será bautizada el 30 de octubre en la iglesia Oudekerk.

1658

Tras vender su suntuosa casa de la calle Jodenbreestraat, Rembrandt se instala en una vivienda más modesta en la Rozengracht.

1660

Rembrandt firma un contrato con su hijo Titus y su compañera, Hendrickje Stoffels, madre de Cornelia, conforme al cual el pintor pasa a ser empleado en la empresa de aquéllos.

1663

Fallece Hendrickje Stoffels.

1668

El 10 de febrero, el hijo de Rembrandt, Titus, se casa con Magdalena van Loo.

Titus fallece y es sepultado el 7 de septiembre en la iglesia Westerkerk.

1669

La nieta de Rembrandt, Titia, hija póstuma de Titus, es bautizada el 22 de marzo.

El 2 de octubre acude a la calle Rozengracht el coleccionista de antigüedades Pieter van Brederode para ver la colección de antigüedades y curiosidades de Rembrandt.

Rembrandt fallece el 4 de octubre y es inhumado el 8 de octubre en la Westerkerk.

1670

Cornelis Suythof y Cornelia van Rijn contraen matrimonio a principios de mayo en Amsterdam.

1672

Con ayuda de sus aliados, entre los cuales se encuentra Inglaterra, Francia inicia una guerra ofensiva contra los Países Bajos y los invade.

1673

Nace en Batavia el hijo de Cornelis Suythof y Cornelia, quien, bautizado el 5 de diciembre, recibirá el nombre de Rembrandt.

1674

Por el Tratado de Westminster, Inglaterra acuerda la paz con los Países Bajos.

En Amsterdam se publica el libro *Klare Onderrichtinge der Voortreffelijcke Worstel-Konst* (*Enseñanza rigurosa del insigne arte de la lucha*), de Nicolaes Petter, el famoso fundador de una escuela de lucha. El editor de la obra es Robbert Cors, alumno y sucesor del fallecido Petter.

1678

Cornelis Suythof y Cornelia tienen a su segundo hijo, que será bautizado el 14 de julio con el nombre de Hendric (escrito también Hendrick; algunas fuentes mencionan en lugar de este segundo hijo a una hija llamada Hendrickje).

El 10 de agosto, el Tratado de Nimega pone fin a las hostilidades entre Francia y los Países Bajos.

DESPUÉS DE 1689

No existe ningún dato sobre Cornelis Suythof y Cornelia. Por consiguiente, se desconoce la fecha exacta de su fallecimiento.

Epílogo del autor

Rembrandt Harmenszoon van Rijn vivió una vida no precisamente exenta de emociones y reveses del destino. Espero que sus admiradores sepan perdonarme las dificultades adicionales que le he causado, pero una novela sobre el Amsterdam de la época de Rembrandt en la que no apareciese Rembrandt se me antojaba absurda y, si tenía que aparecer, ¡pues mejor que lo hiciera a lo grande!

Me gustaría decir algo más a los admiradores de este gran pintor: nada más lejos de mi intención que desacreditarlo. Me he servido de la información que ha llegado hasta nosotros, por ejemplo, la evidente propensión de Rembrandt –que manifestará con más fuerza en la vejez– al autorretrato, y la he mezclado con elementos ficticios.

Nadie puede describir con exactitud, sino tan sólo de forma aproximada, la naturaleza de un hombre que lleva muerto más de trescientos años. Todo queda necesariamente en el empeño y, además, en una novela la imaginación puede hacer valer sus prerrogativas. Sin embargo, todo el que ahonde un tanto en la vida de Rembrandt no tardará en llegar a la conclusión de que este hombre también tuvo un lado oscuro. Luces y sombras, claros y oscuros formaban parte tanto de su personalidad como de su obra. Me he tomado la libertad de añadir a la parte oscura de su carácter alguna otra faceta.

En esencia he presentado el mundo del pintor, su entorno más inmediato y el Amsterdam de la denominada Edad de Oro de los Países Bajos, con arreglo a los datos históricos: desde las actividades de la Compañía de las Indias Orientales, pasando por el profesor de lucha Robbert Cors, precursor de la autodefensa sin armas, hasta

Rasphuis, que en este libro desempeña un destacado papel. Tampoco las torturas de la caseta del agua son producto de mi imaginación, sino que se mencionan en diversos diarios de viajes del siglo XVII. El historiador Simon Schama, cuyas exhaustivas y esclarecedoras obras sobre el Amsterdam de la Edad de Oro (*Überfluss und schöner Schein* [*Abundancia y buenas apariencias*]) y sobre Rembrandt (*Los ojos de Rembrandt*) me permito recomendar encarecidamente a todo aquel que desee estudiar más a fondo a Rembrandt y su tiempo, analiza la teoría que sostienen otros historiadores según la cual la caseta del agua no es más que una antigua leyenda de la gran ciudad, y lo hace de forma tan brillante que posiblemente todo escritor que viajara por Amsterdam se sentiría obligado a incluirla en sus trabajos. Schama defiende la existencia de dicha caseta frente al mito. Sea cierto o no, para el novelista constituye una historia estupenda.

Una historia estupenda. Tal vez sea esto lo que alguno opine del libro en general, y se preguntará: ¿puede un simple color llevar a un hombre a la locura? No pretendo afirmar que lo que relato haya podido acontecer realmente, pero sí me gustaría señalar que Yves Klein, quien dedicó su corta vida (1928-1962) a las pinturas monocromas para terminar centrándose exclusivamente en el color azul, opinaba que la mezcla de color que él mismo creó, el «International Klein Blue» (IKB), era capaz de alterar la conciencia. Y, según dicen, ya el propio Rembrandt advertía que acercarse demasiado a sus cuadros podía resultar perjudicial.

Jörg Kastner
www.kastners-welten.de

Índice

Índice